देवता के गुनाह

(उपन्यास)

देवता के गुनाह

देवेश ठाकुर

सामयिक बुक्स
नई दिल्ली-110002

ISBN : 978-93-80458-30-4

प्रकाशक :

सामयिक बुक्स

3320-21, जटवाड़ा, दरियागंज,
एन.एस. मार्ग, नई दिल्ली-110002

संस्करण : प्रथम, 2011 ₹ 495

आवरण : निर्दोष त्यागी

कम्प्यूटर कम्पोजिंग : कल्याणी कम्प्यूटर सर्विसेज,
नई दिल्ली

मुद्रक : अजीत प्रिंटिंग प्रेस, दिल्ली

DEVATA KE GUNAH *(Novel)*
by DAVESH THAKUR

Published By : **SAMAYIK Books**
3320-21 Jatwara, Daryaganj,
N.S. Marg, New Delhi-110002 (INDIA)
Tel. : (011) 2328 2733, Fax : 2327 0715
Mob.: 09811607086, 09868934715
E-mail : samayikprakashan@gmail.com
samayikprakashan@rediffmail.com

अपने प्रिय शिष्य और मित्र

डॉ. सतीश पाण्डेय

को

सस्नेह समर्पित

प्रोफेसर शोभनाथ श्रीवास्तव लेटे-लेटे कब से अपनी अधबनी कविता की इन पंक्तियों को दोहराते रहे थे :

तुम्हारे ललाट को चूम लूं
चूम लूं तुम्हारे नयन
कोमल कुंतलों की कोख से
उन्मत्त उभार की यह छुअन;
सुरा-पात्र-सी यह ग्रीवा
और कटि के ये केतकी वलय
नाभि की बिंदिया चूम लूं
चूम लूं तुम्हारे चरण।

और इसके साथ ही मार्जिन पर कुछ शब्द, कुछ वाक्यांश लिखे हुए थे :

चांदनी यौवन, समर्पण के क्षण, वक्ष की घाटी, छोटे-छोटे सुमेरु, अमलतासी गोलाइयां, पांखुरी-से कंपकंपाते अधर, नमित नयन, दीपशिखा-से लहराते कुंतल, रेशमी बाहें, धुला-धुला-सा गुलाबी गात...

सुबह के 8 बज रहे थे। बाहर रिमझिम बरसात हो रही थी। सामने भीग-नहाया-सा बूढ़ा पीपल शांत खड़ा था। खिड़की से कभी हवा का झोंका आता तो शोभनाथ के शरीर में झुरझुरी पैदा हो जाती और वे अपने पैर सिकोड़कर उन पर चादर डाल लेते। वे अब भी बिस्तर पर छाती के बल लेटे-लेटे सामने रखे पन्नों पर एकाग्रता से कविता को आगे बढ़ाने की कोशिश कर रहे थे। प्रभात की उजास में टेबल लैंप की रोशनी मद्धिम पड़ने लगी थी। वे इस समय इतने एकाग्रचित्त थे कि उन्हें समय का कोई भान ही नहीं था...उनकी आंखों के सम्मुख कुछ चित्र उभर-उभरकर लोप हो जाते रहे थे :

बड़ी-बड़ी काजल लगी आंखों से झांकता मौन निमंत्रण।

वक्ष पर पड़ी हुई खुली केश राशि ओर ग्रीवा का कलात्मक कटाव।

फूलदार सलवार-कमीज से आवेष्ठित एक कसी हुई देह-यष्टि और रसभरे गुलाबी अधरों से लिपटी सहज-सलज्ज मुस्कान—निमंत्रण-सा देती हुई।

प्रोफेसर शोभनाथ प्रति पल उभरते हुए इस आकर्षण में पहले दिन से ही खोकर रह गए थे। उनका जब भी उसकी क्लास में पीरियड होता, उनका मन धुकधुकाने लगता था। मनजीत साहनी ठीक उनके सामने की डैस्क पर बैठती थी और पूरे पीरियड उनको निहारती रहती थी, उनको सुनती रहती थी। उनके दिए नोट्स को निष्ठा के साथ लिखती रहती थी, लेकिन लिखते हुए भी उसकी नजरें शोभनाथ के चेहरे पर गड़ी रहती थीं। इससे उन्हें थोड़ी असुविधा होती, थोड़ा मन चंचल हो उठता। थोड़ी खुशी भी होती, लेकिन इस सबके बावजूद वे पढ़ाते रहते, पढ़ाने की कोशिश करते रहते, लेकिन लाख न चाहने पर भी उनका मन भटक-भटक जाता था। यह भटकन उनका पीछा नहीं छोड़ती थी। घर, बाहर, कॉलेज—सभी जगह, जहां भी वे जाते, उन्हें मनजीत ही मनजीत दिखलाई पड़ती। तब उनका कवि भंवरे की तरह गुनगुनाने लगता। साइकिल पर कहीं जाते तो उन्हें लगता कि आगे की रॉड पर उन्होंने मनजीत को बिठा रखा है और उसके धुले बालों की सुगंध उन्हें विभोर कर रही है। कॉलेज में कोई छात्रा उनके पास आती तो उन्हें महसूस होता कि छात्रा और कोई नहीं, मनजीत ही है। सड़क पर चलते हुए भी वे जैसे मनजीत के साथ चल रहे होते। किताब खोलते तो उसके पन्नों पर उन्हें अक्षर नहीं, मनजीत का मुस्कराता चेहरा ही दिखलाई पड़ता। इन दो-ढाई महीनों में वे एक तरह से पूरे मनजीतमय हो गए थे। मनजीत उनके रोम-रोम में समा गई थी। उनका संसार बस मनजीत तक सीमित होकर रह गया था।

प्रो. शोभनाथ ने कविता की अगली पंक्ति लिखने के लिए कलम उठाई ही थी कि रसोई से बुआ की आवाज सुनाई पड़ी–'ललुआ, आज तू इस्कूल ना जाइयो? नास्ता तैयार हो रिया है। अब उठि जा। बहुत हो गया लिखना-पढ़ना। सुबो-साम किताब-कागजों से लिपटा रैवे है।'

बुआ की आवाज सुनकर शोभनाथ यथार्थ में लौट आए। उन्होंने दीवार पर टंगी घड़ी की ओर देखा–सवा आठ बज रहे थे। उनका आज नौ बजे का लेक्चर था। उन्होंने चादर को एक ओर किया और जल्दी से उठकर नित्य-कर्म से निपटने के लिए बिस्तर से उठ गए यह कहते हुए, 'बुआ, मैं अभी तैयार हुआ जाता हूं। तुम नाश्ता लगा लो।'

बाहर बारिश थम चुकी थी। मौसम हरा हो गया था। देहरादून का मौसम बारिश के दिनों में और भी रूमानी हो जाता हे। यह रूमानियत शुष्क दिल वालों को भी रूमानी बना देती है। शोभनाथ तो स्वभाव से ही रूमानी थे। उन्हें यह मौसम सब मौसमों की अपेक्षा ज्यादा सम्मोहित करता था।

नौ बजने में अभी सात मिनट बाकी थे। शोभनाथ कॉलेज के लिए तैयार हो चुके थे। बाहर आकर उन्होंने कोने पर खड़ी साइकिल उठाई। उसकी भीगी हुई गद्दी को रूमाल से पोंछा। पहियों की हवा जांची और उस पर बैठकर सड़क पर निकल आए। कॉलेज उनके घर से 3-4 मिनट की दूरी पर ही था।

शाम को कॉलेज के बाद जब शोभनाथ घर की ओर लौट रहे थे तो पीछे से किसी छात्रा ने आवाज लगाई, "गुरुजी, गुरुजी...।"

शोभनाथ ने पीछे मुड़कर देखा–उनकी एम.ए. की छात्रा सुमन शर्मा थी। सुमन के पिता से शोभनाथ का अच्छा परिचय था। एक-दो बार वे उनके घर भी गए थे।

पास आकर सुमन बोली, "गुरुजी, आप कल अपना पीरियड लेंगे क्या?"

"हां, पीरियड है तो लेंगे ही। क्यों?"

"कल हिन्दी मंडल की कार्यकारिणी का चुनाव है। ज्यादातर विद्यार्थी उसी में बिजी होंगे।"

अब शोभनाथ ने सुमन के साथ आई छात्रा की उपस्थिति को महसूस किया। वह सुमन के पीछे सिर झुकाए खड़ी थी। शोभनाथ ने देखा–यह तो मनजीत है। उनके दिल में एकाएक एक हिलोर उठी, लेकिन वे उसकी जब्त करके गंभीर बने रहे।

“ठीक है। अगर विद्यार्थी ही नहीं होंगे तो मैं दीवारों को थोड़े ही पढ़ाऊंगा।” कहकर वे किंचित मुस्कान के साथ आगे बढ़ने लगे।

तभी उन्हें याद आया कि उन्हें काव्य-शास्त्र की कोई किताब खरीदनी है। वे पल्टन बाजार की ओर बढ़ गए। मानसरोवर प्रकाशन के उमानाथ ‘आशिक’ की दुकान वहीं थी।

उमानाथ ‘आशिक’ स्वयं भी कवि और नाटककार थे। उनका ऑफिस काफी खुला और बड़ा था। नगर में वे ही एक मात्र प्रकाशक और पुस्तक विक्रेता थे। ‘आशिक’ साहब आशिकाना मिजाज के व्यक्ति थे। कॉलेज के अध्यापक उनके दफ्तर में आते रहते थे। उनसे अच्छी गप्पबाजी हो जाती थी। वे स्वयं भी काफी अध्ययनशील थे। हिन्दी के नाटककार के रूप में उनकी ख्याति थी। प्रो. शोभनाथ को वे अभी ‘बच्चा’ ही समझते थे, लेकिन उनकी विद्वत्ता का मान भी करते थे।

जिस समय शोभनाथ ‘मानसरोवर प्रकाशन’ पहुंचे, ‘आशिक’ साहब शहर के एक दूसरे युवा कवि ‘चंचल’ से बतिया रहे थे। हँसी-ठट्ठा चल रहा था। शोभनाथ को आया देखकर वे लगभग चिल्लाकर बोले, “आओ आओ, प्रोफेसर साहब। बस, आपकी ही कमी थी।” और वे खिलखिला कर हँस पड़े।

शोभनाथ मुस्कराते हुए केबिन में आकर कुर्सी पर बैठ गए।

‘चंचल’ ने बड़े आदर के साथ उनका अभिवादन किया।

“क्या चल रहा है?” शोभनाथ बोले।

“क्या चलेगा? बस शहर के साहित्यकारों की चर्चा चल रही है। कविता के नक्शे पर देहरादून को फिट कर रहे हैं।” वे फिर हँसकर बोले। “ये मदन ‘चंचल’ भी बड़ी चालू चीज हैं। कवि कम हैं, कवियों के किस्सागो ज्यादा हैं। अभी, पिछले दिनों मुरादाबाद में हुए कवि सम्मेलन के किस्से सुना रहे थे।”

“भई, हम भी तो कुछ सुनें।” शोभनाथ ने ‘चंचल’ की ओर देखते हुए कहा।

“प्रोफेसर साब। ‘आशिक’ जी यों ही कह रहे हैं। कोई खास बात नहीं हैं।”

“तो आम बात ही बतला दो। शोभनाथजी का भी थोड़ा मनोरंजन हो जाएगा।” ‘आशिक’ साहब बोले।

“नहीं, ‘आशिक’ साहब, वो बातें इन्हें सुनाने लायक नहीं है।”

“तो क्या बस हमारे लायक है।”

''आपकी बात और है। इतने गंभीर, विद्वान और सज्जन व्यक्ति को वह सब सुनाना मुझे शोभा नहीं देता।''

''तो तुम्हारी तरफ से हम ही सुना देते हैं। सुना दें?''

चंचल जी ने एक बार प्रो. शोभनाथ की ओर देखा और फिर सकुचाकर 'आशिक' जी की ओर देखने लगे। उनकी आंखों में दयनीयता भर आई थी।

''अच्छा, अब रोना शुरू मत कर देना। चलो, नहीं सुनाएंगे।''

दरअसल 'चंचल' जी लाख कोशिश करके भी बी.ए. नहीं कर पाए थे। बाद में पढ़ाई छोड़कर उन्होंने एक प्रेस खोल लिया था। उसी से उनकी दाल-रोटी चलती थी। मिजाज से वे भी 'आशिक' जी की तरह आशिकाना थे और रूमानी कविताएं लिखते थे। कवि सम्मेलनों में उनका आना-जाना होता रहता था। देहरादून के लोग उन्हें कवि-सम्मेलनी कवि के रूप में ही ज्यादा जानते थे।

'आशिक' जी ने सामने की दुकान से तीन चाय मंगवा ली थीं। इस बीच कुछ किताबों को टटोलकर शोभनाथ ने दो किताबों को पैक करने के लिए कहा और चाय पीने के बाद उठते हुए बोले, ''अच्छा, 'आशिक' जी, चलूं। बिल कॉलेज लाइब्रेरियन के नाम भिजवा देना।''

''अरे, अभी तो आए हो। इतनी जल्दी कहां चले। आपसे गप-शप तो हुई ही नहीं।''

''नहीं, 'आशिक' साहब, अब चलते हैं। फिर कभी आएंगे। जरा जल्दी में हैं।''

शोभनाथ कुर्सी से उठ ही रहे थे कि तभी उन्होंने मनजीत साहनी को दुकान में प्रवेश करते देखा। वे उठते-उठते बैठ गए।

मनजीत ने 'आशिक' साहब की ओर देखकर नमस्ते की। प्रो. शोभनाथ को वहां देखकर वह एक क्षण के लिए चौंकी। फिर सहज होने का प्रयास करते हुए वह बोली, ''नमस्ते गुरुजी।'' अपने जुड़े हुए हाथों को उसने 'चंचल' की ओर भी घुमा दिया। बोली कुछ नहीं।

'आशिक' साहब ने ड्रॉअर से एक फाइल निकालकर मनजीत को पकड़ाते हुए कहा, ''इसमें लेखकों की रॉयल्टी का हिसाब है। इन्हें टाइप कर लो। अगले सोमवार को इनका हिसाब भेजना है।''

''जी।'' मनजीत ने फाइल को उलटते-पलटते हुए कहा और दुकान के अंदरूनी हिस्से में रखी हुई छोटी-सी मेज की ओर बढ़ गई। प्रो. शोभनाथ उसका जाना देखते रहे।

''टाइपिस्ट है। अभी पिछले महीने ही रखा है इसे। बेचारी शरणार्थी है। घर में कोई ज्यादा कमाने वाला है नहीं। मैंने सोचा, हम से किसी का कुछ भला हो जाए। शाम को दो-ढाई घंटे के लिए आ जाती है।'' 'आशिक' जी एक ही सांस में सब बता गए।

''हां, बेचारी ही हैं।'' शोभनाथ सोचने लगे, 'आशिक' जी की दुकान पर काम करने वाला बेचारा ही हो सकता है। और क्या? लेकिन प्रत्यक्ष में वे मौन बने रहे।

''अच्छा 'आशिक' जी।'' शोभनाथ कुर्सी से उठते हुए बोले। उनके साथ 'चंचल' भी उठ खड़े हुए।

''अरे, तुम कहां चले? मुरादाबाद का किस्सा तो पूरा करते जाओ।'' हँसते हुए 'आशिक' जी ने कहा और हाथ पकड़कर उन्हें फिर से कुर्सी पर बिठा दिया।

दोनों को अभिवादन करके प्रो. शोभनाथ बाहर निकल आए।

2

प्रो. शोभनाथ ने अपने स्कूल-कॉलेज के दिनों में ही लोकप्रियता प्राप्त कर ली थी। देहरादून आने से पहले उनका परिवार मैनपुरी में रहता था। वहीं उनकी स्कूली शिक्षा हुई थी। जब वे आठवीं कक्षा में थे, उनके पिता की तपेदिक से मौत हो गई। उनके पिता एक थोक कपड़ा व्यापारी के यहां मुनीम थे। पिता की मृत्यु के बाद उन पर अभावों और मुसीबतों का पहाड़ टूट पड़ा। मां अशिक्षित थी, लेकिन चाहती थी कि उनका इकलौता बेटा किसी तरह मैट्रिक कर ले। आगे के दो साल उसने सिलाई-बुनाई करके किसी तरह बिताए। शोभनाथ ने किसी तरह मैट्रिक की परीक्षा दी और फर्स्ट डिवीजन में पास हो गए। जिस दिन उनका रिजल्ट निकला, उसी दिन उनकी मां हृदयघात से चल बसी। किशोर शोभनाथ इस दुनिया में जैसे अकेले रह गए। मां की तेरहवीं पर कुछ नातेदार मैनपुरी आए थे। देहरादून से उनकी विधवा बुआ रामदेई भी आई थी। उसे शोभनाथ की दशा देखकर उन पर तरस हो आया। वह उन्हें देहरादून ले आई। रिस्पना नदी के पार उसकी कुछ जमीन थी। उसी की आय से उसकी गुजर-बसर होती थी। सूद पर कुछ पैसा भी लगा रखा था। अकेली जान के लिए यह काफी था। देहरादून आकर शोभनाथ

का दाखिला आर्य समाज इंटर कॉलेज में करवा दिया गया था। शोभनाथ पढ़ने-लिखने में तेज थे। मां की मृत्यु के बाद वह जैसे एकाएक प्रौढ़ हो गए थे। उन्होंने अपना सारा ध्यान पढ़ाई में लगा दिया। इसके साथ ही वह बच्चों के कुछ ट्यूशन भी करने लगे। इससे बुआ को भी कुछ सहारा मिल जाता था। इसी तरह दो साल और बीत गए और वह इंटर में भी प्रथम श्रेणी में उत्तीर्ण हो गए। इंटर पास करने के बाद उन्होंने आर्य समाज पोस्ट ग्रेजुएट कॉलेज में बी.ए. में एडमिशन ले लिया।

देहरादून की प्राकृतिक सुषमा और यहां के लोगों के आत्मीय व्यवहार ने शोभनाथ को रोमांचित कर दिया था। देश नया-नया आजाद हुआ था और लोगों की तरह यहां के पर्वतीय लोगों को भी विश्वास था कि अब नए आजाद भारत में उनके भी दिन फिरेंगे। सैकड़ों शरणार्थी परिवार भी यहां आकर बस गए थे। शोभनाथ जल्दी ही इस नए मोहक और आत्मीय वातावरण में घुल-मिल गए। पढ़ाई में अच्छे थे, व्यवहार में शालीनता थी और हृदय से संवेदनशील थे, सो परिचितों-मित्रों की नजरों में जल्दी ही चढ़ गए। एम.ए. प्रीवियस के दिनों में उन्होंने कॉलेज यूनियन की सेक्रेट्रीशिप का इलेक्शन लड़ा और जीता। इस दौरान वे कविताई भी करने लगे थे। सो साथी छात्रों में, विशेष रूप से छात्राओं में लोकप्रिय भी हो गए थे। यहीं उन्होंने एक-दो मित्रों के साथ मिलकर एक साहित्य-संस्था 'पारिजात' की स्थापना भी कर ली थी। उसके पहले अध्यक्ष नगर के प्रसिद्ध कवि और नाटककार उमानाथ 'आशिक' बनाए गए। अब 'पारिजात' के तत्वावधान में हर महीने काव्य गोष्ठियां होने लगीं। शोभनाथ भी उसमें बढ़-चढ़कर भाग लेते।

एम.ए. में शोभनाथ को पूरे विश्वविद्यालय में तीसरा स्थान प्राप्त हुआ। उसी साल अपने ही कॉलेज में हिन्दी व्याख्याता के रूप में उनकी नियुक्ति भी हो गई। अब उनके जीवन में एक प्रकार की स्थिरता आ गई थी। वे प्रसन्न और संतुष्ट थे।

विभागाध्यक्ष डॉ. सीताराम सक्सेना की शोभनाथ पर बड़ी कृपा थी। एक प्रिय विद्यार्थी के रूप में शोभनाथ का डॉ. सक्सेना के बंगले पर आना-जाना होता ही था। वहीं उन्हें डॉ. साहब की भतीजी अपूर्वा भी दीख जाती। उसके भोले गंवई चेहरे में गजब का आकर्षण था। कभी-कभी जब डॉक्टर साहब घर में नहीं होते, प्रो. शोभनाथ किसी बहाने अपूर्वा से बतियाते रहते। भले ही बातों में औपचारिकता होती हो, लेकिन अपूर्वा की निकटता उन्हें अच्छी लगती थी। एक दिन डॉक्टर

सक्सेना ने प्रो. शोभनाथ को सुझाया कि वे जल्दी से पी-एच.डी. कर लें। इससे उन्हें किसी यूनिवर्सिटी में जाने की सुविधा हो जाएगी, शोभनाथ को डॉ. सक्सेना की यह बात जंच गई। उन दिनों गिने-चुने विद्यार्थी ही पी-एच.डी. की ओर उन्मुख होते थे, लेकिन शोभनाथ महत्त्वाकांक्षी और स्वप्नदर्शी युवक थे। उन्होंने प्राध्यापकी के दूसरे साल में ही डॉ. सक्सेना के निर्देशन में अपने को पी-एच. डी. के लिए रजिस्टर करवा लिया। विषय था—'रीतिकालीन कवियों की शृंगार भावना का स्वरूप-निरूपण।' प्रो. शोभनाथ ने धीरे-धीरे इस विषय का अध्ययन आरंभ कर दिया। धीरे-धीरे इसलिए कि काव्य-रचना के प्रति उनका उत्साह शोध कार्य में लगने से कहीं बढ़ कर हो गया था। कभी-कभी तो एक-एक पखवाड़े तक उनका शोध-कार्य रुक जाता और वे काव्य रचना में रमे रहते। तब उनके मन प्राणों में अपूर्वा की छवि ही झांक रही होती। वर्ष का अंत होते-होते उनका एक काव्य-संकलन भी प्रकाशित हो गया। शीर्षक था—'अपनी अनामिका के लिए'। इस संकलन की नगर में खूब चर्चा हुई। इस पर गोष्ठियां और चर्चाएं आयोजित की गईं। अब वे नगर में प्रोफेसर शोभनाथ से अधिक कवि शोभनाथ 'शोभन' के नाम से जाने जाने लगे। इससे कवि 'आशिक' को उनसे थोड़ी ईर्ष्या होने लगीं। उनका सिंहासन डोलने जो लगा था, लेकिन बाहरी तौर पर वे भी शोभनाथ की प्रशंसा करते। साथ ही उन्हें मात्राओं और लय का पाठ पढ़ाना भी नहीं भूलते। इससे उनका अहम संतुष्ट होता था। वे शोभन को और भी अच्छी रचना रचने के लिए प्रोत्साहित करते। 'आशिक' को एक बात और खलती थी। शोभन ने उनसे 'अनामिका' के प्रकाशन को लेकर कोई बात नहीं की थी। दिल्ली के एक बड़े प्रकाशक से संपर्क करके उन्होंने उसे संकलन की पांडुलिपि सौंप दी थी। इस प्रकाशक ने भी तीन ही महीने में 'अनामिका' का प्रकाशन कर दिया था और अपने प्रभाव से देश की बड़ी और लोकप्रिय पत्रिकाओं में उसकी समीक्षाएं भी करवा दी थीं। वास्तव में, 'अनामिका' के प्रकाशन के बाद शोभनाथ नगर के एक उदीयमान कवि के रूप में ही नहीं, वरन देश के समकालीन कवियों की पंक्ति में बैठ गए थे।

उमानाथ 'आशिक' वैसे तो प्रत्युत्पन्न मति वाले व्यक्ति थे, लेकिन साथ ही थोड़ा रूमानी, थोड़ा बड़बोले और थोड़े शातिर किस्म के व्यक्ति भी थे। 'अनामिका के लिए' प्रकाशित होने के बाद वे गुपचुप इस 'अनामिका' की खोज में लग गए थे। बहुत खोजबीन के बाद और अनेक परिचितों के तार जोड़कर

उन्होंने अनामिका का पता लगा ही लिया। यह अनामिका और कोई नहीं विभागाध्यक्ष डॉ. सक्सेना की भतीजी 'अपूर्वा' थी। शोध-विद्यार्थी होने के नाते शोभनाथ का डॉक्टर सक्सेना के घर आना-जाना होता रहता था। एक बार जब उनकी बुआ अपनी बेटी के चौथे प्रसव पर कानपुर चली गई तो प्रो. शोभनाथ का डॉक्टर साहब के घर आना-जाना काफी बढ़ गया। लगता था कि डॉ. साहब भी कहीं प्रो. शोभनाथ में रुचि लेने लगे थे। अपूर्वा तो शोभनाथ से प्रभावित ही नहीं, उनके प्रति आकर्षित भी हो उठी थी। उन दिनों वह इंटर में पढ़ रही थी।

अपूर्वा को सामान्यतः सुंदर कहा जा सकता था। शोभनाथ को उसके चेहरे की गेहुंई लुनाई आकर्षित करती थी। संग-साथ उठने-बैठने के कारण उनके बीच की औपचारिकता गलती जा रही थी और उसके स्थान पर एक प्रकार की समीपता के भाव का उदय होने लगा था। दोनों भावात्मक स्तर पर काफी पास आ गए थे।

उन दिनों डॉ. सक्सेना यूनिवर्सिटी के काम से आगरा गए हुए थे। वहां से उन्हें कुछ कॉलेजों में भी जाना था। कोई 10-12 दिन का प्रोग्राम था। वे शोभनाथ से कह गए थे कि वह घर का और अपूर्वा का ध्यान रखें। सो, शोभनाथ कॉलेज के बाद सीधे डॉ. सक्सेना के बंगले पर जाने लगे थे। और रात पड़े ही वहां से लौटते थे।

वह बदराई शाम शोभनाथ को आज भी याद आती है। अपूर्वा दो प्यालों में चाय बनाकर ले आई थी। प्लेट में कुछ नमकीन और मठरियां भी थीं। चाय पीते-पीते अपूर्वा ने पूछ लिया, ''गुरुजी, आप इतनी अच्छी कविता कैसे लिख लेते हैं?''

शोभनाथ एक क्षण अपूर्वा के चेहरे की लुनाई को देखते रहे थे। उसके घुंघराले, चमकीले बालों और दुपट्टे से ढकी उसकी गोलाइयों को। फिर गंभीर होकर बोले थे, ''मैं कहां लिखता हूं अपूर्वा। बस, कोई लिखवा देता है।''

''यह 'कोई' कौन है?''

''यह 'कोई', कोई भी हो सकता है। तुम भी हो सकती हो।''

सुनकर अपूर्वा का चेहरा गुलाबी हो आया। वह इतना ही बोल पाई, ''धत्...।''

''क्यों शरमा गई क्या?''

उस झुटपुटे में शोभनाथ को अपूर्वा बड़ी मोहक लग रही थी। उन्होंने पहली बार उसके बालों का स्पर्श किया और बड़े प्यार से बोले, ''तुम्हारे बाल कितने कोमल है।''

अपूर्वा कुछ बोल नहीं पाई। उसकी पूरी देह रोमांचित हो उठी थी। शायद उसके लिए किसी पर-पुरुष का यह पहला स्पर्श था। उसने झुके-झुके अपनी आंखें मूंद लीं। और चुप बनी रही।

"तुम बोल क्यों नहीं रही?" शोभनाथ ने धीरे-से पूछा।

"क्या बोलूं?"

"तुम्हें अच्छा नहीं लगा?" शोभनाथ ने फिर पूछ लिया।

उसने सिर उठाकर शोभनाथ की ओर देखा और एकटक उनकी आंखों को देखती रही। बोली कुछ नहीं।

फिर कुछ ठहरकर वे बोले, "तुमने मेरी बात का जवाब नहीं दिया।"

"किस बात का?" उसने आंखें नीची करके पूछा।

"यही कि मेरा तुम्हें छूना तुम्हें अच्छा नहीं लगा क्या?"

"बुरा भी तो नहीं लगा।" कहती हुई अपूर्वा ने चाय की खाली प्यालियों को समेटा और शरमाती हुई किचन की तरफ दौड़ गई।

शोभनाथ उठकर उसके पीछे-पीछे किचन तक चले आए। किचन में हल्का अंधेरा था। बस, दो छायाएं भर दीखती थीं।

शोभनाथ धीरे-से अपूर्वा की पीठ पर हाथ रखते हुए कह गए, "अपूर्वा, तुम ही मेरी कविता हो, मेरी कविता की प्रेरणा हो।"

अपूर्वा का सारा शरीर झनझना उठा, लेकिन वह स्थिर खड़ी रही।

शोभनाथ ने उसके कंधे दबाकर उसे अपनी ओर खींच लिया। अपूर्वा कोई विरोध नहीं कर पाई। उसे लगा कि उसकी सारी देह ठंडी और संज्ञा-शून्य होकर रह गई है। उसकी आंखें भर आई थीं। तभी नौकर गुलाब सिंह ने बाहर से आकर आवाज लगाई, "बीबीजी..." प्रो. शोभनाथ के हाथ एकाएक ढीले पड़ गए। वे पानी का गिलास हाथ में लिए बाहर निकल आए।

उस दिन कुछ ही देर बाद वे अपूर्वा से विदा लेकर घर लौट आए थे।

डॉ. सक्सेना को देहरादून लौट आने में कुछ ज्यादा ही समय लग गया। इस बीच अपूर्वा और शोभनाथ एक-दूसरे के बहुत पास आ गए। इससे पहले शोभनाथ अपूर्वा को एक चुप्पी, गंभीर लड़की के रूप में ही जानते थे, लेकिन अब निकट परिचय ने उनके उस सोच को बदल दिया था। इन थोड़े से दिनों में उन्हें अपूर्वा

में एक शोख, चंचल और विदुषी लड़की दीखने लगी थी और यह दीखना उन्हें अच्छा लगने लगा था। अब शोभनाथ के प्रति अपूर्वा के संबोधन भी बदल गए थे।'' 'गुरु जी' का स्थान 'तुम' ने ले लिया था। कभी-कभी जब उसका मन शोभनाथ को चिढ़ाने का होता वह उन्हें 'मुंशीजी' कहकर पुकारती। शोभनाथ के नाराजगी जताने पर वह कहती, ''तुम बाबूजी के मुंशी ही तो हो।'' और खिलखिलाकर हँस पड़ती। शोभनाथ को कोई उत्तर देते नहीं बनता। 'बाबूजी' से अपूर्वा का आशय डॉ. सक्सेना से होता।

डॉ. सक्सेना निःसंतान थे। पत्नी के देहांत के बाद उन्होंने अपने छोटे भाई गिरीश की बेटी अपूर्वा को अपने पास बुला लिया था। तब वह सातवीं में पढ़ती थी। देहरादून के माहौल में वह तेजी से बढ़ने लगी। चूंकि डॉक्टर सक्सेना का माहौल एकेडमिक था और उनसे मिलने वाले उनके सभी मित्र और विद्यार्थी सुशिक्षित थे। इसी कारण अपूर्वा में भी पठन-पाठन की रुचि बढ़ती गई। घर में पुस्तकों-पत्रिकाओं की कमी थी नहीं। अपूर्वा अपने खाली समय में इन्हीं में व्यस्त रहती। घर की बैठक में होने वाली चर्चाओं को वह पर्दे की ओट से ध्यान लगाकर सुनती। उसने एक नोट बुक बना रखी थी, जिसमें वह उन चर्चाओं में अच्छी लगने वाली बातों को नोट करती चलती। शोभनाथ के सान्निध्य में साहित्य के प्रति उसकी रुचि बढ़ने लगी थी। शोभनाथ भी उससे साहित्य-चर्चा करने लगे थे। वे उसको लेकर भविष्य के सपने भी देखने लगे थे। डॉ. सक्सेना के घर में उनका आना-जाना तो बढ़ ही गया था।

एक दिन अपूर्वा ने अपने नौकर गुलाब सिंह को एक किताब मंगाने के लिए 'आशिक' साब' की दुकान पर भेजा। गुलाब सिंह ने एक पर्चा, जिसमें पुस्तक का नाम लिखा था, 'आशिक' साहब को पकड़ाते हुए कहा, ''अपूर्वा बिटिया ने यह किताब मंगवाई है।''

पर्चा लेकर पढ़ते हुए 'आशिक' जी ने पूछ लिया, ''डॉक्टर साहब ठीक हैं न। बहुत दिनों से इधर नहीं दिखाई पड़े।''

''वो तो सहर से बाहर गए हैं। कोई 10-15 दिन हो गए।'' उसने सहजता से कहा।

''तो अपूर्वा बिटिया अकेली ही रहती है।''

''हां, अकेली ही रहती है। वैसे शोभनाथ बाबू कॉलेज के बाद आ जाते हैं और दिन ढलने के बाद ही जाते हैं।''

"वहां अपनी पढ़ाई करते होंगे?"

"वो पता नहीं जी। अपूर्वा बिटिया से बातें करते रहते हैं। दिन का खाना भी बंगले पर ही खा लेते हैं। कभी-कभी देर हो जाती है तो रात का खाना भी खाकर जाते हैं।"

"और?"

"और क्या?"

"सुना है, शोभनाथ बाबू अपनी बुआ के साथ रहते हैं।"

"वो तो जी, महीने भर से अपनी बेटी के पास गई हुई हैं कानपुर। अभी आई नहीं वहां से।"

'आशिक' जी मन ही मन हँस दिए। उन्हें लगा कि उनका शोध पूरा हो गया है।

डॉ. सक्सेना यात्रा से लौट आए थे।

उन्हें महसूस हो रहा था कि इन दिनों अपूर्वा काफी खुश-खुश नजर आती है। उसके चेहरे पर भी रौनक आ गई है। वह बातें भी करने लगी हैं। पहले वह ज्यादातर चुप ही रहती थी। उन्होंने यह भी लक्ष्य किया कि शोभनाथ का अपने शोध के बहाने उनके बंगले पर आना-जाना बढ़ गया है कि शोभनाथ को आया देखकर अपूर्वा खिल-खिल जाती है कि उसके रहने-सहने के ढंग में भी बदलाव आ गया है कि वह काम करते हुए किसी गीत की पंक्ति गुनगुनाती रहती है। पिछले 15-20 दिनों में ही अपूर्वा में इतना परिवर्तन आया देखकर डॉ. सक्सेना सोचने लगे कि कहीं...

एक दिन डॉ. सक्सेना ने शोभनाथ से पूछा, "शोभन, तुम्हारे परिवार में और कौन-कौन लोग हैं।"

"जी, मैं अपनी बुआ के साथ रहता हूं। एक तरह से उन्होंने ही मुझे पाला-पोसा है। माता-पिता दोनों बचपन में ही चल बसे थे। आज मैं जो कुछ भी हूं, अपनी बुआ के कारण ही हूं। यहीं रिस्पना के पार उनकी थोड़ी जमीन है।"

"हूं...।" डॉ. सक्सेना थोड़ा सोच में पड़ गए। कुछ देर चुप रहने के बाद वे बोले, "बरसात के दिनों में तुम्हें आने-जाने में बड़ी मुश्किल पड़ती होगी। रिस्पना भर जाती हैं।"

"जी, वो तो है।"

‘‘अगर तुम्हारा इस पार रहने का कोई प्रबंध हो जाए तो कैसा रहेगा?’’ मेरी ‘चंद्रावती कॉटेज’ का एक हिस्सा खाली पड़ा है। तुम चाहो तो वहां शिफ्ट कर सकते हो।’’

‘‘धन्यवाद, गुरुजी। मैं बुआ से पूछ देखूंगा...’’

‘‘पूछ देखो। वैसे मुझे नहीं लगता कि इससे उनको कोई उज्र होगा। कॉलेज के पास हो जाओगे। पढ़ने-लिखने की भी सुविधा हो जाएगी।’’ कहते हुए डॉ. सक्सेना ने अपनी अनुभवी आंखों से शोभनाथ को जांचने की कोशिश की।

‘‘ठीक है गुरुजी...जैसा आप कहें। वैसे तो बुआ को अपनी जमीन से बड़ा मोह है, लेकिन मुझे लगता है कि मेरी खातिर मान जाएंगी, मैं उन्हें मना लूंगा।’’

‘‘इसमें मेरा भी फायदा है। कॉटेज की अच्छी देखभाल हो जाएगी। उसके एक हिस्से में कॉलेज के कुछ स्टूडेंट्स रहते हैं और तुम जानते ही हो, लड़के किस तरह रहते हैं। पूरी कॉटेज उजड़ी-सी लगती है। लड़के भी अनुशासित हो जाएंगे।’’

शोभनाथ ने डॉ. सक्सेना की ओर देखा और थोड़ा-सा मुस्करा दिए।

‘‘गुरुजी, पिछले दिनों मैंने अपना पहला चैप्टर लिख लिया है। आप देख लेंगे तो मैं आगे...।’’

‘‘उसकी चिंता मत करो। बस, जल्दी से अपनी थीसिस पूरी कर डालो। फिर किसी यूनिवर्सिटी में तुम्हारे लिए कुछ देखेंगे।’’

डॉ. सक्सेना के इन वाक्यों से शोभनाथ सचमुच अभिभूत हो गए थे। उन्हें लगने लगा था कि एक दिन वे आकाश को अपनी मुट्ठी में कर लेंगे। उन्होंने मन ही मन डॉ. सक्सेना के पैरों का स्पर्श कर लिया।

3

एक साल यों ही देखते-देखते बीत गया।

शोभनाथ चंद्रावती कुटीर में आ गए थे। बुआ ने अपने नौकर बहादुर के साथ मिलकर पूरी कॉटेज को साफ-सुथरा बना दिया था। गेट के सामने फूलों की क्यारियां बना दी गई थीं और पीछे की तरफ सब्जियां उगाने का प्रबंध कर दिया गया था। अब कॉटेज हरी-भरी लगने लगी थी। 'पारिजात' की गोष्ठियां भी कॉटेज में होने लगी थीं।

उस दिन गोष्ठी में नगर के एक उदीयमान कवि उद्भ्रांत ने कुछ कविताएं पढ़ीं। अधिकांश कविताओं का विषय रूमानी और व्यक्तिपरक था। काव्य-पाठ के बाद उन पर चर्चा आरंभ हुई। गोष्ठी की अध्यक्षता 'आशिक' जी कर रहे थे। नगर के कुछ कवि और कुछ साहित्यिक श्रोता वहां उपस्थित थे। चर्चा के दौरान एक श्रोता बोले, "उद्भ्रांत की कविताएं वैसे तो कर्णप्रिय हैं, लेकिन उनमें मांसलता और व्यक्तिपरकता कुछ ज्यादा ही है। कवि को इस ओर थोड़ी सावधानी बरतनी चाहिए।"

"मेरा भी यही विचार है।" एक दूसरे सज्जन बोले, "रचना में जब तक सामाजिकता का तत्त्व नहीं होता, तब तक आज के जैसे युग-परिवेश में उसकी

सार्थकता नहीं बन पाती। मैं उद्भ्रांतजी को हतोत्साहित नहीं कर रहा हूं। बस, मैं यह कहना चाह रहा हूं कि देश अभी-अभी आजाद हुआ है। उसे लंबी दूरी तय करनी है। यदि हमारे रचनाकार प्यार और श्रृंगार में ही डूबे रहे तो देश और समाज का क्या होगा। आज आवश्यकता इस बात की है कि हम अपने नवयुवकों को प्रगति की दिशा में प्रशस्त करने वाली रचनाएं दें। छायावाद में प्यार की मनुहार बहुत हो चुकी। अब समय बदल रहा है। दिशा बदल रही है। हमें उस बदली हुई दशा और दिशा को अपनी रचनाओं में रचना है। क्यों शोभनाथजी, आपका क्या विचार है?''

शोभनाथ अध्यक्ष महोदय के पास बैठे पाइप के साथ-साथ चाय की चुस्की ले रहे थे। अपने गिलास को एक ओर सरकाते हुए और अपना पाइप बुझाते हुए वे बोले, ''उद्भ्रांतजी की कविताओं को मैंने बड़े ध्यान से सुना है। वे युवा कवि हैं। कवि के रूप में उनका भविष्य उज्ज्वल है। जहां तक उनकी कविताओं में रूमानियत और स्थूलता का प्रश्न है, ऐसा होना बहुत स्वाभाविक है। हर कवि प्रेम-प्रकरण से ही अपनी रचनाधर्मिता की शुरुआत करता है। छायावादी काव्य भले ही पुराना पड़ गया हो, लेकिन युवा मन की भावात्मक प्रेरणाएं कभी पुरानी नहीं पड़तीं। मुझे उनकी कविताओं में कुछ भी आपत्तिजनक नहीं लगता।''

''यानी आप कहना चाहते हैं कि कविता में सामाजिकता का कोई महत्त्व नहीं होता। व्यक्ति और व्यक्तिपरकता ही सब कुछ होती है। अगर ऐसा है तो समाज का क्या होगा। भावी पीढ़ी का क्या होगा? देश का क्या...'' उन सज्जन को बीच में ही रोककर शोभनाथजी थोड़ी ऊंची आवाज में कहने लगे, ''ऐसा है दिवाकरजी, जहां तक व्यक्ति और समाज का प्रश्न है, हमें यह नहीं भूलना चाहिए कि व्यक्ति ही समाज का निर्माता है। अतः व्यक्ति प्रमुख है। उसकी विचारणा प्रमुख है और उसे अपनी भावनाओं को, अपने विचारों को व्यक्त करने का पूरा अधिकार है। समाज तो व्यक्ति के बाद आता है। यदि व्यक्ति नहीं होता तो समाज का अस्तित्व होता क्या?'' शोभनाथ ने कुछ जोश में आकर अपना पक्ष प्रस्तुत किया।

''आपने जो कुछ कहा, अपनी जगह पर ठीक है।'' दिवाकरजी बोले, ''लेकिन आप यह भी तो देखें कि व्यक्ति जन्म से लेकर मृत्यु तक समाज पर निर्भर रहता है। कभी अपने माता-पिता पर, कभी अपने मित्रों पर, कभी अपने नातेदारों-संबंधियों पर और कभी अपने गुरुजनों और शुभाकांक्षियों पर। समाज के

इन विभिन्न आयामों के बिना उसका अस्तित्व ही खतरे में पड़ जाता है। तो क्या, इनके प्रति उसका कोई कर्तव्य नहीं है। विशेष रूप से रचनाकार के रूप में, जिससे समाज प्रेरणा और दिशा-निर्देश की आशा रखता है।''

शोभनाथ कुछ बोलना चाहते थे कि 'आशिक जी' ने उन्हें हाथ के इशारे से रोककर कहा, ''मुझे लगता है कि हम लोग विषयांतर कर रहे हैं और इस प्रकार की चर्चा समयानुकूल नहीं हैं।''

''आप इसे विषयांतर कैसे कह सकते हैं?'' एक सज्जन बोले, ''यह चर्चा चलने दीजिए।''

''देखो भई, हमने उद्भ्रांतजी को पहली बार सुना है। जरा उनकी आयु भी तो देखो। समाज, राष्ट्र, प्रगति, प्रतिबद्धता—ये सब बड़े-बड़े शब्द हैं। इन तक पहुंचने में अभी उद्भ्रांत को समय लगेगा। आप मुझे बतलाइए, यहां इतने कवि बैठे हुए हैं। किसने अपने कवि-कर्म की शुरुआत प्यार और शृंगार की कविताओं से नहीं की। यदि उद्भ्रांत ने भी ऐसा ही किया तो इसमें क्या आपत्ति है। मुझे तो लगता है कि हमें उद्भ्रांतजी को प्रोत्साहित करना चाहिए। फिर एक बात और है। हर कवि समाज को अपने कंधों पर लादे तो नहीं चल सकता। हर व्यक्ति का अपना संस्कार और अपना विश्वास होता है। हम हर किसी पर समाज को लाद तो नहीं सकते। क्यों शोभनाथजी, मैं ठीक कह रहा हूं न...'' 'आशिक' जी ने व्यंग्यपूर्ण मुस्कान के साथ पूछा।

शोभनाथ ने 'आशिक' जी की ओर भेद-भरी नजरों से देखा और वे भी थोड़ा-सा मुस्करा दिए।

एक और चाय के बाद उस दिन की गोष्ठी विसर्जित हो गई।

गोष्ठी तो विसर्जित हो गई, लेकिन शोभनाथ कवि दिवाकर के कथन को लेकर कसमसाते रहे। बड़ा प्रगतिशील बनता है दिवाकर। वे सोचते रहे—बाल पकने लगे हैं और जगह-जगह मुंह मारना जारी है। कवि सम्मेलनों में जाता है कि कभी दिव्या को और कभी सुनीता को साथ ले लेता है। यह कैसी प्रगतिशीलता है भाई। अपनी कविताओं को दिव्या के नाम से छपवाता है और उसे नगर की पत्रिकाओं में कवयित्री के रूप में प्रतिष्ठित करने की कोशिश करता है। वाह रे प्रगतिशील, इससे तो हम अच्छे हैं। कोई मुखौटा नहीं लगाते। कम से कम साहित्य में तो नहीं ही। हां, अपना निजी जीवन अपना है। हम उसे चाहे जिस तरह जियें। उस दिन एक सभा में यही दिवाकर कह रहे थे कि रचनाकार

एक सार्वजनिक जीव होता है। उसका अपना कुछ भी व्यक्तिगत नहीं होता, नहीं होना चाहिए। जनता उसकी रचनाओं से प्रेरणा लेती है, उसके विचारों का सम्मान करती है। अतः उसे सबके सम्मुख खुला होना चाहिए।" कैसा दोहरा व्यक्तित्व है दिवाकर का। कथनी और करनी में इतना अंतर। कोई इससे पूछे कि दिव्या और सुनीता से क्या संबंध है इसका। क्या वे इसके हाथों में राखी बांधती हैं। फिर वे खुद से कहने लगे—यह तो इतना बेशर्म है कि एक दिन राखी भी बंधवा लेगा और दूसरे दिन उससे प्यार की मनुहार भी करने लगेगा। अनेक उदाहरण हैं इस शहर में कि लोगों ने दस-दस साल तक किसी से राखी बंधवाने के बाद ग्यारहवें साल उससे विवाह भी रचा लिया। दिवाकर तो घाघ है। शादी भी करेगा और प्यार करने में भी पीछे नहीं रहेगा। एक घरवाली, दो बाहर वाली। वाह पट्ठे। क्या कमाल का कवि है तू भी।

वे 'आशिक' के व्यंग्य से भी थोड़ा आहत हुए थे। किस बारीकी के साथ उन्होंने व्यक्ति के अपने संस्कारों और विश्वास की बात कह डाली। उन्हें शंका हुई कि कहीं उन पर तो निशाना नहीं साधा गया है, लेकिन 'आशिक' ने इतनी सहजता और स्वाभाविकता से अपनी बात कही थी कि उन पर शक करने का कोई सवाल ही पैदा नहीं होता था—इस तरह सोचते हुए शोभनाथ एक तरह से अपने को तसल्ली दे रहे थे।

तभी उन्हें याद आया कि डॉ. सक्सेना ने किसी काम के सिलसिले में उन्हें अपने घर बुलाया है। उनके सामने यकायक अपूर्वा का चेहरा घूम गया। वे तैयार होकर बाहर निकले और साइकिल उठाकर डॉक्टर साहब के बंगले की ओर निकल गए। बुआ कहती रह गई, "ललुवा, इतनी रात को कहां चले। रोटी तो खा कर जाते।"

बंगले पर पहुंचकर शोभनाथ ने पाया कि डॉक्टर सक्सेना खाने की मेज पर बैठे हैं। शोभन को आया देखकर वे बोले, "अप्पू, शोभनाथ आए हैं। जरा उनकी भी थाली लगा दो।"

"गुरुजी, मैं खाना खाकर आया हूं। तकलीफ मत कीजिए।"

"अरे भई, आज अप्पू मिस्सी रोटी बना रही है। घी-गुड़ के साथ खाओगे तो याद करोगे।"

तभी बाहर निकलकर अपूर्वा ने आटे से सने हाथों से शोभनाथ का औपचारिक अभिवादन किया और बोली, "आप बैठिए बाबूजी के साथ। मैं अभी ताजी रोटी बनाकर लाती हूं।"

शोभनाथ हँसते हुए डॉक्टर साहब के पास ही कुर्सी सरकाकर बैठ गए। अपूर्वा का वह रूप—आटे सने हाथ, माथे पर झुकी हुई घुंघराले बालों की लड़ी और बिल्कुल घरेलूपन उनकी आंखों में समा गया। एक क्षण को उन्हें लगा कि अपूर्वा अपने घर में नही, बल्कि उनकी रसोई में भोजन बना रही है। उनको रोमांच हो आया, लेकिन अपनी भावनाओं पर संयम रखकर वे गंभीर बने रहे।

उन्होंने डॉक्टर सक्सेना से पूछा, "गुरुजी, कोई खास काम था क्या?"

"नहीं, बहुत खास तो नहीं। बहुत पहले बरेली सेंटर से एम.ए. की कुछ कापियां आई थीं। मैं अपनी व्यस्तता में उन्हें जांचना ही भूल गया। कोई डेढ़ सौ कापियां हैं। कल रिमाइंडर मिला तो मुझे याद आया। तुम ऐसा करो कि दो-तीन दिन में इन्हें जांच दो, मुझे थोड़ी सुविधा हो जाएगी।"

"मैं जांच दूंगा गुरुजी। आप निश्चिंत रहिए।" शोभनाथ बोले।

एक रोल नंबर है—131, उसे जरा अच्छी तरह, मेरा मतलब है उदारतापूर्वक देख लेना। तुम इसे नोट कर लो।"

"मुझे याद रहेगा गुरुजी, 131"

"फिर भी...बरेली के विभागाध्यक्ष की बेटी का है।"

शोभनाथ ने जेब से अपनी नोटबुक निकाली और नंबर नोट कर लिया।

"कापियां यहीं आकर जांच लेना। सुविधा रहेगी।"

"जी।"

अपूर्वा तब तक एक प्लेट में छोटी-सी मिस्सी रोटी और कटोरियों में घी और गुड़ का चूरा ले आई थी।

"खाकर तारीफ जरूर क़ीजिए गुरुजी।" प्लेट को मेज पर रखती हुई वह बोली, "वैसे रसोई-वसोई में मेरी ज्यादा दिलचस्पी नहीं है। आज बहुत दिनों बाद बाबूजी ने मिस्सी रोटी की फरमाइश की तो मैं रसोई में चली गई। वैसे गुलाब सिंह ही सब संभालता है।"

भोजन हो गया था। डॉ. सक्सेना शोभनाथ के साथ 'स्टडी' में चले आए।

"बैठो।" कहते हुए डॉ. सक्सेना ने आलमारी से तीन बंडल निकाले और उन्हें मेज पर रखते हुए बोले, "बस, यही तीन बंडल हैं। कल से कॉलेज के बाद यहीं आकर इन्हें जांच देना। मार्क्सशीट पर नंबर हम चढ़ा लेंगे।"

"जी।" शोभनाथ ने बंडल को उठाकर उन्हें आजमाते हुए कहा।

"कॉफी पियोगे?"

“जी नहीं। काफी देर हो गई है। बुआ इंतजार कर रही होंगी।” कहते हुए शोभनाथ उठ खड़े हुए।

दरवाजे के पास अपूर्वा खड़ी थी। धीरे-से बोली, “तो कल आएंगे मुंशीजी। मैं लंच पर इंतजार करूंगी।” उसकी दबी-दबी सी हँसी दरवाजे के आसपास बिखर गई।

“शरारती कहीं की।” कहते हुए शोभनाथ बाहर निकल गए।

अपनी कॉटेज पर पहुंचकर शोभनाथ ने देखा, बुआ अंधेरे में दरवाजे पर बैठी उनका इंतजार कर रही है।

“बड़ी देर लगा दी ललुवा। मैं कब से यहां बैठी हूं।”

“बुआ खाना खा लिया ना?”

“कैसे खा लेती? तेरे आने का इंतजार कर रही थी।”

शोभनाथ के मुंह तक आया कि कह दे कि वह तो डॉक्टर साहब के घर से खाकर आया है, लेकिन बुआ की भावना को चोट न लगे, इसलिए बोला, “अच्छा बुआ, जल्दी थाली लगा दे। वैसे आज सुबह से पेट भारी-भारी सा लग रहा है।”

“अपनी सेहत का ध्यान रखा कर ललुवा। जी है तो जहान है। कोई गोली ली या नहीं?”

“दिन में ली थी। एक सोते वक्त ले लूंगा।”

“तू हमेशा किताबों में उलझा रहता है। कुछ आराम भी किया कर।” कहती हुई बुआ रसोई में जाने के लिए उठ गई।

उस रात रातभर शोभनाथ करवटें बदलते रहे। सेमल के तकिये को सीने से चिपकाए वे भावी की रंगीन कल्पनाओं में खोए रहे। अपूर्वा की सादगी भरा सौंदर्य, उसकी सहजता और नटखटपन उन्हें मोहता था। एक बार, बीच रात में उठकर टेबल लैम्प के मद्धिम प्रकाश में उन्होंने कुछ काव्य-पंक्तियां भी लिख डाली और फिर नोटबुक को बड़ी देर तक छाती और तकिये के बीच सहेजे रहे और जागते हुए भी मादक सपनों में खोए रहे।

यों सारी रात सपने देखते-देखते ही बीत गई। सुबह उठे तो वे अपने को बहुत तरोताजा और उत्साहित महसूस कर रहे थे।

4

डॉ. सक्सेना का बंगला।

बंगले में डॉ. साहब की स्टडी। स्टडी में फर्श पर बैठे हुए प्रोफेसर शोभनाथ और अपूर्वा। सामने कॉपियों का बंडल खुला पड़ा था। पास ही टी पॉय पर मठ्ठे के दो गिलास रखे थे। कापियां जांचते हुए और मठ्ठे की घूंट भरते हुए शोभनाथ और अपूर्वा आपस में बतिया भी रहे थे।

"एक बात बताएंगे गुरुजी?" औपचारिक बातों को छोड़कर अपूर्वा ने शोभन की ओर देखते हुए कहा।

"देखो अपूर्वा, तुम मुझे गुरुजी मत कहा करो।"

"तो क्या कहूं, मुंशीजी?" एक ठहाके के साथ अपूर्वा बोली।

"फिर वही बदमाशी।"

"और कुछ भी कहो, लेकिन गुरुजी नहीं।"

"तो 'अजी' कहना शुरू कर दूं।" अपूर्वा ने उनकी आंखों में देखते-मुस्कराते हुए कहा।

"तुम भी बस, हां कौन-सी बात पूछने वाली थी?"

''यही कि कोई, किसी को अच्छा क्यों लगने लगता है?''

शोभनाथ ने मुस्कराते हुए अपूर्वा की ओर देखा और बोले, ''इसीलिए कि किसी को किसी की कोई चीज भा जाती है। कोई मुद्रा। चेहरे की लुनाई। उसका भोलापन। उसकी बातें करने का ढंग। उसकी प्रखरता। उसके विचार। उसकी पूरी देह-यष्टि। कुछ भी अच्छा लग सकता है।''

''आपको मुझमें क्या अच्छा लगा?''

''तुम्हारी सहजता और भोलापन।''

''मैं भोली नहीं हूं गुरुजी।''

''फिर 'गुरुजी' कहा।''

''तो क्या कहूं?''

''तो क्या तुम मुझे मेरे नाम से नहीं बुला सकती?''

''नाम से। हाय राम...ना बाबा ना।''

''तो?''

अपूर्वा कुछ सोच में पड़ गई। फिर बोली, ''बुआजी आपको किस नाम से पुकारती है।''

''तो मेरी बुआ की जगह लेने का इरादा है?''

''नहीं। ऐसा तो कुछ नहीं। फिर भी, बताओ ना।''

''चलो, तुम मुझे कापियां जांचने दो। डॉक्टर साहब आकर पूछेंगे तो क्या कहूंगा।''

''कह देना, कुछ भी कह देना। बातें बनाने में तो बहुत तेज हो।''

अब तक शोभनाथ अपूर्वा की समीपता पाकर बहुत भावनाशील हो उठे थे। बोले, ''यह तेजी, यह उत्साह, यह सब तुम्हारा ही दिया हुआ है अप्पू। अब तो मेरे लिए तुम्हारे सिवा कहीं कुछ नहीं रह गया है।''

अपूर्वा ने स्नेह भरी आंखों से शोभनाथ की ओर देखा और फिर अपनी गर्दन झुका ली।

कुछ देर दोनों के बीच यों ही मौन बना रहा।

फिर शोभनाथ ने धीर-से अपूर्वा के कंधे पर हाथ रखा और उसे दबाते हुए पूछा, ''मेरा कहा, तुम्हें बुरा तो नहीं लगा अप्पू।''

अपूर्वा ने गर्दन झुकाए ही सिर हिला दिया, ''नहीं।''

शोभनाथ धीरे-धीरे उसकी पीठ सहलाने लगे। अपूर्वा गठरी-सी सिकुड़ गई। उसे महसूस हुआ कि उसका सारा शरीर बसंती बयार-सा हल्का हो गया है।

तभी बैठक के दरवाजे पर दस्तक हुई, "खाना तैयार हो गया है बीवीजी। मेज पर लगा दूं।" यह गुलाब सिंह की आवाज थी।

"हां, लगा दो।" शोभनाथ से अलग होती हुई अपूर्वा बोली, "हम आते हैं।"

अब शोभनाथ के दिन सोने के और रातें चांदी की हो गई थीं। उन्मन-उन्मन-सा मन हमेशा किसी स्वप्निल संगीत में डूबा रहता। जीवन में जैसे एक लय आ गई थी। मन उल्लास की तरंगों से भीगा रहता। अपने आसपास लगता कि जैसे रजनीगंधा की सहज सुवास फैली हुई है। जिजीविषा तीव्र हो गई थी। नसों में रक्त तेजी से दौड़ने लगा था। शोभनाथ के मन-प्राण एक अजीब से उत्साह से भर उठे थे। अपनी कॉटेज में आते तो उसके इंटीरियर को सजाने, उसमें परिवर्तन करने की योजना बनाते।

यह कमरा हम दोनों का बैडरूम होगा। स्टडी कोने के छोटे से कमरे में शिफ्ट कर दी जाएगी। लिविंग रूम के पर्दे पुराने पड़ गए हैं, इन्हें बदलना होगा। घने, मोटे डिजाइनदार पर्दे लगाने होंगे। नई क्रॉकरी लानी होगी। किचन को रिअरेंज करना होगा, बुआ का पूजा स्थल किचन से हटाकर स्टोर रूम में बना देंगे, वहीं उनका बिस्तर भी...।

शोभनाथ योजना बनाते रहते और मन ही मन खुश होते रहते।

कॉटेज के बाहर गुलाब के पौधे बड़े हो गए थे और उन पर फूल खिलने लगे थे। लाल, गुलाबी, पीले, सफेद। बीच में एक-दो काले गुलाब के पौधे भी थे। उन पर अभी फूल नहीं आए थे। बीच में छोटा-सा लॉन था और उसके बीचोबीच मौलश्री का घना नाटा वृक्ष खड़ा था। सुबह उसके नीचे पुष्पों की बिछावन बिछी मिलती। फूल निरंतर झरते रहते जैसे किसी छत्ते से शहद टपकता रहता हो—टप-टप। सुबह की इस पुष्पित उजास में शोभनाथ आह्लादित हो उठते। इस आह्लादपूर्ण स्थिति में अपूर्वा उनके अंतस में छाई रहती।

अपूर्वा के मन-प्राणों में भी शोभनाथ के स्नेह की गंध बसी रहती। उसका कंठ निरंतर शोभनाथ की किसी कविता की पंक्तियां गुनगुनाता रहता। शोभनाथ

के व्यक्तित्व में वह एक प्रकार की तेजस्विता के साथ-साथ कोमल अनुभूति का अनुभव करती। उसे जैसे उसका लक्ष्य प्राप्त हो गया था। कभी ऐसे पुरुष की एक धूमिल-सी कल्पना में वह भूली रहती थी। अब वह पुरुष शोभनाथ के रूप में साकार हो गया था। वह उसे पूर्ण समर्पित हो जाना चाहती थी। उसने अप्रत्याशित रूप से अपने देवता को खोज लिया था। वह मन ही मन उसकी अभ्यर्थना में लगी रहती। वह चाहने लगती कि वह अपने पूरे अस्तित्व के साथ शोभनाथ में समा जाए। वह उसका देवता जो था। उसे लगता कि यह ग्रीष्मावकाश उसके लिए वरदान बनकर आया है। वह उस वरदान को अपने अंचल में संयोए भविष्य की कल्पनाओं में खोई रहती। अब उसकी कल्पना में चौड़ी पत्ती वाली दूब की हरियाली होती। हरियाली के आंगन में फूलों की गंध गमक रही होती और उस गंध में सहसा ही एक पुरुषगंध घुल-मिल जाती। अपूर्वा का मन होता कि वह शोभनाथ की छाती से चिपककर उस गंध को पीती हुई आंखें बंद करके चुप, निःशब्द और स्थिर हो जाए। शोभनाथ के लिए वह सचमुच बावली बन गई थी।

उस दिन परीक्षा का रिजल्ट निकल आया था। अपूर्वा अच्छे अंकों से उत्तीर्ण हो गई थी। वह खुश थी और उत्साहित भी। वह चाहती थी कि जल्दी से जल्दी वह शोभन को इसकी सूचना दे। इसी विचार से वह कॉलेज जाने की तैयारी करने लगी। तैयार होकर जैसे ही वह बंगले के गेट पर पहुंची, उसने देखा, शोभनाथ अपनी साइकिल पर बैठे उसी ओर आ रहे हैं। वह एकाएक गेट पर ही रुक गई। शोभनाथ ने भी पास आकर अपूर्वा को देख लिया था। गेट पर साइकिल से उतरते हुए वे बोले, ''बधाई हो अप्पू...''

अपूर्वा आश्चर्यचकित थी। वह वहीं पर ठगी-सी खड़ी रह गई। बड़ी मुश्किल से वह इतना ही बोल पाई, ''आपको कैसे पता लगा मेरा रोल नंबर?''

''सब पता लग जाता है। प्यार सब बातों का पता रखता है।'' कहते हुए शोभनाथ मुस्कराने लगे। बोले, ''चलो, भीतर चलते हैं।''

लॉन में से गुजरते हुए शोभन बोले, ''गुरुजी हैं घर में?''

''बाबूजी तो सुबह ही कॉलेज चले गए।''

''चलो, अच्छा है। एकांत में बातें करेंगे। अब क्या इरादा है?''

''मतलब?''

“मतलब यही कि आगे क्या करने का इरादा है। बी.ए. ज्वाइन करोगी या...”

“या क्या?”

“या किसी की दुल्हन बनकर ससुराल चली जाओगी।”

“धत्! आप भी कैसी बातें करते हैं, मैं तो आगे पढ़ूंगी।”

“आगे तो तभी पढ़ोगी, जब तुम्हारे बाबूजी इसकी इजाजत देंगे?”

“वो क्यों नहीं देंगे?”

“हां, वैसे तो दे सकते हैं, लेकिन एक दिन मुझसे कह रहे थे कि अप्पू बिटिया बड़ी हो गई है। अब उसके हाथ पीले कर दूं तो अपनी जिम्मेदारी से छूट जाऊं।”

“ऐसा कह रहे थे बाबूजी?” अपूर्वा ने बड़ी-बड़ी आंखों से शोभनाथ की ओर देखते हुए कहा।

अब तक दोनों बैठक में आ गए थे।

“चाय बनवाऊं आपके लिए?”

“बस चाय? मिठाई नहीं खिलाओगी?”

“इस वक्त तो सिर्फ चाय। मिठाई शाम को।”

“तो शाम को भी आना पड़ेगा?”

“मिठाई खानी हो तो आना ही पड़ेगा।”

“अच्छा, मैं चाय बनाकर लाती हूं।” कहते-कहते हुए अपूर्वा किचन की ओर जाने लगी। इस समय वह चंचल भी लग रही थी, गंभीर भी और कुछ-कुछ अनमनी भी।

शोभन दरवाजे के बाहर लॉन पर छाई हरियाली को देखने लगे—हरियाली, फूल, बोगन विला की लतर। गुलाबों की क्यारियां और गेट के सिरों पर लंबे, सीधे खड़े यूकेलिप्टस के युवा-वृक्ष। वे कुछ सोचना चाहते थे, लेकिन उनके शब्द उनकी सोच का साथ नहीं दे पा रहे थे। वे उस वक्त सिर्फ इतना ही सोच पाए कि शब्द कभी-कभी इतने अशक्त क्यों बन जाते हैं।

चाय पीते हुए शोभन ने पूछ लिया, “बी.ए. में कौन-कौन से विषय लोगी?”

“यह तो मैं आपसे ही पूछने वाली थी।”

“मैं तो साहित्य और मनोविज्ञान ही लेने को कहूंगा।”

अपूर्वा थोड़ी सोच में पड़ गई। कुछ देर रुककर बोली, ''मनोविज्ञान ठीक है, पर साहित्य तो बिल्कुल नहीं।''

''क्यों?'' शोभन ने कुछ आश्चर्य के साथ पूछा।

''क्योंकि तब कई बार क्लास में आपके सामने बैठना पड़ेगा। ना बाबा ना। मुझसे नहीं बैठा जाएगा।''

''मैं तुम्हारी क्लास लूंगा ही नहीं।'' शोभन ने हँसते हुए कहा।

''तो फिर ठीक है। हिन्दी भी ले लेंगे।''

''और?'' शोभन ने धीरे-से अपूर्वा के चेहरे पर पड़ी हुई लट को छू दिया। अपूर्वा छुईमुई बन गई।

''अब भी इतना संकोच करती हो?'' शोभन अपना हाथ पीछे खींचते हुए बोले।

अपूर्वा कुछ बोल नहीं पाई। वैसे ही जड़वत् बैठी रही, चेहरे को झुकाए हुए, ''अच्छा बाबा, अब सहज हो जाओ। मैं चलता हूं।'' शोभन उठने का उपक्रम करते हुए बोले।

अपूर्वा ने धीरे-से नजर उठाकर शोभन की ओर रेखा। वह कुछ बोल नहीं पाई।

''वैसे तुम्हारे बाबूजी से बातें करके तुम्हारी आगे की पढ़ाई के बारे में सोचेंगे, तब तक तुम भी अपना मन बना लो। ठीक है? अब चलता हूं।'' शोभन ने बैठक से बाहर निकलते हुए कहा।

''शाम को आएंगे ना, मिठाई खाने।''

और फिर दोनों साथ-साथ खुलकर हँस पड़े।

शोभन ने दीवार पर टिकी साइकिल उठाई और सामने गेट की तरफ निकल गए। अपूर्वा खाली प्यालों को ट्रे में रखती हुई उनका जाना देखती रही—जब तक कि वे गेट से बाहर नहीं निकल गए।

5

कॉलेज का नया सत्र आरंभ हो चुका था। कैम्पस में नए-पुराने विद्यार्थियों की हलचल मची थी। अपने-अपने मित्रों-परिचितों की टोलियां। नए विद्यार्थियों से परिचय। चिड़ियों की तरह चहकती हुई लड़कियां। हँसी-मजाक। स्नेह भरे ताने और व्यंग्य। अभी कुछ दिन पहले तक वीरान-से बने कॉलेज में एक नई जीवंतता और रंगीनी छा गई थी। रंग-बिरंगे वस्त्र-परिधान। रंग-बिरंगी ओढ़नियां। रंग-बिरंगी छतरियां—कॉलेज के आकाश पर इंद्रधनुष की कल्पना को साकार करती हुई। पूरा माहौल मेले का-सा दृश्य उत्पन्न कर रहा था।

डॉ. शोभनाथ ने पहली बार कक्षा में प्रवेश किया। विद्यार्थियों ने खड़े होकर उनका अभिवादन किया। मंच की ओर जाते हुए उन्होंने हाथ से उन्हें बैठने का इशारा किया। मंच पर पहुंचकर वे बोले, ''नई कक्षा में आप सभी विद्यार्थियों का स्वागत है। मेरे आने पर इस प्रकार की औपचारिकता को मैं आवश्यक नहीं समझता। सम्मान देने का संबंध तो मन से, हृदय से होता है। आगे, कृपया इस प्रकार की औपचारिकता न दिखलाएं।''

सुनकर विद्यार्थी अभिभूत हो गए। डॉ. शोभनाथ ने कुछ रुककर उन्हें पहले माह में पढ़ाए जाने वाले टॉपिक्स की सूची डिक्टेट कर दी। फिर थोड़ी इधर-उधर की बातें करके बोले, ''सोमवार से इस सूची के अनुसार हमारी पढ़ाई शुरू हो जाएगी।''

कुछ रुककर वे कहने लगे, ''इस साल जिन नए विद्यार्थियों ने एडमिशन लिया है, चलिए, सबसे पहले उनका परिचय प्राप्त कर लें, अच्छा जो नए विद्यार्थी इस साल आए हैं, वे अपना हाथ खड़ा कर लें।

पांच-छह विद्यार्थियों ने अपने हाथ खड़े कर दिए। डॉ. शोभनाथ बारी-बारी से उनका परिचय लेने लगे।

''मेरा नाम मनुज मनस्वी है सर। संत कॉलेज से बी.ए. किया है।''

''आपके पिता क्या करते हैं?''

''सर, वे तहसील में मुंसिफ थे। पिछले साल उनका निधन हो गया।''

''ओ! सॉरी, तुम्हारी पढ़ाई का खर्च?''

''मेरे बड़े भाई यहां एक स्कूल में टीचर हैं।''

''मैं राधेश्याम अग्रवाल हूं सर। मैंने भी संत कॉलेज से बी.ए. किया हैं फर्स्ट डिवीजन में। वहां एम.ए. की क्लासेज नहीं हैं। इसीलिए...''

इस प्रकार सभी नए विद्यार्थियों ने अपना परिचय दे दिया। अंतिम विद्यार्थी का परिचय पूरा होते-होते घंटी बज गई।

डॉ. शोभनाथ मंच से नीचे उतर कर दरवाजे की तरफ जाने लगे। वे स्टाफरूम की ओर जा ही रहे थे कि सामने से एक छात्रा ने उनके पास आकर उन्हें अभिवादन किया। ''नमस्ते गुरुजी।''

शोभनाथ ने सिर उठाकर देखा, सामने मुस्कराती हुई सुमन शर्मा खड़ी थी।

''अरे सुमन तुम! कहो, कितना परसेंट आया।''

''कुछ नहीं गुरुजी...बस दो परसेंट से क्लास रह गई।''

''फर्स्ट क्लास या सैकंड क्लास...'' शोभनाथ ने हँसते हुए पूछ लिया।

''फर्स्ट क्लास गुरुजी। आप भी बस...''

''कोई बात नहीं, एम.ए. में शुरू से ही ध्यान लगाकर पढ़ना, ज्यादा मटरगस्ती और सिनेमा नहीं, समझीं। एडमिशन ले लिया है न?''

सुमन ने मुस्कराते हुए सिर हिला दिया।

"गुरुजी, पिताजी आपको याद कर रहे थे।" सुमन ने उनके साथ चलते-चलते कहा।

"उन्हें मेरा प्रणाम कहना। कहना, जल्दी ही उनके दर्शन करने आऊंगा।"

"जी।"

सुमन की तरफ मुस्कराते हुए शोभनाथ आगे बढ़ गए। वे स्टाफरूम के दरवाजे तक पहुंचे ही थे कि उनकी बगल से सामने आकर एक विद्यार्थी उनके चरण-स्पर्श करने के लिए झुक गया। शोभनाथ को उसे पहचानने में ज्यादा वक्त नहीं लगा।

"अरे नंदलाल तुम? बधाई। गांव से कब आए?"

"अभी दो-चार दिन ही हुए हैं गुरुजी।"

"वहां सब ठीक तो है?"

"गुरुजी, आपकी कृपा है..." फिर रुककर नन्दलाल बोला, "गुरुजी, शाम को तो आप घर पर ही होंगे न?"

"हां, मेरा कोई प्रोग्राम नहीं है शाम का। क्यों क्या बात है?"

"मां ने आपके लिए घी भेजा है। शाम को लेता आऊंगा।"

"तुम हर साल कुछ न कुछ ले आते हो। हमें संकोच होता है।"

"इसमें संकोच की क्या बात है गुरुजी? आप मेरे लिए इतना करते हैं। फिर मैं कुछ खरीदकर थोड़े ही लाता हूं।"

"अच्छा, अच्छा, ले आना।" कहकर शोभनाथ स्टाफ रूम में दाखिल हो गए।

स्टाफरूम 40-45 अध्यापकों के लिए छोटा पड़ता था। फिर भी एक प्रकार से 'कोजी' लगता था। फर्नीचर पुराना था, लेकिन उसमें एक 'एथेनिक लुक' था। एक कोने में ताजे फूलों से भरा एक बड़ा-सा फ्लॉवर पॉट रखा था। ताजगी के नाम पर बस वही एकमात्र पात्र था, जिससे स्टाफरूम की शोभा बढ़ गई थी। स्टॉफरूम के बगल में ही विभागाध्यक्षों के 'केबिंस' थीं। इनका संसार शेष प्राध्यापकों से कुछ भिन्न था। गंभीर और एकरस। शोभनाथ बैठने के लिए किसी योग्य स्थान की खोज में इधर-उधर देख ही रहे थे तभी प्रोफेसर भगीरथ अवस्थी ने पीछे से आकर उनके कंधे पर हाथ रखकर पूछ लिया, "हलो प्रोफेसर, कैसे हैं?" शोभनाथ ने उनकी ओर मुड़कर उन्हें प्रणाम किया और बोले, "ठीक हूं सर, आप कैसे हैं?"

“मुझे भी ठीक ही समझो। अब बुढ़ापे में ठीक होना, न होना एक जैसा ही होता है। क्यों?” कहते हुए वे खुलकर हँस पड़े।

भगीरथ अवस्थी राजनीति विभाग में सीनियर प्रोफेसर थे। बहुत स्पष्टवादी और खुलकर अपनी बात कहने वाले, लेकिन अपनी इसी स्पष्टवादिता के कारण वे पिछड़ गए थे। प्रिंसिपल तो उनसे नाराज रहते ही थे, वे मैनेजिंग कमेटी के मेंबरों की आंख की किरकिरी भी बने हुए थे। इसलिए अधिकांश प्राध्यापक भी उनसे दूर-दूर ही रहते। शोभनाथ बी.ए. में उनके विद्यार्थी रहे थे। वे शोभनाथ की विद्वत्ता से प्रभावित थे और उनकी शालीनता से भी।

अपनी छड़ी को मेज पर टिकाकर प्रोफेसर अवस्थी एक खाली कुर्सी पर बैठते हुए बोले, “आओ, बैठो।”

शोभनाथ उनके पास ही एक कुर्सी खिसकाकर बैठ गए।

“गर्मियों में बाहर गए थे?” डॉ. अवस्थी ने शोभनाथ से पूछ लिया।

“नहीं सर, इस बार कहीं नहीं जा पाया।”

“अरे, तुम तो लेखक हो, कवि हो। तुम्हें तो खूब घूमना चाहिए। अनुभव लेने चाहिए। लेखक अपने अनुभवों को ही तो लिखता है।”

“वह तो है सर, लेकिन इस बार कुछ दूसरे कामों में फंसा रहा। इसलिए...”

शोभनाथ ने छोटा-सा उत्तर देकर छुटकारा पाना चाहा। वे सोच रहे थे कि डॉ. अवस्थी से बातों में उलझ गए तो बातें रबड़ के तार-सी खिंचती चली जाएंगी और प्रोफेसर अवस्थी उनका कहीं अंत नहीं होने देंगे।

तभी चपरासी हाथ में चाय की केतली और कुछ कप लेकर अंदर दाखिल हुआ और एक-एक प्याले में चाय डालकर वहां बैठे प्राध्यापकों के सामने रखने लगा। उसने दो प्यालियां शोभनाथ और अवस्थीजी के आगे भी रख दीं।

अवस्थीजी ने पास रखा अखबार उठा लिया और उस पर नजरें डालते हुए चाय की एक घूंट भर ली।

“चलो, शास्त्रीजी ने एक काम तो अच्छा किया।” चाय का कप मेज पर रखते हुए अवस्थीजी बोले।

“क्या लिखा है?”

“शास्त्रीजी ने कहा है कि किसान को उसके उत्पादन का उचित मूल्य दिया जाना चाहिए। उन्होंने सरकारी खरीद में भी 16 प्रतिशत की वृद्धि की घोषणा कर दी हैं।”

"यह तो अच्छा कदम है।"

"तुम्हारा शास्त्रीजी के बारे में क्या विचार है।" प्रोफेसर अवस्थी ने शोभनाथ की तरफ देखकर पूछ लिया।

"सर जी, मैं राजनीति का विद्यार्थी तो हूं नहीं। मेरी समझ अखबारों की खबरों तक सीमित है। मैं क्या कह सकता हूं?"

"अरे भाई, तुम लेखक हो। चीजों को देखते हो, उन पर विचार करते हो। ऐसे कैसे कि मैं क्या कह सकता हूं?"

"सर, जहां तक मैं समझ पाया हूं, शास्त्रीजी मोटे तौर पर नेहरू की नीतियों से सहमत हैं। इसके बावजूद उनके काम करने का ढंग और उनकी देश की पहचान नेहरूजी से कुछ अलग और कुछ मायनों में विपरीत है। वे नेहरू की तरह स्वप्नदर्शी नहीं मालूम पड़ते। जमीन से ज्यादा जुड़े हुए हैं वे।"

"लेकिन अब नेहरू के बाद जनता उनको स्वीकारेगी क्या? नेहरू स्वप्नदर्शी थे अवश्य, लेकिन स्वप्नदर्शी होना गलत बात है क्या? बिना स्वप्न देखें इन्सान आगे बढ़ सकता है क्या?" शोभनाथ को उत्तेजित करने में प्रोफेसर अवस्थी को मजा आ रहा था।

स्वप्न अगर व्यावहारिक स्तर पर व्यवहार्य हो तो ठीक है—वे अपनी वर्तमान समस्याओं के संदर्भ में देखे जाने चाहिए। 50 या 100 साल बाद के सपने देखना सपने देखना नहीं होता, चीजों को अव्यावहारिक संदर्भ में देखना होता है।" शोभनाथ की आवाज थोड़ी ऊंची हो गई थी।

प्रोफेसर अवस्थी शोभनाथ को देखकर मुस्कराने लगे और उन्होंने अखबार मेज पर रख दिया।

"वैल यंग प्रोफेसर, तुम सपने देखते हो कि नहीं?" प्रोफेसर मुस्कराते हुए शोभनाथ की आंखों को देखने लगे।

शोभनाथ के चेहरे पर हल्की-सी लालिमा उभर आई।

"मैं समझ गया प्रोफेसर। तुम भी सपने देखते हो, लेकिन तुम्हारे सपनों और शास्त्रीजी के सपनों में बड़ा फर्क है। है कि नहीं।"

"आप भी सर बात को कहां से कहां ले जाते हैं।" शोभनाथ भी मुस्करा पड़े।

तभी घंटी बज गई। स्टाफरूम में बैठे अध्यापक उठकर अपनी-अपनी क्लासेज में जाने की तैयारी करने लगे।

शोभनाथ का अगला पीरियड खाली था। स्टाफरूम में बस दो-चार प्राध्यापक बैठे थे। शोभनाथ दीवार से लगी आरामकुर्सी पर जाकर लद गए और आंखें बंद करके सपने देखने लगे।

सपने क्या, सपना कहना ठीक होगा। अपूर्वा का सपना। उसके चेहरे की लुनाई। वक्ष पर पड़ी हुई दो लंबी चोटियां। साड़ी का आंचल धरती का स्पर्श करता हुआ। गीले आटे से सने हुए हाथ, मिस्सी रोटियां। पतले होंठों पर खेलती सहज मुस्कान। अपूर्वा का और भी बहुत कुछ। आंखें बंद किए ही उन्हें रोमांच हो आया। उस रोमांच के क्षण में जैसे वे उससे बतियाने लगे।

'मैंने तुम्हें बहुत-बहुत चाहा है अप्पू। इतना कि जितना कभी अपने को भी नहीं चाहा।'

'......'

'शरमाओ मत, बोलो। बात करो।'

'......'

'मैंने तो निश्चय कर लिया है। तुम क्या कहती हो।'

'......'

'मैं तुम्हें बतलाऊं कि मेरी ओर से कोई दुविधा नहीं है।'

'......'

'तुम्हारे संग-साथ में मुझे जिंदगी का अर्थ मिल जाएगा।'

'......'

'बोलो ना अप्पू।'

'......'

'तुम्हारे मौन को तुम्हारी सहमति समझ लूं?'

अपूर्वा उनकी आंखों में देखती है। उसकी आंखें भर आई हैं। शोभन उसकी आंखों को अपनी अंगुलियों से पोंछ देते हैं।

अपूर्वा के कंपकंपाते होंठ। वे जैसे कुछ कहना चाहते हैं, लेकिन शब्द जैसे होंठों के बीच में अटक गए हैं।

''गुरुजी।'' बिल्कुल पास से आती हुई एक छनकती-सी आवाज प्रोफेसर शोभनाथ ने हड़बड़ाकर आंखें खोली। देखा—सामने सुमन शर्मा खड़ी थी। शोभनाथ का सपना टूट गया था।

''हां सुमन, बोलो।'' वे स्वस्थ होते हुए बोले।

''आपको डिस्टर्ब तो नहीं किया सर?''

शोभनाथ सुमन को क्या बतलाते। तभी उन्होंने देखा कि सुमन के साथ एक अन्य छात्रा भी है। अबोध और भोली-सी। थोड़ी संकुचित, थोड़ी लाजभरी। माथे पर बड़ी-सी लाल बिंदिया और कानों में बड़ी-बड़ी बालियां। काजल से सज्जित नयन द्वय। मुखमंडल की गुलाबी आभा और वक्ष पर संभाल कर संजोए गए मध्यम आकार के दो उन्नत सुमेरू। शोभनाथ एक ही दृष्टि में यह सब देख गए।

''यह मेरी सहेली है मनजीत कौर, इसने भी एम.ए. में हिन्दी ली है। हमारे ही क्वार्टर के पास रहती है।'' सुमन थोड़ा इठलाती हुई बोली।

मनजीत ने बड़ी शालीनता से हाथ जोड़ दिए। शोभनाथ ने भी मुस्कराकर प्रत्युत्तर दे दिया, लेकिन वे मन ही मन सोच रहे थे—सौंदर्य की इतनी विशाल संपदा। एक ही देहयष्टि में। ओह गॉड! तू धन्य है।

लेकिन प्रत्यक्षतः वे कुछ बोल नहीं पाए।

''गुरुजी काव्यशास्त्र तो आप ही पढ़ाएंगे न।''

''नहीं, इस बार मैं तुम लोगों को 'आधुनिक काव्य' पढ़ाऊंगा। प्रसाद, पंत और निराला।''

''प्रसाद की कामायनी ना?''

''हां, और 'आंसू' भी।'

''काव्य शास्त्र कौन पढ़ाएगा? बड़ा मुश्किल लगता है।''

''शायद प्रोफेसर दीक्षित पढ़ाएंगे।''

''दीक्षित जी।'' सुमन ने मुंह बिचका दिया।

''क्यों क्या हुआ?'' शोभनाथ ने मनजीत की ओर देखकर पूछा। पहली ही दृष्टि में मनजीत उनके पूरे व्यक्तित्व पर छा गई थी।

मनजीत थोड़ा और संकुचित हो गई। शोभनाथ को इस मुद्रा में वह और भी आकर्षक लगने लगी।

''गुरुजी, काव्यशास्त्र की कोई अच्छी किताब बतला दीजिए।'' सुमन थोड़ी इठलाकर बोली।

''बतला देंगे। अभी तो कॉलेज खुला ही है।'' फिर कुछ रुककर बोले, ''और शर्माजी के क्या हाल हैं?'' शर्माजी से उनका मतलब सुमन के बाबूजी से था।

“वे ठीक हैं। आपको याद करते रहते हैं। आप आइए न कभी घर पर।”

“आऊंगा, जरूर आऊंगा।” मुस्कराते हुए शोभनाथ बोले।

और कुछ देर बाद जब दोनों सहेलियां जाने लगीं तो शोभनाथ लालायित आंखों से चोरी-चोरी मनजीत को उस समय तक निहारते रहे जब तक वह दरवाजे के बाहर तक नहीं चली गई। उन्होंने ऐसा सौंदर्य इससे पहले कभी नहीं देखा था।

रूप के इस आकर्षण की चकाचौंध में अपूर्वा का सहज, आत्मीय सौंदर्य उन्हें फीका लगने लगा था।

6

रविवार। अब दोपहर ढलने लगी थी, लेकिन हल्की बूंदा-बांदी अभी जारी थी।

'आशिकजी' अपने कार्यालय में बैठे एक पांडुलिपि के पन्ने उलटने-पलटने में लगे थे। भीतर मनजीत फाइलों के साथ उलझी हुई थी। वैसे रविवार के दिन उसकी छुट्टी होती थी, लेकिन कॉलेज-स्कूलों के खुलने से इन दिनों काम कुछ बढ़ गया था। इसीलिए मनजीत छुट्टी के दिन भी कुछ समय के लिए आ जाती थी, लेकिन आज दुकान में उसे कुछ देर हो गई थी। वह टाइप राइटर बंद करके उठने ही वाली थी कि 'आशिक' उसके पास आकर पास पड़ी एक कुर्सी पर बैठ गए। बोले, "हो गए सारे एकाउंट्स पूरे?"

"जी।" वह धीरे-से बोली और अपनी कुर्सी थोड़ी-सी हटा ली।

"संदीप शर्मा को पत्र भेजना था, वह हुआ क्या?"

"आपने कहा था कि आप उसे डिक्टेट कर देंगे।"

"हां, हां, याद आया। मैं बोलता हूं, तुम टाइप कर दो। कल सबेरे भेज दिया जाएगा।"

मनजीत कुछ नहीं बोली। टाइप राइटर खोलकर 'आशिकजी' के डिक्टेशन की प्रतीक्षा करने लगी। कुछ सोचते हुए 'आशिकजी' ने पत्र डिक्टेट करना शुरू कर दिया। मनजीत टाइप करने लगी। कुछ पंक्तियां बोलकर 'आशिक' बोले, "बस अब लास्ट पैरा।"

...और जो आपने रॉयल्टी के बारे में लिखा है, इस साल मार्च 31 तक आपकी पुस्तक की चौदह प्रतियां बिकी हैं। यानी छप्पन रुपये की बिक्री। इस पर आपकी रॉयल्टी के करीब साढ़े पांच रुपये बनते हैं। आप कहेंगे तो इसका चैक भेज दिया जाएगा।

स्वस्थ और प्रसन्न होंगे। इन दिनों क्या लिख रहे हैं?

आपका

......

कागज को टाइप राइटर से निकालकर मनजीत ने एक लिफाफे में संदीप शर्मा का पता भी टाइप कर दिया।

"तुम इसे अपने साथ ले जाना। रास्ते में बड़ा पोस्ट ऑफिस पड़ता है। उसमें छोड़ देना। कल आकर रजिस्टर में नोट कर लेना। ठीक है न?"

"जी।"

पत्र को पर्स में डालकर मनजीत उठने लगी तो 'आशिक' ने उसकी झुकी हुई लट पर उंगली फिराते हुए कहा, "मनजीत, तुम्हारे बाल बहुत मुलायम हैं। कौन-सा तेल लगाती हो?"

मनजीत कुछ बोली नहीं। बस मुस्कराती हुई एक ओर हटकर धीरे-से बाहर निकल आई। 'आशिक' साहब भी अपने तहमद को ठीक करते हुए अपनी केबिन में आकर बैठ गए। एक शरारती मुस्कान उनके पतले होंठों पर फैल गई। कुछ देर वे उसी मुद्रा में बैठे रहे। फिर एकाएक सिर झटक कर खड़े हो गए। भीतर से दुकान बंद की और पिछले कमरे से ऊपर जाने की सीढ़ियां चढ़ने लगे। उनका आवास दुकान की ऊपरी मंजिल में ही था।

बैडरूम में पलंग पर पसरकर उन्होंने पत्नी को आवाज दी, "अरे, कम्मो, कहां हो? थोड़ी चाय हो जाए।"

कम्मो यानी कमलाजी दूसरे कमरे में रेडियो सुनती हुई बुनाई कर रही थीं। 'आशिक' साहब की आवाज उन्हें नहीं सुनाई दी।

कुछ देर प्रतीक्षा करने के बाद 'आशिक' ने फिर आवाज लगाई, ''कम्मो।'' उनका स्वर थोड़ा ऊंचा था।

इस बार कमलाजी ने आवाज सुन ली। उन्होंने रेडियो बंद किया। पलंग से उठीं। बाहर आईं और 'आशिक' साहब के बेडरूम के दरवाजे पर आकर बोली, ''आप कब आए? मुझे पता ही नहीं लगा।''

''घंटे भर से चीख रहा हूं, कोई सुनता ही नहीं। बल्लू भी न जाने कहां मर गया?''

''उसे मैंने आटा पिसवाने भेजा है।''

''थोड़ी चाय मिलेगी? अदरक वाली। सर्दी लग गई है।''

''क्यों उसके साथ नहीं पी क्या?''

''तुम भी बस कम्मो। एक दिन उसके पास बैठे क्या देख लिया, बस उलाहने शुरू हो गए। औरतजात बड़ी शंकालु होती है।''

''और मर्दजात तो जैसे बड़ी भरोसा करने वाली होती है। मैं तुम्हें जानती नहीं हूं क्या? पंद्रह साल हो गए तुमसे निभाते, तुम्हें सहते।''

''तुम तो इस तरह कह रही हो जैसे मैंने नहीं निभाया तुम्हारे साथ।''

''तुमने निभाया? इन सालों में मैंने तुम्हारे कितने रंग देख लिए। जब भी कोई जवान और सुंदर लौंडिया देखी, तुम्हारी राल टपकने लगती है। मैं जानती नहीं हूं क्या? वह तो मैं ही हूं, जो तुम्हारी करतूतों पर पर्दा डाले रखती हूं।''

''हां, हां, तुम्हीं सब करती हो। अब जरा चाय तो बना दो।''

कमला पांव पटकती हुई रसोई की तरफ मुड़ गई।

शाम की उदासी फैलने लगी थी। 'आशिक' साहब आंखें बंद किए अभी तक पलंग पर पड़े थे। वे सोच रहे थे कि क्या सोचें। दिमाग में कई बातें साथ-साथ एक दूसरे को काटती चल रही थी, लेकिन कुछ भी सुलट नहीं पा रहा था। काफी देर तक वे विचारों की उधेड़बुन में खोए रहे और फिर उठकर बैठ गए। घड़ी की तरफ देखा—6 बज रहे थे। वे उठकर बाथरूम की तरफ जाने ही वाले थे कि कमलाजी ने ट्रे में चाय के गिलास लेकर आ गईं। वे उठते-उठते बैठ गए। कमलाजी एक गिलास उनकी तरफ बढ़ाया और दूसरे गिलास को अपनी चुनरी के पल्लू से पकड़कर पास पड़ी कुर्सी पर बैठ गईं। उनके चेहरे पर अब भी खिंचाव था।

'आशिक' ने चोर आंखों से उनकी तरफ देखा और चाय की एक घूंट लेकर बोले, "अच्छी बनी है।"

कमलाजी कुछ नहीं बोली। चाय की अगली घूंट भर उन्होंने गिलास टी-पॉय पर रख दिया।

'आशिकजी' प्रतीक्षा कर रहे थे कि कम्मो कुछ बोले ताकि मान-मनोव्वल का सिलसिला शुरू हो, लेकिन चाय पूरी होने तक कमलाजी वैसे ही गुम-सुम बनी रहीं। कुछ बोली नहीं। 'आशिकजी' ने भी चाय पी ली थी और खाली गिलास कमलाजी के गिलास के बराबर में रख दिया था।

"पास-पास रखे ये गिलास कैसे भरे-भरे लग रहे हैं।" वातावरण को हल्का करने के लिए 'आशिक' साहब बुदबुदाते स्वर में बोले, "जैसे हम-तुम।" और कमलाजी के चेहरे पर उन्होंने अपनी आंखें गड़ा दीं।

"अब ज्यादा नाटक मत करो।" कमलाजी गिलास उठाते हुए बोलीं।

"तुम खामख्वाह लड़ने का बहाना ढूंढ़ती रहती हो।"

"क्या कहा? मैं लड़ने का बहाना ढूंढ़ती रहती हूं या तुम उसका मौका देते हो?"

"अच्छा चलो, अब गुस्सा थूक दो। तुम जानते हो, मैं तुम्हें कितना प्यार करता हूं।"

"अरे वाह। बड़े आए प्यार करने वाले। तुम्हारी कथनी और करनी में कितना फर्क है।"

"तुम बात का बतंगड़ बनाने में माहिर हो।" 'आशिक' साहब पलंग से उठते हुए बोले।

"और तुम?" कमलाजी ने वाक्य पूरा करने से अपने आपको रोक लिया।

"बोलो, बोलो।"

"अब जाने भी दो। बेकार में बात बढ़ जाएगी।"

'आशिक' कहना चाहते थे कि बात बढ़ती है तो बढ़ने दो, लेकिन उन्होंने इस वक्त चुप रहना ही बेहतर समझा। उन्होंने एक नजर कमला पर डाली और फिर बाथरूम की ओर बढ़ गए।

पति-पत्नी के बीच इस प्रकार के गिले-शिकवे आए दिन होते रहते थे, लेकिन यह खटपट 'आशिक' पर थोड़े समय के लिए ही असरदार रहती। जब

वे कमला की नाराजगी और व्यंग्यों का कोई उत्तर नहीं दे पाते तो धीरे-से, गंभीर बने हुए, पैरों में चप्पल डाल, घर से बाहर निकल जाते और पल्टन बाजार का एक चक्कर लगा लेते या किसी दोस्त दुकानदार के पास बैठकर कुछ गप-शप कर लेते। इससे उनके दिमाग का भारीपन दूर हो जाता और वे शांत भाव से, जैसे कुछ हुआ ही नहीं न हो, घर लौट आते। तब तक कमलाजी भी अपनी कड़वाहट थूक देती। वह अपनी कड़वाहट ही नहीं थूकती, बल्कि उन्हें यह सोचकर बुरा भी लगता कि बेकार में ही उन्होंने बात को बढ़ाया। अगर वे चुप रह जातीं तो शायद इस तरह के वाद-विवाद की नौबत ही नहीं आती। आखिर घर में वे दो ही तो प्राणी थे। एक बेटा था, जो शिमला में पढ़ रहा था। उसका छुट्टियों में ही आना हो पाता था।

घर-परिवार में चाहे जो भी हो, अपने सामाजिक जीवन और व्यवहार में 'आशिक' साहब कुछ खुद्दार किस्म के व्यक्ति ही ज्यादा थे। साहित्य में, विशेष रूप से काव्य और नाटकों में उनकी अच्छी पकड़ थी। प्रत्युत्पन्न मति भी थे। आवाज भी गुरु-गंभीर थी। जब भी वाद-विवाद या चर्चा में भाग लेते, अपने पक्ष को मजबूती से रखते। और श्रोता, कुछ समय के लिए ही सही, उनके तर्कों से सहमत होते दीखते। इसीलिए शहर में उन्होंने जल्दी ही प्रसिद्धि प्राप्त कर ली थी। उनमें अपनी प्रसिद्धि को भुनाने का गुण भी था।

उनके व्यक्तित्व का एक दूसरा पक्ष भी था। कवि थे तो रूमानी भी थे, लेकिन उनकी रूमानियत 'फ्लर्टेशन' से आगे नहीं बढ़ती थी या यों कहें कि वे उसे आगे बढ़ने नहीं देते थे। कवयित्रियां उनका सम्मान करती थीं। उनका प्रभाव ग्रहण करती थीं और उनसे अपने को बचा कर भी रखती थीं। मांसलता और सौंदर्य के प्रति उनमें भारी आकर्षण था। मनजीत के नारीत्व में ये दोनों गुण थे। सो, उसकी ओर उनका आकर्षित होना स्वाभाविक था। वे जानते थे कि वह 'पार्टीशन' की मारी है। डेढ़ सौ रुपये की नौकरी करने के लिए मजबूर है। सो उसके साथ कभी-कभी कुछ ज्यादा ही आजादी ले लेते थे। मनजीत की परिस्थितियां भी कुछ ऐसी थीं, जिनके कारण वह ज्यादा 'ना-नुकर' नहीं कर पाती थी।

बरसात के बाद हर साल 'आशिक' साहब अपना टूर का प्रोग्राम बना लेते थे—अपनी पुस्तकों की बिक्री के लिए। ज्यादातर वे दक्षिण की ओर निकल जाते। कुछ साल पहले उन्हें टी.बी. हो गई थी। तब वे कुछ समय के लिए कसौली चले

आए थे। एक-दो महीने वहां रहने के बाद वे अपनी इस बीमारी को भी भुनाने में किसी प्रकार की कोताही नहीं करते। शिक्षण-संस्थाओं में जाकर वे बढ़ा-चढ़ाकर अपने बीमार होने की दास्तां सुनाते। अधिकारियों की सहानुभूति बटोरते और दो-चार सौ की किताबें बेच लेते। कई बार तो ऐसा हुआ कि एक ही संस्था में एकाधिक बार उन्होंने अपनी पहले बेची गई पुस्तकों की फिर से कई-कई प्रतियां बेच डालीं। उन दिनों उनके एकांकी और उपन्यास पाठ्यक्रमों में लग रहे थे, सो उन्हें आसानी से अपनी किताबें बेचने का अवकाश मिल जाता था। शिक्षण संस्थाओं में उनकी ख्याति तो थी ही। अतः जब वे व्यक्तिगत रूप से प्राध्यापकों से मिलते तो कॉलेज में उनके एक-दो व्याख्यान भी आयोजित कर दिए जाते। इससे उनकी कुछ अतिरिक्त आमदनी हो जाती। एक लंबे 'टूर' के बाद वे देहरादून लौट आते। देहरादून लौटकर अपने कमाए पैसों से वे एक अचकन अवश्य बनवाते।

'आशिकजी' की रंगीनी और मौजमस्ती के किस्से भी शहर में खूब प्रचलित थे और उन्हें इसका अहसास भी था। जब कभी वे अकेले होते तो धुर जवानी के दिनों की रूमानी स्मृतियां उनके पतले होंठों पर एक मुस्कान फैला जातीं और वे उसमें देर तक खोए रहते। अपने यार-दोस्तों के सामने अपनी उपलब्धियों को बढ़ा-चढ़ाकर कहने की कला में भी वे माहिर थे। अपने कॉलेज के दिनों के एक रोमांस को तो वे तरह-तरह से अपने परिचितों-दोस्तों को सुनाकर खुद भी उसका खूब मजा लेते। इतने सालों के बाद भी। उन दिनों वे लाहौर में एक पब्लिशर के यहां पांडुलिपियां देखने का पार्ट-टाइम काम करते थे। तभी स्थानीय कॉलेज में पढ़नेवाली एक खूबसूरत यास्मीन से उनका कांटा भिड़ गया। उनका प्यार तेजी से परवान चढ़ने लगा। जिस दिन उनका मिलना नहीं हो पाता, 'आशिक' साहब सड़कों-गलियों में चक्कर काटते रहते। यास्मीन भी परेशान रहती।

यास्मीन के घर वाले रूढ़िवादी तो थे ही, संकीर्ण मानसिकता वाले भी थे। यास्मीन की जिद के कारण उन्होंने उसे कॉलेज में तो भरती करवा दिया था, लेकिन उस पर नजर रखने के लिए अपनी नौकरानी शमीम को भी तैनात कर दिया था। परीक्षा के दिनों में शमीम यास्मीन को कॉलेज के गेट पर छोड़ देती और उसके लौट आने तक वहीं बैठी-खड़ी उसकी प्रतीक्षा करती। इन दिनों 'आशिक' साहब यास्मीन के कॉलेज पहुंचने से पहले कॉलेज पहुंच जाते। यास्मीन को

अनिवार्य रूप से आधा घंटे तक परीक्षा हॉल में बैठना होता। आधा घंटा होने की घंटी बजने पर वह अपना पेपर जमा करके बाहर आ जाती। एक निश्चित जगह पर 'आशिक' साहब उसकी प्रतीक्षा कर रहे होते। फिर वे दोनों कैंटीन में जाकर बैठ जाते और बतियाते रहते। 'आशिक' उन्हें अपनी ताजी ग़ज़लें-कविताएं सुनाते। यास्मीन विभोर हुई उन्हें देखती-सुनती रहती। अक्टूबर की हवा में खुनक भरी होती और यह जोड़ा दुनिया-जहान की परवाह किए बिना अपनी मस्ती में खोया रहता। फिर परीक्षा समाप्त होने की घंटी बजती और यास्मीन मरे मन से उठती और कॉलेज के गेट की तरफ चल पड़ती। गेट पर शमीम उसकी प्रतीक्षा कर रही होती। फिर दोनों घर की तरफ चल पड़ते। पूरी परीक्षा भर उन दोनों का मिलन इसी तरह होता रहता।

एक दिन यास्मीन अकेले ही उनकी दुकान पर कोई किताब खरीदने आई। 'आशिक' साहब को वहां पाकर उसका चेहरा खिल उठा। 'आशिक' साहब उठे और दुकान से नीचे उतर आए। उन्होंने यास्मीन को इशारे से आगे-आगे चलने का इशारा किया। फिर दोनों एक रेस्ट्रां में आकर बैठ गए। यास्मीन उदास थी। पूछने पर उसने बतलाया कि कल उसकी मंगनी हो गई और अगले जुम्मे को शादी हो जाएगी। सुनकर 'आशिक' दुखी हो गए। फिर अपने को संभालते हुए वे बोले, "यास्मीन, इन थोड़े से दिनों में तुमने मुझे जितना दिया है, वही मेरे लिए बहुत है। मैं खुदा से दुआ करता रहूंगा कि वह तुम्हें महफूज और खुश रखे।' यास्मीन की आंखें भर आई थीं। उन्हें अपने रूमाल से पोंछते हुए वे बोले, "यह तो होना ही था। यही तो जिंदगी है। तुम मेरे प्राणों में बस गई हो। तुम्हें कभी भुला न पाऊंगा, मेरा यकीन करना।"

उसके बाद 'आशिक' का यास्मीन से कभी मिलना नहीं हो पाया, लेकिन इस पहले प्यार की गंध उनके फेफड़ों में कई साल तक समाई रही।

लाहौर में अपनी पढ़ाई पूरी करने के बाद 'आशिक' अपने परिवार के साथ जालंधर आ गए। उनके पिता का ट्रांसफर हो गया था। यहां आकर उन्होंने एक साप्ताहिक पत्र निकाला, लेकिन वह चल नहीं पाया। फिर वे अकेले दिल्ली चले आए काम की खोज में। 2-3 साल दिल्ली में रहे। दिल्ली में रहते हुए कई छोटे-मोटे काम किए, लेकिन अपने मन का काम न मिलने पर उनका दिल्ली से भी मन उखड़ गया और एक दिन बोरिया-बिस्तर समेटकर उन्होंने इलाहाबाद की

तरफ कूच कर दिया। तब तक उनके पिता भी रिटायर हो चुके थे। 'आशिक' साहब ने उन्हें सुझाया कि वे भी इलाहाबाद आ जाएं। अच्छी शांत जगह है, लेकिन उनके वालिद चाहते थे कि वे देहरादून में बसें। अपनी नौकरी के दौरान उन्होंने वहां थोड़ी जमीन खरीद ली थी, यह सोचकर यह शहर रिटायर लोगों का शहर है, लोग-बाग भी सीधे-सादे हैं और थोड़े खर्च में घर चल जाएगा। विवश 'आशिक' साहब को इलाहाबाद छोड़कर देहरादून आना पड़ा। 'सर्वे ऑफ इंडिया' के बाईं तरफ उनके पिता ने एक छोटी-सी कोठी बनवा ली थी। आशिक साहब कुछ दिनों तक देहरादून का जायजा लेते रहे। फिर उन्होंने पल्टन बाजार में किताबों की दुकान खोलने की योजना बनाई। 'आशिक' साहब की यह विशेषता थी कि जितने समय में वे कोई योजना बनाते, उससे कम समय में वे उसे कार्यान्वित करने में लग जाते। उन्होंने तुरंत दुकान खोलने की योजना पर काम करना शुरू कर दिया और और छह महीनों के भीतर ही उनकी अच्छी-खासी दुकान खुल गई। इसी बीच देहरादून के साहित्यकारों से उनका अच्छा परिचय भी हो गया और एक तरह से वे यहां जम गए।

फिर धीरे-धीरे उनका प्रकाशन-गृह 'मानसरोवर प्रकाशन' भी शुरू हो गया। और वह चल भी निकला। यहां भी 'आशिक' साहब ने अपनी त्वारित बुद्धि से काम लिया। वे नए रचनाकारों की पुस्तक छापने के लिए उनसे पैसे लेते और उन्हीं पैसों से किताब छपवा लेते। सौ-डेढ़ सौ प्रतियां बेचकर प्रकाशन के खर्च से ज्यादा राशि आ जाती। उसमें से छोटी-सी राशि लेखक को वे देते और शेष राशि से अपना आगे का काम चलाते। बची हुई किताबों को बेचते रहते और सारी कमाई को अपनी झोली में डालते रहते। साल-दर-साल इसी प्रकार प्रकाशन को बढ़ाते हुए वे नगर के प्रसिद्ध प्रकाशक बन गए। कवि और नाटककार के रूप में भी उन्होंने अपने को स्थापित कर लिया। पंद्रह-सोलह सालों में उनका नाम और प्रकाशन-गृह चोटी के लेखकों और प्रकाशन-गृहों में गिना जाने लगा।

अब तक उनके पिताश्री का निधन हो चुका था। अपनी मृत्यु से पहले उन्होंने अपने मित्र की कन्या से उनका विवाह भी संपन्न करा दिया था। 'आशिक' साहब को यह रिश्ता पसंद नहीं था, लेकिन मरणासन्न पिता की इच्छा को वे नहीं टाल पाए। पिता के निधन के बाद कोठी बेच दी गई थी और दुकान के ऊपर ही एक मंजिल का अच्छा-खासा आवास बनवा लिया गया,

जिसका एक रास्ता दुकान के भीतर से जाता था। इससे बड़ी सुविधा हो गई थी। अब तक उन्होंने इलाहाबाद और दिल्ली-कानपुर के बड़े पुस्तक विक्रेताओं से अपने संबंध साध लिए थे। पुस्तकों के प्रकाशन के तुरंत बाद उनको किताबों के बंडल भेज दिए जाते। इधर सरकारी खरीद में भी उन्होंने अपना जुगाड़ बिठा लिया था। यह भी फायदे का सौदा ही साबित हुआ। 'आशिक' साहब अब मस्ती में रहने लगे थे।

मनजीत को 'आशिक' साहब के साथ काम करते हुए करीब एक साल हो चला था। उनके संबंधों में काफी अनौपचारिकता आ गई थी। मनजीत भी 'आशिक' साहब से खुलने लगी थी। तब वह बी.ए. फाइनल में थी, लेकिन उसका हिस्ट्री का पेपर बिगड़ गया था। इस कारण वह काफी चिंतित रहती थी।

शाम हो चली थी। मनजीत के घर लौटने का समय हो चला था। उस दिन वह कुछ ज्यादा ही मुरझाई हुई लग रही थी। उसे देखकर 'आशिक' साहब ने पूछ लिया, "मन्नू, आजकल तुम थोड़ा-थोड़ा उदास रहती हो। क्या बात है। घर में सब ठीक हैं न?"

मनजीत पहले तो कुछ बोल नहीं पाई। फिर बार-बार पूछने पर उसने बतलाया, "मम्मी की आंखों में तकलीफ बढ़ गई है। घर के काम का बोझ बढ़ गया है। इम्तिहान के दिनों में भी पढ़ाई ठीक से नहीं हो पाई। हिस्ट्री का पेपर भी ठीक से नहीं लिख पाई, बस इसीलिए।"

पास बैठे 'आशिक' साहब उसकी चुनरी से खेलते हुए बोले, "मन्नू, तुम भी बस...किन छोटी-छोटी बातों की चिंता करती हो। घर में रहती हो तो घर का काम तो करना ही पड़ेगा। करना ही चाहिए। अच्छे बच्चे इन छोटी-छोटी बातों की चिंता नहीं करते और रही तुम्हारे पेपर बिगड़ने की बात। उसकी फिक्र तो करो ही मत। तुमने मुझे पहले क्यों नहीं बतलाया?" फिर कुछ सोचते हुए बोले, "लेकिन अब भी वक्त है। करीब-करीब सभी कॉलेजों के प्रोफेसरों से मेरे अच्छे संबंध हैं। क्या तुम पता लगा सकती हो कि तुम्हारा पेपर किसके पास गया है।"

मनजीत ने चुनरी के छोर से अपने चेहरे को पोंछते हुए कहा, "मैं कैसे पता लगा सकती हूं?"

"तुम चिंता मत करो। मैं देखता हूं। डॉ. शोभनाथ से पूछता हूं, उन्हें जरूर पता होगा। हिस्ट्री के एचओडी के काफी नजदीकी हैं।"

मनजीत के मन में धुंधली-सी आशा जग आई। उसने मुस्कराते हुए 'आशिक' साहब की तरफ देखा।

तभी भीतर की सीढ़ियों पर आहट सुनाई पड़ी। 'आशिक' साहब ने मनजीत के पास से अपनी कुर्सी खिसका ली और गंभीर बने हुए थोड़ी ऊंची आवाज में बोले, ''कल आकर ये बंडल तैयार करवा लेना, बाद में सक्सेना को स्टेशन भेज देंगे।''

''जी।'' सिकुड़ी-सी मनजीत बोली।

अब तक कमलाजी नीचे उतर आई थीं।

7

गर्मियां शुरू हो गई थीं। दिन भर सूरज देहरादून की धरती को तपाता और कभी-कभी शाम के समय कहीं से बादल आते और भिश्ती की तरह पूरे शहर में छिड़काव कर जाते। मौसम सुहावना हो जाता। उस दिन भी वैसा ही हुआ था। बूंदा-बांदी हो चुकी थी। सड़कें धुल चुकी थीं। चंद्रावती कॉटेज के पौधे भीग-नहाकर ताजे लग रहे थे। बोगन विला की लतर कॉटेज के गेट पर लहलहा रही थी। शोभन भीतर ड्राइंगरूम में बैठे हुए अपूर्वा से बतिया रहे थे—''प्रकृति ही ईश्वर है। इससे बड़ा कुछ नहीं। वही निर्माण करती है और विध्वंस भी। जिसे हम ईश्वर की करनी कहते हैं, वह प्रकृति की ही क्रिया होती है।''

''मास्टरजी, आज प्रकृति कुछ ज्यादा ही खूबसूरत लग रही है। चाय और पकौड़ियां बनवाऊं?'' अपूर्वा ने शोभन की ओर शरमाती निगाहों से देखते हुए कहा।

''तुम हर बात को मजाक में ले लेती हो अप्पू। यह अच्छी बात नहीं है।'' थोड़े गंभीर और थोड़े शिकायती अंदाज में शोभन बोले, लेकिन उनके चेहरे पर आई मुस्कान भी छिपी नहीं रह सकी।

''अभी आती हूं।'' अपूर्वा हँसती हुई उठी। और किचन की तरफ बढ़ गई।

हल्की-हल्की फुहारें अब भी पड़ रही थीं। शोभन ने कमरे के बाहर देखा। कोई बूढ़ी औरत सिर पर तिरपाल डाले अपने बच्चों के साथ गेट के पास से गुजर रही थी। वे सोचने ले—खुशनुमा मौसम भी सिर्फ अमीरों के लिए होता है। वैसे दारिद्रय और मलिनता का भी अपना सौंदर्य है और यह भी आवश्यक है। इसी से तो वास्तविक सौंदर्य की माप होती है।

"क्या सोच रहे हैं?" भीतर से आती हुई अपूर्वा काजू और किशमिश की प्लेट सामने रखते हुए बोली, "ऐसे मौसम में हल्के-हल्के बने रहने का अपना मजा है।"

फिर कुछ रुककर बोली, "मैं चाय का पानी चढ़ा आई हूं। तब तक इन्हें ठूंग लो।" हँसती हुई अपूर्वा ने प्लेटें शोभन की ओर सरका दीं।

"तुम..." कहते हुए शोभन रुक गए।

"तुम क्या?" अपने गाल पर हथेली रखते हुए अपूर्वा ने शोभन से पूछ लिया।

"तुम इतनी अच्छी क्यों हो अप्पू?"

"क्योंकि मैं अच्छी ही हूं।"

"वाह, यह भी कोई बात हुई?"

"बात तो है। तुम मानो या न मानो।"

"चलो मान गए। तुम भी क्या याद करोगी।"

"याद तो हम करते ही रहते हैं, वैसे भी।" मुस्कराती हुई अपूर्वा उठी और चाय बनाने के लिए रसोई की ओर बढ़ गई।

शोभन ने मेज पर रखी एक पत्रिका उठा ली और उसके पन्ने पलटने लगे।

अपूर्वा दो गिलासों में चाय ले आई थी। गिलासों को टी-पॉय पर रखते हुए बोली, "जरा देखना, चीनी ठीक है?"

"तुमने बनाई है तो ठीक ही होगी। ठीक न हो तब भी।"

अपूर्वा ने मुस्कराते हुए अपना गिलास उठा लिया।

चाय पीते हुए शोभन एकाएक गंभीर हो गए। वे सोच रहे थे कि सामने बैठी यह लड़की कितनी सहज और भोली है। उसकी आंखों में कितनी आश्वस्ति है। कितना विश्वास है। उसके गंवई, उन्नत रूप में कैसा घरेलू आकर्षण है, लेकिन, लेकिन वे तो आकाश को झुकाने के लिए संकल्पित हैं। उन्हें साहित्य-लोक में अपने को प्रतिष्ठित करना है। निचोड़ देना है सारे स्रोतों को अपने लिए। जीवन और साहित्य के लिए अपने मापदंड स्थापित करने हैं। अभी तो वे तलहटी में खड़े हैं। उन्हें शिखर तक पहुंचना है। वे अपना भविष्य देखने में खो गए थे—

गोष्ठियां हो रही हैं, सम्मेलन और अधिवेशन हो रहे हैं। वे कहीं अध्यक्ष हैं और कहीं विशेष अतिथि। उनका सम्मान ऊंचाइयों को छू रहा है, तब उस 'वर्तमान' में क्या यह लड़की मेरे साथ चल पाएगी। ठीक है, अपने एकांतिक क्षणों में उसके सामीप्य का सुख भोगा जा सकता है। इससे हल्के-फुल्के विषयों पर बातें की जा सकती हैं। फूलों-कलियों की सुंदरता और साग-तरकारी के स्वाद पर चर्चा की जा सकती है, लेकिन क्या बड़े-बड़े समारोहों में उपस्थित उन भद्र साहित्यकारों से इसका परिचय कराया जा सकता है, जो गोष्ठियों-समारोहों में उनका स्वागत और सम्मान कर रहे होंगे?

"किस सोच में पड़ गए मुंशीजी।" थोड़ी शरारत के साथ अपूर्वा ने शोभन की सोच को गड़बड़ा दिया। "चाय ठंडी हो गई है। ताजी बना लाऊं।" सुनकर शोभन वर्तमान में लौट आए। एक क्षण के लिए तो उनसे कुछ कहते नहीं बना, लेकिन दूसरे ही क्षण वे सहज हो आए। बोले, "क्या कहा तुमने?"

"मैं पूछ रही थी कि अगले साल कौन-सा पेपर पढ़ाएंगे।" हँसते हुए अपूर्वा ने शोभन की चुटकी ली।

"बदमाश कहीं की। तुम और ही कुछ कह रही थीं।"

"क्या कह रही थी?"

"वही तो तुमसे पूछ रहा हूं।"

"एक बार फिर पूछो, लेकिन थोड़ा मुस्कराकर।"

"अरे, मेरी चाय तो वैसे ही रखी रह गई।" शोभन ने अपने गिलास की तरफ देखकर कहा।

"एक दिन तुम भी ऐसे ही रखे रह जाओगे, अगर इसी तरह सोचते रह गए तो।"

"क्या मतलब?"

"मतलब तो साफ है।" हँसते हुए अपूर्वा उठ गई। "मैं तुम्हारे लिए दूसरी चाय बनाकर लाती हूं।"

जाती हुई अपूर्वा का हाथ पकड़कर शोभन बोले, "नहीं अप्पू, अब रहने दो। मैं अब चलता हूं। लाइब्रेरी में जाकर कुछ रेफरेंस देखने हैं।" कहकर वे उठ खड़े हुए।

बाहर बूंदा-बूंदी थम गई थी। वातावरण खुशनुमा और हल्का हो गया था, लेकिन शोभन अपने भीतर एक भारीपन महसूस कर रहे थे।

''अच्छा।'' दरवाजे के पास आते हुए वे बोले, ''बाबूजी आएं तो उनसे कह देना कि मैंने उनकी किताब के प्रूफ पढ़ लिए हैं। कल कॉलेज में लेता आऊंगा।''

''घर नहीं आ सकते क्या?''

''आ सकता हूं। क्यों, कोई काम है?''

''क्या काम के लिए ही आओगे?''

''तुम तो अप्पू, बस। बात की खाल निकालने लगती हो।''

''यह सब तुमसे ही सीखा है।'' हँसते हुए अपूर्वा बोली।

''अच्छा बाबा। तुम जीती, मैं हारा।''

''तो?''

''तो क्या? कल आओगे ना।'' अपूर्वा ने थोड़े नाटकीय ढंग से मुस्कराते हुए कहा।

''मैं कल गाजर का हलवा बनाकर रखूंगी।''

शोभन कुछ कहना चाहते थे, लेकिन उन्होंने अपने को रोक लिया। बोले, ''आऊंगा, भई आऊंगा, तुम्हारा हलवा खाने।''

शोभन ने अपनी साइकिल उठाई और अपूर्वा की तरफ देखते-मुस्कराते हुए आगे बढ़ गए।

अपूर्वा उन्हें गेट के बाहर जाने तक देखती रही। उसके सारे शरीर में रोमांच हो आया था।

शोभन ऊपर से शांत दीख रहे थे, लेकिन उनके भीतर हलचल मची हुई थी या यों कहें एक बहुत ही बारीक अंतर्द्वंद्व चल रहा था। वैसे वे उसे ठीक से पकड़ नहीं पा रहे थे। इसी मानसिकता में वे एक ठेलेवाले से टकराते-टकराते बचे। फिर सावधान होकर साइकिल चलाने लगे। बंगले पर पहुंचकर उन्होंने साइकिल को दीवार पर टिका दिया और सीधे अपने बैडरूम में आकर पलंग पर लेट गए। आंखें बंद कर ली। बाहर अब भी बूंदा-बांदी हो रही थी। शोभन ने बाईं ओर को करवट बदल ली। वे सोच रहे थे कि जिंदगी भी कभी-कभी कैसे करवट बदल लेती है और यह अनायास ही हो जाता है। मस्तिष्क शून्य में खो जाता है और मन में भावनाओं की तरंग उठने लगती हैं। आज इस वक्त उनका मन बोल रहा था : जिंदगी बहुत लंबी है शोभन। तुम्हें शिखर छूना है। तुम तलहटी में खड़े हो। ठीक है, अपूर्वा बहुत अच्छी लड़की है। हँसमुख है। असुंदर भी नहीं है, लेकिन क्या

वह तुम्हारे योग्य है। तुम्हें बहुत दूर तक जाना है। अपूर्वा तुम्हारे साथ, तुम्हारी गति से चल पाएगी क्या? वह तो एकदम अल्हड़ है। कुछ-कुछ गंवारू भी। कल तुम्हारा जो परिवेश बनेगा, उसमें वह फिट हो पाएगी क्या? तुम नारी के पहले संपर्क से मोहासिक्त हो। इस मोह से तुम्हें निकलना होगा, लेकिन उसके बाद? और तभी उनके सम्मुख मनजीत आकर खड़ी हो गई। मुस्कराती हुई, अपने उन्नत सुमेरुओं पर अपनी ओढ़नी डालती हुई। बड़ी-बड़ी आंखों को काजल से और भी बड़ी बनाती हुई। कानों में छल्ले पहने हुए। कंधों पर लापरवाही से बाल बिखराते हुए और माथे के बीचोबीच बड़ी-सी बिंदिया सजाते हुए। उन्हें याद आया कि 'आशिक' के ऑफिस में वह कितनी तन्मयता से काम कर रही थी। गंभीर और संयमित। उन्होंने अनायास ही काल्पनिक मनजीत को अपने पास खींचकर उसके होंठों को छू लिया। उनके चेहरे पर एक तरलता घुल गई। तभी बुआ अंदर आकर बोली, "आ गए ललुआ, बड़ी देर लगा दी। सो रहे हो क्या?"

हड़बड़ाते हुए शोभन ने आंखें खोल दी। "नहीं बुआ। जरा यों ही आंखें बंद हो गई थीं।"

"चाय बनवाऊं क्या?"

"हां, बनवा लो। तुमने पी ली?"

"अरे कहां, अकेले-अकेले क्या पीती।" बाहर निकलती हुई बुआ ने कहा और नौकर को आवाज लगा दी, "बहादुर।"

शाम ढलने लगी थी। यूकेलिप्टस रोड पर सूरज का सुनहलापन छाया में बदल गया था। ऊपर आकाश खुल गया था। शोभन अन्यमनस्क होकर, अपने में खोए-खोए धीरे-धीरे टहल रहे थे। उनका मस्तिष्क अभी तक भारी था। वे सोच रहे थे, अपूर्वा के साथ वे काफी आगे बढ़ आए हैं। अब पीछे लौटना संभव हो पाएगा क्या? और क्या उनके लिए ऐसा करना नैतिक भी होगा। तभी उनके अंतर से जैसे कोई आवाज आई—नैतिकता तो परिवर्तनशील होती है। काल और परिस्थिति के अनुसार वह बदलती रहती है। जो कुछ एक स्थिति में नैतिक होता है, स्थिति बदलने पर वह नैतिक नहीं रह जाता। इस समय वे एक अजीब कशमकश में थे। एक ओर उनका पहला प्यार था अल्हड़ अपूर्वा के रूप में, जिसके प्रति उनकी भावना अभी तक मरी नहीं थी और दूसरी ओर सौंदर्य का अथाह सागर लिए मनजीत थी, जो उनके मन-प्राणों पर बार-बार दस्तक दे रही

थी और उस दस्तक को सुनते हुए उनका अंग-अंग रोमांचित हो उठता था। सचमुच, वे कोई निर्णय नहीं ले पा रहे थे। वे काफी देर तक यूकेलिप्टस रोड पर घूमते रहे। कभी-कभी उनकी नजर किसी बहुत ऊंचे यूकेलिप्टस की चोटी पर ठहर जाती और वे सोचते कि उन्हें वहां उस चोटी पर पहुंचना है। उनकी महत्त्वाकांक्षा अंगड़ाई लेने लगती और वे अपने को शिखर पर खड़ा हुआ महसूस करते। इन्हीं विचारों में खोए-खोए वे 'चंद्रावती कुटीर' में लौट आए। बहादुर से एक कप चाय बनाने के लिए कहा और अपने बैडरूम में आकर बिस्तर पर पसर गए। इस समय एक शून्य-सा उनके चारों ओर घिर आया था। उनकी अन्यमनस्कता और भी बढ़ गई थी।

चाय पीकर उन्हें कुछ शांति मिली। वे बिस्तर पर अधलेटे हो गए और पास पड़ी एक पत्रिका उठा ली और उसके पन्ने पलटने लगे। तभी उनकी निगाह इन पंक्तियों पर जम गई—आगे बढ़ने के लिए आवश्यक है कि पीछे मुड़कर न देखा जाए। आगे की ओर देखो और अपनी दृष्टि बड़े लक्ष्य पर केंद्रित करो। तुम सृष्टि के सबसे श्रेष्ठ और सशक्त जीव हो। तुम चाहो तो पर्वतों को झुका सकते हो, सागर को बांध सकते हो और हर कठिनाई से पार पा सकते हो। ठीक है, छोटे-छोटे मोह तुम्हारे रास्ते का रोड़ा बनेंगे, लेकिन इस प्रकार वे तुम्हारी प्रगति को ही अवरुद्ध करेंगे। तुम इस मोह-पाश को झटक दो और आगे बढ़ते जाओ। तुम्हारा लक्ष्य, तुम्हारी मंजिल तुम्हारी प्रतीक्षा कर रही है।''

इन पंक्तियों को पढ़कर शोभन को लगा कि उन्हें राह मिल गई है। उन्हें अपनी समस्या का समाधान मिल गया है। उन्होंने पत्रिका के उस पृष्ठ को चूमा और एक झटके के साथ बिस्तर से उठ गए। दूसरे कमरे में जाकर तौलियां उठाया और बाथरूम की ओर बढ़ गए।

बुआ ने उन्हें बाथरूम की ओर जाते देखकर पूछ लिया, ''शाम को नहाने जा रहा है क्या? ठंड लग जाएगी।'' फिर खुद ही बड़बड़ाती रही—'इन दिनों ये जाने कैसा-कैसा हो गया है। हर काम उल्टे-सुल्टे करता है। मेरी भी नहीं सुनता। कुछ भी समझ में नहीं आता। कल मास्टरजी के यहां से गुलाब सिंह आया था। कह रहा था, अपूर्वा बेबी ने बुलाया है। पता नहीं वहां गया भी या नहीं।'

नहाते हुए शोभन को लग रहा थ कि उनके शरीर से अपूर्वा के प्रति मोह की सारी दुर्बलता घुल रही है। सारे अनिश्चय घुल रहे हैं और...और एक नए शोभन का उदय हो रहा है।

तभी उनके भीतर धीमे से एक प्रश्न उभर आया—तुम्हें अपने पर इतना विश्वास है क्या कि तुम मनजीत का मन जीत लोगे। अभी तो यह एक तरफा आकर्षण है।

शोभन ने नल की टोंटी पूरी खोल दी। पानी का पूरा वेग उनके शरीर को शीतल कर गया। उन्होंने अपने आपसे कहा—'मनजीत मेरा लक्ष्य है। मुझे उसको पाने के लिए प्रयत्न करने ही होंगे और मैं करूंगा।'

नहा-धोकर वे अपने बैडरूम में आ गए। अल्मारी से अपना कुर्ता-पायजामा निकाला। पहना और आइने के सामने जाकर खड़े हो गए। अपने को तोलते हुए उन्होंने अपने बाल संवारे और गालों पर थोड़ी-सी अफगान-स्नो मल ली। अब उनका चेहरा दमकने लगा है, उन्हें ऐसा लगा। वे अब अपने में नई ताजगी और नया जोश अनुभव करने लगे थे।

ड्राइंगरूम से बाहर आकर उन्होंने दरवाजे के पास दीवार से टिकी अपनी साइकिल उठाई और गेट की ओर बढ़ गए। बुआ बाहर आकर उनसे कुछ कहती, इससे पहले ही वे सड़क पर निकल आए। उन्होंने साइकिल पल्टन बाजार की ओर मोड़ दी। हवा में खुनक थी और रास्ता साफ था। शोभन मन ही मन अपने ही किसी गीत की पंक्ति को गुनगुनाते हुए ईस्ट कैनाल रोड की ढलान पर उतर रहे थे। उनके मन में एक प्रकार का उत्साह वैसे ही उफन रहा था जैसे किसी बच्चे के मन में पहली बार अपनी ट्राइसाइकिल चलाते समय उफनता है, लेकिन चिंता की एक हल्की-सी रेखा भी उनके मन-प्राणों के बीच अपनी आहट दे रही थी।

घंटाघर पर आकर वे साइकिल से उतर गए और धीरे-धीरे लोगों की भीड़ से बचते हुए आगे बढ़ने लगे—रास्ते में मित्रों, परिचितों और विद्यार्थियों का अभिवादन स्वीकारते हुए। तभी सामने से आते उद्भ्रांत ने उनके पास आकर उन्हें नमस्कार किया और बोले, "डॉक्टर साहब, बहुत दिनों से दिखाई नहीं पड़े। क्या कहीं बाहर गए थे?"

"नहीं तो, यहीं था। थोड़ा व्यस्त था। इधर आ नहीं पाया।"

"कुछ नया लिख रहे हैं?" उद्भ्रांत ने पूछ लिया।

"नहीं, नया तो कुछ नहीं। कुछ कविताएं एकत्र हो गई हैं। उन्हीं को सुधारने में लगा रहा। सोचता हूं इस साल इनका प्रकाशन करवा लूं।"

"अच्छा, अच्छा। मैं भी सोच रहा हूं, अपनी रचनाओं का एक संकलन निकलवा लूं। इसी सिलसिले में 'आशिक' जी के पास गया था।"

'आशिक' जी अपने कार्यालय में हैं क्या?''

''जी हां, है। मैं अभी उनसे मिलकर आया हूं। क्या इस बार 'मानसरोवर प्रकाशन' से अपना संकलन प्रकाशित करवा रहे हैं?''

''नहीं भाई। दिल्ली के प्रकाशक ने कुछ दिन पहले पत्र लिखा था। वहीं से प्रकाशित करवाऊंगा।''

''आप तो बड़े कवि हैं डॉक्टर साहब। हमारा क्या है। मुल्ला की दौड़ मस्जिद तक।'' और 'हो-हो' करके उद्भ्रांत हँस दिए।

''अच्छा चलूं। 'आशिकजी' के यहां कुछ किताबें देखनी है।'' शोभन ने आगे बढ़ते हुए कहा।

''अच्छा नमस्कार।''

''नमस्कार।'' शोभन आगे बढ़ गए।

'मानसरोवर प्रकाशन' पर पहुंचकर शोभन ने देखा 'आशिक' साहब किसी परिचित के साथ चाय की चुस्कियां ले रहे थे। शोभन को देखकर 'आशिक' साहब उनकी ओर देखकर मुस्करा दिए और बोले, ''आइए, आइए डॉक्टर साहब। आज कितने सालों बाद दीखे।''

दुकान की छोटी सीढ़ियां चढ़ते हुए शोभन भी मुस्करा दिए। 'आशिक' जी लगता है कि आपके कलैंडर में 2-4 दिन का ही साल होता है?''

''अरे भाई, जिससे उन्सियत हो, उससे एक दिन भी न मिलना साल जैसा लगता है। क्यों मैं ठीक कह रहा हूं न?'' 'आशिक' ने टेढ़ी नजर से शोभन की ओर देखकर फिर मुस्करा दिया।

शोभन कुर्सी पर बैठे ही थे कि 'आशिक' ने पूछ लिया, ''चाय मंगवाऊं।''

''नहीं, नहीं। अभी घर पर पी है।''

''पिछले महीने गोष्ठी होनी थी, नहीं हुई। कब हो रही है?'' 'आशिक' ने पूछ लिया।

''इस महीने के अंत में 'नीरज' आनेवाले हैं अलीगढ़ से। सोचता हूं, तभी रख ली जाए। 'नीरज' जी का सम्मान भी कर लेंगे और गोष्ठी भी हो जाएगी।''

''हां यह ठीक रहेगा, एक निशाने में दो शिकार। क्यों?''

सुनकर शोभन थोड़ा-सा मुस्करा दिए।

''वैसे महीने के अंत में रमानाथ अवस्थी और देवराज 'दिनेश भी आ रहे हैं। महादेवी कॉलेज में।''

'नीरज' भी शायद उसी गोष्ठी में आ रहे हैं। इसी बहाने नगर के साहित्यकारों में थोड़ी जीवंतता तो आएगी। वैसे इन दिनों सब सोए जैसे ही रहते हैं।''

''वो तो है।'' कहते हुए शोभन ने भीतर की ओर झांका, जहां मनजीत बैठी टाइप किया करती थी। मनजीत की कुर्सी खाली थी।

''आज आपकी टाइपिस्ट नहीं आई।'' शोभन ने शब्दों को उड़ाते-उड़ाते बेपरवाही दिखलाकर पूछ लिया।

''वह दो दिन से नहीं आ रही है। कह रही थी कि पंजाब से कुछ लोग आ रहे हैं। उसे देखने।''

''अच्छा।'' शोभन ने आश्चर्य-सा जताते हुए कहा।

''इसमें ताज्जुब करने की क्या बात है?''

''नहीं कुछ भी तो नहीं।'' शोभन किसी तरह बोल गए। वैसे उन्हें लग रहा था कि वे जड़-से हो गए हैं।

''और कहिए, क्या सेवा करूं आपकी?'' 'आशिक' जी ने पूछ लिया।

शोभन कहीं खोए हुए थे। उन्होंने 'आशिक' के प्रश्न को सुना ही नहीं।

''अच्छा 'आशिक' जी, तो मैं चलूं।'' पास बैठे परिचित व्यक्ति ने कहा और कुर्सी पर से उठने लगा, ''आप डॉक्टर साहब से बतियाइए।''

शोभन ने उसकी ओर देखा और थोड़ा-सा मुस्कराते हुए अपनी कुर्सी एक तरफ खिसका ली ताकि उन सज्जन को बाहर निकलने में दिक्कत न हो।

दोनों को नमस्कार कर वे सज्जन दुकान से नीचे उतर गए।

''उस दिन तुम कह रहे थे कि भोलानाथ तिवारी की कोई नई पुस्तक आने वाली है। आई क्या?''

''नहीं डॉक्टर साहब। अभी तो नहीं आई। आएगी तो सूचित कर दूंगा।''

''मैं उसी के लिए आया था।'' फिर कुछ रुककर शोभन ने कहा, ''अच्छा तो चलूं। जरा 'भोजा ब्रदर्स' में भी जाना है।''

''क्या कोई सूट सिलवा रहे हैं?'' 'आशिक' ने मुस्कराते हुए पूछ लिया।

''अरे नहीं भाई। कुछ कुरते-पायजामे बनवाने थे।'' शोभन ने अपनी कुर्सी एक तरफ खिसकाई और धीरे-से उठ गए।

अपने बंगले की ओर लौटते हुए उनके चेहरे की आभा लुप्त हो चुकी थी। दिमाग में एक बवंडर-सा उठ रहा था। वे सोचते जा रहे थे कि आज उन्हें मनजीत के दर्शन भी नहीं हो पाए। फिर उन्हें खयाल आया—अगर दर्शन हो भी जाते तो

क्या हो जाता। क्या वे कह पाते कि मनजीत, मैं तुमसे प्यार करता हूं, कि मैंने तुम्हारे लिए अपूर्वा को अपने मन से निकाल दिया है, कि अब तुम्हीं हो जिसमें मेरे प्राण बसे हैं। फिर वे थोड़ा गंभीर होकर सोचने लगे--मनजीत को तो पता भी नहीं है कि मैं उसके प्रति आसक्त हो गया हूं। मैं भी कितना बेवकूफ हूं कि रेत पर महल बनाने चल निकला। कभी-कभी हम बुद्धिजीवी भी कितने हास्यास्पद बन जाते हैं और यह खयाल आते ही उनका मन ही मन अपने पर हँसने को मन होने लगा। राजपुर रोड की चढ़ाई तक आते-आते उन्हें लगा कि वे थक गए हैं। वे साइकिल से उतरकर चलने लगे। तभी सामने से कवि उद्भ्रांत फिर उन्हें मूंगफली के एक ठेले पर खड़े दिखलाई पड़े। वे उनसे बचकर निकल जाना चाहते थे कि उद्भ्रांत ने उन्हें देख लिया और आवाज लगा दी, ''डॉक्टर साब'।'' विवश शोभन को रुकना पड़ा एक कृत्रिम मुस्कराहट के साथ। उद्भ्रांत ने उनके पास आकर कहा, ''लो डॉक्टर साब, देसी काजू खाइए।'' और कुछ मूंगफलियां उनकी ओर बढ़ा दीं। शोभन ने एक मूंगफूली उठकर उनसे पूछ लिया, ''आजकल क्या कर रहे हैं उद्भ्रांतजी। बहुत व्यस्त हैं क्या?''

''अजी कहां की व्यस्तता। बस, एक स्कूल में लग गया हूं, वहीं सारा समय निकल जाता है।''

''वो तो ठीक है, लेकिन लिखना-पढ़ना मत छोड़िए। तुममें बड़ी संभावनाएं हैं।''

''धन्यवाद डॉक्टर साब'। बस, इसी तरह प्रोत्साहित करते रहिए। तो एक दिन अपना भी कुछ हो जाएगा।''

''जरूर हो जाएगा। तुम्हारा नहीं होगा तो और किसका होगा। अच्छा, चलता हूं।''

उद्भ्रांतजी ने बड़े सम्मान के साथ हाथ जोड़ दिए। शोभन आगे बढ़ गए। क्रॉसिंग पर आकर वे एक क्षण के लिए रुके, फिर उन्होंने डॉ. सक्सेना के बंगले की तरफ अपनी साइकिल मोड़ ली। उन्हें अपूर्वा याद आने लगी थी।

8

आज तीसरा दिन था। पिछले दो दिनों से मनजीत के घर में कोहराम मचा हुआ था। भटिंडा से एक सरदार रौनक सिंह अपने बेटे खुशहाल सिंह के लिए मनजीत को देखने आए थे। मनजीत उन्हें पसंद आ गई थी, लेकिन मनजीत ने दबे स्वर में उनसे कह दिया था कि अभी तो उसे अपनी पढ़ाई पूरी करनी है। सो, शादी के बारे में नहीं सोच सकती। इस बात पर रौनक सिंह बोले थे, ''बिट्टो! इतना तो पढ़ लिया। आगे पढ़कर क्या करोगी। आखिर घर का चूल्हा-चौका ही तो संभालना है। फिर अपने पास गुरु का दिया सब कुछ है।''

इस पर मनजीत चुप कर गई थी। रौनक सिंह रस्म अदायगी करके चले गए थे, लेकिन मनजीत ने रोते-रोते अपना हाल-बेहाल कर लिया था। उसने रात में अपनी मां परमजीत से साफ-साफ कह दिया था, ''मम्मी, यह शादी मुझे रास नहीं आएगी। मैं सिर्फ किसी के चूल्हे-चौके तक सिमट जाऊं, यह मुझसे नहीं हो पाएगा।''

इस पर उसके पिता निहाल सिंह भड़क उठे थे–तू अपने को समझती क्या है। ऐसा शाही खानदान मिल रहा है और तू उसे नकार रही है। तेरी मति कहीं

घास चरने तो नहीं चली गई? क्या कमी है वहां? सैकड़ों बीघे जमीन है। ट्रांसपोर्ट का बिजनेस है। लड़का मैट्रिक ही सही, गबरू और सुंदर है। पूरे ट्रांसपोर्ट का काम देख रहा है। सात-सात ट्रक हैं। भैसों के दो तबेले हैं और क्या चाहिए तुझे। वे लोग दहेज भी नहीं मांग रहे।'' फिर स्वर को नरम करते हुए वे बोले, ''एम. ए.-वैम.ए. करके भी क्या कर लेगी तू। कहीं मास्टरनी हो जाएगी या किसी सरकारी दफ्तर में क्लर्की कर लेगी। कितना मिलेगा तुझे उसमें?''

''पैसा ही सब कुछ नहीं होता पा जी।'' मनजीत का मुख खुल गया था, ''इन्सान की इज्जत भी कुछ होती है।''

''हां, बड़ी इज्जत वाली हो जाएगी तू दो सौ, ढाई सौ की नौकरी करके।''

''मनजीत को कुछ सूझ नहीं रहा था कि क्या करे, क्या कहे। वह फफक-फफक कर रोने लगी थी। उसकी बड़ी-बड़ी आंखों में लाल-लाल डोरियां खिंच आई थीं और हल्के होंठों की कंपकंपाहट बढ़ गई थी।

कोई हफ्ते-डेढ़ हफ्ते तक घर में मनजीत के विवाह की चर्चा चलती रही। परिवार चाहे किस भी विषय पर बातें करें, बीच में मनजीत के विवाह की बात जाने-जनजाने आ ही जाती। मनजीत बड़ी दुखी हो गई। उसे लगा कि परिवार के सभी लोग उससे दुश्मनी निभाने में लगे हैं, सिवाय छोटी बहन सुरजीत के। सुरजीत छोटी थी, अभी इंटर में पढ़ रही थी; शायद वह सोचती हो कि आगे उसे भी उसकी मर्जी के बिना किसी से बांध दिया जाएगा; और शायद इसीलिए उसे मनजीत के प्रति बड़ी सहानुभूति हो आई थी, लेकिन दोनों बहनों में इस विषय को लेकर कोई बात नहीं होती थी।

लेकिन अंततः बात हुई। उस शाम को मनजीत और उसके पिता के बीच जबर्दस्त कहा-सुनी हुई थी। मनजीत ने अपना पूरा जोर लगा कहा था, ''मुझे एक दसवीं पास बंदे से शादी नहीं करनी, नहीं करनी तो नहीं करनी, बस। मुझे आगे पढ़ना है और अपने पैरों पर खड़ा होना है।'' इस पर सरदार निहाल सिंह बिफर उठे थे। गुस्से में कांपते हुए वे बोले थे, ''अपने पैरों पर खड़ी होगी? मैं देखता हूं कैसे होती है खड़ी।'' और उन्होंने पास पड़ी लंबी लकड़ी उठाकर उसे मनजीत के पैरों पर जड़ दिया था। मनजीत दर्द से चिल्ला उठी थी। तभी मनजीत की मां परमजीत ने सरदारजी के हाथ की लड़की पकड़ ली, ''बेटी को मार दोगे क्या?'' कहती हुई वह रोने लगी थी। इस पर सरदारजी का गुस्सा और भड़क उठा था।

वे लकड़ी छुड़ाकर मनजीत पर वार करने ही वाले थे कि मनजीत रोती-चिल्लाती हुई गली में भाग निकली थी। सरदारजी का घर तमाशा बन गया था। सुरजीत भी मनजीत को वापस लिवा लाने के लिए गली में दौड़ गई थी। बड़ी मुश्किल से कोई घंटे भर बाद सुरजीत किसी तरह मनजीत को वापस ला पाई थी। उस दिन से बाप-बेटी के बीच अबोला शुरू हो गया था। मां परमजीत भी मनजीत से ज्यादा कुछ कहने का साहस नहीं जुटा पाती थी। बस घर में सुरजीत ही थी, जो मनजीत से कुछ मन की बातें कर लेती थी। शादी को लेकर उससे भी कुछ कहते नहीं बनता था।

एक रात सुरजीत पलंग पर नई चादर बिछा रही थी। दोनों बहनें एक ही पलंग पर सोती थीं। पुरानी चादर और तकिए के गिलाफ बदलते हुए सुरजीत को लगा कि कोई चीज गिरी है। बल्ब की हल्की रोशनी में उसे पलंग के पाये के पास एक शीशी-सी दिखाई पड़ी। शीशी में गोलियां थीं। वह शीशी को उलट-पलट कर देख ही रही थी कि मनजीत कमरे में आ गई। सुरजीत के हाथों में शीशी देखकर वह उसके पास झपट कर आई और उससे शीशी छीन ली।

''ये क्या है मन्नो।'' सुरजीत ने पूछा।

''कुछ नहीं, तू चादर बिछा ले।''

''फिर भी...''

''कहा न, कुछ नहीं। तू अपना काम कर।''

''अपनी बहन को भी नहीं बताएगी?''

मनजीत ने सुरजीत की तरफ देखा। सुरजीत की आंखों में प्रश्न था, उत्सुकता थी और सहानुभूति भी थी।

''नींद की गोलियां हैं। रात को नींद नहीं आती तो इन्हें ले लेती हूं।''

''मैं समझ गई।''

''क्या समझी तू।''

''बस, समझ गई। किसी दिन सारी गोलियां एक साथ निगल लेगी और सारी समस्या खत्म हो जाएगी। क्यों है न यही बात?''

मनजीत एक क्षण के लिए सुरजीत को देखती रह गई।

''सरदारनी होकर भी इतनी कमजोर है तू। मैं नहीं जानती थी।''

मनजीत की आंखें भर आई, ''तो तू ही बता मैं और क्या करूं?''

"कुछ भी कर। लड़-झगड़, हार मत मान। कोई तुझे उठाकर तो नहीं ले जाएगा। कितने दिन हो गए, कॉलेज भी नहीं जा रही और काम पर भी नहीं। घर से बाहर निकल। खुली हवा में कुछ सोच। हर समस्या का हल होता है। किसी से बात कर। किसी की राय ले। यों घुट-घुटकर कर जिएगी तो बिना गोलियां खाए ही मर जाएगी।"

"किससे बात करूं, किसकी राय लूं? कुछ समझ नहीं आता।"

"अरे, कॉलेज जा। काम पर जा। अपनी सहेलियों की राय ले। उनसे बात कर। 'आशिक' साहब से पूछ। कुछ भी कर, लेकिन इस तरह अपनी जान को जोखिम में मत डाल।"

"कुछ समझ नहीं आता सुरजी। पापा तो उन लोगों की अमीरी पर लट्टू हैं। यह नहीं सोचते कि मेरी भी अपनी कोई जिंदगी है। मेरे भी अपने कुछ सपने हैं। मैं बछिया तो हूं नहीं कि चाहे जिसे उसकी रस्सी थमा दी जाए।"

"तू ठीक कहती है, लेकिन पापा भी गलत कहां हैं? बंटवारे में अपना सब कुछ गवां बैठे। एक भाई था। वह भी बंटवारे की भेंट चढ़ गया। वो चाहते हैं कि उनके बच्चे अब ज्यादा तकलीफ में न रहें। उनकी अपनी सोच है। वे तो इसी तरह का सोचेंगे।"

"उनकी अपनी सोच है। मेरी कुछ नहीं।"

"तू थोड़ा हिम्मत से काम ले। सब ठीक हो जाएगा।"

"क्या ठीक हो जाएगा?"

"सब कुछ ठीक हो जाएगा। चल अब तो शीशी मुझे दे दे। नहीं तो मुझे डर ही लगता रहेगा कि कहीं तू कोई पागलपन न कर बैठे।"

"......"

"तूने कुछ गलत कर लिया तो क्या हम लोग सुखी रह सकेंगे?"

बहुत कोशिश करके सुरजीत ने मनजीत से शीशी ले ही ली। उसे एक तरफ रखकर बोली, "चल, अब सो जा। ज्यादा मत सोच। सुबह मैं तेरे चेहरे पर एक चमक देखना चाहती हूं। ठीक, और हां, 'आशिक' साब के यहां से बल्लू आया था। कह रहा था—उन्होंने कल बुलाया है। और सुरजीत ने पलंग पर पसरते हुए अपने ऊपर चादर ले ली। मनजीत भी बगल में लेट गई और छत के कोने पर लगे मकड़ी के जाले को देखती रही। उसे महसूस हुआ कि वह जैसे किसी

मक्खी की तरह उस जाले में फंस गई है। क्या यह उसमें से निकल पाएगी? फिर उसने एक लंबी सांस छोड़ी और बत्ती बुझाकर अपने ऊपर चादर ओढ़ ली।

दूसरे दिन की शाम।

मनजीत ने सहमते हुए 'आशिक' साहब के कार्यालय में प्रवेश किया। 'आशिक' साहब अपने केबिन में बैठे किसी किताब के प्रूफ देख रहे थे। मनजीत को देखते हुए बोले, "नमस्कार मनजीत जी। आज बहुत दिनों बाद दर्शन दिए। वो भी बुलवा भेजने पर।"

मनजीत बहुत सकुचा गई।

"बीमार थी क्या? खबर तो भिजवा देती। हम हक़ीम लेकर आ जाते।"

मनजीत की आंखों में आंसू भर आए।

'आशिकजी' ने उसकी भरी-भरी आंखें देखीं तो थोड़ा सहम गए। बोले, "क्या बात है। बहुत उदास लग रही हो। चलो, ऊपर चलते हैं। वहीं बातें करेंगे।"

दुकान को अपने नौकर पर छोड़कर वे पीछे के रास्ते से सीढ़ियां चढ़ने लगे। मनजीत उनके पीछे-पीछे हो ली।

अपने बैडरूम में जाकर उन्होंने मनजीत से पास पड़ी कुर्सी पर बैठने के लिए कहा, और खुद पलंग पर पलथी मार कर बैठ गए।

"हां तो अब बोलो, क्या बात है? कहां रही इतने दिन? मैं तो सोच रहा था कि तुम नहीं आओगी अब। मुझे कोई दूसरा इंतजाम करना पड़ेगा।"

"कहीं नहीं, यहीं थीं।"

"तो फिर ऑफिस क्यों नहीं आई?"

"मैं तो कॉलेज भी नहीं जा पाई।"

"क्यों?"

मनजीत से कुछ बोला नहीं गया। उसकी आंख से एक बड़ा-सा आंसू उसकी चुनरी पर आ गिरा।

'आशिक' साहब कुछ कहना चाहते थे, लेकिन उसका आंसू देखकर रुक गए।

कुछ देर के बाद जब मनजीत थोड़ा सहज हुई तो 'आशिक' साहब बोले, "क्या मुश्किल है तुम्हारे साथ? बताओ न। हो सकता है मैं तुम्हारी कुछ मदद कर सकूं।"

इस़ पर मनजीत फफक-फफक कर रोने लगी। रोते-रोते उसने रुक-रुककर 'आशिक' साहब को सब कुछ बतला दिया।

सुनकर 'आशिक' साहब ने एक ठहाका लगाया। बोले, ''पगली कहीं की। बस, इतनी सी बात है?'' और आगे बढ़कर उसकी लटों को सहलाते हुए कहने लगे, ''इसमें दुखी होने की कौन-सी बात है। सब घरों में ऐसा ही होता है। मां-बाप बच्चों को अपनी जागीर समझते हैं। अपनी इच्छा को उन पर थोपने की कोशिश करते हैं। बच्चों की इच्छा क्या है, उस पर कोई ध्यान नहीं देते।''

''तो मैं क्या करूं?''

''मजबूत बनो और क्या? अपने अंदर की आवाज सुनो और वही करो, जो तुम्हारा दिल चाहता है। तुम्हारी जैसी पढ़ी-लिखी और सुंदर लड़की के लिए बीसियों लड़के लाइन लगाकर खड़े हो जाएंगे। बस, थोड़ी हिम्मत करो, हिम्मते मर्दां, मददे खुदा...''

मनजीत ने 'आशिक' साहब की ओर देखा। उसकी दृष्टि में प्रश्न था।

''देखो, मैं भी पंजाबी हूं। पंजाब की कुड़ी को मैं इस तरह रोते-बिलखते नहीं देख सकता।'' फिर कुछ रुककर बोले, ''तुम्हारा किसी से कुछ चल तो नहीं रहा? मेरा मतलब है कि तुम्हारी नज़र में कोई है क्या?''

मनजीत ने नकार में सिर हिला दिया।

''तुम कहो तो मैं तुम्हारे लिए, तुम्हारे लायक कोई लड़का ढूंढ़ दूं।''

मनजीत कुछ नहीं बोली। बस, सर झुकाए बैठी रही।

''भाभीजी कहां हैं? दिख नहीं रहीं।''

''सब्जी खरीदने गई हैं। बल्लू के साथ। आती ही होंगी।''

तभी सीढ़ियों पर किसी के आने की आहट सुनाई पड़ी।

''लो आ गई तुम्हारी भाभी।'' आशिक ने ऊंची आवाज में कहा।

तब तक कमलाजी ऊपर आ गई थीं। उन्होंने दोनों को कमरे में बैठे हुए देखा तो सीधे रसोई की ओर बढ़ गईं। पीछे-पीछे सब्जियों का थैला लिए आता हुआ बल्लू भी कमरे में झांककर रसोई की तरफ मुड़ गया।

मनजीत उठी और रसोई में आकर बोली, ''नमस्ते, भाभीजी। सब्जी लेकर आई हो?''

कमलाजी ने संयम बरतते हुए कहा, ''हां, कल शाम से बाजार जाने की सोच रही थी। आज बहुत दिनों के बाद दिखी हो। सब ठीक तो है न?''

"जी।" मनजीत कुछ ज्यादा नहीं बोल पाई।

तभी 'आशिक' साब' ने आवाज लगाई, "मनजीत, जरा नीचे जाकर डाक देख लो। तुम्हारी मेज पर रखी है। जो खास-खास चिट्ठियां हों, उन्हें छांट लेना।"

"जी।" मनजीत ने ऊंचे स्वर में कहा।

"अच्छा, भाभीजी चलूं..."

" 'आशिक' साहब ने चाय पिलाई या नहीं।" कमला ने बनावटी मुस्कराहट से पूछा।

"आप चाय की फिक्र मत कीजिए। नीचे पी लूंगी।" कहती हुई मनजीत दुकान में जाने के लिए नीचे उतरने लगी।

कमलाजी को कुछ समय सब्जियों को सहेजने में लग गया। फिर 'आशिक' साहब के पास आकर बैठ गई। बोली, "तो अब लौंडिया तुम्हारे बेडरूम तक भी आने लगी।"

"तुम तो कम्मो, बस खालिस औरत हो। बिना सोचे-समझे कुछ भी बोल देती हो।"

"और तुम जैसे खालिस मर्द नहीं हो? जगह-जगह जीभ लपलपाते फिरते हो।"

"इन्सानियत भी कोई चीज होती है।"

"अच्छा जी, अब मुझे इन्सानियत समझाओगे।"

"कम्मो, मनजीत बड़ी मुसीबत में है। उसके घरवाले उसे जबरन किसी मैट्रिक पास ट्रांसपोर्टर से बांध रहे हैं।"

"तो क्या हुआ। तुम क्या थे जब तुमसे मेरी शादी हुई थी। पत्र-पत्रिकाओं में कभी-कभार एक कविता छप जाती थी तुम्हारी। दस-पंद्रह रुपये मिल जाते थे। वह मैट्रिक पास है तो क्या हुआ। उसका अपना धंधा है। तुम तो निरे निट्ठल्ले थे।"

"किसी ने सच कहा है कि औरत तांगे से जुड़े उस घोड़े की तरह होती है, जो बस सामने की ओर देख सकता है। दांये-दांये या पीछे देखना उसके बस की बात नहीं होती।"

"तो कम से कम तुम्हारी तरह तो नहीं होती जो दाएं-बाएं सब तरफ अपना मुंह मारता-फिरता है।"

“तुमसे बात करना मुश्किल है?”

‘आशिक’ साहब, मैं ही हूं जो तुम्हें इतने सालों से सह रही हूं। कोई दूसरी होती तो तुम्हें छोड़कर चली जाती।”

“तुम भी चली जाओ ना।”

“हां, आं। मैं यही सुनना चाहती थी। अब मिल गई एक जवान लौंडिया तो ऐसा कह रहे हो।”

“बकवास मत करो कम्मो। बहुत सुन लिया मैंने। यह तो होता नहीं कि उस बेचारी के साथ थोड़ी सहानुभूति दिखलाओ। थोड़ा समझाओ।”

“समझाने के लिए तुम जो हो।”

“हां, मैं हूं और रहूंगा।”

“जिद और हठ तो तुम्हारे खून में रची-बसी है।”

“जब ये जानती हो तो बहस क्यों करती हो?”

“बहस नहीं करती। बस, तुम्हें आइना दिखती हूं।”

“कभी अपनी सूरत भी आइने में देख लिया करो।” ‘आशिक’ साहब पलंग से उठे। पैरों में चप्पल डाली और झटके के साथ सीढ़ी से नीचे उतर गए। उनका सर भन्ना रहा था।

9

मनजीत आज हफ्ते-दस दिन बाद कॉलेज आई थी। कॉलेज गेट के पास ही उसे कुछ सहेलियां मिल गई थीं। उन्हीं से बतियाते हुए वह आगे चली जा रही थी कि किसी ने पीछे से आवाज लगाई, "मनजीत।"

मनजीत ने पीछे मुड़कर देखा, सुमन शर्मा थी।

"अरे, कहां छुप गई थी। तू। इतने दिनों से दिखाई ही नहीं दी। अभी परसों शोभन सर भी तेरे बारे में पूछ रहे थे।"

घर में कुछ मेहमान आ गए थे पंजाब से। उन्हीं की सेवा में लगी रही। मां की तबीयत पिछले महीने से ठीक नहीं चल रही थी। सहसा मनजीत के मन में आया कि वह सुमन से भी राय ले ले, लेकिन उसे समझ नहीं आ रहा था कि बात कैसे शुरू करे। तभी सुमन बोल उठी, "वैसे तो मैं भी बिजी हो गई थी। कलकत्ता से जीजा-जीजी आए थे। उन्हें देहरादून घुमाने में सारा वक्त बीत जाता था। गुच्चू पानी, सर्वे, रेंजर्स कॉलेज, एफ.आर.आई. वगैरह, वगैरह..."

"क्या करते हैं तुम्हारे जीजाजी।"

"अरे, वे बहुत बड़े आदमी हैं। 'सुहाना इंडस्ट्रीज' के मालिक विश्वनाथ मेहता के निजी सेक्रेटरी। मेरी उनसे खूब पटती है। विश्वनाथजी की अखबारों की एक 'चेन' है। उनका दैनिक 'अभिनव भारत' देश के 24 केंद्रों से निकल रहा है। इनका साप्ताहिक भी खूब पॉपुलर है। बंबई से निकलता है।"

"अच्छा!" मनजीत ने काफी उत्सुकता जताते हुए कहा।

"अब तुझे क्या बताऊं मनजीत। विश्वनाथजी की पत्नी उर्वशीजी बड़ी साहित्यिक प्रवृत्ति की हैं। कलकत्ते में बड़े-बड़े बंगाली और हिन्दी साहित्यकार उनके ज्ञान और उनकी भाषा का लोहा मानते हैं। साहित्यिक समारोहों और गोष्ठियों में अध्यक्ष या विशेष अतिथि बनाकर ले जाते हैं उन्हें। दो साल पहले गुहाटी में एक अखिल भारतीय साहित्यिक सम्मेलन हुआ था। वे सम्मेलन की अध्यक्षा थीं। क्या भाषण दिया था उन्होंने। हिन्दी और बंगाली के अखबारों में ही नहीं, अंग्रेजी के अखबारों ने भी उनके भाषण को कवर किया था।"

"तुम्हारे जीजाजी भी साहित्यकार हैं?" मनजीत से पूछे बिना नहीं रहा गया।

"साहित्यकार तो नहीं हैं, लेकिन साहित्य की बड़ी समझ है उनको। उर्वशीजी उन्हीं से राय-मशविरा लेती हैं। वे प्रकाशन समूह की उपाध्यक्ष हैं।"

"तो अध्यक्ष कौन है?"

"अध्यक्ष तो विश्वनाथजी ही हैं, लेकिन नाम-मात्र के। प्रकाशन-समूह के नीति-निर्धारण का सारा काम उर्वशीजी ही देखती हैं। जीजाजी से सलाह-मशविरा करके।" सुमन ने इठलाते हुए कहा। कुछ इस तरह जैसे वही उर्वशी हो।

मनजीत का दिमाग कहीं और ही चल रहा था। अपने अंतर्द्वंद्व में वह सोच ही नहीं पा रही थी कि सुमन से अपनी समस्या कहे या न कहे और कहे भी तो किस तरह कहे। वह इसी तरह की उधेड़बुन में खोई थी कि सुमन बोल उठी, "तू गुमसुम क्यों हो गई। कोई खास बात है क्या?"

मनजीत अपने अवचेतन से चेतन में लौट आई। बोली, "नहीं, ऐसी तो कोई बात नहीं है।"

"क्यूं छिपा रही है। कुछ बात है जरूर।"

मनजीत ने असहाय दृष्टि से सुमन की ओर देखा। सुमन ने देखा, मनजीत की आंखें भरी हुई हैं।

सुमन द्वारा बहुत झकझोरे जाने पर आखिर मनजीत ने रुक-रुककर अपनी व्यथा कथा उसे सुना दी।

सुनकर सुमन बोली, "बस, इतनी सी बात है। इसके लिए दुखी हो रही है? पागल है तू।"

"तो बता मैं क्या करूं?" मनजीत ने बहुत ही करुणा दृष्टि से सुमन की ओर देखा।

"थोड़ा हिम्मत से काम लो।"

"कहां से लाऊं हिम्मत।" कोई सहारा हो तो हिम्मत आए।"

सुमन सोच में पड़ गई। फिर बोली, "तू परीक्षा होने तक किसी तरह इसे टाल दे। तब तक कोई रास्ता निकल आएगा। बड़ी से बड़ी समस्या का हल होता है। यह तो बहुत छोटी-सी बात है। ऐसा तो हर घर में होता है।"

"तू इसे छोटी बात कहती है। मेरी तो जान पर बन आई है।"

"मेरी जान, जान इतनी सस्ती नहीं होती।"

"मुझे कुछ सूझ नहीं रहा है सुमन।"

"सूझेगा, सूझेगा। तू बस जरा हिम्मत कर। सब ठीक हो जाएगा।"

मनजीत ने कहना चाहा—'क्या ठीक होगा?' लेकिन वह कुछ बोली नहीं। बस, सुमन के साथ-साथ चलती रही।

तभी कॉलेज की पहली घंटी बजी। दोनों सहेलियां बड़े-बड़े कदम भरती हुई अपनी क्लास की तरफ जाने लगीं।

डॉ. शोभनाथ ने क्लास के अंदर आकर चारों तरफ अपनी नजरें फेरी। मनजीत को सुमन के साथ बैठा देखकर उनके भीतर एक हूक-सी उठी और उनका अंतस खिल उठा। आज उन्हें 'कामायनी' का 'श्रद्धा' अंश पढ़ना था। छोटी-सी भूमिका देने के बाद उन्होंने आगे पढ़ाना आरंभ किया।

'घिर रहे थे घुंघराले बाल
अंस अवलंबित मुख के पास
नील घन शावक से सुकुमार
सुधा भरने को विधु के पास।

कविता की पंक्तियां पढ़कर डॉ. शोभनाथ रुक गए। फिर कक्षा की ओर देखते हुए वे बोले, "दूसरी पंक्ति में 'अंस अवलंबित' आया है। 'अंस' का क्या

अर्थ होता है। पीछे से किसी विद्यार्थी की आवाज आई, ''कंधा' गुरुजी।''

''ठीक, और अवलंबित।''

''अवलंबन यानी सहारा लिए हुए।''

''ठीक! यानी श्रद्धा के केश कंधों का सहारा लिए पड़े थे। तो क्या श्रद्धा के बाल कंधों तक ही लंबे थे।''

कक्षा में पूरी खामोशी छा गई। डॉ. शोभनाथ ने बीच की पंक्ति में बैठे सरदार उजागर सिंह की ओर इशारा करते हुए कहा, ''हां, उजागर! तुम बतलाओ।''

''गुरुजी, शायद श्रद्धा ने बॉब कट करवा रखे होंगे।''

इस पर पूरी क्लास में ठहाका गूंज उठा।

''मनजीत, तुम बतलाओगी? शोभनाथ ने जैसे निरपेक्ष भाव से उसकी ओर देखते हुए पूछा।

मनजीत सकुचाती हुई उठी और कुछ बोल नहीं पाई।

तभी सुमन ने अपना हाथ खड़ा करके कहा, ''मैं बताऊं गुरुजी?''

''हां, बताओ।''

''मनु श्रद्धा को सामने से देख रहे थे। वैसे तो श्रद्धा के बाल बहुत लंबे थे।''

''मनजीत जैसे न...'' डॉ. शोभनाथ ने हँसते हुए कहा।

कक्षा में हँसी गूंज गई।

''हां, बोलो?''

''वैसे तो श्रद्धा के बाल बहुत लंबे थे, लेकिन सामने से देखने पर वे ऐसे लगते थे कि जैसे कंधों का आलंब लिए हुए हों। पीठ पर फैले बाल मनु को नहीं दिखाई पड़ रहे थे। इसीलिए कवि ने 'अंस अवलंबित' का प्रयोग किया है।''

''बहुत ठीक। उजागर सिंह, समझ में आया। जरा अपनी समझ को उजागर करके रखा करो।''

उजागर के चेहरे पर झेंप का भाव उजागर हो उठा। डॉ. शोभनाथ आगे पढ़ाने लगे।

आकाश की नीलिमा में वर्षांत के बादल रुई के गाले से तैरने लगे थे। हवा में खुनक भर गई थी। अक्टूबर की ठंडी धूप में वृक्षों के पात चमकने लगे थे। फूलों की पंखुरियां इठलाती हुई झुक-झूम रही थी। वातावरण में मोहकता

भर गई थी और बहुत दिनों के बाद शोभनाथ का कवि अंगड़ाई लेकर जाग उठा था। कॉलेज में दशहरा-दीपावली की छुट्टियां चल रही थीं तो उनके पास समय ही समय था और यह समय उनके कल्पना जगत को मनजीत की मोहक छवियों से भरता जा रहा था।

दिन का भोजन करके वे बड़ी देर तक लेटे-लेटे मनजीत के संग-साथ में खोए रहे। उन्हें लगा कि मनजीत के पोर-पोर से मोहकता की गंध बिखर रही है और वे उस गंध में डूब-उतर रहे हैं। उन्होंने टेबल पर रखी अपनी नोटबुक उठाई और उस गंध को शब्द देने का प्रयास करने लगे, लेकिन लाख प्रयत्नों के बाद भी वह गंध, वह सौंदर्य शब्द-बद्ध नहीं हो पा रहा था। वे अन्यमनस्क हो उठे। इसी अन्यमनस्कता में वे उठे और बाहर लॉन में निकल आए। बुआ पड़ोस में गई हुई थी। घर में वे अकेले थे। लॉन में सांझ की छाया बिखरनी शुरू हो गई थी। मौलश्री का वृक्ष शांत खड़ा था। वैसे सर्वत्र शांति थी। बस, शोभनाथ के भीतर उद्वेलन मचा हुआ था। इन तीन-चार महीनों में मनजीत उनकी कविताओं में बार-बार साकार हुई थी, लेकिन कविता तो कविता होती है। उसमें वह मादकता कहां, जो पुष्पगंधा नारी की निपट निकटता से प्राप्त होती है। वे मनजीत की निकटता पाने के लिए विकल हो उठे थे, लेकिन उन्हें इसके लिए कोई राह नहीं मिल पा रही थी। फिर उनके सामने यह प्रश्न भी था कि शिष्या होने के नाते क्या मनजीत भावात्मक स्तर पर उनके निकट आ पाएगी, आना चाहेगी, आने का प्रयास करेगी। इस प्रश्न के चलते वे क्षुब्ध हो उठते थे, लेकिन वे अपने को मनजीत के साथ और भी बंधा हुआ महसूस करते थे।

आज वे कुछ ज्यादा ही उद्विग्न थे। एक सप्ताह पहले उन्होंने 'आशिक' साहब के कार्यालय में मनजीत को अंतिम बार देखा था। उस दिन की उसकी छवि ने उनके मोह को कई गुना बढ़ा दिया था। वे इतने भावुक हो उठे थे कि एक बार उनके मन में आया कि उठकर मनजीत के पास जाएं और सीधे-सीधे कह दें—मनजीत, मैं तुमसे प्यार करता हूं। फिर आगे जो कुछ भी हो। इससे कम से कम यह तो होगा कि वे मनजीत का मन जान जाएंगे, लेकिन लाख कोशिशें करने के बाद भी वे यह सब करने की हिम्मत नहीं जुटा पा रहे थे। इधर एक तरफा आसक्ति भी उन्हें बुरी तरह कचोट रही थी। वे एक प्रकार के विकट अंतर्द्वंद्व में जी रहे थे।

तभी उनके मन में एक निश्चय-सा जागा और वे अपनी साइकिल उठाकर सीधे पल्टन बाजार की ओर मुड़ गए। आशिक साहब की दुकान कुछ आगे थी।

दुकान में जाकर शोभनाथ ने झांककर देखा, भीतर मनजीत कुछ फाइलों को उलट-पलट रही है नितांत एकाग्रता से। शोभनाथ का आना उसे महसूस ही नहीं हुआ।

''क्या हो रहा है, मनजीत?'' शोभनाथ इतना ही कह पाए।

मनजीत ने मुड़कर देखा। शोभनाथ बिल्कुल पास आकर खड़े हो गए। मनजीत हड़बड़ाती हुई उठी और 'नमस्ते गुरुजी' कहती हुई उसने हाथ जोड़ दिए।

''बैठो, बैठो। 'आशिक' साहब दिखाई नहीं पड़ रहे हैं।''

''वो तो परसों हैदराबाद गए हैं।''

''अच्छा।'' शोभन किताबों से सजी अल्मारियों को देखने लगे।

''आपके लिए चाय मंगवाऊं?''

''नहीं। कमलाजी हैं?'' शोभन ने श्रीमती 'आशिक' के बारे में पूछ लिया।

''जी, वे ऊपर हैं।''

''अच्छा मैं ऊपर जाता हूं। बहुत दिन हो गए भाभी से मिले।'' कहते हुए वे वहीं से ऊपर जाती सीढ़ियां चढ़ने लगे।''

ऊपर आकर शोभन ने देखा, कमलाजी रेडियो सुनती हुई तकिए के गिलाफ चढ़ा रही हैं।

''नमस्ते भाभीजी। कैसी है?''

कमलाजी ने दरवाजे के पास शोभन को खड़े देखा तो अपनी चुनरी संभालते हुए बोली, ''अरे, शोभन भाई आए हैं। आओ, आओ।'' उन्होंने रेडियो बंद कर दिया।

शोभन पास पड़ी एक कुर्सी पर बैठ गए।

''वो तो हैदराबाद गए हैं। अगले हफ्ते तक आ जाएंगे।''

''हां, नीचे मनजीत ने बताया था।''

कमला कुछ नहीं बोली। फिर बाहर की ओर देखती हुई बोली, ''बल्लू दो कप चाय बना ले।''

बल्लू सब्जियां काट रहा था। बाहर आकर उसने शोभन को देखा तो 'नमस्ते' कहते हुए उसके हाथ जुड़ गए।

''चाय में थोड़ा अदरक भी डाल देना।'' फिर शोभन की ओर देखती हुई बोलीं, ''दो दिन से सर्दी ने परेशान कर रखा है।''

''मौसम बदलता है तो ऐसा ही होता है।'' शोभनाथ ने यों ही कह दिया।

कुछ देर तक दोनों के बीच औपचारिक बातें होती रहीं।

चाय आ गई थी। चाय की घूंट लेकर कमला बोली, ''और क्या हो रहा है भाई साहब।''

और क्या होगा, बस, जिंदगी रेंगती हुई चल रही है।''

''कोई नयी किताब लिख रहे हैं?'' कमला ने पूछ लिया।

''इन दिनों लिखने-पढ़ने से जी उचट-सा गया है भाभी।'' वे फीकी हँसी हँसते हुए बोले।

''कोई खास बात है क्या?''

''नहीं, यों तो कुछ खास नहीं।''

''आपका मन उचाट न हो, इसके लिए एक नुस्खा है मेरे पास।''

''क्या है?''

''आप शादी कर लीजिए।''

''आप भी क्या मजाक करती हैं भाभीजी।''

''नहीं, मैं मजाक नहीं कर रही हूं।''

''कोई लड़की देख रखी है मेरे लिए।'' शोभन हँसते हुए बोले।

''तुम्हारे लिए लड़कियों की क्या कमी है? तुम एक बार 'हां' कह दो, दर्जनों लड़कियां सामने आकर खड़ी हो जाएंगी।''

''अच्छा, ऐसी बात है, लेकिन उनमें से छांटना तो आपको ही पड़ेगा।''

''मैंने तो पहले से छांट रखी है।''

''तुम बहुत तेज हो भाभी। मेरे लिए लड़की छांट ली और मुझे बताया भी नही।''

''बता कर और ज्यादा क्या हो जाएगा। तुम उसे मना कर ही नहीं सकते।'' फिर कुछ रुककर बोली, ''बस, एक बात है...'' कहते-कहते वे रुक गईं।

''क्या बात है भाभी?''

कमलाजी ने शोभन की बात का उत्तर देने में कुछ समय लिया और फिर कुछ सोच कर बोली, ''लड़की परप्रांतीय है। यों समझ लो शरणार्थी है। तुम तो

प्रोग्रेसिव हो। तुम्हें कोई उज्र नहीं होना चाहिए।''

''उज्र तो बिल्कुल नहीं है। आखिर वो है कौन?'' शोभन में जिज्ञासा जाग उठी थी।

''तुम उसे जानते हो और जहां तक मैं जान पाई हूं वह तुम्हें पसंद भी है।''

''पहेलियां मत बुझाओ भाभी। बतलाओ न कौन है?'' शोभन की जिज्ञासा बहुत बढ़ गई थी।

भाभी हँसने लगी, ''इतनी उतावली ठीक नहीं होती शोभन भाई।''

शोभन कमलाजी के चेहरे की तरफ देखते हुए चुप हो गए। उनका दिल धड़कने लगा था। तभी कमलाजी ने कहा, ''एक बात और है।''

शोभन कमलाजी के चेहरे को देखने लगे। कुछ देर बाद उनके मुंह से बोल फूटे, ''वह बात भी बता दो।''

''तुम लोगों के यहां दहेज-वहेज का बड़ा चक्कर है। यहां तुम्हें सिर्फ एक सुंदर, सुशील और गुणवान लड़की मिलेगी और वह भी दो जोड़ी कपड़ों में। बोलो है मंजूर?''

''अब बताओ भी भाभी। बहुत हो गया।''

कमलाजी मुस्कराने लगीं। बोली, ''तो बतला दूं।''

शोभन कुछ नहीं बोले। बस, भाभी के चेहरे को ताकते रहे। कमलाजी ने शोभन को जांचते हुए उनकी आंखों की तरफ नजर डाली और बोली, ''नीचे बैठी है मनजीत।''

मनजीत का नाम सुनकर शोभन के मन-प्राणों में एक चिहुंक-सी उठी। वे कुछ बोल नहीं पाए। बहुत संयत होकर उन्होंने रुक-रुककर पूछा, ''आपने मनजीत से पूछ लिया है?''

''पहले तुम्हारा मन तो जानूं। उससे भी पूछ लूंगी और फिर वह मना क्यों करने लगी। तुमसे अच्छा वर उसे कहां मिलेगा।''

शोभन ने एक फीकी हँसी हँस दी।

''तो मैं बात चलाऊं यानी बात पक्की कर दूं?''

''भाभीजी, आप जानती हैं कि मैं जात-पांत नहीं मानता। इन्सान सब जगह समान है और जहां तक दहेज वगैरह का सवाल है, मेरे आगे-पीछे तो और कोई है नहीं, जो इस तरह का सवाल उठाए।''

"तो तुम्हें लड़की पसंद है?"

"आपको पसंद है तो मैं मना कैसे कर सकता हूं।"

"तुमसे यही उम्मीद थी। बस, बाद में पलट मत जाना।"

"क्या बात करती हैं भाभीजी। मैं आपको ऐसा लगता हूं क्या?"

"ठीक है। मैं दो-तीन दिन में मनजीत से बात कर लूंगी।"

थोड़ी देर बाद चाय पीकर शोभन नीचे उतर आए। लाख चाह कर भी मनजीत की ओर देखने का साहस वे नहीं जुटा पाए थे।

शोभन के जाने के बाद कमलाजी ने एक बड़ी-सी अंगड़ाई ली। एक खुशी भरी अंगड़ाई। वे सोचने लगीं—अगर यह संबंध बन जाए तो उनके रास्ते का कांटा अपने आप निकल जाएगा। 'आशिकजी' की आशिक-मिजाजी से वे खूब परिचित थीं। वे यह भी देख रही थीं कि 'आशिक' साहब मनजीत की ओर कुछ ज्यादा ही ढुलने लगे थे। कमलाजी को इससे बड़ी परेशानी होती थीं। आए दिन मनजीत को लेकर उनमें तू-तू, मैं-मैं भी बढ़ने लगी थी। वे सोचने लगीं, अगर मनजीत को मना लिया जाए तो वह एक पत्थर से दो चिड़ियां मारने जैसा होगा। एक तरफ वह 'आशिक' साहब के रोमांस पर लगाम कस देगी और दूसरी ओर शोभन को अपना अहसानमंद भी बना लेगी। एक बात और। इससे बेचारी मनजीत की जिंदगी भी सुधर जाएगी। उन्होंने मन ही मन कहा—जैसे भी हो, इस संबंध को तो अंजाम दिलाना ही है। इसी निश्चय के साथ कमलाजी उठीं और रसोई की ओर बढ़ गईं।

'आशिक' साहब हैदराबाद से लौट आए थे। हैदराबाद के साथ-साथ उन्होंने बैंगलोर और धारवाड़ का चक्कर भी लगा लिया था। इस बार काफी आर्डर मिल गए थे उन्हें। उन्हें यह आश्वासन भी मिला था बैंगलोर विश्वविद्यालय से कि अगले साल बी.ए. में उनका एक एकांकी संग्रह भी लगा लिया जाएगा। वे प्रसन्न थे।

ऑफिस का काम-धाम देखकर वो संतुष्ट थे। उनकी अनुपस्थिति में मनजीत ने लगभग सभी फाइलें निपटा दी थीं। बाहर के कुछ पुस्तक विक्रेताओं और कुछ लेखकों को लिखे जाने वाले पत्र भी टाइप हो गए थे। हिसाब-किताब

भी अपडेट कर लिया गया था। आज ऑफिस में उनका दूसरा दिन था। मनजीत आ चुकी थी। परस्पर औपचारिक अभिवादन के पश्चात 'आशिक' साहब उसकी कुर्सी के पास आकर खड़े हो गए और बोले, ''और क्या चल रहा है मनजीत।''

मनजीत खड़ी होने को हुई तो उन्होंने उसके कंधों पर हाथ रखकर कहा, ''अरे, बैठी रहो। इतने तकल्लुफ की क्या जरूरत है।'' मनजीत उठते-उठते फिर बैठ गई।

''तुम्हारी पढ़ाई कैसी चल रही है?'' उन्होंने पूछ लिया।

''बस जी, चल रही है। कोई खास नहीं।'' उसने एक नजर 'आशिक' साहब पर डाली और अपनी आंखें झुका लीं। 'आशिक' साहब ने उसके कंधे छोड़ दिए।

''घर में सब ठीक हैं न।''

''जी।'' वह इससे आगे कुछ नहीं कह पाई।

''कमलाजी कुछ कह रही थी तुम्हारे बारे में।''

मनजीत के सारे बदन में कांटे उभर आए। अभी दो-तीन दिन पहले कमलाजी ने मनजीत को ऊपर बुलाकर शोभन की बात चलाई थी और उसे समझा दिया था कि ऐसा मौका बार-बार नहीं मिलता।

''देखो मनजीत, हम तुम्हारे शुभचिंतक हैं।'' जितना भी हमसे होगा, हम तुम्हारे लिए करेंगे। शोभन के पास अच्छी नौकरी है। विद्वान है। शहर में उसका नाम है। कोई जिम्मेदारी भी नहीं है और क्या चाहिए।''

मनजीत कुछ नहीं बोली। उसकी आंखें भर आई थीं।

'आशिक' साहब उसकी भरी-भरी आंखों में डूब गए। बोले, ''इसमें आंसू बहाने की क्या बात है। तुम्हारे होंठों पर मुस्कान होनी चाहिए।'' कहते हुए उन्होंने उसके होंठों पर अंगुली फिरा दी। मनजीत कोई प्रतिवाद नहीं कर पाई।

''बस, तुममें थोड़ी हिम्मत होनी चाहिए। तुम चाहोगी तो मैं आमने-सामने तुम्हारी बात भी करा दूंगा। उसकी पीठ पर हाथ फेरते हुए वे बोले।

मनजीत अब भी चुप बनी रही। उसने ओढ़नी के छोर से अपनी आंखें पोंछ लीं।

''तुम कुछ बोलती क्यों नहीं?'' 'आशिकजी' ने उसे थोड़ा-सा झकझोर दिया।

''घर वाले नहीं मानेंगे।'' किसी तरह वह कह पाई।

''इसीलिए कि वह विजातीय है? जमाना बदल रहा है मनजीत। तुम किस दुनिया में रहती हो।'' फिर समझाने के ढंग से वे बोले, ''जात-पांत कुछ

नहीं होती। दुनिया में दो ही जातियां होती हैं। एक पुरुष जाति और दूसरी स्त्री जाति। बाकी सब पंडितों और मौलवियों का बनाया ढकोसला है। अपने स्वार्थ के लिए।" फिर कुछ रुककर वे बोले, "अच्छा यह बतलाओ, शोभन तुम्हें पसंद है कि नहीं?"

मनजीत ने सिर झुका लिया। वह कुछ बोल नहीं पाई।

"बोलो ना।" 'आशिक' साहब ने उसकी बाहों को थोड़ा सा झकझोरते हुए पूछा।

मनजीत का मौन अब भी नहीं टूटा।

"मैं क्या पूछ रहा हूं मनजीत।" अपने स्वर को थोड़ा दबाकर उन्होंने फिर पूछा।

इस बार मनजीत के कंठ से बोल फूटे, "नापसंदगी की तो कोई बात नहीं।"

"यह हुई न बात। जहां तक तुम्हारे परिवार का सवाल है, उससे हम यानी मैं और कमलाजी निपट लेंगे।"

"वे बहुत कट्टर हैं। नहीं मानेंगे।"

"अरे हमें पत्थर को भी पिघलाना आता है। वे तो इन्सान हैं।"

"मुझे अपनी छोटी बहन की चिंता है। अगर मैंने कुछ ऐसा-वैसा किया तो उसकी शादी में मुश्किल पड़ जाएगी।"

"कोई मुश्किल नहीं पड़ेगी। मैंने देखा है तुम्हारी बहन को। वह तुमसे ज्यादा हिम्मत वाली है और समझदार है। तुम तो बस मोम की गुड़िया हो।"

इस बार मनजीत ने खुली आंखों से 'आशिक' की ओर देखा और थोड़ा-सा मुस्करा दी।

तभी उन्हें दुकान की सीढ़ियां चढ़ता कोई ग्राहक दीखा। वे बोले, "ऑफिस के बाद ऊपर चली आना। वहीं तसल्ली से बात करेंगे और वे अपनी केबिन की तरफ बढ़ गए।

शाम हो चुकी थी। पल्टन बाजार की रौनक बढ़ गई थी। देहरादून में यही एक बाजार ऐसा था, जहां शाम को सब लोग मिल जाते थे। चलते-चलते, साइकिलों पर, पान-तंबाकू, चाय-लस्सी की दुकान पर और छोटे-छोटे रेस्टरां पर। तब बाजार में एक जीवंतता दिखलाई पड़ती थी।

'आशिक' साहब ने देखा, सामने से डॉ. शोभन साइकिल संभाले उद्भ्रांतजी के साथ चले आ रहे हैं। उन्होंने सोचा, चलो आज शोभन से ही कुछ बतकही हो जाए। कमलाजी के साथ वे बातें कर ही चुके थे। मनजीत को लेकर उन्होंने अपनी मौन सहमति भी दे दी थी, लेकिन मुश्किल यह थी कि उद्भ्रांत भी साथ में थे। वे सोचने लगे, इसको कैसे काटा जाए और जब तक वे दोनों दुकान पर आते, 'आशिक' साहब ने इस समस्या का हल भी खोज लिया था। जैसे ही उद्भ्रांतजी शोभन के साथ दुकान के भीतर आने लगे, 'आशिक' साहब बोले, ''उद्भ्रांत भाई, बड़ी उम्र पाई है तुमने। कम से कम सौ साल तो जिओगे ही। फिर शोभनाथ की ओर मुड़कर बोले, ''आइए, डॉक्टर साहब। आजकल दिखाई नहीं देते।''

''मैं तो आया था एक दिन। आप ही नहीं मिले।''

''मैं जरा दक्षिण की ओर चला गया था। यह पापी पेट भी बड़ी बुरी चीज है।''

दोनों जने अंदर आ चुके थे। 'आशिकजी' बोले, ''उद्भ्रांत भाई, तुम्हें प्रोफेसर शुक्ला की याद है न।'' कल शाम दुकान पर आए थे। कहने लगे, बिटिया के लिए एक ट्यूटर चाहिए। कोई ठीक-ठाक व्यक्ति हो तो बतलाइए। मैंने उन्हें तुम्हारा नाम सुझा दिया। वे बोले, ''ठीक है, उन्हें किसी दिन शाम को मेरे यहां भेज देना।'' उनके घर का पता तो तुम्हें मालूम होगा ही।''

'' 'आशिक' साहब, उनके पुराने घर का पता तो मुझे मालूम है, लेकिन अब वे वहां नहीं रहते।''

अब उन्होंने सेवक आश्रम रोड पर नई कोठी बनवाई है। शायद वहीं रहते हों। अच्छा हो, तुम आज ही उनसे मिल लो, आज ही। आज ही नहीं, अभी। शुक्लाजी थोड़ा जल्दी में है।''

''ठीक है, आज ही क्या, अभी ही मिल लेता हूं।'' उद्भ्रांत जाने के लिए उठने लगे।

''अरे, चाय तो पीते जाओ।''

''आज की चाय आपके नाम रही। फिर कभी पी लूंगा।'' कहते हुए वे उठ गए।

उद्भ्रांत के जाने के बाद 'आशिक' साहब जोर से खिलखिला कर हँस पड़े। शोभन की समझ में कुछ नहीं आया। उन्होंने पूछती नजरों से उनकी ओर देखा।

'आशिक' बोले, ''डॉक्टर साब, आप भी कैसे-कैसे लोगों को साथ लिए फिरते हैं।''

''नहीं, ऐसी तो कोई बात नहीं। राजपुर रोड पर मिल गए तो साथ-साथ चलना हो गया।''

''आज आपसे कुछ खास बात करनी थी, इसलिए उसे काट दिया।''

''तो ट्यूशन वाली बात...''

''कैसा ट्यूशन डॉक्टर साहब। अब वो पूरे सेवक आश्रम की सड़कें छानता फिरेगा। डॉ. शुक्ला वहां रहते हो तो मिलेंगे न।''

''क्यों, डॉक्टर साहब वहां नहीं रहते तो कहां रहते हैं।''

''उन्होंने गढ़ी में अपना बंगला बनवाया है। वहीं रहते होंगे।''

'आशिक' की इस आदत से शोभनाथ परिचित थे। ''आप भी 'आशिक' साहब। बेचारा उद्भ्रांत अब शुक्लाजी का बंगला ढूंढ़ता फिरेगा।'' शोभनाथ की भी हँसी फूट पड़ी।

''चलिए, ऊपर चलें। वहीं चाय पीएंगे।'' 'आशिक' साहब ने कहा और शोभनाथ को लेकर पीछे की सीढ़ियां चढ़ने लगे। उन्हें पता था, मनजीत ऊपर है। चलो, आज इन्हें मिलवा ही दें।'' 'आशिक' साहब ने सोचा।

10

कोई हफ्ते भर आशंकाओं, समाधानों और चर्चाओं के चलते आखिरकार मनजीत को पूरी तरह तैयार कर ही लिया गया। डॉ. शोभनाथ की ओर से कोई दिक्कत नहीं थी। इस संबंध को जोड़ने में श्रीमती 'आशिक' अर्थात् कमलाजी की भूमिका मुख्य थी। उन्हें मनजीत को समझाने-बुझाने, उसे भविष्य के सपने दिखाने और किसी मुश्किल समय में उसका साथ देने का आश्वासन देने में अच्छी-खासी मशक्कत करनी पड़ी थी।

उधर मनजीत भी शोभनाथ के प्रति आकर्षित थी। भले ही उसने अपने दिल की बात उनसे ही क्या, किसी से भी न कही हो। इससे कमलाजी को उसे शादी के लिए तैयार करने में थोड़ी सुविधा ही हुई। बस, थोड़ी-सी आशंका मनजीत के परिवार वालों को लेकर थी। कहीं वे ठीक शादी के मौके पर कोई बवाल न खड़ा कर दें। धर्म के नाम पर, जाति के नाम पर। इसके अलावा और कोई स्पष्ट अड़चन नहीं दीख पड़ती थी। वैसे 'आशिक' साब' ने उसका हल भी निकाल लिया था। उनके सुझाव पर यह निश्चित किया

गया कि शादी आर्य समाज में होगी और वह भी देहरादून में नहीं, देहरादून से कुछ दूर मसूरी में। मसूरी में 'आशिक' साहब के भानजे का होटल था—होटल हिल व्यू। वहीं शादी हो जाएगी और वहीं सुहागरात मनाने की व्यवस्था भी कर दी जाएगी। शोभनाथ को भी यह सुझाव पसंद आया था। शादी की तारीख अभी निश्चित नहीं की गई थी और जब तक शादी न हो, उन दोनों के मिलने की व्यवस्था 'आशिक' साहब ने अपने ही घर पर कर दी थी। वे एक तरह से लड़की के गार्जियन की भूमिका निभा रहे थे और इसमें उनका अपना एक क्षुद्र-सा स्वार्थ भी था।

मनजीत अब भी 'आशिक' साहब के कार्यालय में काम करने आ रही थी। उसके चेहरे से पिछले दिनों की उदासी धुल-पुंछ गई थी। अब वह और आकर्षक दीखने लगी थी।

जनवरी का महीना लग गया था। मसूरी में बर्फ गिरनी शुरू हो गई थी। एक दिन 'आशिक' साहब ने उसे पैकेट देते हुए कहा, "सर्दी बहुत बढ़ गई है मनजीत। स्वेटर है तुम इसे पहन लो, कहीं तुम्हें ठंड लग गई तो।"

"नहीं, नहीं 'आशिक' साहब। इसे रहने दो। मैं खरीदने वाली ही थी।"

"अब जब तुम्हारे नाम से कुछ खरीदा है तो इसे अपने पास कैसे रहने दूं। आखिर मेरा भी तो कुछ हक है तुम पर।"

मनजीत को उनका आखिरी वाक्य समझ में नहीं आया। वह आशंकित हो उठी। उसकी आशंका को भांपकर 'आशिक' साहब बोले, "अरे, तुम्हारा कन्या-दान तो मैं ही करूंगा। यह हक नहीं तो और क्या है?"

"लेकिन घर पर क्या कहूंगी?" मनजीत ने अपनी शंका प्रकट की।

"तुम बस 'रामजी की गिलहरी' हो। इतने भोलेपन से दुनिया में काम नहीं चलता। कह देना, कमला भाभी ने जबर्दस्ती दे दिया है।"

मनजीत ने मुस्कराते हुए 'आशिक' साहब की तरफ देखा और पैकेट ले लिया।

"थैंक्स।" वह बुदबुदाते हुए बोली।

"और मेरी एक बात याद रखना।"

मनजीत ने उनकी ओर इस दृष्टि से देखा, मानो वह पूछ रही हो—कौन-सी बात।

"देखो, शोभनाथ बहुत विद्वान और बहुत तेज किस्म का आदमी है। उससे ज्यादा बात मत करना। उसके सवालों का जवाब बस 'हां' या 'ना' में देना या बस मुस्करा देना। कहीं तुम्हारा भोलापन उसे यह अहसास न दिला दे कि तुम मूर्ख हो।"

मनजीत से कुछ कहते नहीं बन पड़ा। वह इतना ही कह पाई, "जी।"

"एक बात और..." मनजीत के चेहरे पर पड़ी बालों की लट को सहलाते हुए उन्होंने कहा, "शादी के बाद हमें भूल मत जाना।"

ऐसा नहीं था कि मनजीत अपने प्रति 'आशिक' साहब की दिलचस्पी से नावाकिफ हो, लेकिन अपनी मजबूरी में वह न तो कुछ कह पाती थी और न कुछ कर पाती थी। बस, उनकी ऐसी हर बात पर चुप लगा जाती थी और अब तो उनका विरोध करने की बात भी उसके मन में नहीं आती थी। उसने धीरे-से अपनी ओढ़नी संभाल ली और पास पड़ी एक फाइल उठा ली।

"और हां, शादी की बात को किसी से मत कहना। अपने से भी नहीं। नहीं तो बना-बनाया खेल बिगड़ सकता है।" कहते हुए 'आशिक' साहब उठे और बाहर की तरफ अपनी केबिन की ओर बढ़ गए।

अब 'आशिक' साहब का घर शोभन और मनजीत के लिए 'मीटिंग प्वाइंट' बन गया था। दूसरे-तीसरे दिन वे वहीं मिल लेते थे। तीन-चार बार मिलने के बाद मनजीत शोभन से थोड़ा खुल गई थी।

शाम का समय था। कमलाजी नौकर को लेकर बाजार गई हुई थीं। 'आशिक' साब' नीचे अपनी दुकान पर बैठे थे। मनजीत अपना काम पूरा करके ऊपर आ गई थी और ड्राइंगरूम में बैठी किसी पत्रिका के पन्ने पलट रही थी। साथ ही वह यह भी सोचे जा रही थी कि यह सब कुछ जो हो रहा है, क्या ठीक है। अभी तक उसने किसी से इस विषय पर कोई बात नहीं की थी। बार-बार उसके मन में शंकाएं उठतीं, प्रश्न पैदा होते और बार-बार वह साहस कर आश्वस्त होने की कोशिश करती। जब उसे कोई समाधान नहीं मिलता, वह आंखें बंद करके गुरु साहब को याद कर लेती। इससे उसे थोड़ी शांति अवश्य मिलती, लेकिन थोड़ी देर बाद फिर से शंकाओं का उभरना शुरू हो जाता।

मनजीत जानती थी कि उसके पिता उजड्ड हैं। जब उन्हें क्रोध आता है तब वो आपे से बाहर हो जाते हैं। किसी में हिम्मत नहीं होती कि उन्हें रोक पाए या उन्हें समझा सके। इसीलिए पास-पड़ोस वाले भी उनसे दूर ही रहते, लेकिन दूसरी तरफ उसकी मां परमजीत बहुत गऊ जैसी थी, लेकिन उसकी हिम्मत नहीं होती कि वह सरदारजी के सामने अपनी जबान खोल सके। छोटी बहन सुरजीत से किसी तरह की आस लगाना बेकार था। हालांकि समय-कुसमय मनजीत से वही बतियाती रहती।

पिछली रात एक बार मनजीत के मन में आया कि वह सुरजीत को सब कुछ बतला दे, लेकिन लाख चाहकर भी उसकी हिम्मत नहीं हुई। आज 'आशिक' साहब' के ड्राइंग रूम में बैठी हुई वह मन ही मन जैसे सुरजीत को सारी बातें बतला रही थी। उसकी आंखें बंद थीं और होंठ निःशब्द बुदबुदा रहे थे।

तभी उसके गाल पर किसी ने एक हल्का-सा चुंबन रख दिया। उसने हड़बड़ाकर आंखें खोली। देखा, सामने 'आशिक' साहब खड़े मुस्करा रहे थे। बोले, ''डर गई थी क्या? अच्छे बच्चे डरा नहीं करते।''

मनजीत ने आव देखा न ताव। उठकर तड़ाक से उनके गाल पर एक झापड़ जड़ दिया। उनके चेहरे पर थूकते हुए वह बोली, ''आपको शरम नहीं आती। मेरी बेबसी का फायदा उठाते-उठाते कहां तक पहुंच गए। थू है आप पर।'' कहते हुए उसने अपना बेग उठाया और तेजी से नीचे उतर गई।

'आशिक' साहब ने अपना चेहरा पोंछा और धम्म से सोफे पर बैठ गए। कुछ देर तक उनकी समझ में ही नहीं आया कि यह सब क्या हो गया। मनजीत में इतनी हिम्मत कहां से आ गई। कुछ देर तक वे यही सोचते बैठे रहे। तभी उन्हें जीने पर किसी के चढ़ने की आवाज सुनाई पड़ी। कमलाजी बाजार करके आ गई थी।

''अरे, आप यहां बैठे हैं। अंधेरा होने को आया है। कम से कम लाइट तो जला लेते। मनजीत नहीं है क्या? नीचे भी नहीं है।''

''आज उसकी तबीयत ठीक नहीं थी। जल्दी ही चली गई।''

''देखो, मैं उसके लिए सूट का कपड़ा लाई हूं। अच्छा लगेगा उस पर।'' कहते हुए कमलाजी ने सूट का बंडल उनके पास रख दिया।

'आशिक' साहब ने एक नजर बंडल की तरफ देखा और उसे एक तरफ सरकाकर बोले, "तुम लाई हो तो अच्छा ही होगा।" फिर कुछ सोचकर वे उठे और नीचे दुकान पर जाने के लिए जीना उतरने लगे।

वैसे तो 'आशिक' साहब मनजीत से चुहल करते ही रहते थे और मनजीत अपनी बेबसी में उसे सह लेती थी, लेकिन आज तो हद हो गई, उसने सोचा। उन दिनों वह शोभनाथ को लेकर अपना मन बांध रही थी। इस समय उसकी आंखों में आंसू भरे हुए थे और वह जल्दी ही अपने घर पहुंच जाना चाहती थी। वह असमंजस में थी कि वह घर वालों को इस घटना के बारे में बतलाए या न बतलाए। वह राजपुर रोड को क्रॉस कर ही रही थी कि उसके कानों में एक पुकार पड़ी, "मनजीत।" उसने मुड़कर देखा, कुछ दूरी पर शोभनाथ साइकिल थामे खड़े थे।

"कहां जा रही हो इतनी जल्दी-जल्दी?" पास आते ही वे बोले।

मनजीत ने उनकी तरफ देखकर हाथ जोड़ लिए। बोली कुछ नहीं। ओढ़नी से उसने अपनी आंखें पोंछ लीं।

शोभनाथ समझ गए कि कहीं कुछ हुआ है, लेकिन क्या हुआ है और किसके साथ हुआ है, वे यह निर्णय नहीं कर पाए।

"लगता है, तुम्हारी तबीयत ठीक नहीं है।" वे बोले।

मनजीत कुछ कह नहीं पाई।

इधर-उधर देखकर शोभनाथ ने कहा, "चलो, कहीं बैठकर थोड़ी चाय पी लेते हैं।" और वे साइकिल को थामे 'इंडियाना' की ओर बढ़ने लगे।

मनजीत से 'ना' करते नहीं बन पड़ा। वह उनके पीछे-पीछे हो ली।

शोभनाथ ने रेस्टरां में आकर एक क्षण चारों ओर अपनी नजर दौड़ाई और फिर आश्वस्त होकर कोने की एक मेज के पास आकर बैठ गए।

"आओ, बैठो।" मनजीत को इशारे से अपने पास बुलाते हुए उन्होंने कहा।

मनजीत सिकुड़ी-सिमटी सी उनके सामने ही कुर्सी पर बैठ गई।

"हां, अब बोलो।" कुछ देर बाद शोभनाथ बोले, "आज काम पर नहीं गई थी क्या? मैं तो वहीं आ रहा था।"

मनजीत कुछ नहीं बोली। उसका सिसकना आरंभ हो गया था।

बहुत देर के बाद मनजीत कुछ स्वस्थ हो पाई। शोभनाथ के बार-बार पूछने पर उसके मुंह से बोल फूटे—मैंने 'आशिक' साहब की नौकरी छोड़ने का निश्चय कर लिया है। मैं अब वहां नहीं जाऊंगी।"

"क्यों, क्या बात हो गई। कुछ कह दिया उन्होंने तुमसे?"

"आप उन्हीं से पूछ लेना।" मनजीत को कुछ सूझ नहीं रहा था कि वह शोभनाथ से क्या कहे।

बेयरा मेज के पास आकर खड़ा हो गया था। शोभनाथ ने पूछा, "कुछ खाओगी?"

मनजीत सिंह ने नकार में सिर हिला दिया। शोभनाथ ने बेयरा से दो चाय लाने के लिए कहा। बेयरा चला गया।

" 'आशिक' को मैं सालों से जानता हूं, वह तो कमला भाभी हैं, जो उनको बांधे रखती हैं।"

मनजीत कुछ नहीं बोली।

"घर में तो सब ठीक हैं न।"

"हां, ठीक ही है।" वह बुदबुदाते हुए बोली।

"उन्हें बता दिया क्या?"

मनजीत ने शोभनाथ की ओर देखा और नकार में सिर हिला दिया।

शोभनाथ आज पहली बार मनजीत के साथ किसी रेस्टरां में बैठे थे। इस रेस्टरां में ज्यादातर संभ्रांत किस्म के लोग आते थे। मिलिट्री के अफसर, रेंजर्स कॉलेज के ट्रेनी या सर्वे ऑफ इंडिया अथवा फॉरेस्ट रिसर्च इंस्टीट्यूट के बड़े पदाधिकारी। स्वयं शोभन को यहां बैठे हुए अजीब-सी अनुभूति हो रही थी। इससे पहले बाहर से आए कवियों-लेखकों के साथ वे सिर्फ एक-दो बार यहां आए थे।

"कुछ बोलो न..." शोभन ने मौन को तोड़ते हुए कहा।

मनजीत ने फिर शोभन की ओर उन्हें जांचते हुए देखा और बहुत धीरे-से बोली, "क्या बोलूं..."

"तुम्हारे मन में कहीं कोई शंका या डर तो नहीं है।"

मनजीत चुप रही। वह चाहकर भी नहीं बोल पाई।

"देखो, मनजीत। यह हम दोनों के जीवन का सवाल है। मैं जानता हूं, इस शहर में मुझे भी कम नहीं झेलना पड़ेगा, लेकिन मैं उसके लिए तैयार हूं...तुम बोलो, क्या कहती हो।"

''आप मुझे बीच भंवर में छोड़ तो नहीं देंगे।''

''कैसी बेवकूफी की बात करती हो। तुम्हें किसी भंवर में छोड़ने से पहले मैं ही उसमें डूब जाऊंगा।''

''हाय राम! ये कैसी बात करते हैं आप।''

''मेरा विश्वास नहीं है तुम्हें?''

''है।'' मनजीत सिर्फ इतना ही बोल पाई। उसे 'आशिक' साब' की बात याद आ गई थी कि शोभन के सामने ज्यादा मत बोलना। अतः वह केवल 'है' कहकर रुक गई, हालांकि वह कुछ और भी बोलना चाहती थी।

वैसे इन थोड़ी-सी मुलाकातों में मनजीत को यकीन हो गया था कि शोभन उसके प्रति आसक्त हैं और वे उसे मंझधार में छोड़कर अलग नहीं छिटक जाएंगे। शोभनाथ के शालीन और गंभीर व्यवहार से वह उनके प्रति आश्वस्त भी हो गई थी। उनकी गुरुता का भय भी अब उसमें नहीं रह गया था।

''जरा मुस्कराकर कहो न।'' शोभनाथ हल्के मूड में आ गए थे।

मनजीत थोड़ा-सा मुस्कराई और बोली, ''है, आप पर पूरा विश्वास है।''

''हां, यह बात हुई।'' फिर थोड़ा रुक-रुककर, ठहर-ठहर कर वे बोले, ''देखो मनजीत, मेरी जिंदगी बिल्कुल अकेली जिंदगी है। बस, एक बुआ है, जिसने मुझे पाल-पोस कर बड़ा किया और पढ़ाया-लिखाया। तुम्हें पाकर मेरा अकेलःपन तो दूर होगा ही, एक सुंदर और प्रबुद्ध साथी भी मिल जाएगा। जहां तक तुम्हारे परिवार वालों का प्रश्न है, कुछ दिन विरोध करके और कुछ दिन रो-धोकर वे भी खामोश हो जाएंगे। ऐसे गठबंधनों में ऐसा ही होता है। तुम मेरी जिंदगी में आ जाओगी तो मैं अपने को भरा-भरा महसूस करूंगा और घर भी भरा-भरा हो जाएगा, तुम सुन रही हो न।''

''जी।'' मनजीत सिर झुकाए ही बोली।

''और प्यार तो मन से मन का होता है। उसमें जाति, धर्म, देश-प्रदेश का कोई बंधन नहीं होता। मैं तो मनुष्य की समानता और महानता पर विश्वास करता हूं। तुम क्या कहती हो, क्या सोचती हो?''

''आप ठीक कहते हैं।'' मनजीत इतना ही बोल पाई।

''हां तो, 'आशिक' साहब के यहां क्या हुआ?''

पहले तो मनजीत कुछ बोल नहीं पाईं। फिर बहुत कचोटने पर बोली, ' ''आशिक साब' अच्छे आदमी नहीं है।''

''वो तो वैसे हैं ही।'' शोभन समझ गए कि 'आशिक' ने जरूर मनजीत के साथ कोई बदतमीजी की होगी। उन्होंने इस समय और अधिक जानने की कोशिश नहीं की। वे मनजीत के सौम्य और भोले चेहरे को निहारते रहे।''

फिर कुछ देर बाद वे बिल चुका कर बाहर निकल आए।

''अब?'' शोभन ने मनजीत की ओर देखकर कहा।

''घर जाऊंगी...नौकरी तो गई।'' मनजीत बोली।

''नौकरी-वौकरी की चिंता मत करो।'' पहले अपना एम.ए. कर लो। फिर देखेंगे। अगर जरूरत हुई तो।''

''एक बात कहूं?'' मनजीत ने थोड़ा झिझकते हुए कहा।

''बोलो न, क्या बात है।''

''मैं नहीं चाहती कि हमारी शादी में 'आशिक' साहब या उनकी मिसेज कोई हिस्सा लें।''

सुनकर शोभन थोड़ा सोच में पड़ गए।

''क्यों, क्या हुआ?'' मनजीत ने कनखियों से शोभन की ओर देखकर पूछा।

''नहीं! वैसे तो कोई खास बात नहीं है।'' वह बोले, ''फिर भी उन्होंने हमें मिलवाया तो है।''

''मिलवाया है, ठीक है। वैसे आपसे एक बात कहूं?''

शोभन ने मनजीत की ओर पूछती नजरों से देखा।

मनजीत चुप रही।

अब तक वे राजपुर रोड के ऊपरी हिस्से तक पहुंच गए थे, यों ही बतियाते हुए। उनकी बगल में नहर, शांत बह रही थी। हवा में खुनक थी। यूकेलिप्टस के पेड़ों पर तोते चहक रहे थे।

सड़क पर झुटपुट-सी श्यामलता फैल गई थी। डूबते हुए सूरज की लालिमा ठीक मनजीत के चेहरे पर पड़ रही थी।

''तुम कुछ कह रही थीं।'' कॉलेज रोड के मोड़ पर रुककर शोभन ने पूछा।

''कुछ भी तो नहीं।''

''कुछ भी तो नहीं, क्या मतलब? कुछ तो कह रही थीं।''

मनजीत संकोच और लज्जा से छुईमुई हो गई।

"अब शरमा क्यों रही हो? बोलो न..."

"मैंने जब आपको पहले दिन कॉलेज में देखा, बस तभी से..."

शोभनाथ के भीतर एक हूक-सी उठी। उन्होंने कहना चाहा कि मैंने भी जब से तुम्हें देखा, बस उसी दिन से..." लेकिन प्रकट रूप से वे कुछ कह नहीं पाए।

औरतें ही किसी बात को अपने भीतर छिपाकर नहीं रखतीं, पुरुष भी रखते हैं और शायद ज्यादा अच्छी तरह रखते हैं।

प्रकटतः वे बोले, "अच्छाजी। तो यह बात है। मुझे बताया क्यों नहीं। यों ही इतने दिन जाया कर दिए।" और वे जोर से ठहाका मारकर हँसने लगे।

मनजीत ने भी लजाते हुए उनकी हँसी में साथ दिया।

रोड लाइट्स जल गई थीं। अंधेरा थोड़ा और गहरा गया था।

"तो आपने क्या सोचा है?" मनजीत ने बात का सूत्र पकड़ते हुए कहा।

शोभन से कुछ कहते नहीं बन रहा था।

"वो बहुत घटिया इन्सान हैं। मैं ऐसे इन्सान की छाया से भी दूर रहना चाहती हूं।" किसी तरह मनजीत बोल गई।

"लेकिन कन्यादान के लिए भी तो किसी को कहना पड़ेगा।"

"उसकी चिंता न करें। मेरे मौसा भी यहीं रहते हैं। डिस्पेंसरी रोड पर। मैं उन्हें मना लूंगी।"

मनजीत ने जिस तरह यह बात कही, शोभन को लगा कि मनजीत छुई-मुई ही नहीं, साहसी भी हो रही है।

"ठीक है। वैसे यह सब बाद में सोच लेंगे। अभी तो तुम पढ़ाई में ध्यान लगाओ। तुम्हारी परीक्षा के बाद ही..."

"आपने मेरे मन की बात कह दी। मैं भी यही सोचती थी, लेकिन आप से कहने की हिम्मत नहीं पड़ रही थी।"

"हिम्मत तो तुममें बहुत है। मैं देख रहा हूं।"

"कहां देख रहे हैं?"

"तुम्हारे चेहरे पर और तुम्हारी बातों में।"

मनजीत सहसा हँस पड़ी। शोभन के सामने ऐसी खुली हुई हँसी वह पहली बार हँसी थी।

मनजीत ने हाथ जोड़ने जैसा कुछ किया और धीरे-धीरे अपने घर की ओर बढ़ने लगी।

आज बहुत दिनों के बाद उसके चेहरे पर प्रसन्नता दमक रही थी।

दूसरा दिन। कॉलेज।

मनजीत गेट के भीतर आई ही थी कि किसी ने उसकी पीठ पर धौल जमा दी। मनजीत ने हड़बड़ाकर पीछे मुड़कर देखा—सुमन शर्मा थी।

''कहो, मिस कॉलेज। कहां रहती हो आजकल? दर्शन ही नहीं होते।'' सुमन व्यंग्य करती हुई बोली।

''मां की तबीयत खराब रहती है तो कॉलेज के बाद सीधे घर चली जाती हूं।''

''और फिर शाम को 'आशिक' साहब के ऑफिस में, क्यों है न यह बात।''

''मैंने वहां जाना बंद कर दिया है।''

''अच्छा, लेकिन भला क्यों?''

''बस, ऐसे ही। एक्जाम पास आ रहे हैं। पढ़ाई भी तो करनी है।''

''चल, आ। कैंटीन में बैठकर बात करेंगे। पहला पीरियड खाली है। दो दिन से प्रो. शुक्ला नही आ रहे।''

दोनों सहेलियां कैंटीन की ओर मुड़ गईं।

चाय मंगवाने के बाद सुमन बोली, ''कुछ दिन पहले भाई साहब हमारे घर आए थे।''

''भाई साहब? कौन भाई साहब।''

''अरे डॉक्टर शोभनाथ और कौन। मैं उन्हें भाई साहब या भैया ही कहती हूं।''

''अच्छा, अच्छा! कोई खास बात कह रहे थे क्या?'' सहज बने रहने की कोशिश करते हुए मनजीत बोली।

''नहीं, वैसे तो कुछ खास नहीं। पिताजी के अच्छे मित्र हैं। मेरे फादर भी पहले यहीं पढ़ाते थे। एजुकेशन डिपार्टमेंट में।''

''अरे, यह तो मुझे अभी तक पता ही नहीं था।'' मनजीत सुमन की आंखों में देखती हुई बोली।

लड़का चाय ले आया था।

"और तेरी पढ़ाई कैसी चल रही है।" मनजीत ने पूछ लिया।

"अभी कहां। फरवरी से शुरू करेंगे। एक महीना काफी है पास होने के लिए।" कहते हुए सुमन खुलकर हँस पड़ी। मनजीत को उसकी हँसी अच्छी लगी।

"और फिर भाई साहब हैं तो डर काहे का?" सुमन ने और जोड़ दिया।

मनजीत सुमन को देखती रह गई। कितनी अल्हड़ और मनमौजी लड़की है यह। कितनी भाग्यवान है। कहीं कोई गम नहीं। कोई चिंता नहीं। कुछ लोग ऊपर से अपना मनपसंद भाग्य लिखवाकर लाते हैं, उसने सोचा।

एक क्षण के लिए उसके दिमाग में आया कि डॉ. शोभनाथ के साथ अपने संबंध की बात उसे बतला दे। अपनी प्रिय सहेली है। सुनकर खुश ही होगी, लेकिन हिम्मत नहीं कर पाई। मुंह की बात मुंह में ही रह गई।

चाय हो गई थी। दोनों सहेलियां उठ गईं।

11

रविवार का दिन था।

सुबह, रोज की तरह शीतल और खुशनुमा थी। शोभनाथ लॉन के किनारे रखे पौधों को पानी दे रहे थे। कभी-कभी शौकिया वे ऐसा कर लेते थे। वैसे पौधों को सींचने की जिम्मेदारी बहादुर की ही थी। बुआ भी कभी-कभी गमलों में और आसपास पड़े सूखे पत्तों को निकालकर एक कोने में इकट्ठा कर देती थी। इससे उसका वक्त कट जाता था।

शोभन को चंद्रावती कुटीर अब और अच्छी लगने लगी थी। पूरा बंगला फूलों की क्यारियों, लताओं और किनारे पर सीधे खड़े अशोक वृक्षों से महक उठा था। एक कोने में अमलतास भी खड़ा था। मौसम में उसके आधे फूल बगीचे में गिरते और आधे बाउंडरी लाइन के बाहर सड़क पर। उन दिनों सड़क पर फुटपाथ नहीं होते थे। कॉलेज रोड पर स्थित इस बंगले के पास शांति छाई रहती। गेट के किनारे का पेड़ छोटे-छोटे कटहलों से लद गया था। बगीचे के बीचोंबीच खड़े मौलसिरी के नाटे से वृक्ष ने सिंगार कर लिया था। पूरा बंगला जैसे किसी चित्रकार की कल्पना को साकार कर रहा था।

तभी सामने गेट के खुलने की आवाज आई। शोभनाथ ने मुड़कर देखा—डॉ. सक्सेना का नौकर गुलाब सिंह खड़ा था।

''नमस्ते बाबूजी।'' अपने पायजामे से हाथों को साफ करते हुए उसने हाथ जोड़ लिए।

''आओ, आओ गुलाब सिंह। बड़े दिनों के बाद दिखाई दिए।'' शोभनाथ पौधों को पानी देते हुए बोले।

''डॉक्टर साहब के यहां सब ठीक हैं न?'' उन्होंने पूछा।

''हां, वैसे तो सब ठीक ही हैं। अपूर्वा बीवी की तबीयत थोड़ी खराब रहती है। एक पखवाड़े से कॉलेज भी नहीं जा रही।''

शोभनाथ को यकायक ध्यान आया कि महीने भर से वे अपूर्वा से नहीं मिले हैं। उनके चेहरे पर अपराध-बोध की एक रेखा खिंच आई, लेकिन प्रकट में वे बोले, ''क्या हुआ है अपूर्वा को।''

''कुछ दिनों से वे कुछ खा-पी नहीं रहीं। जो थोड़ा-बहुत खाती हैं, वह भी निकल जाता है। डॉक्टर कहते हैं कि उन्हें कोई बीमारी तो नहीं है।''

शोभनाथ ने पाइप को वहीं जमीन पर डाल दिया। नल के पास जाकर हाथ धोए और टोंटी बंद कर दी। गुलाब सिंह के पास आकर बोले, ''आओ, भीतर बैठते हैं।''

''नहीं बाबूजी, अभी मार्केट जा रहा हूं। साग-सब्जी लेने। बंगले से चलने लगा तो सक्सेना साहब ने कहा कि जरा आपके बंगले पर आकर कह दूं कि उन्होंने आपको याद किया है।''

शोभनाथ को अपनी पीठ पर एक कीड़ा रेंगता हुआ-सा महसूस हुआ। ''डॉ. साहब को मेरा प्रणाम कहना। कहना कि मैं शाम को आ जाऊंगा।'' वे किसी तरह कह पाए।

''ठीक है बाबूजी। कह दूंगा, अच्छा मैं चलता हूं।''

कहते हुए गुलाब सिंह गेट की तरफ बढ़ गया।

शाम का वक्त था। धूप सुनहली हो चली थी। पेड़ों की फुनगियां तिराहित होती प्रकाश-किरणों में चमक रही थीं। सब कुछ शांत और सुखद था, लेकिन शोभनाथ के भीतर एक प्रकार के अपराध-बोध का अंधेरा धीरे-धीरे गहराता जा रहा था। वे सोच रहे थे कि डॉक्टर सक्सेना से वे कैसे आंख मिला पाएंगे और अपूर्वा? कहां

तो वे दिन-दिन भर उनके बंगले पर पड़े रहते थे और कहां करीब महीने भर से उन्होंने उधर मुंह भी नहीं किया। क्या सफाई देंगे वे, इसी उधेड़बुन में उन्होंने साइकिल थामी और डॉक्टर सक्सेना के बंगले की तरफ चल दिए।

जिस समय शोभन वहां पहुंचे, डॉ. सक्सेना पोर्च में खड़ी अपनी गाड़ी से उतर रहे थे। उनके पीछे-पीछे अपूर्वा भी उतरने की जुगत में थी। डॉ. सक्सेना ने उसे हाथ का सहारा देकर उतारा। अपूर्वा धीरे-धीरे चलती हुई बैठक की ओर बढ़ गई। जाहिर था कि उसे चलने में मुश्किल हो रही थी।

शोभन ने आगे बढ़कर डॉ. साहब के चरणों का स्पर्श करके उनका अभिवादन किया। डॉ. सक्सेना ने उनके सिर पर हाथ रखकर कहा, ''अच्छा किया, तुम आ गए शोभन। मैं जरा भट्टाचार्य की क्लिनिक में गया था। अपूर्वा की सेहत कुछ दिनों से ठीक नहीं चल रही।''

''क्यों, क्या हुआ उसको?'' शोभन ने आंखों में आश्चर्य और जिज्ञासा का भाव भर कर पूछ लिया।

''बीमारी तो डॉक्टर लोगों के हाथ नहीं आ रही। पहले डॉ. सकलानी को दिखलाया था। दस-बारह दिन दवाई लेने पर भी जब कुछ नहीं हुआ तो पिछले हफ्ते से डॉ. भट्टाचार्य का इलाज शुरू किया है। देखें, क्या होता है।''

''डॉ. भट्टाचार्य क्या कहते हैं?''

''अभी तो टेस्ट चल रहे हैं। सबकी रिपोर्ट आने पर ही पता लगेगा।''

''हु...'' शोभनाथ आगे और कुछ नहीं कह पाए।

''चलो अंदर चलते हैं।''

''जी।''

''और तुम्हारा क्या चल रहा है। लगता है, बहुत बिजी हो गए हों।'' डॉ. सक्सेना ने बरामदे में आते-आते पूछ लिया, ''कभी इधर आते ही नहीं।''

''नहीं, गुरुजी, ऐसी कोई खास व्यस्तता तो नहीं है। इस साल भाषा-विज्ञान के पेपर में काफी चैंजेज हुई हैं। उन्हीं के नोट्स बनाने में समय बीत जाता था।'' शोभन ने जान-बूझकर विषय को दूसरी दिशा में मोड़ते हुए कहा।

डॉ. सक्सेना थके हुए से कोच पर बैठ गए। इशारे से उन्होंने शोभन को भी बैठने के लिए कहा।

''अगले साल मैं भी रिटायर हो रहा हूं।'' डॉक्टर सक्सेना बोले।

''जी।''

‘‘और तो कुछ नहीं, इस लड़की की चिंता है मुझे। कहीं इसे टिका दूं तो मन का बोझ हल्का हो जाए?’’

‘‘कहीं कोई बात चल रही है क्या?’’ बहुत ही सहज स्वर में शोभनाथ ने पूछा। उनके पूछने का ढंग कुछ ऐसा था कि जैसे वे अपूर्वा से बिल्कुल निरपेक्ष रहे हो।

‘‘हां, वैसे तो अपने ही गांव के एक लड़के को सुझाया है उसकी मौसी ने। बरेली में ओवरसियर है। खानदान भी ठीक ही है।’’

‘‘तो फिर मुश्किल क्या है।’’

‘‘जब से मैंने उसे उस लड़के के बारे में बतलाया, इसने जैसे खाना-पीना ही छोड़ दिया। हमेशा बिस्तर पर पड़ी रहती है। कभी बगीचे में बाहर मोढ़ा डालकर शून्य में देखती रहती है। बोलती कुछ नहीं। मुझे इसने बड़ी चिंता में डाल दिया है शोभन...क्या करूं, कुछ समझ में नहीं आता।’’

‘‘इसकी शादी की इतनी जल्दी क्या है। बी.ए. पूरा कर ले तो फिर...’’

‘‘पढ़ने के नाम से अब इसे उबकाई आती है।’’ बहुत दुःखी स्वर में डॉ. सक्सेना बोले, ‘‘कहती है, बस हो गया लिखना-पढ़ना।’’ फिर कुछ रुककर बोले, ‘‘कितनी चंचल, कितनी शोख हुआ करती थी यह लड़की। इसके होने से सारा घर महकता रहता था। वे दिन न जाने कौन चुरा ले गया। महीना भर होने को आया है, मैंने इसको हँसते नहीं देखा। घर में और कोई दूसरा है नहीं, जो इसे समझाए। दिन-ब-दिन अपने में घुलती जा रही है। कुछ बोलती भी तो नहीं।’’

शोभन समझते थे अपूर्वा के इस व्यवहार को, लेकिन इसके बारे में कुछ कह नहीं पा रहे थे।

तभी डॉक्टर सक्सेना ने शोभन की तरफ देखकर कहा, ‘‘तुम्हें बहुत मानती है अपूर्वा। तुम्हीं उसे समझाओ न। शायद उसके दिमाग में तुम्हारी बात आ जाए।’’

शोभन कुछ बोल नहीं पाए। बस, सिर झुकाए बैठे रहे। सोचते रहे, उसे कैसे समझाया जाए। सारी मुसीबत की जड़ तो वे खुद हैं। इससे पहले कभी ऐसा नहीं हुआ था कि इतने दिन बीत जाएं और वे अपूर्वा से न मिले हों। अप्रत्यक्ष ही सही, अपूर्वा को आश्वस्ति देकर उन्होंने बड़ा अपराध किया है। वे मन ही मन अपने को कोसने लगे। अब कैसे उस सबसे निजात पाई जाए?

बहुत हिम्मत करके वे उठे और अपूर्वा के कमरे की ओर बढ़ गए। अपूर्वा पैरों पर हल्का-सा कंबल डाले दूसरी ओर करवट लिए पड़ी थी। उन्होंने धीरे-से कमरे में प्रवेश किया और बहुत हल्की आवाज में पुकारा, ‘‘अपूर्वा।’’

अपूर्वा न हिली, न डुली। बस, वैसे ही करवट लिए पड़ी रही। एकदम निःशब्द।

शोभन धीरे-से पलंग की पाटी पर बैठ गए। कुछ क्षण तो वे सोचते रहे। फिर उसके कंधों पर धीरे-से हाथ रखकर बोले, ''अप्पू...।''

अपूर्वा अब भी उसी तरह पड़ी रही। बस कंधों में थोड़ी-सी हरकत हुई और पैर थोड़े और सिकुड़ गए।

''यह क्या बचपना है अप्पू। बाबूजी को इस उम्र में इतना दुःख क्यों दे रही हो।''

इस बार अपूर्वा मुड़ी। उसने शोभन की आंखों में सीधे देखा। उनकी आंखों में विवशता छलछला आई थी। धीरे-से बोली, ''आपको बाबूजी का दुःख दीखता है, मेरा नहीं।''

''वही तो तुमसे पूछ रहा हूं। क्या दुःख है तुम्हें?'' शोभन ने साहस करके एक नपुंसक प्रश्न पूछ लिया, ''क्या हालत बना रखी है तुमने।''

अपूर्वा ने एक बार और पलकें उठाईं और फिर आंखें नीची कर लीं।

''बोलो न अप्पू।'' शोभन ने उसके गालों को सहलाते हुए उसका मुंह अपनी ओर कर लिया।

अपूर्वा क्षण भर के लिए उन्हें एकटक देखती रही। फिर उसकी आंखें टपकने लगीं।

''तुम रो रही हो। रोते नहीं पगली। अच्छा, यह तो बतलाओ कि तुम्हें हुआ क्या है?''

अपूर्वा कुछ नहीं बोली। बस, चुप-चुप आंसू बहाती रही।

शोभन ने बहुत लाड़ के साथ उसके गालों को पोंछ दिया। धीरे-से बोले, ''मैं इतने दिनों तक नहीं आ पाया, इसलिए नाराज हो?'' और यह कहते हुए उन्होंने महसूस किया कि अपराध-भाव के कई बिच्छू उनकी चेतना को डंक मार रहे हैं।

सुनकर अपूर्वा सीधी बैठ गई। शोभन की आंखों में देखकर बोली, ''अगर आपको इतनी ही दूर जाना था तो फिर पास क्यों आए?''

अब तक शोभन ने अपना तर्क तैयार कर लिया था। हँसने का अभिनय करते हुए बोले, ''क्योंकि मैं तुमसे प्यार करता हूं। तुम गिलहरी-सी मुझे बहुत-बहुत अच्छी लगती हो और अप्पू बेटे, प्यार एकपक्षीय नहीं होता। भाई-बहन

में भी प्यार होता है। मित्रों में भी प्यार होता है। जो अच्छा लग जाए, वह पुरुष हो या स्त्री—उससे भी प्यार हो जाता है। तुम मुझे बहुत भाती हो, सो मैं तुम्हें प्यार करता हूं।'' कहकर वे यकायक रुक गए। उन्होंने अब अपूर्वा के चेहरे को गौर से देखा। उसका चेहरा मुरझा गया था। आंखों के नीचे पड़े काले धब्बे जैसे और गहरा गए थे। वह बहुत आहत नजर आ रही थी। उसी आहत भाव से अपूर्वा ने उनके चेहरे की ओर देखा। वहां कुछ नहीं था। बस, एक अध्यापकीय गुरुता थी और मुद्रा में कुछ ऐसा भाव था जैसे कोई व्यक्ति किसी बच्ची को समझाने का प्रयास कर रहा हो। अपूर्वा से कुछ कहा नहीं गया। वह घुटनों पर सिर टिकाए कुछ देर तक बैठी रही और फिर यकायक अचेत होकर बिस्तर पर लुढ़क गई।

शोभनाथ उसकी यह दशा देखकर घबरा उठे। उसी घबराहट में उन्होंने नौकर को आवाज लगाई, ''गुलाब सिंह।''

आवाज इतनी अजीब थी कि गुलाब सिंह बरामदे से भागा हुआ आया। बोला, ''हां, बाबूजी।'' फिर उसने अपूर्वा की ओर देखा और चौंककर बोला, ''अपूर्वा बेटी को क्या हुआ बाबूजी?''

''जरा देखो। यह बेहोश हो गई है।'' शोभन किसी तरह बोल पाए।

नौकर भागा हुआ डॉ. सक्सेना की 'स्टडी' में गया। डॉ. सक्सेना किसी प्रकाशक से बात कर रहे थे। वह स्टडी के दरवाजे से ही बोल पड़ा—बाबूजी, अपूर्वा बेबी आज फिर बेहोश हो गई है।''

सुनकर डॉ. सक्सेना में किसी प्रकार की प्रतिक्रिया नहीं हुई। पिछले महीने उसे इसी तरह तीन-चार बार बेहोशी के दौरे पड़ चुके थे। वे धीरे-से उठे और बोले, ''तू जल्दी से एक कॉफी बना ले। मैं देखता हूं।'' कहते हुए वे अपूर्वा के कमरे की ओर जाने लगे।

कमरे में शोभनाथ एक कुर्सी का सहारा लिए हकबक खड़े थे। अब अपूर्वा धीरे-धीरे कराह रही थी।

''क्या हुआ अप्पू बेटे।'' वे पलंग की पाटी पर बैठते हुए बोले और उसकी पीठ थपथपाने लगे।''

कुछ क्षण यों ही बीत गए। डॉ. सक्सेना ने शोभन की ओर प्रश्नवाचक आंखों से देखा।

''बस, मैं इसे समझा रहा था। तभी न जाने क्या हआ, इसे गश आ गया।'' शोभन के चेहरे पर घबराहट के बीच आत्मग्लानि की एक रेखा खिंच आई थी।

कोई पंद्रह-बीस मिनट बाद अपूर्वा की चेतना पूरी तरह लौट आई। उसने बड़ी निरीह दृष्टि से शोभन की ओर देखा। तब तक गुलाब सिंह पानी, दवाई और कॉफी ले आया था।

"ले बेटे, यह गोली खा ले। फिर कॉफी पी लेना।" पानी का गिलास हाथ में लेकर उन्होंने गोली को अपूर्वा के मुंह में डाल दिया। अपूर्वा ने पानी की घूंट के साथ गोली निगल ली। फिर कांपते हुए दोनों हाथों से उसने कॉफी का प्याला पकड़ लिया। डॉ. सक्सेना उसका सिर सहलाते रहे।

कॉफी पी जा चुकी थी। डॉ. सक्सेना ने उसे प्यार से लिटा दिया और बोले, "बेटे, अब थोड़ा आराम कर ले। थोड़ी देर सो लेगी तो जी चंगा हो जाएगा।" फिर शोभनाथ की और देखकर बोले, "शोभन, हम बैठक में चलते हैं। इसे थोड़ा आराम करने दो।"

शोभन चुपचाप डॉ. सक्सेना के साथ बाहर बैठक में आ गए। प्रकाशक महोदय अब भी वहीं बैठे हुए थे। डॉ. सक्सेना बोले, "क्षमा करना अरविंद भाई। अपनी बिटिया की तबीयत अचानक खराब हो गई है। आप कल कॉलेज में आ जाइए। वहीं बात कर लेंगे।"

अरविंद सोफे से उठ खड़े हुए, "जी।" वे कुछ और नहीं बोल पाए और दोनों को अभिवादन करके बाहर गेट की ओर चल पड़े।

डॉ. सक्सेना निढ़ाल होकर सोफे पर पसर गए। शोभन भी दूसरी ओर रखी कुर्सी पर बैठ गए—इस प्रतीक्षा में कि डॉ. सक्सेना उनसे कुछ बोलें। बड़ी देर तक डॉ. सक्सेना यों ही अधलेटे पड़े रहे। शोभनाथ को लगा कि जैसे वे कुछ कहना चाहते हैं, लेकिन कह नहीं पा रहे।

काफी देर बाद डॉ. सक्सेना सोफे पर सीधे बैठ गए और सामने दीवार पर देखते हुए बोले, "आज मेरी चिंता बस इस लड़की को लेकर है। यह कहीं बस जाती तो मेरा गंगा-स्नान हो जाता। कई बार सोचा कि तुमसे इसके बारे में कहूं, लेकिन कहने की हिम्मत नहीं हुई।"

शोभनाथ सुनते रहे। बोले कुछ नहीं।

थोड़ी देर रुककर डॉ. सक्सेना फिर कहने लगे, "तुम क्या कहते हो?"

शोभनाथ को जैसे बिजली का करंट लग गया। उन्हें जिसकी आशंका थी, अब उसी का सामना करने का अवसर आ गया था। यही बात अगर डॉ. सक्सेना ने पहले कही होती, जब उनका मनजीत से परिचय नहीं हुआ था तो शायद वे

अपने को सबसे बड़ा भाग्यवान मानते, लेकिन अब स्थितियां बदल चुकी थीं। वे मनजीत के रुपहले सम्मोहन में इतने बंध गए थे कि अब एक गंवई सांवली इंटर में पढ़ने वाली लड़की से विवाह करने की बात वे सोच भी नहीं सकते थे। वे पिछले दिनों अपूर्वा के साथ बिताए क्षणों को जैसे एकबारगी भूल गए थे या कहें, भूल जाना चाहते थे।

डॉ. सक्सेना का प्रश्न सुनकर वे बड़े भोलेपन के साथ बोले, ''किस बारे में गुरुजी?''

डॉ. सक्सेना ने एक नजर शोभनाथ को देखा और फिर किसी तरह कह दिया, ''यही, अपूर्वा के बारे में।'' वे स्पष्ट रूप से शोभनाथ का मन जान लेना चाहते थे। तब तक शोभनाथ ने भी अपना उत्तर तैयार कर लिया था। ऐसी स्थितियों से निपटने में वे माहिर थे।

''गुरुजी, आप यह क्या कह रहे हैं। वह आपकी बेटी के समान है। भला गुरु की बेटी से ऐसा रिश्ता कैसे बन सकता है? उसे तो मैंने हमेशा अपनी बेटी-बहन के रूप में देखा है।''

डॉ. सक्सेना ने शोभनाथ को पथपराई आंखों से देखा और अपने आत्म-सम्मान की रक्षा करते हुए बोले, ''तुम ठीक कहते हो। मैंने यों ही कह दिया था।''

तभी बहादुर कमरे में आकर बोला, ''बाबूजी, अपूर्वा बेबी आपको बुला रही है।''

''आता हूं।'' कहते हुए डॉ. सक्सेना ने सोफे से उठने की कोशिश की, लेकिन उन्हें लगा कि इन कुछ पलों में वे बहुत जर्जर हो गए हैं। उन्होंने शोभन की तरफ देखकर कहा, ''अच्छा शोभन, कभी-कभी आते रहना। अपूर्वा तुम्हें बहुत मानती है। उसे समझाने की कोशिश करना।''

अब तक शोभन भी उठ खड़े हुए थे।

''जी।'' जब भी आप आदेश देंगे, मैं हाजिर हो जाऊंगा। आप अपूर्वा की चिंता न करें। मैं उसे समझा लूंगा। वह जल्दी ही ठीक हो जाएगी।''

''मैं भी यही उम्मीद करता हूं।'' कहते हुए डॉ. सक्सेना अपूर्वा के कमरे की ओर जाने लगे। शोभनाथ बंगले से बाहर निकल आए।

12

उस दिन पूरी रात शोभन सो नहीं पाए। सारी रात उनके मन में एक प्रकार का अंतर्द्वंद्व चलता रहा। अपने अपराध-बोध, अपनी आत्म-ग्लानि और डॉ. सक्सेना से कहे गए झूठ का अंतर्द्वंद्व। बीच-बीच में उनकी तार्किक बुद्धि जाग उठती। वे सोचते—'प्रगति के लिए, राह में आए आकर्षणों की उपेक्षा करनी ही होगी। व्यक्ति को सर्वोत्तम प्राप्त करने का प्रयत्न करना चाहिए। तभी उनका अंतर कराहकर कह उठता—लेकिन अपूर्वा के प्रति इस प्रकार का निस्संग व्यवहार किसी भी प्रकार से नैतिक कहा जा सकता है क्या? उनकी तार्किक बुद्धि जवाब देती—नैतिकता कोई स्थिर वस्तु नहीं है। इस संदर्भों और परिस्थितियों के अनुसार बदलती रहती है।'

'लेकिन अपूर्वा को किस अपराध का दंड दिया जा रहा है। क्या इस बात का कि उस भोली-भाली लड़की ने तुम्हारा विश्वास किया। तुम्हें अपना जाना। तुम्हारे प्रति उसमें समर्पण का भाव जागा? उसने तो तुम्हारे अलावा किसी व्यक्ति को अपने जीवन में नहीं आने दिया।'

'ठीक है, एक दुर्बल क्षण में मैं उसकी ओर आकर्षित हुआ अवश्य, लेकिन उस दुर्बलता में सुधार कर लेना क्या कोई पाप है? और अगर मैंने ऐसा कुछ किया

है तो मैं गलत कहां हूं। हर कोई अपनी गलतियों से सीखता है। अपने में सुधार लाने की कोशिश करता है। उनकी तार्किक बुद्धि उन्हें जैसे सहारा देती।

'अब अपूर्वा का क्या होगा?' उनकी भाव-प्रवणता चीत्कार कर उठती।

'उसका क्या होगा। समय बड़े से बड़े घाव को भर देता है। उनकी बुद्धि कहती।'

'और अगर ऐसा नहीं हुआ तो?'

'तो वह अपनी भावुकता की सजा भोगेगी और सोचो, अगर वह किसी दूसरे व्यक्ति के प्रति आकर्षित हो जाती है तो क्या मैं आत्महत्या कर लेता?'

'तुम्हारे प्यार में इतनी गहराई ही नहीं थी कि तुम उसके लिए मर मिटते। तुमने तो उसकी निकटता का फायदा उठाया है, लेकिन उसके लिए तो यह जीवन-मरण का प्रश्न हो गया।'

मैंने उससे कभी विवाह की, एक साथ बंधने की बात नहीं की।' उनके तर्क ने कहा।

'तुम झूठ बोलते हो। अपना कविता संग्रह तुमने उसी को समर्पित किया या नहीं।'

'मैंने किसी 'अनामिका' को समर्पित किया था।'

'और वह अनामिका अपूर्वा थी। तुमने उससे खुद कहा था।'

'वह तो उसे खुश करने के लिए कह दिया था।'

'तुम बहुत कमीने हो। उसे खुश करने के लिए कह दिया और फिर, फिर उसकी सिधाई का फायदा उठाने लगे। थू है तुम्हारी सोच और तुम्हारे तर्क पर।' शोभनाथ के अंतर से एक हारी हुई चीख निकली। वे चौंक कर बैठ गए।

घड़ी टिकटिक करती रही। समय चलता रहा। रात बीतती रही। शोभन एक पल के लिए भी सो नहीं सके।

सुबह खुशनुमा थी। बगीचे में खिले-खिले फूल थे। पक्षियों की चहक थी। आसमान साफ-शफ़्फ़ाक और नीला था। पवन में खुनक थी। अशोक वृक्ष की लंबी पूरी पत्तियों में कंपन था। सब कुछ सुंदर था, लेकिन शोभनाथ में अंतर-मंथन चल रहा था। वे अपने को बहुत छोटा और बहुत कमजोर महसूस कर रहे थे। उनके चेहरे पर बहुत सी ताजगी नहीं, अपराध-बोध का धुआं साफ झलक रहा था और वे किसी भी प्रकार अपने को आश्वस्त करने के लिए तर्क खोजने में लगे थे,

लेकिन उनकी समझ में कुछ नहीं आ रहा था। दरअसल वे कुछ सोच ही नहीं पा रहे थे।

इसी अंतर्द्वंद्व के चलते वे कॉलेज जाने के लिए तैयार हुए और बिना नाश्ता किए गेट से बाहर निकल गए। बुआ उनको बुलाती रह गई।

दोपहर थी। डॉ. सक्सेना कॉलेज गए हुए थे। अपूर्वा से कह गए थे कि शाम को आने में देर हो जाएगी। अपना ध्यान रखना। अपूर्वा अब भी काफी कमजोरी महसूस कर रही थी। डॉ. सक्सेना उससे पूरा आराम करने के लिए कह गए थे। वह धीरे-से उठी और अपने बुक सेल्फ में किताबों के पीछे रखा हुआ एक बड़ा-सा लिफाफा उठाकर पलंग पर बैठ गई। फिर हल्के से उसने उसमें से कुछ कागज निकले और उन्हें पढ़ने लगी। दरअसल, वे पत्र थे, जो उसने शोभनाथ को लिखे थे, लेकिन उन्हें वह शोभन को दे नहीं पाई थी। उसने एक पत्र उठाया, उसकी तह खोली और उसे पढ़ने लगी :

आदरणीय मास्टरजी,

आज शाम आपने यह क्या कर दिया? इतने पास आने का क्या मतलब होता है। क्या वही तो मतलब नहीं होता जो मैंने समझा है। मैं तो मूर्ख हूं, भावुक हूं, पगली हूं, लेकिन आप तो बड़े ज्ञानी हैं, बुद्धिमान हैं, बड़ा नाम है आपका। कुछ सहेलियां हैं, कुछ परिचित हैं, जो मुझे बाबूजी की बेटी करके जानते हैं। आपके मुकाबले में मैं तो कुछ भी नहीं हूं। इतने बड़े लॉन का एक तिनका भर हूं मैं। आपने मुझमें ऐसा क्या देखा जो इतने स्नेह के साथ मेरे इतने निकट आ गए। आपके जाने के बाद, मैं कुछ भी नहीं सोच पाई। बस, आपके उस अकेले चुंबन की छुअन महसूस करती रही। उस पागल क्षण में भी आंखें बंद करके मैं अपने पूरे शरीर पर संज्ञा-शून्य कर देने वाली बर्फ का ठंडापन महसूस करती रही थी। कुछ क्षणों तक आपसे आंख मिलाने का साहस भी नहीं कर पाई थी मैं। ऐसा क्यों कर हो जाता है मास्टरजी। मैं नहीं जानती कि आपकी देह का स्पर्श मुझे इतना भयभीत कर देने वाला और साथ ही इतना सम्मोहित कर देने वाला क्यों कर लगा? ये दोनों भाव मुझे अभी तक रोमांचित किए हुए हैं। मैं आपको लिख रही हूं, लेकिन न जाने क्यों वह अपूर्व क्षण (आपकी) अपूर्वा के सम्मुख आ-आ जाता है। मैं क्या करूं...आपने किस ऊहापोह में उलझा दिया है मुझे। अब आप ही मुझे इससे निकालोगे। अच्छी तरह समझ लो।

आंपको हर क्षण याद करती हुई...।

अपूर्वा ने पत्र को अच्छी तरह तह करके एक ओर रख दिया। कुछ देर रुकी और भरी-भरी आंखों से दूसरा पत्र उठा लिया। लिखा था :

क्या कहकर संबोधित करूं आपको।

कल बाबूजी कह रहे थे कि मैं यकायक इतनी गुमसुम, इतनी गंभीर क्यों रहने लगी हूं। उन्हें क्या बताऊं? क्या कह दूं उनसे कि मुझे 'आपके' शोभन से प्यार हो गया है कि मुझे अब शोभन के अलावा कुछ सूझता ही नहीं। सच कहूं, मुझे एक ओर आपके प्यार का ढंग बहुत ममतामय लगता है और दूसरी ओर उससे भी ज्यादा रोमांचक। कभी-कभी तो मैं यह निश्चय ही नहीं कर पाती कि आप मुझे छोटी-सी, नन्हीं-सी बच्ची की तरह प्यार करते हैं या एक भरी-पूरी प्रेयसी की तरह। कभी-कभी बड़ा डर लगता है। डर लगता है अपने आपसे और आपकी विद्वत्ता से और दुनिया के लोगों से। जब बात बाहर खुलेगी तो क्या प्रतिक्रिया होगी बाबूजी की, आपके संगी-साथियों की और मेरी अपनी सहेलियों की--मैं कुछ भी नहीं सोच पाती। यह प्यार भी कैसी उलझन भरा होता है। मैंने कभी सोचा भी नहीं था।

'एक बात और है। मुझे लगता है कि इन थोड़े से दिनों में मैं काफी बड़ी हो गई हूं। आप क्या कहते हैं? लेकिन बचपना भी साथ-साथ चल रहा है। कल मैंने अपनी कॉपी पर एक सौ बार आपका नाम लिखा और फिर देर तक उन अक्षरों पर कलम चलाती रही। पागल हूं न मैं?

तुम्हारी...नहीं, आपकी : पगली।

अपूर्वा शून्य में देखती हुई पत्र की तह करने लगी और देर तक यों ही गुमसुम सोचती बैठी रही।

पत्र को लिफाफे में डालकर उसने उसमें से एक और कागज निकाला और आंखों को पोंछते हुए उसे पढ़ने का प्रयास करने लगी :

मेरे प्रभु!

यह क्या कर दिया तुमने। अब रातों को नींद नहीं आती और दिन में सोई रहती हूं। परीक्षाएं पास आ रही हैं, लेकिन किताबों की ओर देखने को मन ही नहीं करता। जी चाहता है कि तुम्हारे आसमान में मुक्त पक्षी की तरह उड़ती फिरूं या तुम्हारी बगिया का फूल बन कर खिलती रहूं और पंखुरियों की आंखों से तुम्हें

निहारती रहूं। क्या प्यार इसी को कहते हैं। कल कॉलेज में सहेलियों के बीच बैठी हुई भी मैं ज्यादातर गुमसुम ही बनी रही। सहेलियां कहने लगीं—जरूर कोई बात है अपूर्वा, जो तू हमसे छिपा रही है। बता, कौन है वह रोमियो। हमें भी तो पता चले। फिर एक सहेली बोली, 'जरा होशियार रहना अपूर्वा, आजकल के रोमियो बस ऐसे ही होते हैं। खिलती कली का मधुपान करते हैं और फिर फुर्र से उड़ जाते हैं।' मैंने उसे डांट दिया। बोली, तुझे इस बात के अलावा कुछ भी सूझता है क्या?'' वह बेचारी 'सॉरी सॉरी कहती हुई वहां से सरक गई। बाद में मुझे बुरा लगा। वह तो ठिठोली कर रही थी। मैं बेकार ही उससे गुस्सा हो गई। थोड़ा डर भी लगा कि कहीं इन लोगों को कुछ मालूम तो नहीं हो गया, लेकिन मुझे विश्वास है कि ऐसा कुछ नहीं हुआ होगा। हमारे संबंधों को तुम्हारे और मेरे अलावा और कौन जानता है और कौन जान सकता है? बाबूजी भी नहीं।

मेरे देवता, एक बात पूछूं। प्यार करना कोई गुनाह तो नहीं होता। और फिर प्यार किया कहां जाता है। बस, हो जाता है। पता नहीं कैसे, तुम्हारे आकर्षण में बंधी हुई मैं शायद बहुत आगे तक बढ़ आई हूं। अब मेरी लाज और मेरा सम्मान तुम्हारे हाथों में है। मेरी लाज रखना मेरे देवता।

और हां, आपने बाबूजी से तो कोई बात नहीं की? उनसे कुछ मत कहना। वक्त आने पर उन्हें पता चल ही जाएगा। बाबूजी तुम्हें बहुत मानते हैं। उस दिन तुम्हारे जाने के बाद कह रहे थे—शोभनाथ बड़ा शालीन लड़का है। बहुत ऊंचा जाएगा यह।

मैं भी चाहती हूं कि तुम हिम-शिखर पर अपना शिखर बनाओ। मेरी शत-शत सदिच्छाएं तुम्हारे साथ हैं।

तुम्हारी बिल्कुल अपनी : मैं

पत्र अपूर्वा के हाथों में बड़ी देर तक खुला पड़ा रहा और वह दीवार के कोने पर उग आए मकड़ी के जाले को देर तक अपलक देखती रही।

शाम घिरने लगी थी। आकाश की छाती पर रुई के गोले धीरे-धीरे खिसक रहे थे। अपूर्वा उठकर बगीचे में चली आई और पास पड़े मोढ़े पर बैठकर अमलतास से झरते पीले फूलों को देखती रही। काफी देर तक वह यों ही अपने से बेखबर बैठी रही, फिर मुश्किल से उठकर बरामदे में होती हुई अपने कमरे में आ गई।

अपने पलंग पर बैठकर वह द्वंद्वग्रस्त बनी रही। उसने फिर से बुक सेल्फ की तरफ देखा, फिर उठकर वहां से लिफाफा उठा लाई। हल्के नीले पन्नों को एक तरफ करके उसने एक पत्र उठा लिया और उसे पढ़ने लगी :

मेरे प्राण,

पांच दिन हो गए। तुम बंगले पर नहीं आए। ऐसा तो कभी नहीं हुआ था। अब क्यों हो गया? मैं कॉलेज से आने के बाद तुम्हारे आने का इंतजार करती रहती हूं। तुम्हें ऐसा कौन-सा काम आ पड़ा कि तुम मेरे पास आने के लिए समय ही नहीं निकाल पाए। तुम कहीं अस्वस्थ तो नहीं हो गए। मुझे बड़ी चिंता हो रही है। चिंता और चिता में बस एक बिंदु का अंतर होता है। इस समय रात के ग्यारह बजे हैं। मैं तुम्हारी याद में अभी तक जागी हुई हूं। बहुत चिंताग्रस्त हूं मैं। तुम आकर मेरी चिंता को दूर कर दो ना, मैं अल्हड़ हूं, नासमझ हूं, भावुक हूं, लेकिन तुमको तो मेरे बारे में सोचना चाहिए था। तुम्हारी अनुपस्थिति में, तुम्हें देखे बिना, मिले बिना मेरा क्या हाल हो रहा होगा। पुरुष के लिए तो बीसियों जगह होती हैं, जहां वह अपनी शामें बिता सकता है, लेकिन मेरे लिए यह सब कहां संभव है। मैं तुम्हारी प्रतीक्षा में आकुल हो उठती हूं। जब शाम घिरती है, मेरे मन में तुम्हारी प्रतीक्षा के अलावा और कुछ नहीं होता। तुम्हारे न आने से मेरी पढ़ाई भी रुक गई है। पढ़ने को मन ही नहीं करता। बस, यों ही बैठी तुम्हारे बारे में सोचती रहती हूं। तुम्हारे हँसमुख मुख की कल्पना करती रहती हूं। मैं बहुत उदास हो गई हूं। तुम कल आओगे न? मैं प्रतीक्षा करूंगी और क्या लिखूं।

तुम्हारी प्रतीक्षारत : मैं।

अपूर्वा ने उस पत्र को तह करके एक ओर रख दिया फिर लिफाफे से कुछ और पन्ने निकाले और उन्हें छांट-छांटकर अलग रखती रही। अंत में उसने एक बड़े से पन्ने को खोला और डबडबाई आंखों से उसे पढ़ने लगी :

अब तुम्हें पत्र लिखते हुए भी डर लगता है। लगभग एक महीना हो गया है। मैं कितने पत्र लिख चुकी हूं। कितनी शामें मैंने तुम्हारी प्रतीक्षा में गुजार दी हैं। कई बार मैं गेट तक गई थी कि तुम रास्ते में आते दिख जाओ, लेकिन कुछ नहीं हुआ। तुम नहीं दीखे। हां, एक बार बहुत पहले तुम्हें कॉलेज में देखा था। मैं अपनी सहेलियों के साथ लॉन में बैठी थी। तुम किसी छात्रा से बात करते हुए जा रहे थे। मन हुआ कि दौड़कर तुम्हारे पास आ जाऊं, लेकिन सहेलियों के रहते ऐसा कुछ नहीं कर पाई। इस बात को भी कोई 20 दिन तो बीत ही चुके हैं।

फिर थोड़ी देर बाद मैं किसी बहाने उठी और तुम्हारी ओर आने को हुई। तब तुम साइकिल स्टैंड से अपनी साइकिल निकाल रहे थे। मैं तुम्हारे पास तक आती, उससे पहले ही तुम गेट से बाहर निकल गए। मैं मन मसोसकर रह गई। कितनी अभागी हूं मैं।

बहुत सोचती हूं कि मुझसे ऐसा कौन-सा अपराध हो गया कि तुमने मुझसे मुंह चुरा लिया। इसे मुंह चुराना ही तो कहा जाएगा। कहां तुम दिन भर हमारे बंगले पर बने रहते थे। बंगले पर आने का बहाना ढूंढ़ते रहते थे और अब इतने दिनों से। मैंने सुना था, कवि इतने कठोर नहीं होते। वे तो भावना में बहते हैं, भावना का आदर करते हैं। मैं भावनावश ही तो तुमसे जुड़ी थीं। हां, उस जुड़ने में अगर अनजाने में मुझसे कोई गलती हो गई हो तो मुझे क्षमा कर दो मेरे प्राण। मेरे प्राण अब तुम्हीं पर अटके हैं। एक लड़की अगर किसी पर समर्पित हो जाती है तो वह फिर आगा-पीछा नहीं देखती। उसका प्यार ही उसका लक्ष्य बन जाता है। तुम शायद इसे नहीं समझोगे। पुरुष जो हो। तुम्हारे इस रूखे व्यवहार से मेरा खाना-पीना हराम हो गया है। हमेशा चक्कर आते रहते हैं। लगता है, बंगला मेरे चारों और घूम रहा है। कभी-कभी मूर्छा भी आ जाती है...क्या प्यार करने और प्यार देने का यही पुरस्कार मिलता है नारी को। मैं तो अल्हड़ हूं, पागल हूं, गंवई हूं। बड़ी-बड़ी बातें करना मुझे नहीं आता। तुम तो विद्वान हो, मुझसे बड़े हो, समझदार हो तो मेरी अवस्था को क्यों नहीं समझते। समझो, मेरे शोभन समझो। नहीं तो समय हाथ से निकल जाएगा। तुम अपनी अपूर्वा को खो दोगे। अपूर्वा इस दुनिया से कूच कर जाएगी। वह तुम्हारे बिना जिंदा नहीं रह सकती। नहीं रह सकती। तुम से और क्या कहूं।

तुम्हारी, कभी जो तुम्हारी बिल्कुल अपनी थी—अपूर्वा।

पत्र पढ़ते-पढ़ते अपूर्वा की आंखें छलछला आईं। उसने गालों पर ढलते हुए आंसुओं को बहने दिया। उसे लगा कि पूरा कमरा उसके चारों ओर घूम रहा है। उसने किसी तरह पत्र को लिफाफे में डाला और एक ओर कर दिया। और अकेले अचेत बनी सी पलंग पर लुढ़क गई।

रात का अंधेरा बढ़ने लगा था और कमरा अंधेरे में डूब गया था।

13

इस बार 'पारिजात' की गोष्ठी हुए महीने भर से ज्यादा बीत चुका था। मित्रों के बार-बार कहने पर किसी तरह कोशिश करके उस दिन शोभन ने गोष्ठी का आयोजन किया था। यद्यपि गोष्ठी के प्रति उनमें कोई विशेष उत्साह नहीं था। 15-20 लोग शोभन के बंगले पर एकत्र हो चुके थे, लेकिन उमानाथ 'आशिक' की अनुपस्थिति सबको खल रही थी। हालांकि उन्हें गोष्ठी की सूचना भिजवा दी गई थी। इधर शोभनाथ का भी उनकी दुकान पर जाना नहीं हो पाया था। वे अपने 'व्यक्तिगत' कामों में कुछ ज्यादा ही व्यस्त हो गए थे।

गोष्ठी का आरंभ युवा कवि शील की कविता से हुआ। उनकी कविता में एक विचित्र प्रकार का उन्माद था, शारीरिकता थी और थी रूमानियत की अजस्र गंध। कविता क्या थी, सौंदर्य का उत्सव था। जैसे ही शील ने कविता पूरी की, कुछ श्रोताओं ने ताली की गड़गड़ाहट से उनकी प्रशंसा की। लेकिन प्रोफेसर कमलकांत खामोश बैठे रहे।

"क्या आपको शीलजी की कविता अच्छी नहीं लगी। आप चुपचाप बैठे रहे।" अवधेशजी ने कमलकांत की ओर देखकर कहा।

“नहीं, अच्छी है। जब आप लोगों को इतनी पसंद आई है तो अच्छी ही होगी।” कमलकांत बोले, “लेकिन मैं सोचता हूं कि रचनाकार को अपने समय के साथ चलना चाहिए।”

“यानी शीलजी को मार्क्सवादी कविता लिखनी चाहिए।” एक श्रोता ने व्यंग्यपूर्ण प्रश्न खड़ा कर दिया।

“अरे भाई, शीलजी अभी युवा हैं। अपनी उम्र और समय के साथ ही चल रहे हैं।”

“आज के अनेक युवा भी प्रगतिशील कविता लिख रहे हैं। खूब और अच्छी रचनाएं लिख रहे हैं। छायावाद तो अतीत हो चुका है। वर्तमान में घुप्प अंधेरा है। तब भविष्य तो प्रगतिवाद में ही दीखता है।” एक दूसरे सज्जन बोले, “आप क्या कहते हैं शोभनाथजी।”

“मैं क्या कहूं। मैं तो व्यक्ति-स्वातंत्र्य का पक्षधर हूं। व्यक्ति स्वातंत्र्य मेरे लिए सबसे बड़ी बात है। शीलजी की कविता में उनकी मनोभावना प्रकट हुई है और मैं उसका स्वागत करता हूं।”

“शोभनाथजी, जहां व्यक्ति-स्वातंत्र्य होता है, वहीं उत्तरदायित्व भी होता है। व्यक्ति स्वातंत्र्य, उच्छृंखलता नहीं होता।” एक अन्य सज्जन बोले।

“आपको नवोदित कवि के प्रति इतना उपदेशपरक नहीं होना चाहिए। अभी तो शीलजी ने लिखना शुरू किया है और शुरू-शुरू में रचनाकार अपने उद्वेगों को ही अभिव्यक्ति देता है। दायित्व और प्रतिबद्धता की बात बाद में आती है।”

“नहीं, ऐसा नहीं होता। यदि आरंभ से ही अपनी दृष्टि को लक्ष्य पर केंद्रित कर लिया जाए तो आगे चलकर रचना-धर्म में बड़ी सुविधा हो जाती है।” इस बार कमलकांत ने अपने सधे स्वर में कहा।

“भाई कमलकांतजी! यदि, किंतु, अगर ऐसे शब्द हैं, जो रचनाकार को उसकी मूल मानसिकता से दूर ले जाते हैं और वह रचना के प्रति अपने धर्म का निर्वाह नहीं कर पाता। नए रचनाकार को धैर्य से सुनने और उसको प्रोत्साहित करने की आवश्यकता होती है।”

“हां, आवश्यकता होती है, लेकिन यदि वह आरंभ में ही भटक रहा हो तो प्रोत्साहन के साथ-साथ उसे सही दिशा दिखाने की आवश्यकता भी होती है।” कमलकांतजी ने अपना निर्णय सुना दिया। कुछ देर रुककर वे फिर बोले, “मैं

शीलजी को निरुत्साहित नहीं कर रहा हूं। उनमें प्रतिभा है, उत्साह है, गति है लेकिन उन्हें इन सबको एक सकारात्मक दिशा में मोड़ना है। बस...।''

बड़ी देर तक यह चर्चा चलती रही। बाद में कुछ रचनाकारों ने अपनी और रचनाएं सुनाईं। लगभग सभी रचनाओं की शल्य-क्रिया की गई। जब गोष्ठी समाप्ति पर आई तो एक युवती थाली में चाय के गिलास लेकर गोष्ठी-कक्ष में दाखिल हुई। उसे देखकर सब चौंक गए।

''यह मनजीत कौर है। मेरी विद्यार्थिनी है। एम.ए. की परीक्षा दे रही है इस साल। मेरे पास पढ़ने आती है।'' शोभन ने मुस्कराते हुए मनजीत की ओर देखकर कहा।

मनजीत ने थाली को कुछ ऊंचा उठाकर जैसे सब का मुस्कराते हुए अभिवादन किया और फिर वहां बैठे रचनाकारों को एक-एक गिलास पकड़ाने लगी।

अब विषय बदल गया था। वातावरण बदल गया था। कमलकांत चाय का गिलास पकड़ते हुए मनजीत की देहयष्टि की नापजोख में लग गए थे। चाय पीते हुए मनजीत को लेकर किसी ने एक शब्द भी नहीं कहा। सब खामोश थे। और आश्चर्यचकित। एक-दो के मन में और ज्यादा जानने की जिज्ञासा जागी थी, लेकिन शोभन के सम्मुख उनका मुंह खुल नहीं पाया। शोभन सिर नीचा किए चुपचाप चाय सुड़कते रहे।

थोड़ी देर बाद गोष्ठी उठ गई।

शोभनाथ उठकर भीतर कमरे में चले आए थे। मनजीत वहां बैठी पढ़ रही थी। अब वह शोभन के बंगले पर आने लगी थी, शोभन के कहने पर। कुछ दिन तो उसे संकोच हुआ था। बंगले में प्रवेश करते समय वह जरूर दाएं-बाएं देख लेती थी। फिर धीरे-धीरे यह संकोच कम से कमतर होता गया। उसका आत्मविश्वास बढ़ रहा था और अनुराग भी शोभन के प्रति।

शोभन में वह अपने प्रिय का रूप ही नहीं देखती थीं, वरन् उनका गंभीर, सर्व सम्मानित और शालीन व्यक्तित्व भी उसे आकर्षित करता था। वह मन ही मन प्रार्थना करती—हे ईश्वर, मुझ बावली का मान रखना। मुझे उनके योग्य बना दो, बस। मैं तो उनकी छाया बनकर अपना जीवन जीना चाहती हूं। हे भगवान्!''

"तो आपकी गोष्ठी समाप्त हो गई?" मनजीत ने मुस्कराकर शोभन की ओर देखते हुए कहा।

"हां, समाप्त हो गई। दूसरी गोष्ठी में जो जाना था।"

"दूसरी गोष्ठी में। अब इतनी शाम को। अंधेरा बढ़ने लगा है।"

"कुछ गोष्ठियां अंधेरे में ही होती हैं।"

"धत्! आप बड़े 'वो' हैं?"

" 'वो' मतलब?" कहते हुए शोभन ने उसे गुदगुदी कर दी। मनजीत खिलखिलाकर हँस पड़ी।

"कहां तक हुई पढ़ाई।"

"साहित्य का इतिहास पढ़ रही थी। इतने सारे नाम हैं कि याद ही नहीं रहते।"

"नामों को क्यों याद करती हो। बस, एक नाम याद रखना।"

मनजीत फिर खिलखिला दी। "इतने सारे लोगों को देखकर मैं तो घबरा गई थी।"

"घबराया मत करो। अपने पर विश्वास रखो और किसी पर पूरा विश्वास मत करो। हां, जिसे तुम प्यार करती हो और जो तुम्हें प्यार करता है, उस पर पूरा विश्वास करो।"

"वही तो कर रही हूं।" मनजीत धीरे-से, अपनी चुनरी के कोने को अंगुली में लपेटते हुए बोली।

"देखो मनजीत।" शोभन ने विषय बदलते हुए कहा, "सिर्फ एक महीना रह गया है परीक्षाओं में। तुम्हें इस बार प्रथम श्रेणी लेकर दिखा देना है।"

"लेकिन पढ़ने में कंसन्ट्रेट नहीं होता। क्या करूं?"

"कुछ भी करो। यह मेरे सम्मान का प्रश्न है। लोग तुम्हारी सुंदरता से जलते हैं। मैंने जान-बूझकर आज के दिन तुम्हें बुलाया था। मैं चाहता हूं कि वे तुम्हारी प्रथम श्रेणी से भी जलें और यह बात मैं पूरी गंभीरता से कह रहा हूं।"

"मैं कोशिश करूंगी।"

"कोशिश नहीं, बस करना है।"

"जी, करूंगी।"

"यह हुई न बात। देखो तुमने मुझे वचन दिया है। दिया है कि नहीं।"

"जी, दिया है।"

''और वचनों की रक्षा जीवन की रक्षा से ज्यादा महत्त्वपूर्ण होती है।''

मनजीत ने सिर उठाकर शोभन की तरफ देखा। उनके चेहरे की गंभीरता को देखकर वह एक बार डर गई।

''बस, अपने पर विश्वास रखो। सोचो, यह काम कर लिया जाएगा। आत्म-विश्वास का अपना सुख होता है। तब व्यक्ति हिमालय के ऊपर अपना हिमालय बना सकता है।''

''कभी-कभी आपकी बातें समझ में नहीं आतीं।''

''धीरे-धीरे सब समझ जाओगी, मैं हूं ना, समझा दूंगा। अच्छी तरह समझा दूंगा।''

''मैं बड़ी नासमझ हूं। मुझसे कभी नाराज मत होना। जब भी आपके चेहरे पर गंभीरता देखती हूं तो डर लगने लगता है।'' कहते हुए मनजीत शोभन के पैरों पर झुक आई। एक क्षण के लिए शोभन का सारा शरीर रोमांचित हो उठा, लेकिन जल्दी ही वे संभल गए। उसे उठाते हुए वे बोले, ''अंधेरा बढ़ गया है। अब तुम घर जाओ।''

मनजीत ने अपनी किताबें उठाई और उठ खड़ी हुई। शोभन ने उसके माथे पर चुंबन का टीका लगा दिया। वह एक क्षण के लिए मंत्र-मुग्ध-सी खड़ी रही फिर दरवाजे की ओर मुड़ गई। शोभन रात के धुंधलके में उसका जाना देखते रहे।

सहसा शोभन को लगा कि उनके तन का ताप बढ़ गया है और सर भन्ना रहा है। वे बाहर बगीचे में निकल आए। उन्होंने ऊपर आकाश की ओर देखा। पूरा चांद उनके सामने चांदनी की बिसात बिछाने में लगा था। गेट के पास खड़े अशोक की फुनगियां हल्के मद्धम प्रकाश में मंद-मंद कंपकंपा रही थीं। वे नाटे मौलश्री के नीचे बिछी कुर्सी को सरकाकर बैठ गए और आकाश की ओर निहारते रहे। आकाश निरभ्र था। अब थोड़े तारे भी जुगनुओं की भांति टिमटिमाते दीख रहे थे। वे बड़ी देर तक तारों का टिमटिमाना देखते रहे। भारी सिर में विचारों का बोझ और बढ़ गया था। उनके सामने कभी मनजीत आती। उसका रूप आता। उसका संकोच आता और कभी अपूर्वा की धूमिल-सी छवि आती। उसका भोला चेहरा आता, उसकी चंचलता आती और उसकी छोटी-छोटी गोलाइयां आतीं। वे मन ही मन इन दोनों की तुलना करते और उन्हें महसूस होता कि मनजीत का पलड़ा भारी है। वे मनजीत को अपने में समेट लेते और आंखें मूंदकर उसके उन्नत

वक्षों के बीच अपना सिर छुपा लेते, लेकिन तभी उन्हें महसूस होता कि अपूर्वा कुछ दूरी पर खड़ी डबड़बाई आखों से उनके कृत्य को देख रही है। उसके देखने में एक प्रकार का व्यंग्य और एक प्रकार की निरीहता भरी है। वे उद्विग्न हो उठते। एक प्रकार की आत्मग्लानि का भाव उनके मन-प्राणों पर पसर जाता। वे मनजीत से अपने को दूर कर देते।

शोभन के मन में बड़ी देर तक यह अंतर्द्वंद्व चलता रहा, उन्हें लगा कि वे बहुत थक गए हैं। वे कोशिश करके कुर्सी से उठे और ड्राइंगरूम की ओर बढ़ गए। तन-मन का भारीपन अभी भी बदस्तूर जारी था।

अंदर आकर वे वहीं सोफे पर बैठ गए। उनकी आंखें बंद थीं और भीतर प्राणों में कोहराम मचा हुआ था। वे निर्णय करने के बाद भी कोई निर्णय नहीं कर पा रहे थे। तभी गुलाब सिंह ने आकर कहा—" 'शाब' खाना लगा दूं।"

चौंककर शोभन ने आंखें खोलीं और धीरे-से बोले, "हां, लगा दो।" और उठकर बाथरूम की ओर बढ़ गए।

14

परीक्षाएं समाप्त होने में दो दिन बाकी थे। अगले दिन रविवार था और सोमवार को एम.ए. प्रिवियस का अंतिम पर्चा होना था।

पिछले एक महीने में शोभन ने अपना मन पक्का कर लिया था। अपने तर्क गढ़ लिए थे और अपने को यह आश्वस्ति दे दी थी कि वे जो कुछ भी कर रहे हैं, सही कर रहे हैं। उन्होंने अपने पक्ष में जो तर्क गढ़े थे, उनमें से एक तर्क यह भी था कि किसी का प्रथम प्रयास सफल नहीं होता। इस तर्क ने उन्हें बड़ी शक्ति दी थी और अपूर्वा को लेकर उनके मन में जो अपराध-बोध था, वह गलता-गलता अब तक लगभग पूरी तरह गल गया था। वे अब अपने को अपूर्वा से पूरी तरह मुक्त हुआ महसूस कर रहे थे। मनजीत से आगे सोचने के लिए अब उनके पास कुछ और नहीं रह गया था।

इसी पिछले एक महीने में वे यह भी सोच गए थे कि अब उनके लिए डॉ. सक्सेना के 'चंद्रावती कुटीर' में रहना ठीक नहीं होगा और इससे पहले कि डॉ. सक्सेना किसी बहाने से उनसे बंगला खाली करने को कहें, उन्हें स्वयं ही अपने लिए कोई जगह खोज लेनी चाहिए। संयोग से तभी सेवक आश्रम रोड पर उन्हें एक छोटी-सी कोठी चालीस रुपये माह पर मिल गई। जिस दिन उन्हें आवास

बदलना था, उससे एक दिन पहले वे सक्सेना साहब के बंगले पर पहुंच गए।

सक्सेना साहब अपनी बैठक में अकेले बैठे थे। शोभन ने धीरे-धीरे अंदर जाकर उनके चरण छुए और उनका अभिवादन किया।

''आओ, बैठो शोभन। कैसे हो?''

''ठीक ही हूं गुरुजी...अपूर्वा अब कैसी है?''

''अपूर्वा को मैंने कुछ दिनों के लिए उनके पिता गिरीश के पास गांव भेज दिया है। वहां हवा-पानी बदलेगा तो, हो सकता है उसका स्वास्थ्य भी बदल जाए।''

कुछ देर रुककर और कुछ सोचकर शोभन बोले, ''गांव में उसका मन लगेगा क्या? यहां तो चिकित्सा की सुविधा भी है। गांव में तो...''

''उसी की जिद थी गांव जाने की। मैंने सोचा, चलो यह भी देख लिया जाए। वैसे डॉक्टर वासुदेव से पूछ लिया था। उन्होंने कुछ दवाइयां लिख दी थीं।''

''उसकी पढ़ाई का भी हर्ज होगा?''

''अगर ठीक रहेगी तो पढ़ भी लेगी। फिर हमेशा के लिए थोड़े ही गई है। आ जाएगी महीने-दो महीने में। मैं खुद भी उसे लिवा लाऊंगा। इस तरह भाई से भी मिलना हो जाएगा।''

थोड़ा देर तक दोनों के बीच मौन छाया रहा।

''चाय पियोगे?'' कहकर वे गुलाब सिंह को आवाज देने ही वाले थे कि शोभन ने बीच में ही उन्हें रोक लिया, ''गुरुजी, सीधे घर से चाय पीकर आ रहा हूं। तकलीफ मत कीजिए।''

''डॉ. सक्सेना गुलाब सिंह को आवाज देते-देते रुक गए।

''और क्या कर रहे हैं आजकल।'' कहते हुए डॉ. सक्सेना ने अपने चश्मे को धोती के छोर से पोंछकर आंखों पर लगा लिया।

''कुछ खास नहीं। एक-दो पत्रिकाओं के लिए लेख लिखे हैं, बस।''

''हां, लिखते-पढ़ते रहो। उसी से बात बनती है।''

''जी।''

दोनों के बीच फिर मौन छा गया।

फिर बहुत संकोच करते हुए शोभनाथ बोले, ''गुरुजी, सेवक आश्रम रोड पर एक छोटी-सी कोठी मिल गई है। 'चंद्रावती' में कब तक रहूं। कल वहां शिफ्ट कर रहा हूं।''

डॉ. सक्सेना ने सिर उठाकर शोभन की ओर देखा, बोले कुछ नहीं।

"चालीस रुपया माहवार किराया है। कोठी के मालिक दिल्ली सैटल होने वाले हैं। इसीलिए सोचा कि अभी शिफ्ट कर लूं और बाद में यदि वह बिकती हो तो मुझे सहूलियत हो जाएगी।"

"काफी दूर की सोचने लगे हो शोभन।" डॉ. सक्सेना बोले।

शोभन एक खोखली हँसी हँस दिए। उनसे कुछ कहते नहीं बन पा रहा था।

"आप क्या कहते हैं?" किसी तरह वे बोले।

"जब तुमने 'चंद्रावती कुटीर' को छोड़ने का निश्चय कर ही लिया है तो मैं क्या कर सकता हूं। मैं तो यही कहता हूं कि तुम जहां भी रहो, सुखी रहो।"

शोभन महसूस कर रहे थे कि डॉ. सक्सेना के स्वर में वह आत्मीयता नहीं है, जो पहले हुआ करती थी। वे अनमने हो उठे। एक क्षण के लिए अपराध-बोध का भाव भी उनमें जागा, लेकिन जल्दी ही उन्होंने उसे झटक दिया, लेकिन उदासी और कचोट उनके चेहरे पर छाई रही। वे कमरे में इधर-उधर देखने लगे।

वही बैठक है। वही सोफा है। वही कुर्सियां हैं। बुक सेल्फ, स्टडी टेबल, टेबिल लैंप, सामने दीवार लगी हुई ऑयल पेंटिंग—सब कुछ वैसा ही है। इसी बैठक में उन्होंने और अपूर्वा ने कितने सुख के क्षण बिताए थे; कितनी नोक-झोंक, कितनी हँसी-मजाक, कितनी चर्चाएं की थीं, उन्मुक्त हँसी से कितनी बार गूंजी थी यह बैठक, लेकिन आज यहां सन्नाटा है। मारक सन्नाटा। उनके चेहरे पर छाई उदासी का भाव और गहरा हो उठा। वे भीतर ही भीतर विचलित हो उठे। उन्होंने उठना चाहा, लेकिन उठ नहीं पाए। उनका सारा शरीर जैसे प्राणहीन हो गया था।

तभी डॉ. सक्सेना ने अपनी छड़ी संभाली, जैसे कि वे उठना चाहते हों। शोभन को भी उठने का बहाना मिल गया। बड़ी कोशिश से उठते हुए उन्होंने कहा, "तो गुरुजी मैं चलूं?"

सोफे से उठते हुए डॉ. सक्सेना ने कहा, "ठीक है।" उनकी आवाज कहीं दूर से आती लग रही थी।

शोभन ने झुककर डॉ. सक्सेना के चरणों का स्पर्श किया और बाहर निकलने के लिए मुड़ गए।

गेट से बाहर निकलकर शोभन ने साइकिल राजपुर रोड की ओर मोड़ दी। उन्हें सुमन शर्मा के पिताजी से मिलना था। राजपुर रोड की चढ़ाई को

चढ़ते हुए वे अपने आपको निःशक्त महसूस करने लगे। विवश, साइकिल से उतरकर उन्होंने पैदल ही चलने का निश्चय किया। वे साइकिल थामे धीरे-धीरे चलने लगे।

शर्माजी के क्वार्टर तक पहुंचने में उन्हें 15-20 मिनट से ज्यादा नहीं लगे, लेकिन उन्होंने महसूस किया कि जैसे वे बहुत थक गए हैं। उन्हें लगा कि जैसे यह शरीर की थकन न होकर मन की थकन है। अंतर्द्वंद्वों से ग्रस्त मन की थकन। उन्होंने उसे झटक देने की बहुत कोशिश की, लेकिन यह थकन जैसे उनसे चिपककर बैठ गई थी। उनके माथे पर चिंता की रेखाएं खिंच आई थीं। वे एक जगह पर रुके। रूमाल से अपने मुंह को पोंछा। कुछ देर तक रुके रहे फिर आगे चलने लगे। शर्माजी का क्वार्टर पास आ गया था।

जिस समय शोभनाथ वहां पहुंचे, शर्माजी अपनी बैठक में कुछ लोगों के साथ चाय-पानी में मशगूल थे। शोभनाथ को आया देखकर वे खुली आवाज में बोले, "आओ भाई शोभनाथ। आखिर तुम्हें यहां आने का वक्त मिल ही गया।"

शोभनाथ ने बड़ी नम्रता से शर्माजी का अभिवादन किया और पास बैठे लोगों को देखकर मुस्करा दिए, बस।

"मैंने कई बार सुमन से कहा कि किसी दिन अपने गुरुजी को घर ले आओ। थोड़ी बतकही हो जाएगी।"

"जी, थोड़ा व्यस्त हो गया था। इसीलिए पहले नहीं आ पाया।"

"कोई बात नहीं। अब तो आ गए हो।"

"जी।" कहकर शोभनाथ मुस्करा दिए।

"चाय तो पिओगे ही।"

शोभनाथ फिर मुस्करा दिए।

शर्माजी ने नौकर को आवाज लगाकर चाय और कुछ मिठाई लाने के लिए कह दिया।

अतिथियों की चाय समाप्त हो गई थी। उनमें से एक उठते हुए बोले, "अच्छा, शर्माजी, अब हम लोग चलें। आप सभा की तिथि याद रखिए। अगले रविवार को है। पांच बजे, टाउन हॉल में।"

"ठीक है पंकज भाई।" शर्माजी बोले, "आपका इतना आग्रह है तो मैं कैसे मना कर सकता हूं। मैं जरूर आऊंगा। निश्चिंत रहें।"

अभिवादन करते हुए अन्य लोग भी उठ गए। शर्माजी उठकर उन्हें दरवाजे तक छोड़ आए। फिर अपने तख्त के किनारे पर बैठते हुए शोभन से बोले, " 'जन कल्याण' के लोग थे। विवाह-संस्था की प्रासंगिकता पर एक जन-सभा कर रहे हैं। उसी के लिए बुलाने आए थे।"

"विषय तो अच्छा है।"

"तुम्हें भी साथ ले चलेंगे। तुम भी अपने विचार रख लेना।"

"मैं कहां शर्माजी। मैं तो बड़ा एकांतिक व्यक्ति हूं। सभा-सम्मेलनों में जाना मुझे नहीं रुचता।"

"जाना शुरू करोगे तो रुचने भी लगेगा। विद्वान हो, प्रोफेसर हो। कोई मजाक थोड़े ही है।" कहकर शर्माजी 'हो-हो' करके हँस दिए।

"सुमन नहीं दिखलाई पड़ रही।" शोभनाथ इधर-उधर देखते हुए बोले।

"अपनी सहेली के यहां गई है, पढ़ाई करने। इम्तिहान चल रहे हैं ना।"

"अच्छा, अच्छा।"

"औ क्या चल रहा है?"

"बस, बाकी सब ठीक है।" कुछ देर रुककर, थोड़ी झिझक के साथ शोभनाथ बोले, "शर्माजी, कल आप फ्री हैं न?"

"मैं तो सातों दिन फ्री जैसा ही हूं। क्यों क्या बात हैं?"

बहुत जोर लगाकर और बहुत साहस करके शोभनाथ के मुंह से बोल फूटे, "शर्माजी, आपको कल कन्यादान करना है।"

"किसका कन्यादान भई?"

"मेरी भावी पत्नी का।" झिझकते-झिझकते शोभनाथ ने कह दिया।

शर्माजी थोड़ा चौंके अवश्य, लेकिन अपने आश्चर्य को छिपाते हुए बोले, "लड़की कौन है?"

"बस समझ लीजिए, विजातीय है। इसीलिए उसके घरवालों का विरोध है। हमने सोचा है कि मसूरी में जाकर आर्य समाजी रीति से विवाह कर लेंगे।"

"मसूरी जाकर? तो मुझे मसूरी ले जाओगे। यहां क्यों नहीं?"

"हम कोई गड़बड़ नहीं चाहते, इसीलिए। यहां कुछ भी हो सकता है।" सुन कर शर्माजी सोच में पड़ गए।

"मैं प्रोफेसर उनियाल से गाड़ी मांग लूंगा। कोई असुविधा नहीं होगी।" फिर कुछ रुककर बोले, "विवाह के बाद ड्राइवर आपको यहां छोड़ देगा।"

"यानी तुमने सारा इंतजाम कर लिया है।"

शोभन थोड़ा-सा मुस्करा दिए। बोले, "बस चार-पांच घंटों की बात है शर्माजी। आशा है आप निराश नहीं करेंगे। आप ही हैं बस, जिन पर मेरा विश्वास टिका है।"

शर्माजी शोभन के चेहरे को देखते रह गए। वे तो सोच रहे थे कि इस व्यक्ति को वे कितना सीधा-सादा समझते थे। इस दूसरे शोभन की तो उन्होंने कभी कल्पना ही नहीं की थी। प्यार इतना मादक हो सकता है, यह वे पहली बार अनुभव कर रहे थे। शोभन क्या इतने साहसी भी हो सकते हैं, यह प्रश्न बार-बार उनके मन में उठ रहा था।

"तो मैं निश्चिंत रहूं शर्माजी।" शोभन बोले।

"ठीक है। तुम्हारे लिए यह भी कर लेंगे।"

"आप अभी इस बात का जिक्र किसी से मत कीजिए। अपने घरवालों से भी नहीं प्लीज।"

"नहीं करूंगा और कुछ?"

"और कुछ नहीं। कल एक बजे के करीब आ जाएंगे हम दोनों। आपको यहीं से ले लेंगे। आप तैयार रहिए।" उठते हुए शोभन बोले।

"अरे, उठ क्यों गए। लंच तैयार हो रहा है, खाकर जाना।"

"धन्यवाद शर्माजी, अभी बहुत से काम करने हैं। हां, मैं डॉ. सक्सेना के बंगले से शिफ्ट कर रहा हूं। आज ही सामान उठाना है। मैं चलूं, कल आपके दर्शन करूंगा।"

शर्माजी कुछ नहीं बोल पाए। उनके मन का मंथन कुछ और गहरा हो गया था। वे शोभन को दरवाजे तक छोड़कर लौट आए।

'चंद्रावती कुटीर' के सामने ट्रक खड़ा था। बहादुर के साथ कुछ मजदूर उस पर सामान चढ़ा रहे थे। जब सारा सामान चढ़ गया तो शोभन ने बुआजी और बहादुर को पीछे सामान के साथ बैठने के लिए कह दिया। खुद वे ड्राइवर की बगल में आगे बैठ गए। ट्रक चल पड़ा।

इस समय शोभन का मस्तिष्क शून्य से भरा था। वे कुछ सोच ही नहीं पा रहे थे। मुश्किल से 10-15 मिनट लगे होंगे, ट्रक शोभन के नए निवास पर

पहुंचकर रुक गया। सामान को उतारने के लिए मजदूरों को भी साथ ले लिया गया था। कोई घंटे भर में पूरा सामान उतार लिया गया। शोभन ने राहत की सांस ली, गोया उनके सिर से बड़ा बोझ उतर गया हो।

फिर वे मजदूरों को निर्देश देने में लग गए कि कौन-सा सामान किस कमरे में रखना है। बहादुर उनका साथ दे रहा था। बुआ अभी तक खामोश थी। जब बहादुर ने बरतनों की बोरी रसोई में रखी तो पहली बार वे बोलीं, "बहादुर, मेरा पूजा का सामान भी यहीं रखवा देना।"

"जी, मांजी।" कहकर बहादुर ने खोजकर एक थैला बुआ के हाथ में पकड़ा दिया। यह रहा आपका पूजा का सामान।" इसे खुली अलमारी में रख लो।"

बुआ एक क्षण थैले को पकड़े खड़ी रही। फिर उसे एक कोने पर रखकर बाहर निकल आई और कोठी का जायजा लेने लगी।

शोभन ने एक कुर्सी खींचकर अपना पाइप सुलगा लिया था। बुआ शोभन के पास आकर बोली, "अरे ललुआ, यह कोठी तो उस बंगले से बहुत छोटी है।"

"कहां छोटी है बुआ। तीन कमरे हैं। इतनी बड़ी बैठक है। रसोई है, गुसलखाना है और क्या चाहिए? चार जनों के लिए काफी है।"

"चार जने? ये चौथा कौन है रे..."

"तुम्हारी बहू और कौन। मैंने सोचा, बुआ को बहुत काम करना पड़ता है। चलो, उनके लिए एक बहू ही ले आऊं। उन्हें आराम हो जाएगा।"

"तू कैसा है रे। मुझे कुछ भी नहीं बताया। अब बता रहा है। बहू पक्की कर ली है क्या?"

"हां बुआ। पक्की ही कर ली है समझो।"

"कैसी है, कहां की है?"

"अब आएगी तो देख लेना।"

"शादी कब कर रहा है।"

"कल, मसूरी में। तब तक तुम लोग घर ठीक कर लेना। बहादुर से कहना, अगर जरूरत पड़े तो किसी और को मदद के लिए बुला ले।"

"मसूरी से कब लौटेगा?"

"तीन-चार दिन तो लग ही जाएंगे बुआ।" कहते हुए शोभन उठ गए। बुआ उनके पीछे-पीछे कमरे में आ गई।

"तू कौन से कमरे में रहेगा?" बुआ बोली।

"यही कमरा ठीक रहेगा। जरा बहादुर से कहना, मेरे कपड़ों की अटैचियां और किताबों के बंडल इसमें रख जाए। थोड़ा-बहुत मैं ही अरैंज कर लूं।" कहकर शोभन कमरे का जायजा लेने लगे।

कमरे में दीवार में जड़ी दो बड़ी अलमारियां थीं। एक कोने में निवाड़ का पलंग था। एक लंबी, बड़ी मेज थी। दो कुर्सियां थीं।

"बहादुर।" उन्होंने एक अलमारी को खोलते हुए आवाज लगाई। बहादुर दूसरे कमरे में सामान लगा रहा था। आवाज सुनकर वह शोभन के कमरे में आकर खड़ा हो गया।

"देख बहादुर, तू सबसे पहले इस कमरे की सफाई कर दे। अलमारियों से पुराने अखबार निकालकर नए अखबार बिछा दे। पलंग को उस साइड पर लगा देना। इन कुर्सियों को निकाल दे। अपनी कुर्सियां लगा दे, और..."

"उसे अभी रात का खाना भी तो बनाना है।" बुआ शोभन को टोकते हुए बोली।

"खाना होटल में मंगवा लेंगे बुआ। तू चिंता क्यों करती है।" कहकर शोभन बाहर निकल आए। बहादुर उनके द्वारा बताए गए काम पर लग गया।

बाहर चांदनी की उजास थी। हवा में खुनक थी। एक क्षण के लिए शोभन के शरीर में सिहरन-सी पैदा हुई। उन्होंने आराम कुर्सी उठाई और बाहर छोटे से लॉन में रखकर बैठ गए और टिमटिम करते तारों को देखने लगे। उस समय उनके मन-मस्तिष्क में भी तारे टिमटिमा रहे थे।

15

अगले दिन का पहला प्रहर।

टेलीफोन की घंटी ने शोभन को जगा दिया। वे अधजगे-अधसोए हुए उठे और अलस भाव से बोले, "हैलो..."

दूसरी तरफ से शर्माजी बोल रहे थे : एक बड़ी मुश्किल हो गई है शोभनाथ। रात को सुमन की मां बाथरूम में गिर पड़ी। उनकी कूल्हे की हड्डी फ्रेक्चर हो गई है। मैं दून अस्पताल से बोल रहा हूं।"

सुनकर शोभनाथ पूरी चेतना में आ गए। बोले, "ओह, यह तो बहुत बुरा हुआ। डॉक्टर लोग क्या कहते हैं।" उनके चेहरे पर चिंता के भाव उभर आए थे।

"डॉक्टर अभी ऑपरेशन थियेटर में ही हैं। एक घंटा हो गया है।"

"आप चिंता मत कीजिए। सब ठीक हो जाएगा। मेरी भी चिंता न करें। मैं यहां संभाल लूंगा।"

"ठीक है। मैंने यही बतलाने के लिए फोन किया है।"

"जी।"

दूसरी तरफ से फोन कट गया था।

शोभन का चेहरा गंभीर हो गया। अब क्या हो, वे सोचने लगे। उनकी सोच में तीव्रता आ गई। उन्होंने अपने मित्र नौटियाल को फोन लगाया। कुछ घंटियों के बाद फोन उठाया गया, "कौन है भई। इतने सवेरे-सवेरे।" नौटियाल की आवाज सुनाई दी।

"मैं बोल रहा हूं शोभन।" और फिर उन्होंने सारी कथा सुना दी। कुछ देर रुककर बोले, "अब तुम ही वहां मसूरी में कुछ करो यार।"

"करना क्या है डॉक्टर साहब।" आप लोग बस आ जाइए। कन्यादान की चिंता न करें। यहां कन्यादान के लिए, बीसियों पिता मिल जाएंगे। आखिर अपने संपर्क कब काम आएंगे। वैसे उसकी जरूरत भी क्या है। सबसे बड़ा साक्षी तो ईश्वर है।"

"तुमसे यही उम्मीद थी। हम दोनों यहां से 2.50 की बस से निकलेंगे। और चार बजे से पहले मसूरी पहुंच जाएंगे।"

"मेरे लायक और कोई सेवा?"

"बस, तुम बस अड्डे पर पहुंच जाना।"

"पहुंच जाऊंगा, और...?"

"और, बस।"

शोभन ने फोन रख दिया। अब वे थोड़ा सहज हो गए थे।

दोपहर, एक बजे।

परीक्षा का अंतिम पेपर देने के बाद मनजीत कॉलेज से बाहर निकली और पूर्व योजना के अनुसार कुछ आगे चलकर उसने एक तांगा कर लिया। उनियाल से कार लेने की बात टल गई थी।

तांगे में बैठकर वह बोली, "बस अड्डे चलो।"

तांगा करनपुर की ढलान पर दौड़ने लगा।

मनजीत ने हिम्मत तो कर ली थी, लेकिन वह भी भय और शंकाओं से घिरी थी। कभी उसे लगता कि उसके सरदार पिता कुछ गुंडों को लेकर शोभनाथ पर लाठी बरसा रहे हैं। कभी वह देखती कि सरदारजी उसके बालों को खींचकर उसे घर तक ले आए हैं और उसकी धुनाई कर रहे हैं। कभी उसे शोभन का दृढ़ स्वर सुनाई पड़ता—मन्नू, तुमको डरने की जरूरत नहीं है। मैं जो हूं। कभी उसे

भान होता है कि जिंदगी का रंग बदरंग हो गया है और वह अकेली और हताश चौराहे पर खड़ी है, लेकिन इन सबके बीच वह अपने में विश्वास पैदा करती है और अपने को आश्वस्त करती कि उसने निर्णय तो ले ही लिया है। अब जो भी हो, लेकिन दूसरे ही क्षण फिर वह अनेक शंकाओं से घिर जाती और उसके चेहरे पर उन शंकाओं की रेखाएं उभरने लगतीं।

रास्ते भर वह इसी प्रकार आशा-आशंकाओं के बीच झूलती रही।

बस अड्डे पर आकर तांगा रुक गया। मनजीत ने तांगे को पैसे चुकाए और उतरकर इधर-उधर देखने लगी। शोभनाथ कहीं दिखलाई नहीं पड़े। मनजीत का दिल धड़कने लगा।

तभी मनजीत को लगा कि किसी ने पीछे से आकर उसके कंधे पर एक हल्की-सी थाप दी है। उसने मुड़कर देखा—शोभनाथ थे। बहुत शांत और स्थिर। पास के एक ढाबे की ओर इशारा करते हुए वह बोले, "चलो, चाय पी लें। अभी बस छूटने में पौन घंटा है।"

मनजीत की आंखों में आंसू उमड़ पड़े। उसने उन्हें अपनी ओढ़नी से पोंछ डाला।

"ऐसे अच्छे क्षणों में रोया नहीं करते मन्नू।" शोभनाथ उसकी पीठ थपथपाते हुए बोले। मनजीत हिचकियां भरते हुए, उनके साथ सटकर चलने लगी।

"अब जरा सहज हो जाओ। नहीं तो लोग समझेंगे कि मैं तुम्हें भगाकर लाया हूं।"

अपनी चुनरी से चेहरे को पोंछते हुए मनजीत बोली, "भगाकर तो लाए ही हो।"

शोभन की ओर देखते हुए वह थोड़ा-सा मुस्करा दी।

शोभन भी मुस्करा दिए।

"पेपर कैसा हुआ?" चलते-चलते शोभन ने पूछ लिया।

"बस, 'सो-सो'। पढ़ने का वक्त ही कहां मिला?"

"वक्त मिलता नहीं, निकाला जाता है।"

"निकालने के लिए भी तो वक्त चाहिए।"

"अरे वाह, अच्छा तर्क कर लेती हो।"

"सब आपका ही सिखाया हुआ है।"

"घर में किसी को बताया क्या?"

"हां, छुटकी से कह दिया था कि शायद मैं लेट हो जाऊं। सहेली के घर जाना है।"

"छुटकी?"

"मेरी छोटी बहन है सुरजीत। हम घर में उसे छुटकी ही पुकारते हैं।"

"मेरे बारे में तो नहीं बताया न।"

"कैसे बताती?"

"चलो, मसूरी से लौटने पर बता देना।"

"अगर घर जा सकी तो। मैं तो आपके सहारे घरवालों को छोड़कर आ गई हूं।"

"अरे, ऐसा क्यों कहती हो। हम तुम्हें तुम्हारे घर ले चलेंगे। आखिर बड़ों का आशीर्वाद तो लेना ही है।"

मनजीत कुछ नहीं बोली। उसकी आंखें भर आई थीं।

मसूरी में गणेश नौटियाल ने सारी व्यवस्था चाक-चौबंद कर दी थी। आर्य-समाज मंदिर का संगमरमरी फर्श वाला कक्ष। हवन-सामग्री। हवन-कुंड। पंडितजी। दो-चार स्थानीय मित्र और बस।

'होटल वुडलैंड' का एक कमरा पहले ही बुक करा लिया गया था। नौटियाल ने उसे सुसज्जित करा दिया। डबल बैड पर गेंदे और गुलाब की पंखुरियों की बिछावन। द्वार पर हरसिंगार की लड़ियां। पूरे कक्ष में एयर फ्रेशनर की गंध। कमरा महक उठा था।

मंदिर में विवाह की औपचारिकता पूरी करने के बाद शोभन और मनजीत होटल में आ गए थे। नौटियाल उन्हें वहां छोड़ आया था।

संध्या ढल रही थी। होटल के बाहर पक्षियों की चहचहाट ने आसपास के वातावरण में संगीत भर दिया था, लेकिन मनजीत पलंग के एक कोने में बैठी सिसक रही थी। उसकी बड़ी-बड़ी आंखें डबडबाई हुई थीं। वहां विवाह का कोई उल्लास नहीं था।

शोभन धीरे-से उसके पास आकर बैठ गए। उनकी समझ में नहीं आ रहा था कि वे क्या करें। थोड़ी देर यों ही बैठकर उन्होंने मनजीत की पीठ पर हाथ रखा और बोले, "क्या हुआ मन्नू?"

एक बड़ी सिसकारी भरते हुए वह उनकी गोद में लुढ़क गई। शोभन कुछ देर तक उसकी पीठ सहलाते हुए। उसकी घनी केश-राशि से खेलते रहे। उनसे कुछ कहते नहीं बन रहा था। वे भी संजीदा लग रहे थे। बड़ी देर तक वे अबोले बने रहे। फिर बड़ी कोशिश करके वे बोले, ''मन्नू।''

मन्नू वैसी ही निश्चेष्ट पड़ी रही।

''अब उठो भी।'' कहते हुए शोभन ने मनजीत को अपनी गोद में उठाकर बिठा दिया और उसके गालों को अपनी हथेलियों में लेकर बोले, ''तुम्हारा उदास चेहरा भी कितना सुंदर लगता है।''

मनजीत ने एक क्षण के लिए शोभन की ओर देखा और फिर आंखें झुका लीं।

''अच्छा, अब तुम फ्रेश हो जाओ। थोड़ा बाहर निकलेंगे।''

''जी।'' कहती हुई मनजीत उठी और बोली, ''कपड़े बदल लूं।''

''चाहो तो बदल लो। ना भी बदलो तो कोई बात नहीं।''

मनजीत ने अपनी अटैची खोलकर दो जोड़ी सूट निकाल लिए और बोली, ''कौन-सा पहनूं।''

''अरे, मुझसे क्या पूछती हूं। जो अच्छा लगे, पहन लो।''

''ना, आप बतलाइए। आपको कौन-सा पसंद है।''

''मुझे दोनों पसंद हैं। दोनों पहन लो।''

''आज मैं आपकी पसंद का पहनूंगी।''

''और बाद में...''

''अच्छा बतलाओ।''

शोभन ने मनजीत का मन रखने के लिए हरे रंग के सूट की ओर इशारा किया, ''इसे पहन लो।''

''ठीक है।'' कहकर मनजीत बाथरूम की ओर चली गई।

शोभन शीशे के सामने जाकर अपने बाल संवारने लगे।

मनजीत फ्रेश होकर और कपड़े बदलकर बाहर आ गई थी। शोभन के सामने खड़ी होकर बोली, ''ठीक है न, मैं कैसी लगती हूं इसमें।''

''अच्छी लग रही हो। सूट न भी पहनो तो भी मुझे अच्छी ही लगोगी।''

''धत्।'' मनजीत मुस्कराकर शीशे के सामने जाकर बिंदी लगाने लगी।

शाम रात के धुंधलके में बदल रही थी धीरे-धीरे, नवदंपती एक-दूसरे से सटे मौन चल रहे थे।

शोभन सोच रहे थे कि प्रकृति भी इन्सान को कितना कुछ देती है। देती रहती है, लेकिन इन्सान उसी का विनाश करता रहता है। यह शीतल पवन। यह चीड़ वृक्षों का हवा की लय पर लहराना। सड़क के किनारे खिली हुई ये पुष्पित झाड़ियां। नीले गगन में तारों की टिमटिमाहट। सब कुछ कितना सुखकर है।

और मनजीत के मन में कुछ दूसरे ही भाव उमड़-घुमड़ रहे थे। वह सोच रही थी कि वह अपने माता-पिता से कभी मिल भी पाएगी या नहीं। मिल पाई तो उनके सामने खड़ी होकर उनसे क्या कहेगी? अब सुरजीत का क्या होगा? सरदारजी उससे किस तरह पेश आएंगे? इस वक्त उसकी खोज हो रही होगी। उसे न पाकर मां का क्या हाल हो रहा होगा। उसे तो मुझसे ऐसी उम्मीद नहीं होगी।

"क्या सोच रही हो मन्नू।" तभी शोभन ने चलते-चलते मनजीत से पूछ लिया।

"कुछ भी तो नहीं। सोच तो आप रहे थे।"

"हां, सोच रहा था कि बुआ तुम्हें देखकर कितनी खुश होगी। कब से कह रही थी कि बेटा, एक बहू ले आ। अब मुझसे ज्यादा काम-काज नहीं होता।"

"आप उसकी चिंता न करें। मैं सब संभाल लूंगी।" मनजीत शोभन से और भी सट कर चलने लगी।

दोनों काफी दूर निकल आए थे। "अब लौट चले।" शोभन ने पीछे मुड़ते हुए कहा। मनजीत भी लौटने के लिए मुड़ गई। इस समय वह कुछ भी नहीं सोच रही थी।

होटल में आकर दोनों ने डिनर किया और फिर पहली मंजिल पर अपने कमरे में लौट आए।

शोभन ने पलंग पर लेटते हुए मनजीत को अपनी बाहों में ले लिया।

"कपड़े तो बदल लूं।" वह इतना ही कह पाई। उसका दिल धड़कने लगा था।

"कपड़े भी बदल लिए जाएंगे। ऐसी क्या जल्दी है।" शोभन ने मनजीत को बाहों में और कसते हुए उसके अधरों पर अपने होंठ रख दिए। मनजीत की आंखें अपने आप बंद हो गईं। शोभनाथ उसके अंग-प्रत्यंग को चूमते रहे और

मनजीत निढाल होती रही। कुछ देर बाद शोभन उठे और बाथरूम में चले गए। मनजीत उसी तरह निश्चेष्ट पड़ी रही। बर्फ की सिल्ली की तरह। ठंडी और निर्जीव-सी।

रात्रि का दूसरा प्रहर बीत चुका था। होटल निस्तब्ध था। बस, बाहर गैलरी में जलते छोटे-से हरे बल्ब का मद्धिम-मद्धिम प्रकाश था। शोभन ने सोते में करवट ली और मनजीत को अपनी ओर खींचा ही था कि मनजीत जोर से चींख उठी, ''नहीं, नहीं।'' उस अंधेरे कक्ष में वह उठ बैठी और पलंग से नीचे गिर पड़ी। हड़बड़ाकर शोभन भी जाग गए और उन्होंने स्विच ऑन कर दिया। कमरा दूधिया रोशनी में जगमगा उठा। शोभन ने देखा कि मनजीत जमीन पर पड़ी कराह रही है और उकड़ू बैठी हुई उसने दोनों हाथों से अपने वक्ष को छिपा रखा है।''

''मनजीत, क्या हुआ?'' किसी तरह शोभन बोल पाए।

मनजीत शिला-सी निश्चेष्ट बैठी रही, कराहती रही और बुदबुदाती रही, ''ना ना...ना।''

शोभनाथ की समझ में कुछ नहीं आया। वे पलंग से उतरे और मनजीत के पास आकर बैठ गए। एकदम घबराए हुए से।

''क्या हुआ मनजीत, मन्नू बोलो तो।''

मनजीत ने भयभीत आंखों से शोभन की ओर देखा और उनसे लिपटकर बोली, ''मुझे बचा लो पापा।''

शोभन ने उसे उठाकर पलंग पर डाल दिया। उनकी आंखों की नींद उड़ गई थी। वे देर तक उसकी बगल में लेटे हुए ऊपर सीलिंग पर लटके हुए पंखें की घर्र-घर्र सुनते रहे और एक प्रकार की अवश चिंता में डूबे रहे। इसी तरह सोचते-सोचते सुबह हो गई। तभी मनजीत ने शोभन की तरफ करवट बदली और उनकी छाती पर हाथ रखकर बुदबुदाने लगी, ''वे चले गए ना पापा।'' उसकी आंखों में अब भी नींद बंद थी।

शोभन धीरे-से उठ बैठे। उन्होंने मनजीत को हिला-डुलाकर जगाया। कुछ देर बाद मनजीत चौंकती-सी जाग गई। उसने इधर-उधर नजर फेरी और और शोभन की ओर देखकर बोली, ''आप?''

शोभन उसके चेहरे को, उसी अर्ध-नग्न देहयष्टि को एकटक देखते रहे। वह मनजीत, जो इतने दिनों से उनकी नसों में बहते रक्तप्रवाह में उबाल पैदा कर

देती थी, इस समय उन्हें एक उखड़ी हुई, भाव-रहित और मुरझाई हुई गुलाब की पंखुरी-सी लगी। एक प्रकार की विरक्ति उनके मन-प्राणों पर छा गई।

अपने नाइट गाउन को ठीक करती हुई मनजीत ने एक उबासी भरी और शोभन से लिपटती हुई बोली, ''ओह, क्या सपना था। शोभन, तुम मुझे छोड़कर मत जाया करो।'' अब वह सहज हो रही थी।

उसकी लटों पर अपनी अंगुली फिराते हुए शोभन बोले, ''मैं तो यहीं था, बिल्कुल तुम्हारे पास। तुम ही न जाने कहां चली गई थीं। तुम्हें क्या हुआ था?''

मनजीत रुक-रुककर, सोच-सोचकर बताने लगी, ''उस हादसे को मैं अभी तक नहीं भूल पाई हूं शोभन। कभी-कभी वह हादसा जस का तस मेरी आंखों के सामने आकर खड़ा हो जाता है। पार्टीशन हो चुका था। तब हम लायलपुर में थे। एक दिन वहां भी लूटपाट मच गई। दंगे ने भयानक रूप ले लिया। हमें किसी तरह अमृतसर जाने वाली गाड़ी में धकेल दिया गया। हम—यानी मैं, पिताजी, मां, सुरजीत और मेरा छोटा भाई नवजीत। गाड़ी चींटी की चाल चल रही थी। पटरियों तक पर लोग फैले पड़े थे। कोई आध घंटे बाद गाड़ी एक छोटे से स्टेशन पर रुकी। लोगों का रेला गाड़ी में चढ़ने लगा। छतों तक पर जगह नहीं बची। कुछ आततायी हमारे डिब्बे में भी चढ़ आए। गाड़ी कुछ देर रुककर फिर चल पड़ी। अभी दस मिनट भी नहीं हुए होंगे कि डिब्बे में मारकाट मच गई। नवजीत दरवाजे के पास खड़ा था। एक मुस्सटे ने उसका झोंटा पकड़ा और दूसरे ने उसके सीने में खंजर भोंककर उसे धक्का देकर गाड़ी से नीचे गिरा दिया। गाड़ी चलती रही, हम रोते-चिल्लाते रह गए।'' कहकर मनजीत सुबकने लगी। शोभन एकटक उसके चेहरे पर बहती आंसुओं की धार को देखते रहे।

''फिर?'' शोभन बुदबुदाए।

''फिर वे लोग हमारी तरफ बढ़े। उनमें से एक ने मेरी बगल में बैठी चौदह-पंद्रह साल की लड़की को दबोच लिया और उसके कपड़ों को चीर-फाड़ कर हम सबके सामने उस पर चढ़ गया।'' मनजीत की रुलाई रोके नहीं रुक रही थी। वह आगे कुछ बोल नहीं पाई।

शोभन गुमसुम हो गए और मनजीत के बोलने का इंतजार करने लगे।

''गाड़ी ने अब रफ्तार पकड़ ली थी। तभी एक भयानक चेहरा मेरे सामने आया और मेरे कपड़े खींचने लगा। बगल वाली लड़की बेहोश हो चुकी थी। उसकी

मां रो-बिलख रही थी। किसी को कुछ नहीं सूझ रहा था। मैं अपने को बचाने की हरचंद कोशिश में लगी थी कि तभी मेरे सामने बैठे एक सरदारजी ने आवेश के साथ, 'बोले सो निहाल' कहा और उस दरिंदे के पेट में खंजर घोंप दिया। उसकी पकड़ ढीली पड़ गई। सरदारजी के साहस को देखकर दूसरे हमसफर भी 'सत सिरी अकाल' कहते हुए दरिंदों पर टूट पड़े। कुछ देर के लिए पूरा डिब्बा जंग के मैदान में बदल गया। मैं उस सबको देखकर बेहोश हो गई थी।'' कहकर मनजीत खामोश हो गई। उसकी आंखें डबडबा आई थीं। शोभन से भी कुछ कहते नहीं बन रहा था। हां, किसी क्षुब्ध विचार की रेखाएं उनके माथे पर अवश्य उभर आई थीं।

''और तब से कई बार वह मनहूस नजारा मेरी आंखों के आगे घूम जाता है और मैं बहुत घबरा जाती हूं, मुझे डर लगने लगता है। लगता है कि वही दरिंदा मेरी छाती पर चढ़ बैठा है, कल रात भी...''

शोभन ने उसके मुंह पर हाथ रख दिया। अब कोई दरिंदा यहां नहीं हैं। उस घटना को बीते सालों गुजर गए। अब मैं हूं और तुम हो। हम दोनों हैं। हमें एक नई जिंदगी शुरू करनी है। भूल जाओ, उस सबको।''

''भूलने के लिए भी तो याद रखना पड़ता है कि उसे भूलना है।''

''अरे वाह। क्या बात कही तुमने। बस इतना याद रखो कि हम एक नए सफर पर निकले हैं। यहां हमारे अलावा तीसरा कोई नहीं है। भूल जाओ कि...''

''कोशिश करूंगी। जरूर-जरूर कोशिश करूंगी।'' सुबकती हुई मनजीत ने शोभन की गोद में मुंह छिपा लिया।

तभी एक कोयल खिड़की के पास आकर बैठ गई और खुले कंठ से कूकने लगी, 'कूह-कूह...।'

16

पूरे शहर में इस विवाह की चर्चा हवा की तरह फैल गई। खासतौर से प्राध्यापकों और लेखकों के बीच, जो शोभन से भली-भांति परिचित थे। इस संबंध को लेकर लोगों के अलग-अलग मत थे :

'यह कैसे हो सकता है कि एक अध्यापक अपनी ही शिष्या के साथ गांठ बांध ले। अध्यापक और शिष्य का रिश्ता तो पिता-पुत्री के समान होता है। यह सब जो हुआ, नैतिक नहीं है।'

'इससे तो बड़ी उच्छृंखलता पैदा हो जाएगी। आखिर जीवन-मूल्य भी कोई चीज होते हैं।'

'प्यार सभी रिश्तों-संबंधों को लांघ जाता है। नया जमाना है। इसे अस्वाभाविक नहीं कहा जा सकता।'

'यार, हम तो शोभन को एक भला, सीधा-सादा और पढ़ा-लिखा इन्सान समझते थे। वह तो एक नंबर का चालू निकला।'

लोगों की इस तरह की टिप्पणियां छन-छनकर शोभन तक पहुंच जाती थीं। इनका सामना करने के लिए शोभन ने अपने को तैयार भी कर लिया था। उनके सामने कोई बोलने का साहस नहीं जुटा पाता था और शोभन थे कि इस विषय पर

किसी से कोई बात करने के मूड में नहीं थे। उन्होंने अपने चेहरे पर बोल्डनेस का मुखौटा तो चढ़ा लिया था, लेकिन भीतर ही भीतर उन्हें लगता था कि वे शेष समाज से कट-से गए हैं। यह कटना उन्हें पीड़ित करता था। तब एक कचोट-सी उनके मन में उठती थी और वे यह सोचने पर विवश हो जाते थे कि इस मूल्य पर उनका कदम कहीं गलत तो नहीं था, लेकिन अपनी इस शंका को वे दूसरे ही क्षण झटक देते थे और मनजीत की गुलाबी देह में खो जाते थे। कई दिनों तक या यों कहो कि पूरे ग्रीष्मावकाश तक उनका अंतर्द्वंद्व इसी प्रकार चलता रहा।

मसूरी से लौटने के बाद एक दिन मनजीत उनसे बोली थी, ''मां की बड़ी याद आ रही है।''

''उनसे मिलना चाहोगी?'' शोभन बोले थे।

''मन तो बहुत करता है, लेकिन पापाजी की बात सोचकर डर भी लगने लगता है। इतने दिन हो गए उन्होंने हमारी कोई खोज-खबर नहीं ली।'

''तो हमीं एक दिन चलते हैं। उनका आशीर्वाद भी ले लेंगे।''

''चलना है तो आज ही क्यों नहीं?''

''ठीक है। लंच के बाद मुझे एक काम से बाहर जाना है। तुम तैयार रहना। शाम को चले चलेंगे।''

शाम को तैयार होकर मनजीत बाहर ड्राइंगरूम में आई ही थी कि उसने गेट पर अपने पूरे परिवार को आते देखा--मां, पापाजी और सुरजीत। वह हड़बड़ाकर बाहर निकल आई। उनके सामने आकर वह जड़वत् हो गई। उसने देखा—सरदारजी के चेहरे पर गुस्सा नहीं, एक प्रकार की उदासी छाई हुई थी। मां की आंखों में आंसू भरे थे और सुरजीत खामोश खड़ी उसे देखे जा रही थी।

फिर चेतन होकर मनजीत अपने पापा के पैरों पर गिर पड़ी। उसकी हिचकियां शुरू हो गई थीं।

''चल तेरे मन की हो गई। खुश रह। वाहे गुरु तेरा भला करें।'' उसे उठाते हुए सरदारजी बोले।

मनजीत सुबकती हुई मां से लिपट गई। बोली कुछ नहीं।

सुरजीत ने धीरे-से मनजीत की पीठ पर हाथ रख दिया।

तब तक बुआ भी बाहर निकल आई थी।

''चलो पापा, अंदर जाकर बैठते हैं।''

परमजीत बेटी के लिए फल और मिठाई लेकर आई थी। उसे एक ओर रखते हुए वह बोली, ''प्रोफेसर साहब नहीं दीख रहे।''

''आते ही होंगे मां। आज शाम हम दोनों आपके घर आने वाले थे।''

''आपके घर का क्या मतलब।'' सरदारजी बोले, ''बेटे, हमारा घर तुम्हारा भी घर है। तू इतने परायेपन से क्यों बोल रही है?''

मनजीत कुछ नहीं बोल पाई। उसकी समझ में नहीं आ रहा था कि पापा में इतना बदलाव कैसे आ गया। उन्हें तो बात-बात पर गुस्सा आता था।

तभी गेट पर साइकिल की घंटी सुनाई पड़ी।

''लो, वे भी आ गए।'' मनजीत बोली।

शोभनाथ साइकिल टिकाकर अंदर आए तो इन सबको देखकर स्तंभित रह गए। एक भय और आशंका का भाव भी उनके मन-प्राणों पर घिर गया। बैठक में आकर शोभन ने सरदारजी और मनजीत की मां को प्रणाम किया और बोले, ''हम तो आपका आशीर्वाद लेने आने ही वाले थे।''

''चलो, हम आ गए।''

''पापाजी, अगर हमसे कोई गलती या गुस्ताखी हुई हो तो हमें माफ कर दें।''

''प्रोफेसर साहब, अगर हमें बतला देते तो हमें अच्छा लगता।''

''पापाजी, मनजीत ने ही मुझे आपके पास आने से रोक दिया था।'' शोभन ने मनजीत की ओर देखकर कहा।

''मैं आपके लिए चाय बनाकर लाती हूं।'' उस स्थिति से बचने के लिए मनजीत बोली और उठने लगी।

''ना बेटा ना। बेटी के घर में हम कैसे खा-पी सकते हैं।'' सरदारजी ने मनजीत को रोकते हुए कहा।

''बेटी के घर में न सही, बेटे के घर में तो खा-पी सकते हैं ना? मैं भी तो आपका बेटे जैसा ही हूं।''

''अब मैं क्या कहूं।'' सरदारजी हाथ जोड़ते हुए बोले, ''प्रोफेसर साहब मेरी बेटी बड़ी नादान है। उससे कभी कोई गलती हो जाए तो माफ कर देना।''

''क्या बात करते हैं पापाजी। वह बहुत अच्छी लड़की है। आपको अपनी बेटी पर गर्व होना चाहिए।''

सरदारजी की आंखें भर आई थीं। इस बीच मनजीत रसोई में चली गई थी। सुरजीत भी उसके हाथ हो ली।

रसोई में मनजीत ने सुरजीत से पूछा—पापा तो बिल्कुल बदले हुए लगते हैं। ऐसा चमत्कार कैसे हो गया।''

''तू जिस दिन घर नहीं आई, उसी रात पापा 'आशिक' साहब के पास तेरे बारे में पूछने गए थे। 'आशिक' साहब ने पापा को समझाया कि वे कोई चिंता न करें। शोभन बाबू बहुत अच्छे इन्सान हैं। सारे शहर में उनका नाम है। यह मनजीत का सौभाग्य है कि उसे उन जैसा पति मिल गया। उनके साथ मनजीत की जिंदगी बन जाएगी। शोभन के बारे में उन्होंने भी बहुत-सी बातें बतलाईं। और यह भी कहा कि वे शहर से बाहर गए हैं। दो-चार दिन में लौट आएंगे और तुमसे आशीर्वाद लेने जरूर-जरूर आएंगे। 'आशिक' साहब से बातें करके पापा आश्वस्त हो गए। उनकी चिंता और उनका क्रोध गल गया। तब से वे तुम्हारे आने का इंतजार कर रहे थे।''

''हम कल ही तो लौटे हैं।'' मनजीत ने चाय के पानी में शक्कर डालते हुए कहा।

''तो दीदी, सुहागरात कैसी रही? कैसे लगे शोभन बाबू?''

''धत्...'' कहते हुए मनजीत ने चाय की ट्रे उठाई और बाहर ड्राइंगरूम में चली आई। पहली रात की बात बतलाने को वह टाल गई।

चाय पीते हुए कुछ औपचारिक बातें हुईं। कुछ घर-परिवार के बारे में। कुछ मनजीत के बारे में। कुछ इधर-उधर की, मौसम और हवा-पानी के बारे में।

चाय पीकर सरदारजी उठते हुए शोभन से बोले, ''तो अब चलता हूं, तुमसे मिलकर अच्छा लगा। उम्मीद है, मेरी बेटी को अच्छी तरह रखोगे। मैंने इसे बड़े लाड़ से पाला है।'' अंतिम वाक्य बोलते हुए उनकी आंखें भर आई थीं। फिर मनजीत की ओर मुड़कर बोले, ''बेटे, तेरे कपड़े और तेरा दहेज कल भिजवा दूंगा।''

''यहां सब कुछ तो है पापा। मेरे कपड़े सुरजीत पहन लेगी।''

''ऐसा भी कभी होता है क्या? तेरे हक की चीज मैं कैसे रख सकता हूं?''

''आप ठीक कहते हैं पापाजी।'' शोभन हँसते हुए बोले, ''किसी के हक की चीज कोई दूसरा कैसे रख सकता है?''

ड्राइंगरूम सबकी हँसी से लहरा उठा।

औपचारिक अभिवादन के पश्चात् शोभन सबको गेट तक छोड़ आए।

17

कनकपुर। अपूर्वा के पिता का गांव।

पिछली रात थोड़ी देर के लिए झमाझम बारिश हुई थी और दूर तक खेतों की मिट्टी गीली हो गई थी। अब सुबह थी और हवा को जैसे पंख लग गए थे। मौसम बहुत सुहावना हो गया था।

गिरीश सक्सेना दालान में मोढ़े पर बैठे हुए अखबार पढ़ रहे थे। चाय की प्याली बगल में तिपाई पर रखी थी। वे बीच-बीच में एक घूंट भर लेते और फिर अखबार पढ़ने में व्यस्त हो जाते।

''नमस्कार वकील साहब।'' सामने से गुजरते हुए व्यक्ति के स्वर ने उनका ध्यान बंटा दिया। उन्होंने गली की ओर देखा और ऊंची आवाज में बोले, ''आइए, आइए सरपंचजी। बहुत दिनों के बाद दिखे।''

सरपंचजी ऊपर दालान में आते हुए बोले, ''हमारा क्या दिखना, क्या न दिखना वकील साहब। आप कैसे हैं?''

''आइए बैठिए...और क्या हाल-चाल है आपके और गांव के।''

सरपंच एक मोढ़ा खिसकाकर उस पर विराजमान हो गए। बोले, ''गांव की क्या कहूं? अपनी मुसीबत में ही फंसा हूं।''

''क्यों क्या हुआ?'' अखबार को एक तरफ रखकर वे बोले। साथ ही उन्होंने पीछे कमरे की ओर मुड़कर आवाज लगाई। अप्पू बेटे, जरा एक चाय तो ले आओ। सरपंच जी आए हैं।''

अप्पू यानी अपूर्वा हाथ पोंछती हुई बाहर आई। बोली, ''जी, बाबूजी।''

सरपंच को देखकर वह थोड़ी सकुचा गई। उनके सम्मुख उसके हाथ अपने आप जुड़ गए।

''जीती रहो बेटी। अब कैसी हो?'' उन्होंने पूछ लिया।

''ठीक हूं काका, आप कैसे हैं?''

''मैं भी ठीक ही हूं।'' एक उदास मुस्कराहट के साथ वे बोले।

''जाओ बेटे। अपने काका के लिए थोड़ी चाय ले जाओ। गोविंद से कह दो, वह बना देगा।''

वो तो सब्जी तोड़ने खेत में गया हुआ है। मैं ही बना लाती हूं।''

''चाय की तकलीफ क्यों कर रहे हैं वकील साहब।''

''अरे, इतने दिनों के बाद मिले हैं। चाय के बहाने थोड़ी बतकही हो जाएगी और क्या?'' वकील साहब थोड़ा मुस्कराते हुए बोले।

अपूर्वा अंदर चली गई थी।

''अब तो अपूर्वा ठीक लग रही है वकील साहब।''

''हां, पहले से तो काफी ठीक है, लेकिन अब भी, कभी-कभी बोलते-बोलते खामोश हो जाती है। पता नहीं, क्या सोचती रहती है।''

''गांव के हवा-पानी में और ठीक हो जाएगी। दवाइयां तो चल ही रही होंगी।''

''हां, वैद्यजी आते रहते हैं। बड़ी मेहरबानी है उनकी हम पर।''

अपूर्वा चाय लेकर आ गई थी। चाय का गिलास पकड़ते हुए सरपंचजी ने अपूर्वा की और देखा और बोले, ''बेटी, खुश रहो। खुश रहना और हँसना बड़ी से बड़ी बीमारी को भगा देता है। समझी?''

अपूर्वा सिर झुकाए बोली, ''जी काका।'' उसके होंठों पर हल्की-सी मुस्कान थी।

''अब क्या करोगी? आगे पढ़ोगी न?''

''जी, पढ़ना तो चाहती हूं।'' अपने बाबूजी की ओर देखकर अपूर्वा बोली।

'हां बेटे, खूब पढ़ो। खूब बड़ी बनो। वकील साहब और गांव का नाम रोशन करो।''

अपूर्वा कुछ नहीं बोली। वह घर के भीतर जाने के लिए मुड़ गई।

"बड़ी प्यारी बेटी है आपकी वकील साब'।"

"बस, ऊपरवाले की मेहरबानी है सरपंचजी।"

"अभी तो कुछ दिन रहेगी यहां? स्कूल-कॉलेज खुलने में अभी देर है न?"

"सरपंचजी, पहले वह ठीक से चंगी हो जाए तो आगे की सोचूं।"

"हां, वो तो ठीक है। वैसे बिटिया बड़ी भी हो गई है।"

"हां, बड़ी भी हो गई है।" एक उसांस भरकर वकील साहब ने कहा। फिर रुककर बोले, "लेकिन उसने कह दिया है कि शादी-वादी के चक्कर में वह अभी नहीं पड़ेगी। बस, आगे पढ़ाई करेगी।"

"वो भी ठीक है।" कहकर सरपंचजी खामोश हो गए।

दोनों के बीच कुछ समय के लिए मौन पसर गया।

"एक चाय और हो जाए।" वकील साहब ने चुप्पी तोड़ते हुए पूछ लिया।

"नहीं, अब और नहीं।" उठते हुए सरपंच बोले, "जरा मेहरू माली के यहां जाना है। आंगन में बहुत घास उग आई है। उसे कटवा लूं। घास के कारण मच्छरों के मारे नाक में दम हो जाता है, अच्छा चलूं।"

"कभी-कभी इस तरफ भी आते रहिए सरपंचजी।" उठते हुए वकील साहब ने अपनी छड़ी उठा ली।

"जरूर, जरूर। आप भी कभी आइए न घर पर। थोड़ी बतकही हो जाएगी।"

"आऊंगा। जरूर आऊंगा। आपके आने से पहले आऊंगा।" मुस्कराते हुए वकील साहब बोले।

सरपंचजी अभिवादन करके गली में उतर गए।

गांव की आबोहवा में अपूर्वा का स्वास्थ्य तो सुधर रहा था, लेकिन मानसिक द्वंद्व अभी तक बरकरार था। शोभनाथ की रुखाई को वह अभी तक भूल नहीं पाई थी। वह सोचती, ऐसा क्या हो गया कि वे उससे इस तरह कन्नी काटने लगे। अपने जाने तो उसने ऐसा कोई अपराध नहीं किया था। ठीक है, वह अल्हड़ है। बोलती भी बहुत है। बात-बात पर उनका मजाक भी बनाती रही है, लेकिन यह भी तो सही है कि वह उन्हें बहुत प्यार करती रही है। दिल की गहराई में उसने उनके अलावा किसी अन्य को नहीं आने दिया है। वे खुद इस बात को जानते हैं फिर

ऐसा क्या हो गया कि वे उससे दूर छिटकने लगे। वह बहुत सोचती, लेकिन यह प्रश्न उसके कंठ में अटका रहता।

सूरज का ताप नीचे उतरने लगा था। धूप सिमटने लगी थी। अपूर्वा आंगन की मुंडेर पर बैठी मटर छील रही थी। तभी गली में पोस्टमैन आता दिखाई दिया। अपूर्वा में उत्सुकता जागी कि कहीं उसकी चिट्ठी तो नहीं आई है। पोस्टमैन ने आकर मुंडेर पर अपनी साइकिल टिका दी और चिट्ठियों का बंडल खोलने लगा।

"कोई चिट्ठी है काका?" अपूर्वा ने पूछ लिया।

"हां, बिटिया, बाबूजी की चिट्ठी आई है।" कहते हुए उसने एक लिफाफा अपूर्वा को पकड़ा दिया।

"अब तेरी तबीयत कैसी है?"

"ठीक हूं काका।" चिट्ठी पर भेजने वाले का पता पढ़ते हुए वह बोली।

"बस, ठीक ही रह। तेरे बाबूजी को तेरी बड़ी फिकर रहती है।" कहकर उसने झोले में चिट्ठियां डालीं और आगे बढ़ गया।

अपूर्वा मटरों की थाली में चिट्ठी को डालकर घर के अंदर चली आई। थाली को चौके में रखकर वह अपने बाबूजी के कमरे में आ गई, यह कहती हुई—बाबूजी, ताऊजी की चिट्ठी आई है। देहरादून से।" और उसने मोढ़े पर बैठे बाबूजी के हाथ में चिट्ठी पकड़ा दी।

वकील साहब चिट्ठी खोलते हुए बोले, "आखिर सीताराम को चिट्ठी लिखने का वक्त मिल गया। जब से तू यहां आई है, तब से यह उसकी पहली चिट्ठी है। यह भी नहीं पूछा कि तू कैसी है। कैसी हालत थी तेरी, जब तू यहां आई थी।"

"बाबूजी, चिट्ठी पढ़िए न। क्या लिखा है। कोई खास बात?"

बाबूजी चिट्ठी पढ़ने लगे। अपूर्वा नीचे बैठकर उनके चेहरे के उठते-गिरते भावों को पढ़ने की कोशिश करती रही। चिट्ठी पढ़कर उन्होंने उसे पास बिछे पलंग पर रख दिया?

"क्या लिखा है बाबूजी?"

"कुछ खास नहीं। तेरी तबीयत के बारे में पूछा है। पूछा है कि तू देहरादून कब तक आ रही है। तेरा इंटर का रिजल्ट अगले हफ्ते तक निकल जाएगा।"

"और कुछ..."

"और कुछ खास नहीं। तेरे मास्टरजी शोभनाथ के बारे में लिखा है कि उन्होंने अपनी ही किसी विद्यार्थिनी से शादी कर ली है। अपनी ही विद्यार्थिनी से शादी। कलजुग इसी को कहते हैं। हमारे जमाने में तो ऐसी शादी के बारे में सोचा भी नहीं जा सकता था।"

अपूर्वा कुछ नहीं बोली। बस, पत्र को उठाकर पढ़ने लगी। उसके भीतर एक दबी-दबी चीख उठी, लेकिन उसने उसे बाहर नहीं आने दिया। डबडबाई आंखों से वह पत्र पढ़ती रही। पत्र के अंत में लिखा था—अपूर्वा बिटिया को मेरा प्यार कहना। उससे कहना कि वह देहरादून आने की तैयारी कर ले। कॉलेज खुलने में बस एक पखवाड़ा ही बाकी है।"

पत्र पढ़कर उसने उसे वहीं पलंग पर रख दिया और उठकर भीतर जाने लगी। बाबू जी उसका जाना देखते रहे। बोले कुछ नहीं। अपूर्वा के चेहरे के बदले हुए भावों को उन्होंने जरूर महसूस किया था, लेकिन वे कुछ समझ नहीं पाए थे। कुछ देर बाद वे उठे। अपूर्वा के कमरे में जाकर उन्होंने देखा कि वह पलंग पर उल्टी पड़ी सुबक रही है।

"क्या हुआ अप्पू बेटे। तू रो क्यों रही है? बता न, क्या बात है?"

अपूर्वा कुछ बोली नहीं। उसका सुबकना और बढ़ गया था।

सक्सेना साहब उसके बालों पर हाथ फेरते हुए फिर बोले, "अप्पू बता न।" और उसकी पीठ को सहलाने लगे।

जब काफी देर हो गई और अपूर्वा वैसी ही पड़ी-पड़ी सुबकती रही तो वकील साहब हारकर वहां से उठकर बाहर आ गए। धुंधलका बढ़ गया था। बड़े कमरे की बत्ती जलाकर वे वहीं केन के सोफे पर बैठ गए और पास पड़ा अखबार उठा लिया।

वे सोच में पड़ गए थे कि अचानक अपूर्वा को यह क्या हो गया। कुछ देर पहले तक तो वह अच्छी-खासी थी। पत्र पढ़ते-पढ़ते उसने ऐसा क्या पढ़ लिया कि उसने अपनी ये हालत बना ली। बहुत सोचने के बाद भी वे अपने इस प्रश्न का उत्तर नहीं खोज पाए। वे चिंतित से बाहर आंगन में आकर टहलने लगे।

रात घिर आई थी। गली सूनी हो चुकी थी। बस, कहीं गली के मोड़ पर कुछ कुत्ते सामूहिक स्वर में भौंक रहे थे। अन्यमनस्क से वकील साहब फिर अपूर्वा के कमरे में लौट आए। कमरा भीतर से बंद था। दरवाजा थपथपाते हुए वे बोले, "अप्पू बेटे, दरवाजा खोलो।" वे किसी आशंका से बहुत ज्यादा घबरा गए थे।

थोड़ी देर में दरवाजा खुल गया। अपूर्वा सामने खड़ी थी। उसकी आंखें लाल थी, लेकिन वहां आंसू नहीं थे। वकील साहब थोड़े आश्वस्त हुए।

''बेटा, रात बढ़ गई है। आज खाना नहीं खिलाएगी। गोविंद ने खाना तैयार कर दिया होगा।'' बेटी के सिर पर हाथ फेरते हुए वे बोले।

''जी, बाबूजी।'' अपूर्वा ने अपने चेहरे को पोंछते हुए कहा और बाहर निकलकर चौके की ओर बढ़ गई।

मेज पर खाना लगाते हुए वह कुछ नहीं बोली। जब सारा खाना लग गया तो वह बोली, ''बाबूजी।''

''आ रहा हूं।'' गुसलखाने में हाथ धोते हुए वे बोले और फिर मेज पर आकर बैठ गए। अपूर्वा भी अपनी जगह पर बैठ गई।

खाना खाते हुए वकील साहब ने पूछा, ''तुम्हें क्या हो गया था अप्पू। रो क्यों रही थी?''

अपूर्वा कुछ नहीं बोली।

''बोल न। अपने बाबूजी को भी नहीं बतलाएंगी?''

अप्पू ने सिर उठाकर बाबूजी की तरफ देखा। बोली कुछ नहीं। बस, एक कौर मुंह में डालकर पानी का गिलास उठा लिया।

''खुश रहा करो बेटे और हँसती रहा करो। इससे सेहत पर असर पड़ता है। सरपंचजी भी तो यही कह रहे थे।''

अपूर्वा कुछ नहीं बोली। पानी की घूंट भरकर उसने गिलास मेज पर रख दिया।

''तेरा उदास होना और यों बिना कारण रोने लगना मुझमें घबराहट पैदा कर देता है। अगर तुझे कोई परेशानी हो तो उसे अपने बाबूजी से कह दिया कर। आखिर मैं तेरे लिए ही तो जी रहा हूं। तेरी मां जिंदा होती तो शायद...''

''बाबूजी, ऐसी कोई बात नहीं है। तुम चिंता मत किया करो। धीरे-धीरे सब ठीक हो जाएगा।'' अपूर्वा किसी तरह कह गई।

''चिंता की नहीं जाती अप्पू। बस, हो जाती है। तेरे अलावा मेरा और है ही कौन?'' उनका स्वर भरभरा आया था।

अपूर्वा ने उनकी ओर देखा और सिर झुकाकर रोटी का टुकड़ा तोड़ने लगी।

वकील साहब खाना पूरा करके उठने लगे।

''बाबूजी...''

वकील साहब उठते-उठते बैठ गए।

“क्या बात है अप्पू।”

“एक बात कहूं आप से। बुरा तो नहीं मानेंगे?”

“किस बात का बुरा मानूंगा, बोल क्या बात है?”

अपूर्वा थोड़ी देर तक खामोश बनी रही। मन ही मन शब्दों का जोड़-तोड़ करती रही। फिर धीरे-से बोली, “बाबूजी, मैं देहरादून नहीं जाना चाहती। मैं यहीं कहीं पास के कॉलेज में पढ़ लूंगी।”

वकील साहब कुछ देर तक खामोश रहे और फिर बोले, “ऐसा क्यों कहती है अप्पू। देहरादून बड़ा शहर है। वहां पढ़ेगी तो एक अच्छा वातावरण मिलेगा। क्यों, ताऊजी से कोई अनबन हो गई क्या?”

अब अपूर्वा बाबूजी को क्या बताए। क्या बता दे वह सब, जो उसके साथ बीता है। न...न। ऐसा करेगी तो बाबूजी टूट जाएंगे।

“ना बाबूजी, ताऊजी तो मुझे बहुत प्यार करते हैं।”

“तो फिर क्या बात है?”

अब तक अपूर्वा ने जवाब सोच लिया था। बोली, “बाबूजी, मुझसे आपका अकेलापन नहीं देखा जाता। अब मैं बड़ी हो गई हूं। आपके आसपास बनी रहूंगी तो आपका भी मन बहल जाएगा और मुझे भी अपने बाबूजी के साथ रहने का सुख मिलेगा।”

अपूर्वा के इस तर्क का वकील साहब कोई उत्तर नहीं सोच पाए।

“तू सोच ले बेटा। मैं तेरे भले के लिए ही कह रहा हूं। वैसे यहां धामपुर में भी डिग्री कॉलेज खुल गया है। कोई डेढ़ कोस है अपने गांव से।”

“बाबूजी, मैंने तो सोच लिया है। मैं आपसे दूर नहीं रह सकती अब। बहुत साल रह ली बड़े शहर में।”

फिर रुककर बोली, “क्या आप नहीं चाहते बाबूजी कि आपकी बेटी आपके साथ रहे। आपकी भी तबीयत ठीक नहीं रहती।”

“मेरी चिंता मत कर। मैं तो बिल्कुल ठीक हूं।”

“क्या ठीक हैं आप। रात भर खांसते रहते हैं। फिर आपकी भी तो उमर हो गई है।”

“अच्छा, अब तू अपने बाबूजी की उमर का भी हिसाब रखने लगी है।” मुस्कराते हुए वकील साहब बोले, “अभी पचपनवां ही तो चल रहा है।”

“जो भी चल रहा हो। अब मैं आपके साथ ही रहूंगी, बस। मैंने कह दिया।”

"ठीक है बाबा, ठीक है, लेकिन मेरी एक शर्त है।"

"बोलिए।"

"कि तू कभी रोएगी नहीं और कभी उदास नहीं होगी।"

अपना अंगूठा निकालकर अपूर्वा जैसे उत्साह में बोली, "डन।"

"तो ठीक है। मैं कल ही सीताराम को लिख दूंगा कि अब तू यहीं, मेरे पास रहकर पढ़ेगी।"

"थैंक यू बाबूजी।" अपूर्वा उत्साह से भर अपने बाबूजी से लिपट गई। वकील साहब की आंखें भर आई थीं।

रात आधी से ज्यादा बीत चुकी थी। अपूर्वा अब भी निंदियाई हुई जाग रही थी। उसके चेहरे के भावों से ऐसा लगता था कि जैसे वह कुछ सोच रही हो, लेकिन अपूर्वा को स्वयं भी पता नहीं था कि वह क्या सोच रही है। उसकी आंखें छत पर लटके धीरे-धीरे चक्कर काट रहे पंखे के ब्लेडों पर टिकी थी। बिल्कुल शांत। कमरे में खामोशी थी। सारी सक्रियता अपूर्वा के भीतर हो रही थी। उस सक्रियता को न तो अंतर्द्वंद्व का नाम दिया जा सकता था और न ही किसी सोच-विचार का।

तभी दीवार घडी ने टन से 2 बजाए। उसने घड़ी की तरफ देखा। फिर उठकर वह आलमारी के पास गई और अपने साथ लाए पत्रों के लिफाफे को उठा लाकर पलंग पर बैठ गई। उसने लिफाफे से कुछ कागज निकाले और एक-एक कागज की चिंदिया बनाने लगी। ये कागज के टुकड़े वे पत्र थे, जिन्हें अपूर्वा ने कभी शोभन को लिखे थे, लेकिन उन्हें दिए नहीं थे।

जब सारे कागजों की चिंदी बन गई तो उसने उन्हें उठाकर पलंग के पास रखी टोकरी में डाल दिया। एकाएक उसकी आंखों की कोर से दो बूंदें टपक पड़ीं। उन्हें उसने अपनी ओढ़नी से पोंछ लिया। उसे लगा कि उसके जीवन का एक अध्याय पूरा हो गया है। अब यहां अपने बाबूजी के साथ रहकर वह दूसरा अध्याय शुरू करेगी। एक अलस निश्चिंतता के साथ वह धीरे-से उठी। कमरे की रोशनी बंद की और आंखें बंद करके सोने की कोशिश करने लगी।

उस समय घड़ी तीन बजा रही थी।

18

दिन ढल गया था।

उजली-उजली शाम। पल्टन बाजार। मित्रों-परिचितों का मिलन-केंद्र। साइकिलें। पैदल। लोगों की आवाजाही। परस्पर अभिवादन। गलबाहियां। गुरुजनों के चरण-स्पर्श। यार-दोस्तों की चुहलबाजी। नवयुवतियां। साड़ियां और सलवार। कुछ सकुचाती हुई और कुछ खिलखिलाकर नवयुवकों का ध्यान बंटाती हुईं।

उमानाथ 'आशिक' की दुकान पर चार-पांच मित्रों की महफिल जमी थी। बातों के बीच चाय-समोसे चल रहे थे। सभी के चेहरों पर सूरजमुखी खिले थे। 'आशिक' साहब कह रहे थे, "ऐसा ही होता है बंधु। सुंदर नारी का दर्शन ही पुरुष में मोह पैदा कर देता है। विश्वामित्र से लेकर डॉ. शोभन तक की यही कथा है।"

"लेकिन डॉ. शोभन के चुनाव की तारीफ तो करनी ही होगी।" एक मित्र बोले।

"क्या खाक तारीफ। कव्वा अपने को बहुत होशियार समझता है, लेकिन खाता क्या है, मरे हुए चूहे और आदमी की गंदगी भई, जो अपने को जितना ज्ञानी समझता है, वही गलीज के गड्ढे में उतना ही गहरे गिरता है।" यह पंडित दीनदयाल का स्वर था।

“सो तो है।” बगल में बैठे एक सज्जन बोले।

“हमें तो बेचारे शोभनाथ पर तरस आ रहा है। उभरता हुआ कवि और विचारक था। बस, लौंडिया के नाक-नक्श पर मर मिटा।” ‘आशिक’ कह रहे थे, “उसे तो कोई ऐसी विदुषी मिलनी चाहिए थे, जो उसके साथ बराबरी में चल सके। मनजीत ने मेरे ऑफिस में काम किया है भाई। मुझसे ज्यादा कौन जानता है उसे। ठीक है, वह सुंदर है। आकर्षित भी करती है, लेकिन दिमाग से बैल है बैल। जब यहां मेरे ऑफिस में लगी तो उसे केलकुलेटर के बटन दबाना भी नहीं आता था। हफ्ता भर लग गया उसे समझाने में। देखते हैं शोभन साहब कब तक उसके तन में रमते हैं। फंस गया बेचारा। कल जब उसे यह मालूम होगा कि यह तो फूस की गुड़िया है, तब उसकी विद्वत्ता के सारे ताने-बाने बिखर जाएंगे। देख लेना।”

“हमने तो सुना था ‘आशिक’ साहब कि आपने और भाभी कमला ने यह रिश्ता जुड़ाने में बड़ी मदद की।”

“हां, ऐसा कहा जा सकता है कि हमने मदद की। शोभनाथ अपनी विद्वत्ता को लेकर कुछ ज्यादा ही उछलने लगे थे। मैंने सोचा कि इनको जमीन दिखलाना जरूरी है। सो मैंने इत्ती सी चुटकी ले ली, बस।”

पीछे की तरफ बैठे उद्भ्रांत ने ‘आशिक’ साहब की ओर देखकर मुंह बिचका दिया। बोले कुछ नहीं।

“भई, अभी तो दो ही महीने हुए हैं और छह-सात महीने रूप का यह खुमार चढ़ा रहेगा, लेकिन उसके बाद...”

“आप भी कभी-कभी कमाल कर जाते हैं ‘आशिक’ साब।”

“हम हैं ही कमाल के आदमी।” कहते हुए ‘आशिक’ साहब के पतले होठों पर खिली हुई मुस्कान उभर आई और फिर वह मुस्कान वहां बैठे सभी बैठकबाजों के चेहरे पर खिल गई।

तभी पीछे की सीढ़ियों से उतरकर बबलू ने कहा, “बाबूजी आपको बीबीजी बुला रही हैं।”

“आता हूं।” कहते हुए ‘आशिक’ साहब बोले, “लो भाई, आ गया अपना बुलावा। अब जाना ही होगा।” और उन्होंने उठकर अपने पायजामे के नाड़े को थोड़ा कस लिया। एक-एक करके सभी लोग उठ गए।

बल्लू से दुकान देखने को कहकर वे ऊपर जाने के लिए मुड़ गए। तभी पास के ऊंचे घंटाघर ने टन-टन करके सात बजा दिए।

इस बीच शोभन के यहां बहुत कुछ घट गया था।

बुआ शोभन की गृहस्थी के साथ ताल-मेल नहीं बिठा पा रही थी। सो एक दिन उन्होंने शोभन को रिस्पना पार अपने पुराने घर में लौट जाने का निर्णय सुना दिया। शोभन ने बहुत मिन्नतें की, लेकिन बुआ नहीं मानी। वे बोली, ''ललुवा, अब तू बड़ा हो गया है। घर में तेरी दुल्हन भी आ गई है तेरा खयाल रखने को। मेरा क्या है, जब तक मेरी हड्डियों में दम है, मैं अपना देख लूंगी। नहीं देख पाऊंगी तो तू तो है ही। अब मुझे जाने दे।''

यह सुनकर भी शोभन ने उन्हें बहुत समझाने की कोशिश की, लेकिन बुआ ने जाने की ठान ली थी। वे इस घर में अपने को अकेला और उपेक्षित महसूस करने लगी थीं। शोभनाथ के पास बुआ के लिए जैसे समय ही नहीं रह गया था। पूरे दिन में बस एक-दो वाक्यों का आदान-प्रदान ही उनके बीच हो पाता था। पहले शोभनाथ घरेलू बातों में बुआ पर पूरी तरह निर्भर थे, लेकिन अब उनका स्थान मनजीत ने ले लिया था। शोभन की अनुपस्थिति में मनजीत अपने कमरे से बाहर नहीं निकलती थी। रसोई की चीजों को भी उसने अपने ढंग से, अपनी सुविधा से बदल दिया था। बुआ की पूजा की सामग्री भी रसोई से हटाकर उनके कमरे के एक कोने में रखवा दी गई थी। इस सबसे बुआ अपने को आहत महसूस करती, लेकिन शोभन अथवा मनजीत से कुछ कहने का साहस वे नहीं जुटा पातीं। ऐसे माहौल की धीमी-धीमी घुटन, उपेक्षा और अकेलेपन से निजात पाने के लिए उन्होंने पहले कुछ दिन तो अपने आपसे समझौता करने की कोशिश की, लेकिन जैसे-जैसे दिन बीतते गए, उन्हें महसूस होने लगा कि अब यहां उनकी कोई जरूरत नहीं रह गई है। तब एक दिन अपना दिल कठोर करके उन्होंने रिस्पना पार के अपने घर में जाने का निश्चय कर लिया और इस निश्चय पर वे अड़ गईं। अंत में शोभन को उनका निर्णय मान ही लेना पड़ा। बुआ ने उनके लिए कोई विकल्प नहीं छोड़ा था।

अभी रिजल्ट नहीं निकला था।

मनजीत उस छोटे से बंगले को सजाने-संवारने में व्यस्त हो गई थी। बहादुर बुआ के साथ चला गया था। शोभन उसे अपने पास रोकने का साहस नहीं जुटा

पाए थे। बुआ के अभाव में वे कभी-कभी उदासी का अनुभव तो करते, लेकिन कुछ समय के बाद शांत हो जाते। सोचते, यहीं जिंदगी हे। हर कोई हमेशा किसी के साथ कहां रह पाता है। चाहे आत्मीयता और जुड़ाव कितना भी गहरा क्यों न हो। फिर उन्हें अपने मन की पत्नी मिल गई थी। मनजीत में आत्मीयता भी थी और पूर्ण समर्पण का भाव भी। शुरू-शुरू में उन्हें लगता था कि मनजीत को पाकर उन्होंने एक बड़ी लड़ाई जीत ली है, लेकिन लड़ाई जीतने के बाद जैसे वे निहत्थे हो गए थे। वैसे भी जैसे अब कुछ करने को नहीं रह गया था। कहीं कोई द्वंद्व नहीं था और न ही कोई स्पर्धा थी। वे अपने वर्तमान से संतुष्ट ही नहीं, खुश भी थे। उनका अधिकांश समय मनजीत के साहचर्य में बीत रहा था। रूमानियत, मदहोशी और दैहिक भोग के साथ। अब वे ज्यादातर अपने बंगले में ही सिमटकर रह गए थे। बाहर आना-जाना बहुत कम हो गया था। उनके मित्रगण भी उनके बंगले पर कम ही आते थे। लोगों से उनका संपर्क एक प्रकार से शिथिल हो गया था। देखते-देखते वे एक छोटे से संसार के होकर रह गए थे। इस संसार में मनजीत थी और वे थे, बस। मनजीत की दैहिक आसक्ति में वे अपने अतीत को जैसे एकबारगी ही भूल गए थे। अपूर्वा को भी। विवाह से पूर्व अपूर्वा कभी-कभी उनके खयालों में अवश्य आती, लेकिन अब वह प्रकरण समाप्त हो चुका था। कुछ इस तरह कि जैसे उसका कोई अस्तित्व ही न हो।

मनजीत ने शयन-कक्ष को अपने हिसाब से बड़ी कलात्मकता से सजा दिया था। कढ़ी हुई बैडशीट और तकिए। पलंग के पास तिपाई पर तराशी हुई निर्वस्त्र नायिका का स्टेच्यू। खिड़कियों, दरवाजों पर मोटे जालीदार पर्दे और दीवार पर टंगा मर्फी-शिशु वाला कलैंडर और दरवाजे के ऊपर कांच के शेड वाला हरा नाइट बल्ब। मध्यवर्गीय सजावट से भरा-पूरा शयन-कक्ष जैसे मनजीत की कलात्मक रुचि का प्रमाण प्रस्तुत करता दीखता था। शोभन को भी यह प्रिय लगता था, क्योंकि उन्हें मनजीत प्रिय थी।

बाहर लॉन में छाया घिर आई थी। कोने में खड़े गुलमोहर के फूल जैसे सुस्ता रहे थे, गेट पर लगी मनीप्लांट की लतर गहरी हरी हो गई थी। शोभन बरामदे में खड़े, संध्या की उदासी को निहार रहे थे। तभी उन्हें एक परिचित कंठ सुनाई पड़ा—

"डॉक्टर साहब, नमस्कार।"

शोभन ने गेट की तरफ देखा। गेट खोलकर उद्भ्रांत अंदर आ रहे थे।

''आइए, आइए, उद्भ्रांतजी।''

आगे आकर उद्भ्रांत ने शोभन का अभिवादन किया। ''कैसे हैं डॉक्टर साहब। इन दिनों दिखाई ही नहीं पड़ते। हां, भई, क्यों दिखाई पड़ें, नए-नए दूल्हा जो बने हैं।'' कहकर उद्भ्रांत 'हो-हो' कर हँस पड़े।

शोभन मुस्कराकर रह गए। उनसे कुछ कहते नहीं बन पाया।

''आइए बैठिए।'' पास पड़े मोढ़ों की ओर इशारा करके वे स्वयं भी एक मोढ़े पर बैठ गए।

''और सुनाइए।''

''क्या सुनाऊं डॉक्टर साहब। जो है, वो सुनाने लायक नहीं है।''

''ऐसी क्या बात है भई।'' कहते हुए शोभन ने भीतर की ओर मुंह करके आवाज लगाई, ''मनजीत, थोड़ा चाय-पानी हो जाए। उद्भ्रांतजी आए हैं।''

''जी।'' मनजीत का हल्का-सा स्वर सुनाई पड़ा।

''आपकी काव्य-साधना कैसी चल रही है?''

''अजी, चल कहां रही है। कह लो, सरक रही है। वक्त ही नहीं मिलता। सारा दिन स्कूल में निकल जाता है फिर शाम को कुछ ट्यूशन हैं। आज किसी तरह आपके दर्शन करने का समय निकाल पाया। कब से सोच रहा था।'' उद्भ्रांत कोठी का जायजा लेते हुए बोले।

''और क्या चल रहा है?''

''आपकी कोठी तो बढ़िया बनी है। लगता है, भाभीज़ी ने बड़ी मेहनत की है इसको सजाने-संवारने में।''

शोभन थोड़ा-सा मुस्करा दिए, बोले कुछ नहीं।

कुछ देर यों ही यहां-वहां की बातें चलती रहीं। मनजीत चाय की ट्रे लेकर आ गई।

मुस्कराहट और अभिवादन के पश्चात जब मनजीत भीतर चली गई तो उद्भ्रांत थोड़ा सकुचाते हुए बोले, ''डॉक्टर साहब, बुरा न माने तो एक बात कहूं।''

''चाय तो लीजिए पहले। बातें तो होती रहेंगी।''

उद्भ्रांतजी ने ट्रे से एक कप उठाकर एक घूंट भरते हुए कहा, ''शहर में आजकल आपकी काफी चर्चा हो रही है।''

''अच्छा! कैसी चर्चा।''

''यही, भाभीजी के साथ आपके विवाह की चर्चा।'' और फिर उन्होंने 'आशिक' साहब की दुकान पर पिछले दिनों हुई 'गोष्ठी' के बारे में खूब बढ़ा-चढ़ाकर सारी बातें बतला दीं।

सुनकर शोभन का चेहरा कड़ा हो गया। वे कुछ कहने जा ही रहे थे कि उद्‌भ्रांतजी बोले, ''डॉक्टर साहब, दूसरों के किस्से गढ़ने में 'आशिक' साहब को बड़ा मजा आता है। बैठकबाजी के लिए तो वो मशहूर हैं ही।

शोभन अब भी कुछ नहीं बोल पाए।

''मुझे तो वे शुरू से ही नहीं भाए। लेखक हैं, इसी नाते उनके यहां उठना-बैठना हो गया। अन्यथा...'' कहते-कहते वे रुक गए और शोभन के चेहरे को ताकने लगे।

''उद्‌भ्रांतजी, ऐसा है कि कुछ लोग—मेरा मतलब है कि कुछ लोग घुन्ने होते हैं, सबकी सुनते हैं, लेकिन अपनी कुछ नहीं कहते और कुछ लोग चिब्बले होते हैं, यहां-वहां की फांकते रहते हैं। ऐसे चिब्बलों के बारे में कुछ टिप्पणी करना मुझे शोभा नहीं देता।''

''सो तो है। मुझे तो यह सोचकर पीड़ा होती है कि आप जैसे विद्वान व्यक्ति के बारे में अंट-शंट बककर ऐसे लोग वाहवाही लूटते हैं।''

''तो लूट लें वाहवाही। मैं कहां उनकी परवाह करता हूं?''

''नहीं डॉक्टर साहब, आप अपने मूल्य पर उन्हें वाहवाही कैसे लूटने दे सकते हैं। समाज में आप जैसे लोगों की छवि को बिगाड़ने की कोशिश की जाती है तो यह बरदाश्त के बाहर हो जाती है।''

शोभन ने उद्‌भ्रांत की ओर देखा, बोले कुछ नहीं।

''तो हम क्या कर सकते हैं?'' शोभन धीरे-से बोले। उनके चेहरे पर एक अवश आक्रोश तमतमा रहा था।

''कुछ भी करें। ऐसे लोगों को उनकी भाषा में जवाब तो देना ही होगा।''

''मैं कीचड़ में नहीं उतरना चाहता उद्‌भ्रांतजी। हर व्यक्ति के अपने संस्कार होते हैं और संस्कारों से बाहर निकल पाना बड़ा मुश्किल होता है।'' शोभन ने दार्शनिक अंदाज में कहा, लेकिन यह कहते हुए भी वे अपनी छाती पर कोई कील-सी गड़ी हुई महसूस कर रहे थे।

तभी मनजीत कपड़े बदलकर बाहर आकर बोली, ''मैं जरा मार्केट जा रही हूं। साग-सब्जी लाने।''

शोभनाथ और उद्भ्रांत दोनों की नजरें साथ-साथ उठीं और मनजीत पर टिक गईं। मनजीत धीरे-से आगे गेट की तरफ बढ़ गई।

दोनों के बीच एक मौन छा गया था।

''आजकल कोई नौकर-चौकर नहीं है क्या।'' उस खामोशी को तोड़ते हुए उद्भ्रांत बोले। जैसे पूछने के लिए कोई विषय नहीं रह गया था।

''बहादुर बुआजी के साथ चला गया है। वे वहां अकेली जो रहती है।'' अनमने से ढंग से शोभन ने कहने के लिए कह दिया।

उस मौन में बैठे उद्भ्रांत को बड़ी बेचैनी-सी होने लगी। उन्हें लगा, अब यहां से उठकर चल देना चाहिए। वातावरण काफी गंभीर हो गया था। उन्हें लगा कि शोभन जैसे किसी अंतर्द्वंद्व में खो गए हैं।

''अच्छा डॉक्टर साहब, चलूं। मेरे लायक कोई सेवा हो तो कह दीजिए। चला आऊंगा।''

''धन्यवाद उद्भ्रांतजी।'' शोभन मोढ़े से उठ खड़े हुए।

उद्भ्रांत को भी खड़ा होना पड़ा। नमस्कार-अभिवादन के पश्चात उद्भ्रांत गेट से बाहर निकल गए।

बाहर रात थी बादलों भरी। सन्नाटा था। पहाड़ी हवा थी और बगीचे में रजनीगंधा की गंध थी, लेकिन भीतर शयन-कक्ष में शोभन की बेचैनी थी, अंतर्द्वंद्व था और उद्विग्नता थी। उद्भ्रांत की बतलाई बातें उन्हें न इस करवट सोने देती थीं, न उस करवट। ठीक है, उनकी बगल में सौंदर्य और आकर्षण का पुंज लेटा था। सोते में कभी-कभी मनजीत की बांह उनकी छाती पर आ टिकती थी और दिनों जैसी बात होती तो ऐसी स्थिति में उनका पुंसत्व हिलोरे मारने लगता, लेकिन आज वे निश्चेष्ट पड़े रहे। अपनी छाती से हाथ हटाने का प्रयास भी वे नहीं कर पा रहे थे।

नाइट बल्ब की हरी रोशनी में वे कभी सीलिंग पर धीरे-धीरे चलते हुए पंखे के ब्लेडों का हिसाब लगाने लगते और कभी कलैंडर के मर्फी बेबी के धुंधले से चित्र पर उनकी आंखें टिक जातीं। शोभन अपने को बड़ी उहापोह की स्थिति में फंसा हुआ महसूस कर रहे थे।

वैसे शादी के बाद के इन एक-डेढ़ महीनों में उन्होंने स्वयं भी अनुभव किया था कि उनके मित्रों-परिचितों के व्यवहार में खुलेपन और आत्मीयता का स्थान कुछ-कुछ औपचारिकता ने ले लिया है। कभी बाजार में निकलते तो कोई मित्र/परिचित उनसे कोई व्यंग्यात्मक अंदाज में कहता—'डॉ. साहब अब तो आप दिखलाई ही नहीं पड़ते। गृहस्थी को जमाने में व्यस्त हैं क्या?' शोभन अपनी बेचारगी में बस थोड़ा सा मुस्कराकर रह जाते, लेकिन मन ही मन पूछने वाले को गरियाते रहते और अपने आप में कुढ़ते रहते। एकाध बार उनके मन में यह भी प्रश्न उठा कि कहीं उन्होंने कुछ गलत तो नहीं कर दिया। ऐसा सोचते हुए उनके सामने अपूर्वा की एक धुंधली-सी छवि उभरती और उनका सांवला चेहरा और भी श्यामल हो उठता, लेकिन फिर वे सब कुछ झटककर सामान्य होने की कोशिश करते और अपने काम में लग जाते।

लेकिन उस रात उनकी सोच नई-नई करवटें लेती रही। वे सोचते रहे कि 'आशिक' इस शहर में खूब जमा-जमाया व्यक्ति है। सभी साहित्यकारों से उसका परिचय है। सभी अध्यापक उसकी दुकान पर आते हैं। अगर उसने हँसी-मजाक में ही सही, उनसे अपनी तरह से हमारे विषय में, विशेष रूप से मनजीत के विषय में कुछ उल्टा-सीधा कहा तो उनका तो मरण हो जाएगा। वे जानते थे कि 'आशिक' बहुत चालू व्यक्ति है। मनजीत ने उसके यहां डेढ़-दो साल काम किया है। वह उसके बारे में कुछ भी कह सकता है। कोई भी लांछन लगा सकता है। इस मामले में कोई उसकी बराबरी नहीं कर सकता।

तो क्या किया जाए? क्या वे स्वयं उसके पास जाकर कहें कि वह क्या ऊल-जलूल प्रचार कर रहा है। क्या उसे बतला दें कि उन्हें उसकी मक्कारी का पता उद्भ्रांत से चला है। कभी उनके मन में विचार आता कि कहीं उद्भ्रांत ने ही 'आशिक' के बहाने अपनी मनगढ़ंत बात ही उनसे कही हो, लेकिन दूसरे ही क्षण वे सोचते कि उद्भ्रांत इतना दयनीय है कि वह यह सब नहीं सोच सकता और सोचे भी तो उसकी इतनी हिम्मत नहीं हो सकती कि वह मुझसे आकर यह सब कह सके। प्रत्येक व्यक्ति के साहस की एक सीमा होती है। नहीं, वह उद्भ्रांत की गढ़ी हुई बातें नहीं हो सकतीं।

शोभन रात भर इसी उधेड़बुन को झेलते रहे। अपने अंतर्द्वंद्व को जीते रहे। तब कहीं रात के अंतिम प्रहर में ही किसी तरह उनकी आंख लग पाई।

19

जून का अंतिम सप्ताह।

वर्षा की पहली बौछार देहरादून की सड़कों को खूब भिगो गई थी। वृक्षों के पात कुछ ज्यादा हरे और चटकदार हो गए थे। परीक्षाओं का परिणाम निकल आया था। मनजीत अच्छे अंकों से उत्तीर्ण हो गई थी। वह प्रसन्न थी। उसे विश्वास नहीं हो पा रहा था कि साहित्य के इतिहास वाले पर्चे में उसे इतने अच्छे अंक मिल जाएंगे। उसे पता नहीं था कि यह सब शोभन के प्रयासों से ही संभव हो पाया है।

सुबह थी। रात के बादल बरस कर छट गए थे। शोभन लॉन में बैठे अखबार की सुर्खियों पर नजर डाल रहे थे। तभी मनजीत चाय की ट्रे लेकर आई और उसे मेज पर रख कर कपों में चाय ढालने लगी।

शोभन ने एक नजर मनजीत के चेहरे पर डाली। साथ ही वे उसकी गोलाइयों को भी देख गए और फिर उन्होंने अखबार के अक्षरों पर अपनी नजरें गड़ा दीं। कुछ इस तरह जैसे कुछ देखा ही न हो।

चाय का प्याला शोभन को पकड़ाते हुए मनजीत बोली, ''लीजिए।''

अखबार को एक ओर रखते हुए शोभन ने प्याला ले लिया और एक घूंट भर कर उसे नीचे रख दिया।

''अगले हफ्ते एडमिशन शुरू होने वाले हैं।'' वे बोले।

मनजीत कुछ नहीं बोली। उसने अपना प्याला उठा लिया।

''इस साल शुरू से ही मेहनत करना शुरू कर दो। फर्स्ट क्लास आने में जो कमी रह गई है, उसे भी पूरा करना है।''

मनजीत इस बार भी खामोश रही।

''मन्नू तुम सुन रही हो न।''

''जी।'' वह इतना ही बोल पाई। वह और कुछ कहना चाहती थी, लेकिन उससे कहते नहीं बन रहा था।

''तुम शायद कुछ कहना चाह रही हो। कहो न, क्या बात है।''

''मुझे से अब आपके कॉलेज में पढ़ते नहीं बनेगा।''

''क्यों?'' शोभन ने कप उठाते हुए कहा।

''कॉलेज में सब लोग मुझ से मजाक करेंगे।''

''क्यों, मजाक क्यों करेंगे।''

''कहेंगे कि अपने प्रोफेसर पर ही डोरे डाल दिए।''

''तुम भी बस मन्नू। क्या लड़कियां शादी नहीं करतीं?''

''करती तो हैं, लेकिन ऐसे?''

''ऐसे क्या? इसमें क्या हो गया।''

मनजीत ने कोई जवाब नहीं दिया। वह खामोश बनी रही।

''तो पढ़ाई-वढ़ाई खतम। सब गया गड्ढे में।''

''मैंने कब कहा, मैं पढ़ना नहीं चाहती?''

''तो...''

''तो मैं प्राइवेट दे लूंगी परीक्षा। यह तो हो सकता है न।'' किसी तरह मनजीत कह पाई।

शोभन यकायक कुछ नहीं कह पाए।

चाय हो गई थी। मनजीत ट्रे उठाकर भीतर जाने लगी।

शोभन ने पास पड़ा अखबार उठा लिया। उनके चेहरे पर असंतोष जाकर बैठ गया था।

अपूर्वा का भी रिजल्ट निकल आया था। उसे प्रथम श्रेणी मिली थी। वकील साहब खुश थे। पूरा गांव खुश था। इस गांव में अपूर्वा पहली बेटी थी, जिसने इंटर पास किया था। वकील साहब ने धामपुर के सेवकराम बिश्नोई कॉलेज में उसका दाखिला करवा दिया था। कॉलेज आने-जाने के लिए एक लेडीज साइकिल भी खरीद दी थी। अपूर्वा के दिन बदल गए थे।

गांव का हवा-पानी अपूर्वा को माफिक आया था। उसकी सेहत दिन-ब-दिन सुधरती जा रही थी। कभी-कभी जब उसका मन पीछे के पृष्ठों को उलटने लगता तो वह अपना सिर झटककर अपने को किसी काम में खपा देती और भी कुछ नहीं तो घर के पिछवाड़े उगी हुई सब्जियों के पौधों को पानी देने लगती। सूखी पत्तियों को चुन लेती और आंगन के सामने फूलों की क्यारियों में कलियों और फूलों को दुलारती रहती। यहां आकर उसका परिवेश बदल गया था और धीरे-धीरे बदलने लगी थी उसकी मानसिकता भी। अब उसकी आंखों में आंसू नहीं होते। उनका स्थान होंठों पर बनी रहने वाली मुस्कान ने ले लिया था। वह हमेशा खुश रहने की कोशिश करती और खुश रहती थी। प्रकृति की उल्लासमयी छाया में वह एक गीत की पंक्ति गुनगुनाती रहती, 'एक क्षण ही जियो, फूल बनकर जियो; शूल बनकर चुभना नहीं जिंदगी।'

कॉलेज में भी उसने अपनी कुछ सहेलियां बना ली थीं। उनमें मालती सबसे विशेष थी। मालती भी अपने गांव से साइकिल पर आती। वह गांव के प्रधान की बेटी थी। एकदम उन्मुक्त और हँसोड़। उसकी बातें अपूर्वा को गुदगुदाती। पढ़ाई में उसका मन नहीं लगता। हां, खेल-कूद में वह बढ़-चढ़ कर भाग लेती। कुछ ही दिनों में मालती और अपूर्वा 'दो तन, एक प्राण' हो गए थे। अब घर और बाहर अपूर्वा को अपने अस्तित्व का भान होने लगा था। उसने यह जान लिया था कि जिंदगी किसी के लिए चाहे वह कोई भी क्यों न हो—आंसू बहाकर बरबाद करने के लिए नहीं होती। जिंदगी तो जीने के लिए होती है। खुद्दारी और आत्म-सम्मान के साथ जीने के लिए। ठीक है, कुछ घटनाएं, दुर्घटनाएं बन जाती हैं, लेकिन इन्सान का फर्ज है कि वह

इन दुर्घटनाओं से सबक ले और उनको पार करके आगे बढ़ जाए। दुर्घटनाओं के पत्थर पर सिर पटकते रहने से कोई फायदा नहीं होता।

शाम ढल रही थी। वकील साहब आंगन में बैठे अपूर्वा के आने की प्रतीक्षा कर रहे थे। आज अपूर्वा को आने में कुछ ज्यादा ही देर हो गई थी। वकील साहब थोड़े व्यग्र हो उठे थे। वे मोढ़े से उठकर बाहर गली में आ गए। तभी उन्हें साइकिल पर अपूर्वा आती दिखाई दी। उनका चित्त शांत हो गया।

पास आने पर अपूर्वा बोली, "बाबूजी।"

"अप्पू, आज तूने बड़ी देर लगा दी। मैं तो चिंता करने लगा था।"

"तुम चिंता मत किया करो बाबूजी। तुम्हारी अपूर्वा अब बड़ी हो गई है।"

"इतनी देर क्यों लगा दी?"

"बाबूजी, आज हमारे कॉलेज में डिबेट थी। मैंने भी हिस्सा लिया था।"

"अच्छा! सब्जैक्ट क्या था?"

"सब्जैक्ट था, नारी अपना विकास स्वयं कर सकती है।"

आंगन में आते हुए वकील साहब ने पूछ लिया, "तुमने पक्ष में बोला या विपक्ष में।"

"पक्ष में बाबूजी। सभी लड़कियों ने पक्ष में बोला।"

"और लड़कों ने।"

"लड़के तो बस। विपक्ष में ही बोले।"

"क्या कहा उन्होंने?"

"एक लड़का है सुनील। उसने कहा—लड़कियां तो लता की तरह होती हैं। फलने-फूलने के लिए उन्हें वृक्ष का सहारा लेना ही पड़ता है।"

"बात तो उसने पते की कही।" वकील साहब मुस्कराकर अपूर्वा को देखते हुए बोले।

"क्या खाक पते की बात कही। मेल चेवोनिस्ट।"

"तुमने क्या कहा?"

"मैंने तो बहुत कुछ कह दिया बाबूजी—नारी तो धरती है। धरती जैसी विशाल और धीर। नारी ही घर-संसार संभालती है। वही व्यक्ति को इन्सान बनाती है। दुःख को सहने का जितना माद्दा नारी में होता है, उसकी तो तुलना ही नहीं की जा सकती।"

"अच्छा, ऐसा सब कहा तूने?"

"और क्या? नहीं कहा क्या?"

"अच्छा चल, थोड़ी सी चाय बना दे इसी बात पर। गोविंद शहर गया हुआ है।"

"अभी बनाती हूं बाबूजी।" मुस्कराती हुई अपूर्वा अंदर गई और अपना बैग एक कोने में रखकर चौके में चली आई।

मनजीत चौके से बाहर निकली ही थी कि उसे गेट पर किसी के आने की आहट सुनाई पड़ी। उसने बरामदे में आकर देखा, सुमन शर्मा अपनी दो सहेलियों के साथ भीतर आ रही थी। मनजीत ने मन ही मन अपने को व्यवस्थित किया और लॉन में तेजी से चलती हुई सुमन के पास पहुंच गई। बोली, "अरे सुमन तुम?"

सुमन ने उसे बांहों में ले लिया। और बड़े नाटकीय अंदाज में बोली, "बधाई हो। अरी तू तो छिपी रुस्तम निकली। हमें हवा भी नहीं लगने दी और हमारे भैया को ले उड़ी।"

"चल, अंदर चल! बस, ऐसे ही सब कुछ जल्दी-जल्दी हो गया। तू अब तक कहां थी?"

"तूने पता लगाने की कोशिश की? न कोई सूचना, न कोई निमंत्रण।"

"मैंने कहा न। सब कुछ यों ही अचानक हो गया।" बैठक की ओर बढ़ते हुए मनजीत बोली।

"यों ही कैसे हो जाता है मन्नू?" साथ आई सुजाता ने आंखें मटका कर कहा।

"बस हो जाता है। है न मनजीत।" कहकर दीपा जोर-जोर से हँस दी। मनजीत भी मुस्करा दी। इतने दिनों बाद सहेलियों से मिलकर उसे अच्छा लग रहा था।

"भाई साहब हैं घर में?" सुमन ने सोफे पर बैठते हुए पूछ लिया।

"जरा बाजार गए हैं। आ जाएंगे थोड़ी देर में।"

"उन्हें भी बधाई देनी थी।"

"हां, दे देना।" कहते हुए मनजीत्त मुस्करा दी। उसकी मुस्कराहट पूरे कमरे में एक मदिर झंकार पैदा कर गई।

"और सुना। तू कहां रही इतने दिन? आज आई है दो महीने बाद।"

"मैंने सोचा, नई-नई शादी हुई है। डिस्टर्ब करना ठीक नहीं है।" कहकर सुमन मनजीत के चेहरे को देखती हुई खुलकर हँस पड़ी। फिर बोली, "ड्राइंग रूम को अच्छा सजाया है तूने। मैं तो यहां थी नहीं। नहीं तो मैं भी तेरा हाथ बंटा देती।"

"तू कहां गई थी?"

"मैं कलकत्ता गई थी दीदी के पास। उसकी डिलीवरी होनी थी। उसी ने बुला भेजा था। अभी परसों लौटी हूं।"

"अच्छा।"

सुजाता और दीपा मन ही मन बैठक की सजावट को सराह रही थीं। मनजीत और सुमन किचन में चली आई थी।

"कैसे लगे हमारे भैया।" सुमन ने धीरे-से पूछ लिया।

"ऐसे क्या पूछती है। अच्छे लगते थे। अच्छे लगते हैं। क्यों?"

"मेरा मतलब है, 'हसबैंड' के रूप में कैसे लगते हैं?"

"और भी अच्छे लगते हैं। बहुत रोमांटिक हैं।"

"अच्छाजी। मन्नू, तू बहुत शातिर है। दिखती भोली है, लेकिन तेरे भीतर कोई घुन्ना गहरे तक बैठा है। क्या हाथ मारा है तूने।"

"तू विश्वास नहीं करेगी सुमन। इसमें मेरा कोई हाथ नहीं था। जो कुछ किया, उन्होंने ही किया।"

किचन में दोनों सहेलियां इसी तरह बतियाती रहीं। चाय तैयार हो गई थी। ट्रे में चाय की प्यालियां और कुछ नमकीन-बिस्किट लेकर दोनों बाहर निकल आईं।

चाय पीते हुए सुजाता बोली, "अगले सोमवार से कॉलेज शुरू हो रहा है।"

"मैं इस सोच में हूं कि अपने हस्बैंड की क्लास में मनजीत कैसे बैठेगी?" कहते हुए दीपा हँस दी।

"क्यों उसमें क्या हुआ।" सुमन बोली, "जैसे सब बैठते हैं, वह भी बैठ जाएगी।"

"न, न। हमने फैसला कर लिया है कि मैं प्राइवेट परीक्षा दूंगी। अब घर की जिम्मेदारी संभालने के बाद कॉलेज अटैंड करना तो मुश्किल पड़ेगा न।"

''हां, ऑ। जैसे हम लोग घर में कोई काम नहीं करते।'' दीपा ने मुंह बनाते हुए कहा।

''यार बहाने बनाने हों तो जरा इंटेलिजेंटली बनाने चाहिए।'' सुजाता।

''अब बेचारी इंटेलिजेंस लाए कहां से। यह तो मोम की गुड़िया है। भोली-भाली। प्यारी-प्यारी।'' सुमन ने मनजीत के गालों पर हाथ फेरते हुए कहा।

''क्यों मैं ठीक कह रही हूं न?''

''लेकिन गुड्डा तो इसने बड़ा इंटेलिजेंट चुना है।'' और कमरा सबकी हँसी से गूंज उठा।

तभी बाहर गेट खुलने की आवाज आई। एक पल बाद मनजीत ने खिड़की के पार देखा, ''शोभन साइकिल के हैंडल से सब्जियों का थैला उतार रहे थे।

''तो, गुरुजी भी आ गए।'' दीपा बोली।

मनजीत झपटकर उठी और बरामदे में आकर थैला शोभन के हाथ से ले लिया।

''सुमन और उसकी सहेलियां आई हैं।'' धीरे-से बुदबुदाते हुए उसने कहा। और पीछे लौटती हुई किचन में चली गई।

''बधाई हो भाई साहब।'' सुमन खड़ी होकर बड़ी नजाकत के साथ बोली, ''सब कुछ चुपके-चुपके कर लिया।''

दीपा और सुजाता ने भी खड़े होकर शोभन को प्रणाम किया।

''अरे, बैठो, बैठो...हां तो सुमन तुम क्या कह रही थीं।''

भाई साहब, मेरा कहा आपने सुन लिया है।''

''ऐसा है सुमन। बड़े कामों का ढिंढोरा नहीं पीटा जाता। वे चुपके-चुपके ही किए जाते हैं।'' कहते हुए वे खुलकर हँस पड़े और क्या चल रहा है। कुर्सी पर बैठते हुए वे बोले, ''अब तो कॉलेज खुलने ही वाला है।''

''भाई साहब, मिठाई नहीं खिलाएंगे। इतनी बड़ी बाजी मारी है।''

''अरे मन्नू, तुमने इन्हें चाय नहीं पिलाई क्या?'' शोभन का स्वर कुछ ऊंचा था।

''चाय तो हमने पी ली है। मैं मिठाई खाने आई हूं।'' सुमन बोली।

''अगली बार आओगी तो मिठाई भी खा लेना। सब काम धीरे-धीरे होने चाहिए।''

"जी, धीरे-धीरे और चुपके-चुपके।" कमरे में फिर हँसी गूंज गई।

"आप मनजीत को कॉलेज नहीं भेज रहे। मनजीत कह रही थीं।" दीपा बोली।

"मनजीत कह रही थी? क्या मतलब? मैं तो चाहता था कि वह कॉलेज में ही पढ़े, लेकिन वही नहीं मान रही। मैं तो उसे समझा-समझाकर थक चुका हूं।"

फिर पढ़ाई-लिखाई पर बातें होने लगी। मनजीत भी पास आकर बैठ गई थी। शोभन कह रहे थे—पढ़ाई-लिखाई ही है, जो जीवन को सार्थक बनाती है। लिखने-पढ़ने से हम में अच्छे संस्कार पड़ते हैं। हम भद्र लोगों की दुनिया में बैठने लायक हो जाते हैं। पढ़ने-लिखने से व्यक्ति में आत्म-विश्वास पैदा होता है। उसका सम्मान...।"

"भाई साहब, आप तो घर में ही क्लास लेने लगे।" सुमन ने शोभन को बीच में ही टोक दिया।

"चलो, नहीं लेते क्लास और बतलाओ, शर्माजी कैसे हैं।"

"बाबूजी ठीक नहीं चल रहे। दो महीने पहले उन्हें दिल का दौरा पड़ा था। उन दिनों मैं कलकत्ता गई हुई थी, दीदी के पास। डॉक्टर कहते हैं कि 'ओपन हार्ट सर्जरी' करानी होगी। दिल्ली ले जाकर। कुछ समझ नहीं आता।"

"ओह! मुझे इस सबका कुछ पता ही नहीं लगा। शादी के बाद घर-गृहस्थी के चक्कर में बाहर आना-जाना भी नहीं हो पाया। लोगों से मिला-जुला भी नहीं। नहीं तो, कहीं न कहीं से खबर तो मिल जाती।" शोभन गंभीर मुद्रा में आ गए थे। ड्राइंगरूम का वातावरण बदल गया था।

"अब आइए कभी। बाबूजी आपके बारे में पूछते रहते हैं।"

"आऊंगा। जल्दी ही आऊंगा।" कहकर शोभनाथ जैसे किसी सोच में पड़ गए।

फिर कुछ इधर-उधर की बातों के बाद सुमन और उसकी सहेलियां लौट जाने के लिए उठ खड़ी हुई। मनजीत उन्हें गेट तक छोड़ आई।

रात गहरा गई थी, लेकिन सुमन की आंखों में नींद का नामोनिशान नहीं था। जब से वह शोभन की कोठी से लौटी थी, तभी से बहुत अन्यमनस्क बनी हुई थी।

शोभन और मनजीत। पति और पत्नी। उसने कहां सोचा था कि ऐसा भी कुछ हो सकता है। यह तो एक तरह से अनहोनी हो गई। मनजीत मुझसे बहुत खुली हुई थी। खुली हुई मुट्ठी जैसी। उसने भी कभी इस तरह का कोई इशारा नहीं किया। फिर यह सब कैसे हो गया? बार-बार सोचने पर भी वह इस प्रश्न का उत्तर नहीं खोज पाई।

वह बिस्तर से उठी और बत्ती जलाकर शीशे के सामने जाकर खड़ी हो गई और अपने अंग-प्रत्यंगों की जांच करने लगी। उसे अपने में कहीं कोई कमी नहीं दिखाई दी। सुघड़ शरीर। आंखों में आमंत्रण। सुती हुई सीधी नासिका। रेशमी केशराशि। सुडौल सुती हुई बांहें। उन्नत उठी हुई गोलाइयां।

फिर अपने गाउन को उसने ऊपर तक उठाकर देखा—मांसल जंघाएं और हल्का सा 'कर्व' लिए सुचिक्कण पिंडलियां। कहीं कोई कमी नहीं। फिर...फिर। उसने गाउन नीचे छोड़ दिया। कुछ क्षण बीत गए। वह शीशे में अपने को निहारती खड़ी रही और फिर पलंग पर आकर लेट गई।

क्या मनजीत उससे ज्यादा सुंदर है। वह फिर खयालों में खो गई। शोभन ने उसमें ऐसा क्या देखा कि उस पर मर मिटे। लोग कहते हैं कि स्त्री के मन की देवता भी नहीं जान पाते। यहां तो उल्टा हो गया। पुरुष भी कम रहस्यमय नहीं होते। उन्हें कब किस की मुद्रा, किस के बोल की मिठास, किसका संकोच, किसकी सादगी और भोलापन पसंद आ जाए, कहा नहीं जा सकता। पुरुष भी नारी से कम अबूझ नहीं होते। मैं इस बात से इंकार नहीं करती कि मनजीत सुंदर है, लेकिन जिंदगी को क्या शरीरी सुंदरता के सहारे जिया जा सकता है। शोभन तो विद्वान हैं। पूरे शहर में प्रख्यात हैं। उस दृष्टि से मनजीत क्या है। सीधी-सादी घरेलू लड़की, जो किसी के सामने मुंह नहीं खोल पाती। किसी विषय पर चर्चा नहीं कर सकती। सहेलियों के बीच भी चुप्पी साधे रहती है। बस, आंखों से थोड़ा-सा मुस्करा देती है। क्या यही मुस्कराहट शोभन को भा गई?"

जीवन में कभी-कभी कैसे-कैसे प्रश्न पैदा हो जाते हैं। उनका समाधान खोजने जाओ तो उत्तर नहीं मिल पाता। उल्टे प्रश्न और भी बड़े महसूस होने लगते हैं। सुमन भी अपने प्रश्नों के उत्तर की खोज में उन्हें बड़ा बनाती चली गई। जब उसे बहुत कोशिश करने के बाद भी कुछ नहीं सूझा तो उसने बत्ती बंद कर दी और चेहरे तक चादर ओढ़ ली।

रात भर वह इस करवट से उस करवट होती रही और उसकी आंखों के आंसू कभी इस ओर और कभी उस ओर बहते रहे। लाख चाह कर भी वह उस रात न शोभन को और न ही मनजीत को अपने दिमाग़ से निकाल पाई।

सुबह उठी तो उसकी आंखें सूजी हुई थीं। उनींदी, उसने बाहर बरामदे में आकर देखा तो आसमान रिमझिम-रिमझिम बरस रहा था। उसका मन हुआ कि बारिश की इन बौछारों से अपना तन-मन भिगो ले ताकि मन का ताप कुछ शीतल हो जाए।

तभी उसकी आंखों के सामने एक काल्पनिक दृश्य उभर आया। शोभन और मनजीत अपनी कोठी के लॉन में एक-दूसरे को बांहों में लिए मौसम की मस्ती में भीग-नहा रहे हैं। शोभन से लिपटी हुई मनजीत चिहुंक रही है जैसे धरती का सारा वैभव और सुख उसकी झोली में आन पड़ा है।

सुमन को लगा कि जैसे उसका ताप और बढ़ गया है। तभी उसे नौकर की आवाज सुनाई पड़ी, "बीवीजी, चाय बना दी है। तुम्हें बाबूजी बुला रहे हैं।"

सुनकर सुमन अपने वर्तमान में लौट आई और बैठक की ओर मुड़ गई। उसका सिर अब भी भारी था और आंखें अभी भी सूजी हुई थीं।

रविवार! भीगी हुई सुबह। उजास।

बगिया में फैली हुई दूब। ताजा-ताजा पवन और वृक्षों पर लहराते पात।

शोभन अब भी पलंग पर अलसाये पड़े थे। शब्दों से संघर्ष चल रहा था उनका—वे कविता लिख रहे थे :

स्नेह का मदिर पान, औ'
ये शीतल सिसकारियां
शोभा के आलिंगन में
कामना की कहानियां
यों ही बस—
पल-दिवस बीतते चले
भरे-भरे हम रीतते चले।

"आज उठना नहीं है क्या?" मनजीत कमरे में आते हुए बोली। उसके हाथ में चाय की ट्रे थी।

शोभन ने मुड़कर उसकी ओर देखा और बांह पकड़कर उसे अपनी ओर खींच लिया।

''अरे रे रे। चाय गिर जाएगी। अब उठो भी। हो ली बहुत कविता।''

''कविता कहां? तुम्हें लिख रहा हूं जानम।'' बैठते हुए वे बोले। मनजीत अपने को छुड़ा कर प्यालों में चाय डालने लगी।

चाय की घूंट भरते हुए शोभन बोले, ''आज बहुत से काम निपटाने हैं मन्नू।'' मनजीत ने उनकी ओर देखा। वह कुछ कहना चाह रही थी, लेकिन कह नहीं पाई।

''सोचता हूं, आज शर्माजी के हाल-चाल पूछ आऊं।'' उस दिन तुम्हारी सहेली आई थी, सुमन। घर न आने की शिकायत कर रही थी। फिर तुम्हारे लिए किताबें भी लानी हैं।''

''किताबों की अभी क्या जल्दी है। पूरा साल पड़ा है।''

''क्या मतलब? मन्नू तुम एक प्रोफेसर की पत्नी हो। पढ़ने-लिखने का माहौल है। कितने लोग आते हैं हमारे यहां। तुम्हें उनके संग-साथ बैठने, बोलने और चर्चा करने के लायक बनना चाहिए।''

''वह तो बन ही जाऊंगी, लेकिन अभी ऐसी जल्दी क्या है।'' आंखों में शोखी भरकर मनजीत बोली।

''लगता है तुम्हें पढ़ने-लिखने में कोई रुचि नहीं है। अखबार तक नहीं पढ़तीं।''

''अखबार पढ़कर क्या होगा? रोज-रोज वही बातें। चोरी, अपहरण, डकैती। उद्घाटन, भाषण और राजनीति। आप भी बस।''

''क्या बस। हमारे आसपास जो कुछ हो रहा है, जो कुछ घट रहा है, उसका ज्ञान तो होना ही चाहिए। है कि नहीं।''

''मेरे आसपास तो आप हैं। आपकी गंध है। मुझे और क्या चाहिए।''

शोभन के गले में हाथ डालती हुई मनजीत ने बड़ी-बड़ी आंखें शोभन के चेहरे पर टिका दीं। फिर बोली, ''मैं कुछ गलत कह रही हूं क्या?''

''नहीं। तुम गलत कहां कह रही हो।'' मनजीत का हाथ हटाते हुए शोभन बोले और मुड़कर कागज पर लिखी सतरों को मन ही मन पढ़ने लगे।

मनजीत ने चाय की ट्रे एक तरफ खिसका दी और बोली, ''दिन के उजाले में आप कितना बदल जाते हैं।''

शोभन ने सुना और सुनकर बोले, ''मन्नू, तुम्हें भी बोलना आने लगा है।''

''सब तुम्हारी मेहरबानी है।'' कहकर वह उठी और ट्रे उठाकर अंदर जाने लगी।

शोभन उसका जाना देखते रहे।

शाम शुरू हो गई थी।

जिस वक्त शोभन शर्माजी की कोठी में पहुंचे, वे बाहर जाने के लिए तैयार हो रहे थे। शोभन को आया देखकर रुक गए। शोभन कुछ बोलें, इससे पहले ही वे बोल पड़े, ''अरे शोभन तुम! आज इधर का रास्ता कैसे याद आ गया।''

औपचारिक अभिवादन के पश्चात् शोभन कहने लगे, ''शर्माजी, मसूरी से लौटने के बाद इतना व्यस्त हो गया कि कहीं भी आ-जा नहीं सका, लेकिन आपको हमेशा याद करता रहा।''

''याद करने और मिलने में फ़र्क होता है भाई। मैं अपना कौल नहीं निभा पाया तो मैंने सोचा कि कहीं तुम नाराज तो नहीं हो गए। उस दिन रात को...''

''मुझे पता है, शर्माजी। आपका आशीर्वाद चाहिए था बस।'' शोभन बोले।

''मेरा आशीर्वाद तो हमेशा तुम्हारे साथ है...अपनी दुल्हन को नहीं लाए?''

''मैंने तो उससे कहा था, लेकिन आज छुट्टी के दिन वह हाथीबड़कुला चली जाती है दिन में। अपने मां-बाप से मिलने।'' शोभन ने बात टालने की कोशिश की।

''हां, वह भी ठीक है। दोनों परिवारों के बीच आना-जाना बना रहे, यह अच्छी बात है।''

फिर चाय-पानी, मौसम राजनीति, कॉलेज की बातें चल पड़ीं। इसी बीच शोभन ने पूछ लिया, ''सुमन नहीं दिखाई पड़ रही।''

''वह अपनी सहेली के घर गई है। उसकी वर्षगांठ पर। देर रात को लौटेगी ...और तुम्हारा कॉलेज कैसा चल रहा है।''

''सब स्थिर है शर्माजी।'' हँसते हुए शोभन ने कहा, ''और आपका स्वास्थ्य तो अब ठीक लग रहा है।''

''अपने स्वास्थ्य का क्या? आज ठीक है, कल बिगड़ जाएगा। ये सब बुढ़ापे के जंजाल हैं भई। बस, कभी-कभी सुमन की चिंता सताने लगती है। फिर सोचता हूं, वह काफी तेज है। कहीं न कहीं अपना घर बसा ही लेगी।''

''ऐसा क्यों कहते है शर्माजी।''

''ठीक ही कह रहा हूं। एक-दो जगह बात भी चली थी, लेकिन सुमन ने कह दिया, बाबूजी, अब मेरी चिंता न करें। एम.ए. पूरा करने के बाद ही शादी के बारे में सोचूंगी तो मैं भी चुप बैठ गया हूं। एक साल की बात और है।''

''वो तो है। सुमन पढ़ाई में भी तेज है।''

''हां, तेज है। प्रिवियस में भी उसके 60 प्रतिशत अंक आए हैं। क्लास में दूसरे नंबर पर है।''

''अच्छा। मैं तो उससे पूछना ही भूल गया था। कुछ दिन पहले कोठी पर आई थी।''

''सुना है तुमने कोठी बदल दी।''

''जी।'' कुछ सकुचाते हुए शोभन बोले, ''डॉक्टर सक्सेना किराया लेते ही नहीं थे। मैंने सोचा, कितना अहसान लूं उनका। वैसे भी उनके मुझ पर बड़े अहसान हैं। तभी सेवक आश्रम रोड पर एक छोटी-सी कोठी मिल गई। चालीस रुपये महीने पर।''

''हां, ठीक किया तुमने।'' शर्माजी कुछ सोचते हुए बोले।

''फिर एक बात और है शर्माजी। कोठी के मालिक दिल्ली में सैटिल हो रहे हैं। कोठी को बेचने की बात भी कर रहे थे तो मैंने सोचा...''

''ठीक सोचा तुमने। घर तो अपना ही होना चाहिए। तब अपनी मर्जी से उसे सजाया-संवारा जा सकता है।''

''जी।''

''तुम्हारी दुल्हन के भी अच्छे नंबर आए होंगे। उसने भी कॉलेज ज्वाइन कर लिया होगा।''

''अब क्या बतलाऊं शर्माजी। शादी-वादी के चक्कर में उसकी 5-6 अंकों से फर्स्ट क्लास रह गई। अब कहती है कि कॉलेज में तो नहीं ही पढ़ूंगी। प्राइवेट परीक्षा दूंगी।''

''अरे नहीं। प्राइवेट परीक्षा की कोई अहमियत नहीं होती। तुम्हारे कॉलेज में पढ़ने को नहीं कहती है तो 'महादेवी महिला महाविद्यालय' में दाखिला दिलवा दो। लड़कियों का कॉलेज है। कॉलेज में पढ़ने की बात और ही होती है।''

"जी, वह तो है। मेरे दिमाग में यह बात आई ही नहीं। मैं कहता हूं उससे।"

"कहना क्या है। शिक्षा के बारे में जितना तुम जानते हो, वह नहीं जानती होगी। कॉलेज में जाने से दिमाग खुलता है। लोगों से परिचय होता है। उसे समझाओ। तुम्हारी बात वह नहीं टालेगी।"

शोभन कुछ बोल नहीं पाए, लेकिन उन्हें शर्माजी का सुझाव पसंद आया था। उन्हें यह सोचकर अफसोस हो रहा था कि उन्होंने इसके बारे में पहले क्यों नहीं सोचा।

कुछ देर और बैठने के बाद शोभन ने शर्माजी का आशीर्वाद लिया और चलने के लिए उठ खड़े हुए। गेट पर पहुंचते-पहुंचते उन्होंने सुना—'मेरी बात पर गौर करना शोभन।' शर्माजी बरामदे में खड़े कह रहे थे।

मुड़कर अपना हाथ हिलाते हुए शोभन बाहर निकल आए और उन्होंने पल्टन बाजार की तरफ अपनी साइकिल मोड़ दी।

वे क्वालिटी रेस्टरां के करीब पहुंचे ही थे कि सामने से नन्दलाल आता दिखाई पड़ा। नन्दलाल ने भी उनको देख लिया था। वह साइकिल से उतर पड़ा। शोभन ने भी अपनी साइकिल रोक दी।

"नमस्कार गुरुजी।" कहता हुआ वह शोभन के पैरों पर झुक गया। शोभन ने आशीर्वाद की मुद्रा में उसके सिर पर हाथ रखकर कहा, "जीते रहो। सब ठीक है न?"

"जी, आपकी कृपा है।"

"प्रिवियस में कितना परसेंट आया।"

"बस गुरुजी, फर्स्ट क्लास आ गई है। एक्जेक्ट सिक्सटी परसेंट।"

"बहुत अच्छे। अब फाइनल में जोर लगा लो। सब ठीक होगा।"

"जी।" फिर कुछ रुककर बोला, "गुरुजी, शाम को घर पर होंगे न। मां ने कुछ घी और अचार भेजा है।"

शोभन हँसते हुए बोले, "नंदलाल, तुम भी बस। अच्छा, ले आना।" और साइकिल पर सवार होते हुए बोले, "अच्छा चलूं।"

"प्रणाम, गुरुजी।" कहकर नन्दलाल दूसरी दिशा में जाने लगा।

पल्टन बाजार की ओर जाते हुए शोभन नंदलाल के बारे में सोचते रहे। कितने गरीब घर का लड़का है, लेकिन कितना सभ्य, सुशील और सुसंस्कृत।

उनके प्रति कितनी आस्था रखता है। उन्होंने क्या किया इसके लिए। बस, एक बार फीस दे दी थी उसकी। कभी-कभी रेफेरेंस के लिए किताबें लेने आ जाता है। मेरा हर काम करने को तत्पर रहता है। हर बार जब भी गांव जाता है, मेरे लिए घर का बनाया घी लाना भी नहीं भूलता। आजकल ऐसे विद्यार्थी कहां मिलते हैं।

सोचते-सोचते वे, 'आशिक' साहब की दुकान पर पहुंच गए।

'आशिक' साहब अकेले बैठे अखबार पढ़ रहे थे।

"आइए, आइए डॉ. साब'।" शोभन को देखकर 'आशिक' साहब अखबार को एक ओर रखकर बोले, "आप तो ईद के चांद हो गए हैं। शादी भी बना ली और हमें न कोई सूचना, न कोई निमंत्रण।"

साइकिल से उतरते हुए शोभन के सामने उद्भ्रांत की छवि और उसके द्वारा बताई गई बातें आकर खड़ी हो गईं, लेकिन अपने को जब्त करते हुए शोभन मुस्कराते हुए बोले, "नमस्कार, 'आशिक' साहब। सुना है, आजकल बड़ी बैठकबाजी कर रहे हो। हमने सोचा हम भी..."

"हम क्या पूछ रहे हैं और आप बातों को किधर ले जा रहे हैं। जवाब नहीं आपका।"

"जवाब तो आपका भी नहीं है।" दुकान पर चढ़ते हुए शोभन बोले।

"दरअसल, शहर में हम दो ही ऐसे हैं, जो लाजवाब हैं।" कहते हुए 'आशिक' साहब हो-हो कर हँस पड़े।

पास की दुकान में चाय का आर्डर देने के लिए 'आशिक' साहब 'अभी आता हूं। आप बैठिए।' कहकर नीचे उतर आए।

शोभन ने दुकान की अलमारियों पर नजर मारी। काफी सारी नई किताबें सजी रखी थीं। भीतर की तरफ 'आशिक' साहब का कोई आदमी किताबों के बंडल सिल रहा था। वह मेज खाली-खाली-सी थी, जिस पर कभी मनजीत बैठती थी। उस मेज पर नजर डालते हुए शोभन के शरीर में एक प्रकार की झुरझुरी-सी हो आई। उन्हें वहां टाइप करती हुई मनजीत के होने का आभास हुआ। एक क्षण के लिए वे उसमें खो गए। फिर प्रकृतिस्थ होकर बाहर बाजार की ओर देखने लगे। 'आशिक' साब' एक लड़के को साथ में लिए आ रहे थे। लड़के के हाथ में चाय की ट्रे थी।

''अरे आपने आनन-फानन चाय की तकलीफ़ क्यों की? मैं तो घर से पीकर आया था।'' शोभनाथ ने औपचारिकतावश कहा।

'आशिक' साहब मुस्कराते हुए अपनी कुर्सी पर बैठ गए। लड़के ने चाय के दो गिलास और एक प्लेट 'आशिक' साहब के सामने मेज पर रखी दी। प्लेट में लड्डू थे।

''अरे यह क्या?'' शोभनाथ लड्डुओं को देखकर बरबस बोल पड़े।

''डॉक्टर साहब, आपने तो अपनी शादी के लड्डू खिलाए नहीं। मैंने सोचा, यह शुभ कार्य मैं ही कर दूं।'' कहकर वे फिर खिलखिला कर हँस पड़े।

लड़का लौट गया था।

''और क्या हाल हैं।'' चाय का गिलास शोभन को पकड़ाते हुए वे बोले, ''और हां, पहले लड्डू जीमिए।''

'आशिक' साहब की इस नाटकीयता पर शोभन से तत्काल कुछ कहते नहीं बन पड़ा। 'यह आदमी नाटक लिखता भी है और अच्छा नाटक कर भी लेता है।' उनके मन ने कहा।

लेकिन दूसरे ही क्षण उनकी बुद्धि की त्वरा काम आ गई। हँसकर बोले, ''भई, 'आशिक' साहब। लड्डू तो हमें खिलाने चाहिए।'' और लड्डू का एक टुकड़ा 'आशिक' के मुंह की ओर बढ़ाते हुए उन्होंने आगे जोड़ दिया, ''इस बात से कोई फर्क नहीं पड़ता कि लड्डू आपका है या हमारा।'' फिर हाथ को और आगे बढ़ाते हुए इतना और कह दिया, ''अब 'पहले आप, पहले आप' के चक्कर में मत पड़िए।''

निदान, 'आशिक' साहब को अपना मुंह खोलना ही पड़ा।

मिठाई को गले में उतार कर 'आशिक' साहब ने पूछ लिया—और मनजीत कैसी है। मेरा मतलब, भाभी जी कैसी है? उसने भी, मतलब उन्होंने भी हमारी कोई सुध नहीं ली।''

''मनजीत मजे में है। कभी कोठी पर आइए न भाभी से मिलने।''

''और भाई से नहीं?''

''भाई से तो मिल ही रहे हैं।'' एक जोर का समवेत ठहाका।

फिर बात कुछ पाठ्य-पुस्तकों की ओर मुड़ गई। शोभन ने 5-6 किताबें छांटी और 'आशिक' साहब से बिल बनाने के लिए कहा।

'आशिक' साहब बिल बुक खोल ही रहे थे कि शोभनाथ मजाकिया लहजे में बोले, "जरा ज्यादा छूट दीजिए 'आशिक' साहब। ये किताबें मनजीत के लिए खरीदी जा रही हैं।"

"आप ऐसा कह रहे हैं तो आप वैसे ही ले जाइए न। मनजीत जैसे आपकी..." कहते-कहते वे अचानक रुक गए और बिल बनाने का नाटक करने लगे।

शोभनाथ उनके नाटक को देखते रहे और मन ही मन 'आशिक' को एक भद्दी सी गाली देकर अपने दिलो-दिमाग को सामान्य करने की कोशिश भी करते रहे।

किताबों के पैसे चुकाकर शोभन नीचे उतरे, साइकिल उठाई और सेवक आश्रम रोड यानी अपनी कोठी की ओर पैडल मारने लगे।

आगे बढ़ते हुए वे यह निर्णय नहीं कर पा रहे थे कि उस वक्त उनका मन-मस्तिष्क ग्लानि का बोझ ढो रहा था या वे मनजीत को लेकर आश्वस्ति का अहसास कर रहे थे।

20

अक्टूबर शुरू हो चुका था।

आकाश में वर्षांत के, रुई-से झक श्वेत बादलों की चित्रकारी रोमांचित कर रही थी। हवा में खुनक बढ़ गई थी। धूप ठंडी और उजली थी और बगीचे की फुलवारी के पत्तों पर चमक आ गई थी। उनकी उठी हुई फुनगियां खेतों में खेलते छोटे-छोटे बच्चों के उत्साह को प्रतिबिंबित कर रही थीं। सूर्य-स्नान करते हुए शोभन अपने बरामदे में बैठे हुए इस सुबह का आनंद ले रहे थे। कॉलेज में दशहरा-दीवाली की छुट्टियां चल रही थीं।

इस बीच कुछ छोटी-बड़ी घटनाएं घट चुकी थीं :

- बहुत समझाने-बुझाने के बाद मनजीत एम.ए. फाइनल के लिए महादेवी महिला महाविद्यालय ज्वाइन करने पर राजी हो गई थी।
- पिछले कुछ दिनों से सुमन शर्मा का मनजीत के घर आना-जाना शुरू हो गया था और अब उसने शोभन को 'भाई साहब' या 'भैयन' के संबोधन से पुकारना बंद कर दिया था।

- बुआजी शोभन को बताए बिना रिस्पना पार की अपनी जमीन और घर बेच कर हरिद्वार चली गई थीं। साधु-साध्वियों की संगत में राम-नाम जपने। और बहादुर शोभन की कोठी पर वापस लौट आया था। शोभन कॉलेज के अपने सहकर्मियों से एक प्रकार से कट गए थे। और अब उनका ज्यादा समय अपनी कोठी पर ही बीतने लगा था।

शोभन उस खुली उजली सुबह का आनंद लेते हुए अपने विचारों में खोए अपने अतीत को जी रहे थे। उनकी जिंदगी 30-40 परिवारों के छोटे से गांव से शुरू होकर देहरादून तक आते-आते जैसे अब रुक-सी गई थी। एक तरह से यहां बुआ ने ही उन्हें पाला-पोसा, बड़ा किया था। पढ़ाई-लिखाई भी उन्हीं के सान्निध्य में हुई थीं। मां जितना प्यार भी मिला था उनसे। आज अकेले में वे सोचे जा रहे थे कि बुआ एकाएक इतनी निष्ठुर क्यों हो गईं? क्या मनजीत से विवाह करना उन्हें पसंद नहीं आया। क्या कहीं मनजीत ने तो उनसे ऐसा कुछ नहीं कह दिया जो उन्हें चुभ गया हो। वे जानते हैं कि बुआ बड़ी स्वाभिमानी महिला रही हैं। उन्होंने पति के निधन के बाद खुद को जिस तरह संभाला, उसकी मिसाल कम ही मिलती है। वे यह भी सोच रहे थे कि कहीं अनजाने में स्वयं उनसे ही बुआ की कोई अवमानना तो नहीं हो गई, लेकिन बार-बार और गहराई से सोचने के बावजूद वे कोई ऐसा प्रसंग याद नहीं कर पाए।

आज वे बिल्कुल अकेले थे। मनजीत 2-3 दिन पहले अपने माता-पिता से मिलने गई हुई थी। इस समय बहादुर भी घर में नहीं था। वे बहुत दिनों के बाद निपट अकेले बैठे थे। तरह-तरह की सोच उनके दिमाग में चल रही थी। तभी उन्हें अपने गेट से गुजरती हुई एक किशोरी दिखाई दी। सहसा उसका ध्यान अपूर्वा की ओर चला गया। कैसी होगी अपूर्वा। क्या उसने उन्हें क्षमा कर दिया होगा। क्या गांव से लौट आई होगी वह। कॉलेज तो खुल गए हैं, लेकिन वह उन्हें कॉलेज में नहीं दिखाई दी। एक क्षण के लिए उनके मन में आया कि डॉ. सक्सेना के बंगले पर जाकर कुछ पता करें, लेकिन दूसरे ही क्षण उन्होंने इस विचार को झटक दिया। एक प्रकार से उनकी जाने की हिम्मत ही नहीं हो रही थी। उनका अपना अपराध बोध उन्हें कचोट रहा था। डॉ. सक्सेना कॉलेज में नियमित रूप से नहीं आ रहे थे। उन्होंने सोचा कि कहीं वे बीमार तो नहीं पड़ गए।

फिर वे अनजाने ही अपूर्वा और मनजीत की तुलना करने लगे। एक ओर अपूर्वा का अल्हड़पन, उसकी चंचलता और उसकी वाक्पटुता उन्हें आकर्षित करती थी तो दूसरी ओर मनजीत की देह का आकर्षण उन्हें मोहता था, फिर वे यह भी सोचने लगते थे कि कहीं उनसे कोई गलती तो नहीं हो गई। लेकिन पुरुष अपनी गलती कब स्वीकार करता है और शोभन जैसा व्यक्ति तो अपने तर्कों के साथ जीवन जीता है, अपने निर्णयों को हमेशा सही ठहराता है और किसी भी ऐसे विचार को काटकर रख देता है, जो उसमें किसी प्रकार का पराभव-भाव या अपराध बोध पैदा करे। शोभन अभी तक यही करते रहे थे। अपने को ऊंचे पायदान पर रखकर उन्हें आत्म-संतोष ही नहीं, गर्व का भी अनुभव होता था, लेकिन अपूर्वा के मामले में उन्हें अपना पक्ष कमजोर दिखाई पड़ता था। तब वे अपने आप पर झुंझला उठते। इस समय भी वह झुंझलाहट उनके चेहरे पर साफ दिखाई पड़ रही थी।

बहादुर लौट आया था। शोभन की ओर एक नज़र डालकर जब वह अंदर जाने लगा तो शोभन बोले, ''बहादुर! जरा मेरा पाइप और लाइटर ले आ। बेड रूम की टेबल पर रखा है।

''जी।'' कहते हुए बहादुर अंदर गया और पाइप लेकर आते हुए बोला, ''बाबूजी, बीबीजी कब आएंगी।''

पाइप सुलगाते हुए शोभन बोले, ''आ जाएंगी एक-दो दिन में। क्यों, तेरा मन नहीं लग रहा?''

बहादुर 'ही ही' करके बोला, ''बीबीजी घर में होती हैं तो कितना अच्छा लगता है।''

''अच्छा।'' शोभन ने आंखों में प्रश्न भरते हुए बहादुर की तरफ देखा। बहादुर सकपका गया।

''बाबूजी, चाय बना लाऊं। अभी खाने में तो वक्त लगेगा।''

''तुझे पीनी है तो मेरे लिए भी बना देना।''

बहादुर मुस्कराता हुआ अंदर चला गया।

बरामदे की धूप नीचे बगिया में खिसक आई थी। शोभन को यकायक मनजीत याद आ गई।

हाथीबड़कुला। कैंट। लंबा चौड़ा खुला पार्क।

हर जगह सफाई है। बैंचें हैं। बैचों के सामने फूलों की क्यारियां हैं। दीवार

से सटकर पेड़ खड़े हैं। यूकेलिप्टस के, अशोक के, गुलमोहर के। आसमान साफ है। ढलती हुई ललाई वृक्षों की फुनगियों पर पड़ रही है। पूरा पार्क शांत है। किसी-किसी बेंच पर कुछ बूढ़े लोग बैठे हैं। वे या तो अपने अतीत के किस्से सुन-सुना रहे होंगे या आज की पीढ़ी के बारे में टिप्पणी कर रहे होंगे।

मनजीत और सुरजीत बीच वाली एक खुली बैंच पर बैठी हैं। बहनें हैं, लेकिन बहन से ज्यादा सहेलियां हैं।

"तो ये बात है। मनजीत, तू तो शादी करके जैसे जीजाजी की झंकार बनकर रह गई। तारीफ़ पे तारीफ़ किए जा रही है।"

"वो हैं ही ऐसे। मुझे बहुत प्यार करते हैं।"

"दिन में या रात को?" कहती हुई सुरजीत जोर से हँस पड़ी।

"धत्! सुरजीत तू बड़ी वो हो गई है।"

"वो क्या।" सुरजीत हँसती रही और बहन को चिढ़ाती रही।

"......"

"जब तेरी शादी होगी, तब पूछूंगी तुझसे।"

"पूछ लेना। अव्वल तो मैं शादी ही नहीं करूंगी और अगर करनी भी पड़ गई तो उसके बारे में अपना मत बनाने में कोई जल्दी नहीं करूंगी तेरी तरह। जल्दबाजी में किए गए निर्णय ज्यादा दिन नहीं टिकते।"

"छोटी! लगता है तू बड़ी मेच्योर हो गई है।"

"मैं पहले से ही मेच्योर थी।" बैंच के आसपास फिर से हँसी गूंज उठी।

"......"

"जब से तू आई है, तेरे मियां का कोई फोन नहीं आया।"

"उनसे कहकर आई थी कि एक हफ्ते बाद ही आऊंगी। शायद इसलिए।"

"तूने भी कोई फोन नहीं किया।"

"करती तो भी तो क्या कहती?"

"कुछ भी कह लेती। जीजाजी तेरी आवाज तो सुन लेते और थोड़ा खुश हो लेते और थोड़ा तुझसे बोल लेते।"

"वे बहुत कम बोलते हैं।" मनजीत धीरे-से बोली।

"झूठ मत बोल यार। आदमी जब झूठ बोलता है तो उसकी आवाज थोड़ा लरज जाती है। जैसे इस वक्त तेरी।"

‘‘नहीं, ऐसी बात नहीं सुरजीत।’’ मनजीत का स्वर संजीदा था। जिस पुरुष को एक बार पति मान लिया तो मान लिया। पत्नी की सार्थकता या कह लो उसका होना इसी बात में है कि वह अपने पुरुष का अनुसरण करे। उसकी खुशी और सफलता को अपनी खुशी और सफलता समझे। अर्द्धांगिनी का यही तो मतलब होता है और फिर वो भी तो मुझे बहुत प्यार करते हैं।’’

‘‘तू तो यार बिल्कुल अपने पुरुष की होकर रह गई। तेरा अपना भी कुछ अस्तित्व है कि नहीं। मैं तो ऐसा कभी न करूं। पुरुष ने ये जो नियम और आदर्श बनाए हैं, सब अपने स्वार्थ के लिए बनाए हैं। अब वक्त आ गया है दीदी कि औरत गऊ बनने से इंकार कर दे और अपने आदर्शों और अपने नियमों को खुद बनाए।’’

‘‘शादी तो मैंने खुद ही की न।’’ सुरजीत की तरफ देखती हुई मनजीत मुस्करा दी।

‘‘और फिर जीजाजी को समर्पित हो गई।’’

‘‘वो तो सभी होती हैं। खैर छोड़, और बता तेरी पढ़ाई कैसी चल रही है?’’

‘‘बस, चल रही है।’’ फिर बात बदलते हुए बोली, ‘‘एक बात कहूं दीदी, पुरुष चाहे आटे का भी बना हो, औरत पर भारी पड़ता है। तू बड़ी भोली है। जरा सावधानी बरत और हिम्मत वाली बन।’’

‘‘जब बनने का वक्त आएगा, बन जाऊंगी।’’

‘‘ठीक है, मैं इंतजार करूंगी।’’

‘‘मैं बड़ी देर से देख रही हूं कि तू मुझे नसीहत दिए जा रही है। ऐसा कौन-सा फर्क आ गया मुझमें। ऐसी कौन-सी बात हो गई कि जिसके कारण मुझे सावधान और हिम्मत वाली बनने को कह रही है।’’

‘‘सुन पाएगी?’’

‘‘तू बता तो।’’

‘‘जिस दिन हम तेरी कोठी पर आए थे, तेरे मियां सबकी आंखें बचाकर मुझे घूरते जा रहे थे।’’

‘‘तो क्या हुआ? तू उनकी साली है।’’

‘‘और साली आधी घर वाली होती है न...मुझे उनका इस तरह देखना अच्छा नहीं लगा।’’ सुरजीत कहती रही, ‘‘जीजाजी कवि हैं, रोमांटिक कवि। विद्वान हैं।

बड़ा नाम है उनका शहर में। ऐसे लोग कहीं टिककर नहीं रहते। अपनी विद्वत्ता का बड़ा घमंड होता है उन्हें। फिर लड़कियां भी ऐसे ही पुरुषों का सपना देखती हैं और अपने सपने में बुरी तरह फंस जाती हैं। इसीलिए तुझे आगाह कर रही हूं कि ज्यादा विश्वास मत करना। ज्यादा ढील मत दे। थोड़ा कसकर रख, नहीं तो..."

मनजीत छोटी का मुंह देखती रह गई। कुछ देर चुप रहने के बाद इतना ही बोल पाई, "तुझे कोई गलतफहमी हो गई है। वे बहुत अच्छे हैं। बहुत समझदार हैं। मेरा बहुत ध्यान रखते हैं।"

"मैंने जो कहना था, कह दिया। आगे तू जान।"

मनजीत कुछ बोल नहीं पाई।

पार्क में अंधेरा होने लगा था। दोनों उठकर घर की तरफ चल दीं। रास्ते भर दोनों चुप ही रहीं, लेकिन मनजीत मन ही मन सोचे जा रही थी कि चुप्पी से इस तरह की छोटी-मोटी समस्याएं अपने आप सुलझ जाती हैं। बस, थोड़ा समय लगता है। जिस बात को बार-बार समझा कर भी नहीं समझाया जा सकता, उसे चुप रहकर समझाया जा सकता है। बस, ऐसे मौकों पर मन शांत रखना चाहिए। राह चलते मनजीत इसी की कोशिश कर रही थी।

दो-तीन दिन बाद मनजीत सुरजीत को साथ लिए अपनी कोठी पर पहुंची, उस समय दिन के ग्यारह बज रहे थे। उसने देखा, सामने दीवार से सटाई हुई लेडीज साइकिल खड़ी की हुई है। एक क्षण के लिए उसका दिल धड़क उठा। वह पीछे चली आ रही सुरजीत पर एक नजर डालकर आगे बढ़ गई। बरामदे में आकर उसने खिड़की से देखा, सुमन और शोभन दोनों सट कर बैठे हैं और बहुत हल्के मूड में हैं। सामने चाय की ट्रे रखी है और सुमन प्यालों में चाय उंडेल रही है।

फिर वह हल्के से खांसकर ड्राइंगरूम में आ गई। सुरजीत भी पीछे-पीछे आ गई। शोभन मनजीत को एकबारगी देखकर एक क्षण के लिए चौंके। फिर सामान्य होने की कोशिश करते हुए बोले, "अरे मन्नू, तुम आ गईं। मुझे ही बुला लेती।" फिर सुरजीत से कहने लगे, "क्या बात है सुरजीत। बहुत खूबसूरत दिख रही हो।"

सुमन ने अब तक अपने को संभाल लिया था। बोली, "यार, अपने मिस्टर को छोड़ कर चली गई। कोई ले भागता तो...।" कहकर वह खिलखिला कर हँस पड़ी।

मनजीत से कुछ कहते नहीं बन रहा था। तभी चेहरे पर बनावटी मुस्कान लाकर सुरजीत ने पूछ लिया, ''और कैसे हैं जीजाजी। आजकल क्या चल रहा है?''

''ये मनजीत की छोटी बहन है सुरजीत।'' शोभन सुमन की तरफ देखते हुए बोले।

सुमन ने सिर हिलाकर थोड़ा मुस्करा दिया।

''आती हूं।'' कहकर मनजीत किचन में चली गई। वहां बहादुर सब्जियां काट रहा था।

''आ गई बीबीजी?'' बहादुर काम करते-करते बोला।

''बहादुर, ठीक हो न?''

''आपकी मेहरबानी है बीबीजी। ठीक ही हूं।''

''लंच की तैयारी हो रही है शायद।''

''रोज ही होती है बीबीजी। सुमन बीबीजी भी यहीं खाती है न। इसीलिए थोड़ा खास बनाना पड़ता है।''

''रोज-रोज! क्या मतलब?''

''जबसे आप गई हैं, सुमन बीबी रोज ही यहां आ जाती हैं कॉलेज से। बाबूजी के साथ।''

''अच्छा!'' कहती हुई मनजीत अपने बेडरूम में चली आई और कमरे का जायजा लेने लगी। कमरा जस का तस था। बस, कुर्सी के हत्थे पर एक चुनरी पड़ी हुई थी, जो मनजीत की नहीं थी।

मनजीत के भीतर कुछ खटका, लेकिन उसने सिर पटककर अपनी शंका को उड़ा दिया। नहीं, नहीं। ऐसा नहीं हो सकता। सुमन तो शोभन को भाई जैसा मानती है।'' मनजीत ने मन ही मन कहा।

तभी सुरजीत भी भीतर आ गई। बोली, ''बड़ी छम्मकछल्लो है तुम्हारी सहेली।''

''हां, कुछ ज्यादा ही खुली हुई है इनसे। इसके पिता इनके मित्र हैं।''

''हुं...'' सुरजीत ने एक हुंकारा लिया। फिर बोली, ''अच्छा, चलती हूं दीदी।''

''अभी कहां चल दी। खाना खाकर जाना।''

''अरे खाना कहां। माताजी इंतजार कर रही होंगी कि कब आऊं और चूल्हा जलाऊं।''

"चल, थोड़ी देर बाहर बैठते हैं। नहीं तो सुमन बुरा मान जाएगी।" कहते हुए मनजीत बाहर बैठक की ओर चल दी। पीछे-पीछे सुरजीत भी आ गई।

"आओ, मेरे पास बैठ यार।" अब तक सुमन दूसरे सोफे पर जाकर बैठ गई थी।

"घर में तो सब ठीक हैं न?"

"हां, सभी ठीक हैं।"

"अच्छा तुम लोग बातें करो। मैं जरा डिस्पैंसरी में जाकर आता हूं।" उठते हुए शोभन बोले।

"मैं भी साथ चलती हूं डॉक्टर साहब। बाबूजी अकेले हैं।" कहकर सुमन सोफे से उठने लगी।

"अरी बैठ तो...मैं आई और तू चल दी। इतने दिनों बाद तो मिली है।"

"नहीं यार। फिर आऊंगी कभी। इस वक्त जाने दे।"

"खाना बन रहा है। खाकर जाना।"

"खाने का क्या है? फिर कभी खा लूंगी। अब तो तेरे घर का खाती ही रहूंगी।' कहते हुए सुमन अंदर गई और कुर्सी पर पड़ी अपनी चुनरी उठा लाई।

"मैं भी चलती हूं दीदी।" कहती हुई सुरजीत ने मनजीत की ओर देखा और अपनी चप्पलें पहनने लगी।

मनजीत कुछ नहीं बोली। कुछ देर बाद वह सबको गेट पर छोड़कर अपने बैडरूम में आ गई। इस समय वह अपने को बहुत थका हुआ महसूस कर रही थी।

दिन भर मनजीत उदासी से घिरी रही। उसे कुछ भी अच्छा नहीं लग रहा था। तरह-तरह के विचार उसके मन में उमड़ रहे थे। वह एक विचार से दूसरे विचार और दूसरे विचार से तीसरे विचार से उलझती रही। फिर भी कोई बात साफ नहीं बन पा रही थी। बार-बार अन्यमनस्क हो जाती रही। बार-बार अपने सिर को झटकती रही। कई बार उसके मन में विचार आया कि वह शोभन से कुछ पूछे, पर क्या पूछे? यहां पर आकर वह अटक जाती और ज्यादा उदास हो जाती।

उस दिन शोभन से भी उसकी ज्यादा बात नहीं हो पाई। दोनों एक-दूसरे से कटते रहे। दोनों इस बात की अपेक्षा करते रहे कि दूसरा व्यक्ति कोई बात शुरू करे, लेकिन दोनों ओर गंभीर मौन छाया हुआ रहा। इसी तरह शाम हो गई।

रात का भोजन करके मनजीत अपने बैडरूम में जाकर लेट गई। बहादुर रसोई में काम कर रहा था। शोभन अपनी स्टडी में चले गए थे। वे मनजीत की मनोदशा को कुछ-कुछ समझ रहे थे, लेकिन अपनी तरफ से कोई शुरुआत नहीं करना चाहते थे।

दस बजने वाले थे। शोभन अपनी स्टडी से निकल कर बेडरूम में चले आए। मनजीत पलंग के एक कोने पर औंधे मुंह पड़ी थी। शोभन उसकी बाहों को हिलाते हुए बोले, "जानम, सो गई हो क्या?"

मनजीत ने जैसे चौंककर आंखें खोलीं और उठ बैठने की कोशिश करने लगी। उसे लिटाते हुए शोभन स्वयं उसकी बगल में आकर लेट गए और उसकी पीठ को सहलाने लगे। मनजीत वैसे ही गुमसुम पड़ी रही। कुछ देर तक शोभन उसे सहलाते रहे। फिर धीरे-धीरे से उसके चेहरे को अपनी करवट करते हुए बोले, "मन्नू, क्या सोच रही हो। मैं देख रहा हूं, सारे दिन तुम उदास और उखड़ी-उखड़ी बनी रही हो। बात क्या है?"

मनजीत ने आंखें खोलीं। कमरे की ठंडी हरी रोशनी में वह शोभन के चेहरे को, उनकी आंखों को एकटक देखती रही। उससे कुछ बोलते नहीं बना। शोभन की बांहों से अपने को छुड़ाने की कोशिश भी उसने नहीं की। शोभन ने उसके लंबे कोमल बालों में अपनी अंगुलियों को फंसा लिया और फिर धीरे-से बोले, "कहीं सुमन का आना तो तुम्हें अच्छा नहीं लगा?"

मनजीत ने सिर हिला कर मना कर दिया।

"फिर क्या बात है?"

"कुछ नहीं।" उसकी धड़कनें तेज हो गई थीं।

"पागल कहीं की। अरे, मैंने ही उससे कहा था कि कॉलेज के बाद वह मेरे साथ कोठी पर आ जाया करे। मेरी लाइब्रेरी की कुछ किताबों से नोट्स ले ले भाषा विज्ञान के। बाद में काम आएंगे।

मनजीत कुछ नहीं बोली। शोभन आगे कहने लगे—वह मेरे मित्र की बेटी है। पढ़ने में तेज है। इस साल उसकी फर्स्ट क्लास आई है। फाइनल में भी वह फर्स्ट क्लास लाए, इसीलिए उसकी थोड़ी मदद..."

"इस तरह की शंकाएं इन्सान को तोड़कर रख देती हैं मन्नू, तुम बड़ी कमजोर हो। औरत जो हो न।" थोड़ा मुस्कराकर शोभन बोले, "जानम, मन को

जोड़कर रखना पड़ता है। ऐसे जिंदगी थोड़े ही चलती है।" कहते हुए शोभन ने मनजीत को अपने से चिपका लिया। मनजीत ने कोई विरोध नहीं किया। वह भी मनी-प्लांट की बेल की तरह उनके शरीर से सट गई।

अगली सुबह ठंडी और उज्ज्वल थी।

हालांकि रात को कुछ बूंदाबांदी हुई थी, लेकिन अब आसमान साफ था। वर्षा के बाद गीली मिट्टी की गंध में मोहकता थी। मनजीत पिछले दिन की अपनी शंकाओं से निजात पा चुकी थी। अब उसे महसूस हो रहा था कि जैसे उसकी शिराओं में प्यार भर आया है। प्यार, जो बहुत सम्मोहक और कोमल होता है। विलक्षण और मादक भी।

मनजीत रसोई में नाश्ता तैयार करने में लगी थी। आज रविवार था और शोभन की छुट्टी थी। वे सुबह से ही अपनी स्टडी को व्यवस्थित करने में लगे थे। किताबें और फाइलों की झाड़-पोंछ करते हुए उनकी नजर आलमारी के ऊपरी शेल्फ पर रखी अपनी डायरियों पर पड़ी। उन्होंने उनमें से कुछ को उठा लिया और आराम कुर्सी पर बैठकर एक डायरी के पन्ने उलटने लगे—

एक पन्ने पर लिखा हुआ था : लेखक के लिए उसके अहम पर आया संकट मृत्यु से भी अधिक विकट होता है। यह अहम् का संकट ही है, जो उसकी रचना को धार देता है। लोग कहते हैं कि मैं व्यक्तिवादी लेखक हूं। मैं मानता हूं कि मैं हूं। इसमें गलत क्या है। व्यक्ति ही तो इस समाज के केंद्र में है। यदि व्यक्ति नहीं होता तो समाज होता क्या? व्यक्ति मुख्य है, समाज गौण। मेरे अनुभव आंतरिकता से जुड़े हैं। उसमें बाहरी या यों कह लो काल्पनिक कलाबाजी की थेकलियां नहीं हैं।"

उन्होंने पन्ना पलट दिया, "व्यक्ति में एक और संघर्ष करने की इच्छा शक्ति होनी चाहिए और दूसरी ओर समस्याओं से सह-अस्तित्व कायम करने की योग्यता भी। इनसे मुझ जैसे संवेदनशील व्यक्ति के भीतर एक प्रकार की ऊर्जा उसी परिमाण में जन्म लेती है, जिस परिमाण में उसका संघर्ष होता है।"

अगले पन्ने पर लिखा था, "अपना भोगा हुआ यथार्थ ही सत्य है। इस यथार्थ को अभिव्यक्ति दिए बिना कोई भी रचना सार्थकता प्राप्त नहीं कर सकती।"

शोभन ने डायरी को एक तरफ रखकर दूसरी डायरी उठा ली और उसके पन्नों को पलटने लगे। एक जगह लिखा था—'मैं बिना प्यार के जिंदा नहीं रह सकता। अगर रह भी गया तो वह जीवन क्या होगा—बिना फूल-पात के एक ठूंठ का जीवन नहीं जीना चाहता। प्यार ही है, जो मरुस्थली जीवन में निर्मल जल-स्रोत-सा बहता है। बहता है और बहता जाता है। मुझे प्यार चाहिए कि कोई मुझे प्यार करे और मैं किसी को प्यार करूं। प्यार के अभाव में जीवन की सारी सुख-सुविधाएं निरर्थक हैं।'

शोभन ने पन्ना पलट दिया, 'देश को आजाद हुए इतने साल हो गए। अब अगले चुनाव होनेवाले हैं। चुनाव देश का भविष्य नहीं बदल सकते। न उसे तय कर सकते हैं। नागरिक का कर्तव्य मतदान करने भर से पूरा नहीं हो जाता। चुनाव से पहले और बाद में भी उसके लिए कुछ सोचने को बचा रहता है। देश की प्रगति और विकास जनता की रचनात्मक मानसिकता से होता है। मात्र मतदान करने के बाद निष्क्रिय हो जाने से नहीं और अपने देश की जनता तो अधिकांशतः निरक्षर और भेड़ है। इस स्थिति को बदलना होगा, तभी कुछ उम्मीद हो सकती है।''

''शोभन अगला पन्ना पलटने ही वाले थे कि रसोई से मनजीत ने पुकार लगाई, ''नाश्ता तैयार हो गया है, डाइनिंग टेबल पर आ जाइए।''

सुनकर शोभन ने उठकर डायरियों को उनकी अपनी जगह पर रख दिया और स्टडी से बाहर आ गए।

21

पिछले कुछ महीनों से शोभन कुछ ज्यादा ही सोच में रहने लगे थे। उनका किसी काम में मन नहीं लगता था। किसी भी बिंदु पर वे एकाग्र नहीं हो पाते थे। वे जैसे रुचिविहीन हो गए थे। पहले वे भरे-भरे रहते थे। अब एक अजीब से भारीपन से अपने को दबा हुआ महसूस करते। पहले क्लास लेते वक्त उनकी आंखों में आत्मविश्वास भरा होता था और मुद्रा में गौरव का भाव। अब वे शुष्क कर्तव्य-भाव से पढ़ाने के लिए पढ़ाते। आंखें झुकी हुई होती कि जैसे कोई उनके भीतर उमड़ते हुए अपराध-बोध को ताड़ न ले। चिलचिलाती हुई धूप से पौधों के पात जैसे लटके हुए, मलिन और उदास हो जाते हैं, कुछ ऐसा ही उनका व्यक्तित्व बन गया था। चाल में ढीलापन आ गया था। अपनी बात कहने के लिए वे जैसे शब्दों का अभाव अनुभव करने लगे थे। यह सब इतनी तेजी से हुआ था कि उन्हें संभलने का मौका ही नहीं मिला। वे अपने अंतर्द्वंद्वों की रौ में बहते जा रहे थे। अवश और असहाय।

यह मारक क्रम तभी से शुरू हो गया था। जब मनजीत अपने परिवार वालों से मिलने हाथीबड़कुला गई थी और सुमन शर्मा लगभग हर रोज शोभन की कोठी

पर आने लगी थी। शोभन को भी एकांत में सुमन का साहचर्य अच्छा लगता था—अच्छा क्या, बहुत अच्छा और आकर्षक लगता था। सुमन ने शोभन की इसी दुर्बलता का लाभ उठाया। वह एक सोची-समझी राजनीति के तहत शोभन को अपनी ओर आकर्षित करने का संकल्प लेकर उनके निकट आ रही थी। इस निकट आने में उसे कोई कठिनाई भी नहीं हुई। उसने शोभन के शांत जीवन में आंधी ला दी थी। बरसाती नदी के से तेज प्रवाह में शोभन जैसे बहते चले गए थे। शायद यही उनकी नियति थी या यों कहें कि अपनी इस नियति को वे स्वयं गढ़ने में लगे थे। आए दिन नियति जैसे उनके भविष्य को गढ़ रही थी। इसी तरह आठ-दस महीने बीत गए।

इस बीच सुमन मनजीत से अपनापा बढ़ाती रही। कॉलेज के बाद लगभग हर दिन वह मनजीत की कोठी पर चली आती। भले ही शोभन वहां हों, न हों। उसे मनजीत का विश्वास जो जीतना था और इसमें वह सफल भी हो रही थी। वह अपनी सफलता पर खुश भी थी, लेकिन शोभन अपने को एक बड़े अंतर्द्वंद्व में फंसा हुआ अनुभव कर रहे थे। संवेदनशील और कवि हृदय थे, इसीलिए कभी-कभी आत्मग्लानि और अपराध-बोध से भी ग्रस्त हो उठते थे। तब उनकी स्थिति मकड़ी के जाले में फंसी हुई मक्खी के समान हो जाती थी। वे जितना विचार करते, स्थिति से बाहर निकलने की जितनी कोशिश करते, उतने ही उसमें उलझते जाते।

उस दिन की दुर्बलता को वे भूल नहीं पा रहे थे। सांझ थी और डूबते हुए सूरज की रक्ताभ आभा बंगले के चारों और पसरी हुई थी। मनजीत अभी पिता के घर से लौटी नहीं थी। बैडरूम में बस वे थे और सुमन थी। बहादुर को साग-सब्जी लेने बाहर भेज दिया गया था। तभी पास बैठी सुमन के कंधों पर धीरे में हाथ रखते हुए वे बोले थे, ''सुमन, तुम इतनी अच्छी क्यों हो?'' सुमन ने खोजी निगाहों से उनकी ओर देखा था और उनसे सटकर बैठते हुए बोली थी, ''यह तो मन माने की बात है डॉक्टर साहब'।''

''हां, शायद तुम ठीक कहती हो। मन ही तो है, जो जिसको जब चाहे, अच्छा और सुंदर मान ले।'' वे उसकी ओर झुक आए थे। सुमन ने कोई विरोध नहीं किया था। वह तो एक तरह से इसी क्षण की प्रतीक्षा में थी। शोभन की बांह ने हौले से सुमन की कमर को घेर लिया था। सुमन उनकी ओर, और अधिक झुक आई थी। उसके बाद पूरे कमरे में मौन छा गया था। बस, शोभन की

बड़ी-बड़ी सांसों का स्वर उस मौन को तोड़ रहा था। शोभन के जीवन का एक नया अध्याय शुरू हो गया था।

इसके बाद इस अध्याय में तब तक रोज-रोज नई-नई इबारतें लिखी जाने लगीं, जब तक मनजीत वापस लौट नहीं आई।

शोभन के लिए अब कॉलेज का माहौल सामान्य हो चला था। सहकर्मियों की आंखों का व्यंग्य और उनसे कटने का भाव अब उन्हें महसूस नहीं होता था। क्लास में सुमन अब फिर से अगली बेंच पर बैठने लगी थी। उसकी मुद्राओं का चांचल्य और चेहरे की चमक लौट आई थी। शोभन ने लक्ष्य किया था कि उनकी तरह सुमन भी सहज और सामान्य हो गई है। इससे उन्हें बड़ी आश्वस्ति मिली।

लेकिन एक दिन कॉलेज के बाद जब सुमन शोभन के साथ उनकी कोठी पर लौटी तो उन्होंने पाया कि मनजीत अभी अपने कॉलेज से नहीं लौटी थी। ड्राइंग रूम में आते हुए शोभन ने सुमन की तरफ अर्थ भरी आंखों से देखा और धीरे-से मुस्करा दिए। बहादुर बाहर पौधों की गोड़ाई में लगा था। शोभन ने आंखों ही आंखों में कुछ कहा। सुमन ने उनकी आंखों की भाषा को समझ लिया और बरामदे में आकर बहादुर को आवाज लगाई, बहादुर, 'जी, बीबी जी' कहकर उनके पास आ गया। उसके हाथ मिट्टी से सने थे।

सुमन बोली, "बहादुर एक काम कर दे बेटा। मेरी दवाई खत्म हो गई है। जरा, नौटियाल केमिस्ट से ये ले आ।" कहते हुए उसने एक पर्ची और कुछ पैसे उसे पकड़ा दिए। हाथ-पैर धोकर और कपड़े बदलकर वह गेट से बाहर निकल ही रहा था कि सुमन ने आवाज लगाई, "और सुन, पल्टन बाजार से कुछ फल भी ले आना। घर में कुछ नहीं है।"

सिर हिलाकर बहादुर बाहर निकल गया।

"तुम बहुत होशियार हो गई हो।" बरामदे में खड़े शोभन उसकी कमर में बांह डालते हुए मुस्करा दिए। फिर वे उसे लेकर बेडरूम की ओर बढ़ गए। कुछ समय बाद बेडरूम सतरंगी छवियों और सांसों के संगीत से गमक उठा। कुछ समय तक दो शरीरों की गंध आपस में घुलती रही। फिर एक लंबी सांस छोड़कर शोभन चित्त लेट गए। अब शोभन के चेहरे पर पूर्ण तृप्ति और संतोष का भाव था। सुमन ने जल्दी-जल्दी जमीन में पड़ी अपनी साड़ी संभाली और बालों पर कंघी करने के लिए शीशे के सामने जा खड़ी हुई कि तभी बाहर गेट के खुलने की आवाज सुनाई दी। शोभन उठकर धीरे से अपनी स्टडी में चले आए और जब तक

मनजीत ड्राइंगरूम में आ पाती, सुमन वहां पर सुबह के अखबार में व्यस्त होने का बहाना करके सोफे पर अधलेटी हो गई। नितांत निश्चिंत भाव से।

मनजीत ड्राइंगरूम में सुमन को देखकर थोड़ा अचकचाई। वह कुछ कहने जा रही थी कि सुमन ने पड़े-पड़े उसकी ओर देखा और बोली, ''मनजीत, आज बहुत देर कर दी तुमने। मैं कब से यहां बैठी हूं।''

पहले तो मनजीत कुछ बोल नहीं पाई, फिर धीरे से यह कहती हुई बेडरूम की तरफ बढ़ गई कि जरा लाइब्रेरी में गई थी। कुछ किताबें देखनी थीं।''

उसकी अन्यमनस्कता को सुमन ने ताड़ लिया था। वह उठकर सोफ़े पर बैठ गई। तभी शोभन अपनी स्टडी से निकलकर बाहर आ गए और बोले, ''मनजीत आ गई क्या?'' और कहते हुए वे ड्राइंग रूम के दरवाजे पर आकर खड़े हो गए।

सुमन ने आंखों-आंखों में उनसे कुछ कहा और शोभन बेडरूम में जाने ही लगे थे कि मनजीत एक रिस्टवॉच लिए बार निकली और उसे सुमन की ओर बढ़ाते हुए बोली, ''शायद यह तुम्हारी ही है। वहां मेज पर पड़ी थी।''

घड़ी को देखकर सुमन की आंखों में बादल उमड़ आए, लेकिन बड़ी लापरवाही से उसे लेते हुए बोली, ''हां, फेसवाश के लिए गई थी। फिर पहनना ही भूल गई।'' मनजीत आगे कुछ नहीं बोल पाई।

तभी बहादुर दवाई लेकर आ गया। फलों का थैला भी हाथ में था।

दवाई का पैकेट सुमन को पकड़ाकर वह फल लेकर किचन की ओर जा ही रहा था कि मनजीत ने पुकार लिया, ''अरे, तुमसे फल लाने के लिए किसने कहा था। फ्रिज में इतने फल पड़े हैं।''

बहादुर कुछ नहीं बोला। बस, सुमन की तरफ देखकर आगे बढ़ गया।

''लगता है, आजकल तेरा काम में मन नहीं लगता। अभी तक बेडरूम की चादर मुचड़ी पड़ी है। तकिए भी उल्टे-सीधे पड़े हैं।''

''बीबीजी, बैडरूम की चादर तो मैंने सुबो-सुबो ठीक कर दी थी। कमरे की सफाई भी कर दी थी।''

सुमन सिर झुकाए सब सुन रही थी। अखबार पर आंखें गड़ाए वह बोली, ''अरे जाने भी दे। आते-आते बेचारे को डांट दिया। फिर कुछ रुककर बोली, ''बहादुर, जा अपना काम कर। जरा दिल लगाकर काम किया कर। नहीं तो तेरी मालकिन तुझे निकाल देगी।''

बेचारा बहादुर कुछ समझ नहीं पाया। धीरे-से दूसरी तरफ चला गया।

शोभन अभी तक खामोश थे। फिर हँसते हुए बोले, "मन्नू! लगता है कि आज किसी से लड़कर आई हो। अच्छे बच्चे लड़ा नहीं करते।" फिर उन्होंने बड़े लाड़ से मनजीत के गालों पर प्यार की चपत लगा दी।

"आज मनजीत का मूड बिगड़ा हुआ है। खाने के लिए भी नहीं पूछेगी। चलो भई, हम चलते हैं।" कहते हुए सुमन सोफे से उठ गई।

"अरे, तू कहां जाती है। खाना खाकर जाना। आते-आते इसने दिमाग खराब कर दिया।" रसोई की तरफ इशारा करके मनजीत बोली। फिर कुछ सहज होकर बोली, "और सुना, तेरे बाबूजी के क्या हाल हैं। कलकत्ता से दीदी की कोई खबर आई है? नन्हा मुन्ना कैसा है। क्या नाम रखा है उसका।"

"निशांत नाम रखा है...बाबूजी वैसे तो ठीक ही हैं। चैकअप के लिए हर पखवाड़े अस्पताल जाना पड़ता है।"

फिर कुछ देर सहेलियों की, पढ़ाई-लिखाई की, महादेवी कॉलेज की बातें होती रही। इस बीच बहादुर दो कप चाय लाकर दे गया था।

चाय की अंतिम घूंट पीकर सुमन उठ खड़ी हुई, "अच्छा, अब चलूं?"

"खाना तैयार हो रहा है। खाकर जाना।"

"फिर कभी खा लूंगी। मैं तो रोज ही आती हूं।" मुस्कराकर सुमन बोली और जाने के लिए बरामदे में आ गई। तू भी आना हमारे घर। बाबूजी ने तुझे अभी देखा तक नहीं है।" पैरों में चप्पल डालते हुए उसने कहा।

"हां आऊंगी किसी छुट्टी के दिन। वैसे काम से फुरसत ही नहीं मिलती। एक तो इन्होंने कॉलेज ज्वाइन करवा दिया। दूसरे, घर में इतने काम होते हैं कि...।"

"घर के काम तो लगे ही रहते हैं मन्नू। कभी अपने लिए भी थोड़ा वक्त निकालना चाहिए।"

"वो तो है। तेरे बाबूजी के लिए जरूर निकालूंगी।" हँसते हुए मनजीत बोली। फिर उसके कंधे पर हाथ रखकर वह उसे गेट तक छोड़ आई।

रात घिर आई थी। शोभन पलंग पर चित्त पड़े थे। उनके बराबर में मनजीत करवट लेकर लेटी हुई थी। दोनों के बीच एक अशांत खामोशी भर आई थी। शोभन सोच रहे थे—कहीं मनजीत को कोई शक-सुबहा तो नहीं हो गया। सुमन की घड़ी,

बहादुर का बाहर रहना, बिस्तर की सलवटें। कहीं इन सबने मनजीत को किसी आशंका से तो नहीं भर दिया। वे ऊपर चलते हुए पंखे को देखकर यह सब सोचते रहे। वे उस क्षण में अपनी आश्वस्ति के लिए यह भी सोच गए कि अगर मनजीत को कोई शक होता तो वह जरूर इसकी पूछताछ करती, लेकिन पूरे दिन उसने इस तरह की कोई बात नहीं की। फिर उनके दिमाग में यह बात भी आ गई कि मन्नू बहुत भोली है। उसे उन पर पूरा विश्वास है। वह उन पर शंका नहीं कर सकती। वह तो उन्हें अपना देवता मानती है। सहसा ही उन्हें अपूर्वा की याद हो आई। वह भी तो उन्हें देवता ही मानती थी। क्या अब भी उसके मन में उनके प्रति यही भाव होगा। शायद 'हां', शायद 'नहीं'। वह सरल, सीधी थी अवश्य, लेकिन मूर्ख नहीं। कोई भी बात हो, फट से ताड़ लेती थी, लेकिन मन्नू ऐसी नहीं है। वह मुझ पर विश्वास करती है तो करती है। वैसे भी, अब वह मेरी आश्रित है। मुझ पर शंका क्यों कर करेगी?''

उधर रात्रि की इस नीरवता में करवट लिए लेटी मनजीत के मन में हाहाकार मचा हुआ था। आंखों से ही नहीं, उसके अंतर से भी आंसू उमड़ रहे थे। उसे शोभन पर नहीं, सुमन पर गुस्सा आ रहा थ। सहेली बनकर क्या मेरा घर उजाड़ने में लगी है यह औरत? उसके मन के किसी कोने में यह विश्वास गहराता जा रहा था कि सुमन उसके पति को छीनने पर आमादा है, लेकिन मैं यह होने नहीं दूंगी—वह सोचती। फिर वह बीच-बीच में अपने को समझाती भी चलती। तुम में कोई कुंठा, कोई गिल्ट नहीं है मनजीत। सो तुम्हें किसी तरह की निराशा भी नहीं पालनी चाहिए। तुम बाहर इसी तरह सब के साथ सहज बनी रहो; सुमन के साथ भी। लेकिन भीतर ही भीतर अपने को मजबूत भी बनाती जाओ। मजबूत और साफ-शफ्फाक व्यक्ति कभी अपने में लज्जित नहीं होता।

मनजीत रात भर अपने को आश्वस्त करने में लगी रही, लेकिन आश्वस्ति के बीच संशय और आशंका का कांटा बार-बार उभर कर उसे छेद देता रहा। वह पूरी रात इन्हीं दो ध्रुवों के बीच डोलती रही। इन्हीं के बीच अपने मन से जूझती रही।

सुबह।

शोभन कॉलेज चले गए थे। चाय पीते हुए भी वे मौन बने रहे थे। मनजीत को लगा कि वे उससे आंखें नहीं मिला पा रहे। अधूरी चाय पीकर ही वे उठ गए

थे और खूंटी से तौलिया उठाकर बाथरूम में घुस गए थे। थोड़ी देर बाद बाहर निकलने पर उन्होंने मनजीत की ओर पीठ करते हुए कहा, "मेरे लिए नाश्ता मत बनाना। जी अच्छा नहीं है।"

"लेकिन..." मनजीत ने पूछना चाहा था। उसे बीच ही में रोकते हुए वे बोले थे, "लेकिन क्या...भूख लगेगी तो कैंटीन में कुछ ले लूंगा।" और जल्दी-जल्दी तैयार होकर वे बरामदे में आ गए थे। मनजीत ने बाहर आते हुए सहसा ही पूछ लिया, "दिन का खाना तो खाएंगे ना?"

शोभन ने मुड़कर मनजीत की ओर देखा और बिना कुछ कहे आगे बढ़ गए।

जब वे गेट से बाहर निकल गए तो मनजीत ने एक गहरी उसांस भरी और और वहीं मोढ़े पर बैठ गई।

"ऐसा तो पहले कभी नहीं हुआ था।" वह सोचने लगी।

सामने बगिया में गेंदा खिला हुआ था। पंक्तिबद्ध। वह उन्हें देखती रही। देखती रही बड़ी देर तक। तभी हवा का सुवास भरा झोंका उसके चेहरे को छूकर निकल गया। वह अनमनी हो उठी। कुछ समय पहले शोभन ने उसे किसी कवि की एक कविता सुनाई थी। पंक्तियां थीं—

खुशबू वाले उस सपने का मौसम नहीं रहा
अपने ही हाथों बिकने का मौसम नहीं रहा

......

किसी पुराने पेड़ पर लिखे नाम ये कहते हैं
कसमों में जीने-मरने का मौसम नहीं रहा।

इन पंक्तियों को याद करते हुए मनजीत के चेहरे पर एक उदास मुस्कराहट उभर आई। तब इन पंक्तियों को शोभन के मुख से सुनकर कितना अच्छा लगा था उसे। तब वह शायद इनका अर्थ नहीं समझ पाई थी, लेकिन आज। सोचते-सोचे उसकी उदासी बढ़ गई। क्या मौसम इतनी जल्दी बदल जाते हैं। क्या मौसमों का बदलना इतना आकुल करने वाला होता है। वह जितना इसके बारे में सोचती, उतनी ही अधिक उलझती जाती।

तभी बहादुर ने आकर पूछा, "बीबीजी, कौन-सी सब्जी बनाऊं?"

सुनकर जैसे मनजीत की तंद्रा टूटी। चौंककर उसने बहादुर की ओर देखा और बोली, ''कुछ भी बना ले।''

सुनकर बहादुर वापस किचन में लौट आया।

शोभन कॉलेज से लौट आए थे।

उनका सिर अब भी भारी था और माथे पर चिंता की रेखाएं झलक रही थीं। इनके मन ने एक प्रकार का असमंजस ओढ़ लिया था। अलग-अलग और परस्पर विपरीत विचारों के अंधड़ में वे डूब-उतर रहे थे। एक तरह का अपराध-बोध भी उन्हें कचोटे जा रहा था। वैसे जैसे किसी यातना शिवर में कैद होकर रह गए थे।

''मेज पर खाना लगवा दूं क्या?'' स्टडी के दरवाजे पर खड़ी मनजीत ने उनसे पूछ लिया।

उन्होंने मुड़कर मनजीत को चोर आंखों से देखा और बोले, ''लगवा लो।'' वे बोलना चाहते थे, मुझे भूख नहीं है, लेकिन वे यह बोल नहीं पाए। डाइनिंग टेबल पर बैठकर उन्होंने कुछ ग्रास मुंह में डाले और कुछ कहे बिना उठ गए। मनजीत कुछ नहीं बोल पाई। उनकी इस स्थिति का कारण वह खूब समझ रही थी, लेकिन उस वक्त उसने चुप रहना ही उचित समझा।

शोभन फिर अपनी स्टडी में आ गए और भीतर से दरवाजा बंद कर दिया। आरामकुर्सी पर पसर कर वे फिर उदासी में डूब गए।

प्रबुद्ध व्यक्ति अपने कुकृत्य को अंजाम देकर उसे न्यायसंगत ठहराने का प्रयास करता है। अपने अपराध-बोध को ढोते हुए शोभन भी ऐसा ही कुछ कर रहे थे। वे अपनी दुर्बलता के कारणों की समीक्षा करने में लगे थे। सोच रहे थे कि क्या पुरुष की आदिम प्रवृत्ति इतनी शक्तिशाली और प्रखर होती है कि उसके आगे उसे कुछ सूझता ही नहीं। वे उस दिन सुमन के सम्मुख इतने कमजोर कैसे हो गए? क्यों अपनी घर-गृहस्थी के मूल्य पर सहवास के दो क्षण इतने भारी पड़ गए? हालांकि मनजीत ने उनसे कुछ नहीं कहा था, फिर भी वे यह सोचे बिना नहीं रह सके कि उसे सब कुछ का पता लग गया है। वह सीधी, सरल है अवश्य, लेकिन निरी बेवकूफ नहीं है। औरत की भाव-भंगिमा उसके भीतर का सच बोल देती है। तभी एक विचार उनके मस्तिष्क में बिजली की तरह कौंध गया। पिछले छह-सात महीनों में उन्होंने यह पाया कि बिस्तर पर मनजीत सक्रिय नहीं रहती। सहवास के क्षणों में वह ठंडी बनी रहती है। हरे बल्ब की ठंडी रोशनी में जितनी

भी सक्रियता होती है, उनकी ही होती है। वे चाहते थे कि मनजीत भी उन्हीं की तरह सक्रिय हो, लेकिन ऐसा नहीं हो पाता था। सहवास से निपटकर जब शोभन करवट लेकर एक ओर हो जाते तो मनजीत भी अपने गाउन को समेटकर दूसरी ओर मुंह कर लेती। संवाद, कोई बातचीत, कुछ नहीं। मनजीत से मुंह फेर कर लेटे हुए शोभन जल्दी ही खर्राटे भरने लगते और मनजीत खाली मस्तिष्क लिए सोने का उपक्रम करती रहती।

इसके विपरीत उस दिन सुमन ने शोभन से भी अधिक सक्रियता दिखाई थी। वैसे भी वह चंचल-वृति की थी। उसके साथ किए गए सहवास से पूर्व भी शोभन को लगता था और उनके मन में कई बार यह बात आई भी थी कि वह एक अच्छी पार्टनर बन सकती है। शरीर से तन्वंगी, हाव-भाव और मुद्राओं से मोहक और आकर्षक तथा बातचीत में निर्द्वंद्व रूप से बेबाक सुमन उन्हें पहले भी अच्छी लगती थी, लेकिन मित्र की बेटी होने के नाते वे उसे उस भाव से नहीं देखना चाहते थे। कुछ संबंध ऐसे होते हैं, जिन्हें पूरी आधुनिकता के बावजूद तोड़ा नहीं जा सकता। लेकिन जब दोनों ओर से आदिम प्रवृत्ति हावी होने लगे तो फिर लक्ष्मण-रेखा को टूटना ही होता है और यह कार्य हमेशा पुरुष द्वारा ही संपन्न होता है। महिलाएं कुछ नहीं बोलतीं, वे सिर्फ संकेत भर दे देती हैं।

कॉलेज में रहते हुए सुमन को कभी भनक भी नहीं लग पाई थी कि भोली-भाली और गुड़िया-सी दिखने वाली मनजीत और शोभन के बीच में कुछ चल रहा है और सच्चाई भी तो यही थी कि मनजीत को स्वयं भी यह मालूम नहीं था कि शोभन के मन में उसके लिए इतना आकर्षण पैदा हो गया है। बेचारी, पार्टीशन की पिटी हुई, सामान्य परिवार की मनजीत कभी शोभन से जुड़ने की कल्पना भी नहीं कर सकती थी। सुमन को इस बात पर विश्वास नहीं हो पा रहा था कि यह पूरा खेल शोभन के द्वारा ही खेला गया है। वह शोभन को एक अच्छे साहित्यकार और प्रबुद्ध प्रोफेसर के रूप में ही जानती थी। इसीलिए संभवतः वह स्वयं भी शोभन के प्रति गहरे आकर्षण के बावजूद आगे बढ़ने में हिचकती रही थी। वैसे शोभन के प्रति उसका आकर्षण बी.ए. के दिनों से ही शुरू हो गया था, लेकिन अपनी पारिवारिक सीमाओं और अपने पिता के साथ शोभन की मित्रता के कारण वह कभी हिम्मत नहीं जुटा पाई थी कि अपने आकर्षण को प्यार का नाम दे सके। शोभन के व्यक्तित्व की गंभीरता भी उसके आड़े आती थी।

फिर एक बात और थी और यह बात कम विशेष नहीं थी। बी.ए. के दिनों में उसका एक सहपाठी विवेक नौटियाल भी उसे आकर्षित करता था। विवेक मसूरी से आया था। खूब मस्त, सुंदर और वाक्पटु। कॉलेज की लड़कियों के आकर्षण का केंद्र। मसूरी में उसके पिता का एक तीन सितारा होटल था। समृद्ध परिवार का था और मित्रों का मित्र। कॉलेज यूनियन के चुनाव के दौरान उसने खूब पैसा उड़ाया। कई छात्राओं से उसके निकट के संबंध बने। उपाध्यक्ष चुने जाने की अपनी जीत को उसने बड़े जोर-शोर से मनाया। गैलॉर्ड में एक बड़ी पार्टी दी। सुमन को उसने आमंत्रित किया। उसके यश और लोकप्रियता से सुमन बहुत प्रभावित हुई। पार्टी के बाद सुमन के साथ बाहर निकलते हुए वह एकांत में धीरे-से बोला, 'सुमन, एक बात बतलाओ।'

सुमन ने मुस्कराते हुए उसकी तरफ देखा। बोली, 'क्या?'

'तुम मुझे इतनी अच्छी क्यों लगती हो?'

सहसा सुमन कुछ नहीं बोल पाई। बस, दुपट्टे को मुंह पर डालकर मुस्करा दी।

'बोलो न।' विवेक ने बड़ी आत्मीयता के साथ उससे फिर पूछा।

'मैं क्या जानूं?' इस बार वह धीरे-से बोली।

'तुम्हें जानना चाहिए।'

'मैं नहीं जानती।'

'तो मैं बतलाऊं?'

'हूं...?'

'तुम बहुत सुंदर हो। मेरा सपना हो तुम।'

'धत्। शरारती कहीं के।' सुमन ने उसकी आंखों में आंखें डालकर कहा था।

'तुम कुछ भी कहो। मुझे स्वीकार है। देखो, तुम समझती हो कि इतनी सारी लड़कियां मेरे इर्द-गिर्द मंडराती रहती हैं। और मैं उनके साथ फ्लर्ट करता हूं।'

'नहीं करते क्या?'

'करता हूं। वे उसी लायक हैं, लेकिन तुम्हारी बात अलग है। लड़कियों की भीड़ में भी मुझे तुम्हारा चेहरा दिपदिपाता महसूस होता है, तुम्हें क्या लगता है?'

सड़क मुड़ गई थी। संकरी गली में हल्का-हल्का अंधेरा था। चलते-चलते विवेक रुक गया। सुमन भी रुक गई।

'रुक क्यों गए?'

'तुम्हारा उत्तर पाने को।' विवेक सुमन के साथ सटकर खड़ा हो गया।

'कैसा उत्तर?'

'क्या हम फ्रैंड्स बन सकते हैं?'

'फ्रैंड्स तो हम हैं ही।'

'ऐसे फ्रैंड्स नहीं। मेरा मतलब है इंटीमेट फ्रैंड्स।'

सुमन का सारा शरीर झनझना उठा। उसे सूझ नहीं रहा था कि वह क्या करे कि तभी विवेक ने चुपके से उसके गाल पर एक हल्का-सा चुंबन चिपका दिया। सुमन कुछ बोल नहीं पाई। वह एक क्षण के लिए जड़वत् हो गई थी। वह धीरे-धीरे आगे बढ़ने लगी। उसके साथ चलते हुए विवेक बोला, 'तुम्हें बुरा तो नहीं लगा?'

ओढ़नी से गाल को पोंछते हुए वह खामोश बनी रही।

कुछ देर दोनों साथ-साथ चलते रहे। लाइट पोल्स के प्रकाश में उनकी लंबी-लंबी छाया कभी साथ-साथ और कभी एक-दूसरे से थोड़ा हट कर, थोड़ा अलग-अलग चलने लगती।

फिर एक मोड़ पर आकर दोनों छायाएं रुक गई थीं और एक-दूसरे से सटकर खड़ी हो गई थीं। कुछ देर इसी तरह खड़ी रहने के बाद छोटी छाया आगे बढ़ गई थी और बड़ी छाया पीछे लौट गई थी।

और फिर तो यह सिलसिला चल निकला। प्यार, मनुहार, हँसी-मज़ाक और साथ-साथ घूमने-फिरने का सिलसिला। रेस्तरां, पार्क, गलियां, यूकेलिप्टस रोड, सहस्त्रधारा, गुच्चूपानी...।

गुच्चूपानी...। चट्टानों की छाजन के नीचे बसंत की बयार-सी बहती शांत नदी, घुटने-घुटने पानी में पैर डुबोए विवेक और सुमन। सुमन विवेक के कंधे पर झुकी हुई। आसपास पसरी हुई खामोशी। ठंडा अंधियारा। बड़े गोल पत्थरों से टकराकर बहता हुआ जल। जल में डूबे पत्थरों की तरह मौन उन्माद में डूबा हुआ युगल। सुमन की बंद आंखों में कैद कोमल अनुभूतियां। समय जैसे ठहर गया था।

वे दोनों बड़ी देर तक यों ही बैठे रहे। बैठे रहे एक-दूसरे में सिमटे हुए।

'सुमन।'

'हुं।'

'कुछ बोलो।'

सुमन ने विवेक के गले में बांहे डाल दीं बैठे-बैठे। बोली कुछ नहीं। उसकी गरम उसांसें विवेक के गालों का स्पर्श करके नीचे जल में घुल-मिल जाती रहीं।

फिर उसांसें तीव्र होती गईं और जैसे नदी गाने लगी हो। छोटी-छोटी लहरियों का मादक स्वर। क्षण बीतते रहे। उसांसों का संगीत तीव्र होता गया और फिर एक सम पर आकर रुक गया।

समय फिर गतिमान हो गया था। विवेक चट्टानों की खोह से बाहर निकल आया। उसका हाथ थामे सुमन थी।

नदी बहती है तो कितनी सुंदर लगती है। सुमन भी बह गई थी। वह बह रही थी। अब वह और भी सुंदर लग रही थी। बहुत सुंदर। यह तृप्ति का सौंदर्य था। विवेक की थपकियों ने उसे और सुंदर बना दिया था।

और यह सिलसिला उस समय तक चलता रहा, जब तक फाइनल परीक्षाएं नहीं हो गईं। अंतिम पर्चा देकर दोनों बाहर निकले और इशारों-इशारों में उनके बीच ढलान से नीचे मंदिर के पास मिलने की बात निश्चित हो गई।

मंदिर के द्वार पर सुमन पहले पहुंची। उसने बाहर ही खड़ी रहकर मन ही मन गौरी मां के सामने सिर झुका दिया। तभी विवेक भी वहां आ पहुंचा। उसे देखकर सुमन थोड़ा-सा मुस्करा दी।

'चलो, 'क्वालिटी' में बैठते हैं।' विवेक धीरे-से बोला।

सुमन कुछ नहीं बोली। दोनों अपनी साइकिलों पर सवार करनपुर के ढलान पर उतरने लगे।

अभी दोपहर थी। 'क्वालिटी' लगभग खाली था। विवेक और सुमन कोने की टेबिल पर बैठ गए। विवेक ने चाय और सैंडविच का आर्डर देकर सुमन से पूछा, 'छुट्टियों का क्या प्रोग्राम है तुम्हारा।'

'मेरा! मेरा तो कुछ भी नहीं है और तुम्हारा?'

'मेरा भी कुछ नहीं है।' कहकर विवेक हँस दिया। 'हां, दो दिन पहले पापा का फोन आया था कि एक्जाम खत्म होते ही मसूरी आ जाना।'

'क्यों कोई खास बात है।'

'पता नहीं सुमन।' अर्थभरी निगाहों से सुमन की ओर देखकर वह मुस्करा दिया।

'मसूरी जाकर पत्र लिखोगे?'

चाय आ गई थी। दोनों ने एक-एक प्याला अपनी ओर सरका लिया।

'ये दिन बहुत अच्छे बीते। मुझे तुम जैसी ही किसी दोस्त की दरकार थी।' सुमन ने विवेक की ओर पूछती दृष्टि से देखा और चाय की एक छोटी-सी घूंट भर लीं।

फिर वे देर तक इधर-उधर की बातों में खोए रहे। कॉलेज में बिताए लम्हों को उन्होंने याद किया। अपने प्रोफेसरों पर टिप्पणी की। सहेलियों-दोस्तों की बात हुई। और तभी विवेक बोल उठा, 'मुझे तो उस दिन का गुच्चूपानी बहुत याद रहेगा।' सुमन से कुछ कहा नहीं गया। विवेक ने उसकी तरफ देखा, उसकी आंखें झुकी हुई और भरी हुई थीं।

'क्यों क्या हुआ।' उसके हाथ पर हाथ रखते हुए विवेक बोला।

'कुछ नहीं।' सुमन ने अपने दुपट्टे से आंखें पोंछ लीं।

फिर कुछ रुककर बोली, 'तुम मसूरी कब जा रहे हो।'

'आज शाम को ही। 7 बजे की बस है। मैं ज्यादातर इसी बस से जाता हूं।' उसने लापरवाही जताते हुए कहा।

'पत्र लिखोगे?'

'अरे यह भी कोई पूछने की बात है।'

'मैं तुम्हारे पत्र की प्रतीक्षा करूंगी।'

'तुम्हारी प्रतीक्षा जरूर पूरी होगी।' वह हँस दिया।

'तुम एक पत्र तो मसूरी पहुँचते ही लिख देना।'

'मैं कल ही तुम्हें लिख दूंगा।'

'भूलोगे तो नहीं?'

'सुमन, क्या बच्चों जैसी बातें कह रही हो।'

बिल देकर दोनों बाहर निकल आए।

स्टैंड से अपनी साइकिल निकालते हुए उन्होंने एक-दूसरे को देखा और फिर हाथ हिलाकर अपनी-अपनी राह चल दिंए। विवेक से बिछुड़ते हुए सुमन का दिल भारी हो चला था।

एक सप्ताह बीत गया था। सुमन विवेक के पत्र की प्रतीक्षा करती रही। पत्र नहीं आया। कोई खबर भी नहीं। एक पखवाड़ा बीत गया। सुमन डाकिए का इंतजार करती रही। डाकिया उसकी कोठी के पास से गुजरता रहा। दिन बीतते रहे।

दिन बीतते रहे। परीक्षा का परिणाम घोषित हो गया। सुमन उत्तीर्ण हो गई। विवेक भी। कॉलेज खुल गए। सुमन ने एम.ए. में एडमिशन ले लिया। सुमन को उम्मीद थी, विवेक आएगा, लेकिन वह नहीं आया।

एक दिन कॉलेज के कॉरीडोर में उसे पल्लवी मिली। उसकी सहपाठी। उसकी मित्र और दूर की रिश्तेदार भी। उसका परिवार भी मसूरी में रहता था। बिल्कुल फक्कड़ और बातूनी। हमेशा लड़कों की टोली में रहने वाली। मस्त और स्वच्छंद। उसने बी.एड. में एडमिशन लिया था।

सुमन ने बातों-बातों में उससे विवेक के विषय में पूछ लिया। पल्लवी को उन दोनों के बारे में कुछ अंदाजा था।

पल्लवी बोली, "ठीक है। मजे कर रहा है। एक दिन मुझसे मिला था।"

"मेरे बारे में कुछ पूछ रहा था?"

"नहीं तो। दो-तीन लड़कियों के साथ बैठा था अपने ही होटल में।"

सुनकर सुमन उदास हो गई।

"वो ऐसा ही है यार। वो सिर्फ अपने लिए है। वह किसी का हो भी नहीं सकता।" हँसती हुई पल्लवी बोली।

सुमन का मुंह लटक गया था।

पल्लवी बोली, "दुखी हो गई क्या। पॉजिटिव होना सेहतमंद होता है।" फिर कुछ रुककर बोली, "कम से कम एक बात तो अच्छी हुई।"

सुमन उसका मुंह देखने लगी।

"कम से कम तुझे प्यार करने की ट्रेनिंग तो मिल गई। अब आगे इसका खयाल रखना।" कहकर पल्लवी खिलखिलाकर हँस पड़ी थी।

"तू हँस रही है।"

"तो रोऊं क्या। तेरे लिए या उसके लिए। दुनिया ऐसे ही चलती है यार। जो बीत गई सो बात गई।"

"अभी तक कॉलेज में भी नहीं दिखाई पड़ा।"

"अरे, उस दिन मुझसे मिला था तो बतला रहा था कि उसके पापा शिलांग में एक होटल खोल रहे हैं। कुछ दिनों बाद वह पापा के साथ वहां चला जाएगा। वहां से दिल्ली आ जाएगा। होटल मैनेजमेंट की ट्रेनिंग लेनी है उसे। ट्रेनिंग के बाद शिलांग का होटल वही संभालेगा।"

सुमन सिर झुकाए चुपचाप यह सब सुनती रही। वह विवेक के लिए कोई भद्दी सी गाली निकालने वाली थी, लेकिन उसके मुंह से बोल नहीं फूट रहे थे।

कॉलेज से लौटकर वह अपनी कोठी में आ गई। रास्ते भर अपना बेवकूफ बनाए जाने के बारे में सोचती रही। कोठी में आकर वह अपने बैडरूम में जाकर लेट गई। पछतावे, आत्मग्लानि और आक्रोश से भर उठी थी वह। वह जोर-जोर से रोना चाहती थी, लेकिन आंसू थे जैसे कि सूख गए थे।

जब यों ही पड़े-पड़े शाम हो गई तो वह उठी और बाथरूम में जाकर उसने शॉवर खोल दिया। बड़ी देर तक वह शॉवर के नीचे खड़ी रही और अपने अंग-अंग को मल-मल कर साफ करती रही। जैसे अपने जिस्म से विवेक के स्पर्श को साफ कर रही हो।

बहुत देर के बाद जब वह बाहर निकली तो उसे लगा कि उसने जैसे गंगा-स्नान कर लिया है।

अब वह काफी शांत हो गई थी।

22

वे कुछ दिन बड़ी गर्दिश के दिन थे। शोभन और मनजीत दोनों के लिए।

एक तरफ शोभनाथ स्वयं के द्वंद्व को लिए मारक तकलीफ सह रहे थे। उनके जीवन में एक हाहाकार करता सन्नाटा पसर गया था। उस सन्नाटे को तोड़ने के लिए वे जितना प्रयत्न करते, उसका अपराध-बोध उन्हें उतना ही कचोटता जाता। शम की ढलती हुई धूप में जमी हुई उदासी उनके मन-प्राणों में घुल-घुलकर दस्तक देती रहती। वे सोच नहीं पाते थे कि वे मनजीत का विश्वास फिर से कैसे प्राप्त करें।

उधर दूसरी तरफ मनजीत की स्थिति भी बड़ी अजीब हो गई थी। अपने अकेले क्षणों में कभी-कभी उसका अपने पर करुणा करने का मन हो आता है और कभी-कभी वह अपने को ठगा हुआ महसूस करती, लेकिन इस सबके बावजूद उसके मन में शोभनाथ के प्रति किसी प्रकार की प्रतिक्रिया का भाव नहीं उपजता। वह सोचती कि उसमें ही ऐसी कौन-सी कमी रह गई या उससे ऐसा कौन-सा अपराध हो गया कि जिसके कारण उसके अपने ही घर में उसका पुरुष इतना दुर्बल हो गया। वह बहुत सोचती, बहुत-बहुत सोचती, लेकिन उसे कोई ऐसा सूत्र

नहीं मिल पाता, जो दोनों को जोड़ सके। कभी वह सोचती कि जिस दिन शोभनाथ के मन से सुमन के आकर्षण का मोह निकल जाएगा, उस दिन उसके जीवन में उजास फैल जाएगी और सब कुछ ठीक हो जाएगा, लेकिन उस दिन को लाने के लिए वह क्या करे, वह यह नहीं समझ पाती थी। कभी-कभी उसके मन में अपनी अस्मिता को गला देने और शोभन के सम्मुख अपने व्यक्तित्व को पूरी तरह समर्पित करने का भाव भी जागता, लेकिन दूसरे ही क्षण वह यह भी सोचे बिना नहीं रहती कि ऐसा करने से कहीं शोभन और अधिक उद्दंड और उच्छृंखल न हो बैठें।

नारी सब कुछ सह सकती है—पुरुष की कठोरता, उसकी नृशंसता तक को भी, लेकिन किसी दूसरी स्त्री के साथ उसके दैहिक संबंधों को नहीं सह पाती। नहीं सह पाती तो एक प्रकार की स्थायी उद्विग्नता उसे घेरे रहती है—निरंतर। मनजीत पिछले तीन दिनों से इसी उद्विग्नता को सहती रही फिर भी वह इतनी निराशा में भी निराश नहीं हुई। उसके अंतर्मन में कहीं पर यह विश्वास पैठा हुआ था कि सूरज अपने समय पर उगेगा। उसे जबर्दस्ती अंधेरे से खींचकर उगाने की चेष्टा व्यर्थ है। अपनी इस सोच पर वह कुछ समय के लिए आश्वस्त हो उठती, लेकिन जल्दी ही संशय के बादल उसके आसपास घुमड़ने लगते और वह त्रस्त हो उठती।

शाम हो चली थी। बगिया के कुम्हलाए हुए फूल डालियों पर झुके हुए उदास दिख रहे थे। पूरी कोठी उदास और खाली-खाली सी लग रही थी। शोभन आज बहुत उद्विग्न लग रहे थे। मनजीत ने इतने दिनों से जो एक चुप्पी साध ली थी, उससे उन्हें बड़ी पीड़ा हो रही थी। वे सोच रहे थे कि संबंधों के उत्स-बिंदु को भूल कर मात्र बाद के किसी अन्य संबंध को ही सत्य मान लेना क्या उचित है? उन्होंने कभी सोचा भी नहीं था कि मनजीत इसे इतना आगे तक ले जाएगी। यह सोचकर उनका अपराध-बोध और भी बढ़ जाता। वे अकेले बैठे-बैठे रुआंसे हो उठते। उस समय भी अपनी स्टडी में बैठे हुए वे यही सब सोच रहे थे। तभी उनके भीतर से एक स्वर फूटा, 'यदि तुम्हें लगता है कि तुमने कुछ गलत किया है तो उसको स्वीकार कर, स्थिति को सहज क्यों नहीं बना लेते।' लेकिन अगले ही क्षण उनका पुरुष जाग खड़ा हुआ और वे मनजीत के पास जाते-जाते रुक गए।

स्टडी से उठकर शोभन अन्यमनस्क-से बैड रूम में आ गए। वहां पलंग पर औंधी पड़ी मनजीत ने आहट सुनकर दरवाजे की ओर मुंह किया तो देखा, शोभन खड़े हैं। खोए हुए और बिखरे-बिखरे से। वह उठकर बैठी हो गई। बोली कुछ नहीं, कुछ क्षण यों ही बीत गए। दोनों ने उन क्षणों को बीत जाने दिया। फिर न जाने क्या हुआ, शोभन यंत्रवत चलकर मनजीत के पास आकर बैठ गए। मनजीत ने अपने को थोड़ा सिकोड़ लिया। शोभन से कुछ कहते नहीं बन रहा था। वे यह उम्मीद लगाए बैठे रहे कि मनजीत ही कुछ बोलेगी, लेकिन मनजीत के पास मानो शब्द ही नहीं रह गए थे। उसने धीरे-से अपनी ओढ़नी उठाई और पलंग से नीचे उतरने लगी। तभी शोभन ने उसे बांह से थाम लिया।

मनजीत ने शोभन की ओर देखा। उसकी आंखों से करुणा बह रही थी। शोभन कुछ कहने को हुए, लेकिन कह नहीं पाए। उन्होंने मनजीत की बांहों को थोड़ा कसकर पकड़ लिया। मनजीत की रुलाई फूट पड़ी। उसने शोभन के वक्ष में अपना सिर छिपा लिया। शोभन उसके बालों को सहलाने लगे। मनजीत उनकी छाती से लगी बड़ी देर तक सिसकती रही और जब उसका सिसकना कम हो गया तो शोभन ने अपने सामने उसका मुख करते हुए कहा, "मन्नू चाय नहीं पिलाओगी? इतनी शाम हो गई है।"

मनजीत उठी और बिना कुछ बोले किचन की तरफ चली गई। शोभन को लगा कि जैसे दांपत्य का धागा टूटते-टूटते रह गया है।

चाय तैयार होने में ज्यादा समय नहीं लगा। मनजीत ट्रे में चाय के सामान के साथ मठरियां भी ले आई थी। उसे मालूम था, शोभन को चाय के साथ मठरी अच्छी लगती हैं।

चाय की एक चुसकी लेते हुए शोभन ने कहने के लिए कह दिया, "चाय अच्छी बनी है।"

मनजीत ने कोई प्रतिक्रिया नहीं दिखलाई।

"अब शोभन को शब्दों का अभाव महसूस हो रहा था। वे सोच नहीं पा रहे थे कि कौन-सा सिरा पकड़कर बात शुरू करें। कुछ देर की चुप्पी के बाद आखिर उन्हें ही बोलना पड़ा, "मनजीत, ऐसे कब तक चलेगा?"

मनजीत ने सिर उठाकर उनकी तरफ देखा और धीरे-से बोली, "ऐसे कैसे? क्या इसका जवाब मुझे देना पड़ेगा?"

"चलो मान लो, मैंने 'उसे' कुछ ज्यादा ही लिफ्ट दे दी, लेकिन..."

बात को बीच में ही काटकर मनजीत जरा तल्ख आवाज में बोली, "लिफ्ट दी या ली?"

"इस लेने-देने की बात छोड़ो। क्या तुम उस सबको भूल नहीं सकती?"

"क्या किसी पत्नी के लिए यह भूलना आसान होता है, अगर..."

"अगर क्या?"

"अगर तुम्हारी तरह मैंने यह लिफ्ट दी या ली होती तो क्या आप उसे भूल जाते?"

"भूलता भले ही नहीं, लेकिन भूलने की कोशिश जरूर करता। फिर तुम सोचो मन्नू, इन्सान ही तो है जिससे जाने-अनजाने गलतियां हो जाती हैं। उनको ही पकड़कर बैठ जाना कोई बुद्धिमानी तो नहीं है?"

"आप कितनी आसानी से यह सब कह जाते हैं। काश, इस तरह की गलतियां आसानी से भूली जा सकतीं।"

"अब भूल भी जाओ। कुछ दुर्बल क्षण होते हैं मन्नू। उनके कारण अपनी पारिवारिक खुशी और शांति को तो होम नहीं किया जा सकता।"

"मैं तो इसके लिए जिम्मेदार नहीं हूं। मैं तो बहुत घरेलू औरत हूं शोभन। यह घर और घरेलूपन ही मेरी जिंदगी है। इसे सजाना-संवारना ही मेरी खुशी है और यही खुशी मैं तुम्हें देना चाहती हूं।"

शोभन एक मोहग्रस्त भाव से मनजीत को देखते रहे।

"और तुम तो मेरे अध्यापक और आराध्य रहे हो। आराध्य देवता। मैं तुम्हें दुःखी कैसे देख सकती हूं, लेकिन तुम्हें भी तो यह समझना चाहिए कि मेरा भी कुछ अस्तित्व है। तुम इतने सामान्य तो नहीं ही हो कि किसी अस्तित्वहीन लड़की की बांह जीवन भर के लिए पकड़ लो। तुम बुद्धिमान हो, बुद्धिमानों के बीच उठते-बैठते हो, अपनी वाकूपटुता से दिन को रात और रात को दिन साबित कर सकते हो। तुम कुछ भी कह, कर सकते हो, लेकिन अपनी पत्नी के साथ तो..."

"बस, बस। तुमने बहुत कह लिया मनजीत। अब और नहीं। अब मुझमें और अधिक आत्मग्लानि पैदा मत करो। मैं वायदा करता हूं।"

"वायदा करने और कराने के लिए मैं नहीं कह रही हूं शोभन। यह मेरे भीतर की पीड़ा है। मेरी स्थिति के बारे में सोचो। मैं अपना घर-परिवार छोड़कर

तुम्हारे साथ चली आई। अपने परिवार के प्रति मैंने सारे बंधन, सारे मोह तोड़ दिए। तुम्हें, तुम्हारे प्रणय को आस्था और निष्ठा के साथ ग्रहण किया। मान लिया कि तुम्हारी छाया में रहकर अपना जीवन जिऊंगी। बहुत विश्वास था तुम पर। अब भी मेरा विश्वास मरा नहीं है, लेकिन..."

"अब कोई लेकिन-वेकिन नहीं मन्नू।" शोभन ने हाथ को अपने हाथ में लेकर दबा दिया।

"अब तुम्हें मुझसे कोई शिकायत नहीं होगी।" कहते हुए शोभन की आंखें भर आई थीं।

पुरुष को रोता देखना बड़ा हृदयस्पर्शी होता है। शोभन की भरी-भरी आंखों के जल ने मनजीत को पिघला दिया, लेकिन उससे कुछ बोलते नहीं बना। दोनों चुपचाप चाय पीते रहे।

"अब।" चाय की अंतिम घूंट भर कर शोभन फिर सोच में पड़ गए। जब उनसे कुछ सोचा नहीं गया तो वे बोले, "मन्नू, चलो कोई पिक्चर देखने चलते हैं।"

इस हल्के से वाक्य पर मनजीत उनकी ओर देखकर मुस्कराए बिना नहीं रह सकी। उस मुस्कराहट ने दोनों के बीच मौन-संधि उपजा दी थी।

थोड़ी देर बाद जब दोनों तैयार होकर बाहर निकलने को हुए तो शोभन ने देखा, सामने गेट से सुमन अंदर आ रही है।

शोभन बाहर जाते-जाते रुक गए।

"नमस्ते डॉक्टर साहब।" खिलखिलाती हुई सुमन आगे बढ़ती हुई बोली, "कहीं बाहर जाने की तैयारी हो रही है क्या?" फिर मनजीत की ओर मुड़कर कहा, "भाभीजी, आज बड़ी सुंदर लग रही हो।"

"सुंदर तो वह है ही और बुद्धिमान भी।" शोभन मनजीत की तरफ देखकर बोले।

सुमन को आया देखकर मनजीत कुढ़ कर रह गई, लेकिन प्रत्यक्ष में उसने कोई प्रतिक्रिया नहीं दिखाई। बस, थोड़ा-सा मुस्करा दी।

"मैं परसों कॉलेज टूर पर जा रही हूं शिमला। सोचा, मनजीत से कुछ साड़ियां ले लूं।"

मनजीत सुमन के इस साहस पर आश्चर्य किए बिना नहीं रह पाई। फिर भी उसने कहा, "हां, हां क्यों नहीं। क्या शोभन भी जा रहे हैं?"

“नहीं, इस बार प्रोफेसर दीक्षित जा रहे हैं। शोभन साहब को फुरसत ही कहां है?” मटकती हुई व्यंग्य से सुमन बोली। मनजीत ने राहत की सांस ली।

“अभी तो हम बाहर जा रहे हैं सुमन। छह बजे का शो होता है। टाइम हो रहा है।” घड़ी देखते हुए शोभन बोले।

“तो हमें भी ले चलिए अपने साथ। हम भी देख लेंगे शो।”

शोभन ने उलझन के भाव से मनजीत की ओर देखा।

मनजीत बोली, “आज रहने दीजिए शो-वो को। आपकी मेहमान आई है, फिर साड़ियां छांटने में भी तो समय लगेगा।”

“नहीं, नहीं, मनजीत। अपना प्रोग्राम मत बिगाड़ो। मेरा क्या है, मैं कल कॉलेज के बाद आ जाऊंगी। तब आराम से छांट लूंगी। दो-तीन ही तो लेनी हैं। बाकी, मेरे पास है। हो सके तो एक-दो पुलओवर भी दे देना। वहां ठंड होगी।”

“ठीक है।” मनजीत बोली।

“हमारे साथ चलोगी? पिक्चर देखने।” शोभन ने कहने को कह दिया।

“अरे नहीं डॉक्टर साहब। मैं तो मजाक कर रही थी। पापा घर में अकेले हैं।”

“तो चलें?” आगे बढ़ते हुए शोभन बोले।

“जी।” सुमन गेट का फाटक खोलते हुए बोली।

मनजीत शोभनाथ के पीछे-पीछे चल रही थी। तीनों सड़क पर आ गए।

तीनों अपनी-अपनी साइकिलों पर सवार होकर आगे बढ़ने लगे। ई.सी. रोड के मोड़ पर सुमन ने अपनी साइकिल हाथी बड़कुला की तरफ मोड़ ली। आंखों-आंखों में सुमन ने शोभनाथ से कुछ कहा। शोभनाथ गंभीर बने रहे। उन दोनों ने पल्टन बाजार का रुख किया। ज्यादातर सिनेमाघर उसी तरफ थे।

मनजीत ने मन ही मन कहा—‘बड़ी दोस्त बनती है मेरी और मेरी ही थाली में छेद करती है।’ प्रकटतः वह चुप ही रही।

पल्टन बाजार आ गया था। दोनों साइकिलों से उतरकर ‘दिग्विजय’ की ओर चल दिए।

बॉक्स का टिकट लेकर जब वे अंदर गए तो देखा कि बॉक्स का पूरा कक्ष खाली है। अपनी सीट पर बैठते-बैठते शोभन ने मनजीत को खींच लिया। हॉल में अंधेरा था और किसी फिल्म का ट्रेलर दिखाया जा रहा था। मनजीत लड़खड़ाती

हुई शोभन की गोदी में गिर पड़ी। इस पर वह पहली बार खुलकर हँसी थी। फिर उठकर बराबर की सीट पर बैठ गई।

"बहुत भारी हो गई हो मन्नू।" शोभन धीरे-से बोले।

मनजीत फिर से हल्की हँसी हँस दी। शोभन ने उसके खुले हुए बालों में उंगली फंसा कर कहा, "कुछ एक्सरसाइज किया करो। तीन दिन से कोई एक्सरसाइज नहीं की।"

"धत्!" कहती हुई मनजीत लजा गई। उस अंधेरे में भी उसका लजाना महसूस करके शोभनाथ बोले, "बस, इस तरह तुम्हारा लजाना ही तो मेरी जान ले लेता है।"

मनजीत ने शोभन की अंगुलियों में अपनी अंगुलियां फंसाकर उन्हें जोर से जकड़ लिया।

पिक्चर शुरू हो गई थी।

पिक्चर खत्म होने पर जब वे बाहर निकले तो शोभन पास ही पान की दुकान पर रुक गए।

दुकानदार ने शोभन को देखकर उनका अभिवादन किया और बोला, "गुरुजी, आज बहुत दिनों के बाद दर्शन दिए।"

"हां चौधरी, इधर आना ही नहीं हुआ।"

शोभन कौन-सा पान खाते हैं, चौधरी को मालूम था। कलकत्ते का पत्ता उठाते हुए वह बोला, "और बीबीजी के लिए कौन-सा पान लगाऊं।'

शोभन ने मनजीत की तरफ देखा। बोले, "उनके लिए मीठा मघई लगा दो।"

मनजीत मुस्कराती खड़ी रही और चौधरी का पान लगाना देखती रही।

शोभन को पान का बीड़ा थमाते हुए वह मघई के पत्ते को तसले में खोज ही रहा था कि पीछे आवाज आई, "गुरुजी नमस्कार।"

शोभन ने पीछे मुड़कर देखा, नंदलाल मुस्कराता हुआ उनके बराबर में खड़ा था।

"अरे नंदलाल तुम।"

"जी गुरुजी। पिक्चर देखने आए थे मांजी के साथ?"

"बस, ऐसा ही समझ लो, लेकिन तुम यहां कैसे?"

"हम भी पिक्चर ही देखने आए थे। ये बहुत दिनों से कह रही थी। उसने आधे घूंघट में पास खड़ी पत्नी की ओर इशारा करके कहा।

''तुम्हारी शादी हो गई?''

''शादी को तो पांच साल हो गए गुरुजी।'' नंदलाल ने थोड़ा शरमाकर कहा।

''अरे वाह। हमें तो इस बात का पता भी नहीं था। यहीं तुम्हारे साथ रहती है न।''

''जी नहीं।'' फिर वह पत्नी की ओर मुड़कर बोला, ''पैर छुओ इनके। मेरे गुरुजी हैं।''

सरला थोड़ा झुकी ही थी कि शोभनाथ ने उसे बाहों में उठा लिया, ''बस, बस हो गया। जीती रहो।''

''यहां हमारे रिश्तेदार की शादी थी पिछले हफ्ते। मेरी मां भी पिताजी के साथ आई है। कल गांव चली जाएगी।''

''पिताजी गांव में ही खेती करते होंगे?''

''नहीं गुरुजी, वे बंबई में रहते हैं चाचाजी के साथ। वहां एक तबेला है उनका। मां गांव में रहती है। कुछ मजदूर लगा रखे हैं। खेती-बाड़ी देखने को।''

''अच्छा, अच्छा।'' शोभन चौधरी की तरफ देखते हुए बोले।

चौधरी एक आंख से सरला को देखता हुआ पान में मसाले डाल रहा था।

शोभन चौधरी को पैसे देने लगे तो नंदलाल ने उन्हें रोककर पांच का एक नोट चौधरी को पकड़ाते हुए कहा, ''गुरुजी, पान के पैसे तो हमें देने दीजिए।''

चौधरी शोभन का मुंह देखने लगा।

''बहू भी पान की शौकीन है क्या? इसे हम खिलाए देते हैं।''

''क्या बात करते हैं गुरुजी। वह पान-वान नहीं खाती। अब घर जाकर खाना ही खाएंगे।''

मनजीत इनकी बातों का आनंद ले रही थी। मघई की गंध और उसका स्वाद उसे अच्छा लगा था। वैसे ब्याह-शादियों में वह भी पान खा लिया करती थी, लेकिन मघई आज पहली बार खा रही थी।

''अच्छा, अब चलें।''

''जी गुरुजी।'' नंदलाल ने हाथ जोड़ दिए।

साइकिल स्टैंड से साइकिलें निकालकर मनजीत और शोभन करनपुर की ओर बढ़ गए।

अभी वे कुछ ही दूर पहुंचे होंगे कि मनजीत बोली, ''क्या आज किसी होटल में खाना नहीं खाया जा सकता?''

शोभन ने शरारती नजरों से मनजीत की ओर देखा और कहा, ''इतना अच्छा पान खिला दिया। इससे मन नहीं भरा?''

''तुम ऐसा सोचते हो तो ठीक है। दूध में ब्रेड डालकर खा लेंगे और क्या? बहादुर तो है नहीं। शायद कल गांव से लौटे।''

''नहीं भाई, होटल में ही पूरा खाना खाएंगे। नहीं तो रात भर भूख से कुलबुलाती रहोगी और फिर एक्सरसाइज भी तो करनी है।''

''तुम बड़े 'वो' हो। घुमा-फिरा कर बात वहीं ले आते हो। तुम्हारी ऐसी बातें ही लड़कियों को फंसा लेती हैं।''

''मैं कहां फंसाता हूं। मैं तो फंस जाता हूं।''

''इस बार फंसाना। फिर देखूंगी।''

क्वालिटी रेस्तरां आ गया था। दोनों साइकिलों से उतर पड़े। और रेस्तरां के भीतर चले गए।

जिस समय मनजीत और शोभन घर लौटे, कोई पौने ग्यारह बज रहे थे। गेट पर रुककर शोभन ने अपनी कोठी पर नजर डाली तो वह उन्हें बहुत सुंदर लगी। पूरे चांद की रोशनी से दूधिया उजास फैली हुई थी। गेट से सटा हुआ केवड़ा महक रहा था। लॉन की चौड़ी पत्तियों वाली दूब ऐसी लग रही थी, मानो किसी ने डिजाइन वाली हरी मखमल बिछा दी हो। दीवारों से सटे गुलाब के पौधे शांत खड़े थे। बरामदे में पड़ी केन की कुर्सियां जैसे किसी का इंतजार कर रही थीं। शोभन के अंग-अंग में रोमांच हो आया। वे सोचने लगे कि अगर...

''वहां क्यों रुक गए?'' यह बरामदे में खड़ी मनजीत का स्वर था। इस समय उसके स्वर में खनक थी। शाम की उदासी फुर्र हो गई थी।

आगे बढ़ते हुए शोभन ने अपनी साइकिल टिकाकर बरामदे में आते हुए कहा, ''मन्नू, सचमुच हमारी कोठी कितनी सुंदर लगती है। तुमने इसे बहुत सजा-संवार दिया है। तुम कितनी अच्छी हो।''

''चापलूसी करने की कोई जरूरत नहीं है जी।'' मनजीत हँसते हुए बोली और कपड़े बदलने के लिए भीतर चली गई।

शोभनाथ वहीं कुर्सी पर बैठ गए। चांदनी बरामदे में अग्र भाग तक फैली हुई थी। वे सोचने लगे, 'इसी चांदनी की तरह निर्मल है मनजीत। कितनी भोली और सहज है। बिल्कुल कुंती की तरह।'

अनायास ही कुंती की याद आते ही शोभनाथ के बदन में झुरझुरी हो आई। उनके सामने बहुत साल पहले की कुछ झलकियां साकार होने लगीं। तब वे 8वीं में पढ़ते थे। गर्मियों की छुट्टियों में बुआ के साथ उनका गांव जाना होता था। उस साल उनके पड़ोस में एक बारात आनी थी। बुआ पड़ोसन की मदद के लिए उसके घर आती-जाती रहती थी। कभी-कभी किशोर शोभन भी साथ हो लेते थे। उनका भावी वधू की छोटी बहन कुंती से भी सामना हो जाता था। शोभन को पहली ही दृष्टि में कुंती की लुनाई भा गई थी। कुंती तब छठी कक्षा में पढ़ती थी। उसे शोभनाथ अच्छा लगता था। धीरे-धीरे उनमें अच्छी दोस्ती हो गई। अब वे घरवालों से छिपकर दूर पुलिया तक जाने लगे थे, तरह-तरह की बातें करते। देहरादून शहर की। अपने-अपने स्कूलों की। अपने संगी-साथियों की। गांव के लड़कों की। खेतों की। नहर में नहाने की और आपस में लुका-छिपी खेलने की। बाद में लुका-छिपी का यह खेल उनके बीच भी खेला जाने लगा। जिस दिन कुंती की दीदी का विवाह होना था, उस दिन दोनों सबकी आंख बचाकर गन्ने के खेतों में चले गए। खेत की मुंडेर पर बैठकर यकायक कुंती ने पूछा, 'विवाह के बाद क्या होता है शोभू?'

शोभन बोला, 'विवाह के बाद प्यार होता है।'

'प्यार कैसे होता है।'

इस पर शोभन ने कुंती को देखा और उसके गाल का गहरा चुंबन लेते हुए बोला, 'ऐसे होता है।'

'धत्।' शोभन में अलग होती हुई कुंती ने कहा और अपने गाल पोंछती हुई उठ खड़ी हुई।

शोभन ने उसका हाथ पकड़कर उसे बिठा लिया। बोला, 'मैं गन्ने तोड़ कर लाता हूं। यहीं बैठकर चूसेंगे।'

'ना बाबा। मैं चलती हूं। मां ने लड़कों के साथ मिलने से मना किया है।'

'क्यों? लड़कों में ऐसी कौन-सी बुरी बात होती है।'

'मां कहती है, लड़कों को छूने से पाप लगता है।'

'तेरी मां बुद्धू है। कुछ भी कहती है।'

'मेरी मां को गाली मत दे। नहीं तो...'

'नहीं तो क्या?'

'मैं मां को बतला दूंगी।'

'क्या बतलाएगी?'

कुंती कुछ बोल नहीं पाई। उठकर खेत की मुंडेर-मुंडेर चलती घर की तरफ जाने लगी। शोभन हाथ की डंडी से मुंडेर को पीटता हुआ उसके पीछे-पीछे चलने लगा। उसके बाद कुंती उसके सामने आने से कतराती रही। उसकी बहन का विवाह राजी-खुशी हो गया। तीसरे-चौथे दिन शोभन भी बुआ के साथ देहरादून वापस लौटने की तैयारी करने लगा। अभी वह अपना सामान इकट्ठा कर ही रहा था कि कुंती दरवाजे पर दिखाई पड़ी। मुस्कराती हुई।

शोभन उसे देखकर खड़ा हो गया। कुंती ने पास आकर उसके मुंह को चूम लिया।

'ये क्या कर रही है कुंती।'

'मां कहती है कि किसी का उधार नहीं रखते।' और इतना कहकर वह भागती हुई लौट गई।

शोभन उसे जाते हुए देखता रह गया। उसके चेहरे पर मुस्कान की एक लहर उठी और फिर लोप हो गई।

आज सहसा ही शोभन को इतने वर्षों बाद कुंती की याद आई थी। थोड़े समय के लिए वह अतीत के उन लम्हों में खो गए थे। तभी मनजीत मैक्सी पहने उनके सामेन आ खड़ी हुई। बोली, "क्या सोच रहे हो शोभन बाबू।"

शोभन चौंककर वर्तमान में आ गए। बोले, "मन्नू, तुम्हारे होंठों पर मघही पान की लाली कितनी फबती है।"

मुस्कराते हुए मनजीत बोली, "झूठ बोलना कोई तुमने सीखे। सच-सच बताओ, क्या सोच रहे थे।"

"बस, तुम्हारे बारे में ही सोच रहा था। सच, तुम्हारी कसम।" कहकर शोभन खड़े हुए और मनजीत की कमर में हाथ डालते हुए बोले, "चलो, चल कर सोते हैं। आधी रात यों बेकार ही में बीत गई।"

शोभन की बाहों का सहारा लिए हुए मनजीत बेडरूम की ओर मुड़ गई। उसे लगा कि तीन दिनों की बिछुड़न के बाद उसका शोभन उसे फिर मिल गया है।

23

बसंत बीत रहा था। रास्ते के पेड़ों की सूनी डालियों पर नयी कोपलें फूटने लगी थीं। हवा में थोड़ी गरमाहट भर आई थी, लेकिन इसमें अब भी एक तरह की मादकता शेष थी। शोभन को यह मादकता उन्मत्त बना देती थी और उनका कवि सक्रिय हो उठता था, लेकिन आज वे कविता करने के मूड में नहीं थे। उनके भीतर एक सन्नाटा पसर रहा था। उस सन्नाटे को तोड़ने के लिए वे व्यस्त होने की कोशिश कर रहे थे, लेकिन व्यस्तता के बदले वे महसूस कर रहे थे कि उनके मन-प्राणों पर खालीपन भरता जा रहा है। बाहर बिखरी हुई धूप की तरह एक क्षण के लिए उन्होंने अतीत को जीने की कल्पना करने की बात सोची, लेकिन उन्हें इसमें कोई नयापन महसूस नहीं हुआ। बीसियों बार वे अपने अकेले क्षणों में उसे खंगाल चुके थे। तब उन्होंने अनुभव किया था कि अतीत को याद करने से सुगंध और दुर्गंध के ढक्कन खुल जाते हैं। हर्ष-विषाद, घृणा-आकर्षण की रीलें मस्तिष्क को मथने लगती हैं। फिर भी वे सोचे बिना नहीं रह सके कि एक घटना घटती है और सारी जिंदगी डोल जाती है; एक जन्म होता है और पूरा परिवार किलकने लगता है, एक मृत्यु होती है, भीतर-बाहर शून्य भर जाता है; एक संबंध जुड़ता है और फूल खिलने लगते हैं और एक संबंध टूटता है तो मन हाहाकार कर उठता है।

शोभन बड़ी देर तक बरामदे में इसी प्रकार कुछ-कुछ सोचते बैठे रहे। तभी उनके बंगले पर बादल का एक टुकड़ा छा गया। उजली धूप की चमक छाया बन गई। कुछ देर तक वे हरी दूब पर छितरी छाया को देखते रहे और फिर उन्हें उदासी ने घेर लिया। वे धीरे से उठे और अपनी स्टडी में चले आए। मेज पर सुमन की नोटबुक पड़ी थी। कुछ नोट्स बनाए थे उसने काव्य शास्त्र पर। उन्हीं को दिखाने के लिए पिछले दिन शोभन के पास छोड़ गई थी। शोभन ने नोटबुक उठा तो ली लेकिन नोट्स देखने में मन नहीं लगा। नोट्स के बदले सुमन उनकी आंखों के सामने आकर खड़ी हो गई। शोभन कुछ देर तक उसके कल्पना-चित्र में खोए रहे। फिर सहज ही वे सुमन और मनजीत की तुलना करने लगे। मनजीत ने उनके घर को संवारा-संभाला है, उनकी हर जरूरत को पूरा किया है। वह सहज है, एकनिष्ठ है और स्थितियों में ताल-मेल बिठाना भी उसे आता है। सुंदर तो वह है ही। उसकी सुंदरता पर ही तो वे मोहित हुए थे, लेकिन शैया का जो सुख उन्हें अपेक्षित था, उसे मनजीत नहीं दे पाई थी। पता नहीं, कौन-सी ग्रंथि से पीड़ित है वह। मसूरी में सुहागरात वाले दिन उसकी क्या हालत हो गई थी। यह सब सोचते हुए शोभन के मन में उसके प्रति प्यार भी उमड़ आया और करुणा भी। दूसरी तरफ सुमन में वह सब कुछ है जो मनजीत में नहीं है; बेलौस व्यवहार, वाक्-चातुर्य, उन्मत्त कर देने वाली नाटकीयता और शैया-कौशल। हां, शैया-कौशल। लेकिन तभी वे यह सोचे बिना भी नहीं रह सके कि क्या शैया-कौशल ही सब कुछ होता है। तुरंत उनके बौद्धिक ने उत्तर दिया—सब कुछ न सही, बहुत कुछ तो होता ही है और इस उम्र में तो उसे न नकारा जा सकता है और न उससे समझौता किया जा सकता है।' शोभन सोचते रहे कि स्त्री-पुरुष के संबंधों की कथा बड़ी जटिल होती है। जटिलता की कल्पना करना और उसे कविता-कहानी का रूप देना तो बड़ा आसान होता है, लेकिन उसी जटिलता को खुद जीना सुलगे हुए श्मशान के बीच किसी तैयार चिता पर अपनी ही लाश को रखना होता है। इस सोच की कल्पना मात्र से शोभन के शरीर में एक आतंकी झुरझुरी हो आई।

तभी उनकी कुर्सी के पीछे आकर मनजीत ने उनके बालों को सहला दिया बोली, ''प्रोफेसर साहब खाना तैयार हो गया है। लगवा दूं। आज किसी बड़ी चिंता में पड़े लगते हो। कोई खास बात है क्या?''

चौंककर उठते हुए शोभन बोले, ''क्या टाइम हो गया है?''

''एक बज रहा है। देख रही हूं, सुबह से ही कहीं खोए हुए हो।''

उधर शोभन सोच रहे थे कि औरत पुरुष का अंतर्मन पढ़ने में बड़ी होशियार होती है। चाहे वह कितनी ही सरल, सहज स्वभाव की क्यों न हो।

बात को दूसरी ओर ले जाने के इरादे से शोभन बोले, "आज क्या-क्या बनाया है?"

"आज सब तुम्हारे मन की चीजें बनाई हैं। मूली वाली कढ़ी बनाई है। बैंगन का भरता बनाया है और तुम्हारी सबसे प्रिय खीर भी बनाई है।"

"दो लोगों के लिए इतना सब कुछ।"

"इसलिए कि कहीं भोजन बनाना भूल न जाऊं। रोज तो बहादुर ही बनाता है। आज जी में आया कि चलो अपन ही बना लें। देखें, कैसा बनता है।"

"तुम्हारे हाथों में तो जादू है मन्नू।"

"हां, जैसा तुम्हारी बातों में है।" कहकर मनजीत खिलखिलाकर हँस पड़ी।

बहादुर ने खाना मेज पर लगा दिया था। दोनों जने वहां आकर बैठ गए।

रात का भोजन हो चुका था।

शोभन कपड़े बदलकर जैसे ही बैड-रूम में गए, उनके नथुनों में रजनीगंधा एयर फ्रेशनर की दूध भर गई। धीरे-धीरे चलते हुए पंखे की हवा ने इस नाजुक, हल्की-सी गंध को कोने-कोने में बिखरा दिया था। कमरा सचमुच गमक उठा था। तभी मनजीत दूध का गिलास लिए कमरे में दाखिल हुई। उसे देखकर शोभन ने पूछा, "आज इतना ताम-झाम क्यों, कोई खास बात है क्या?"

"आप बैठिए तो सही।" वह हँसते हुए बोली।

शोभन पलंग के किनारे बैठते हुए बोली, "आज तुम बहुत खुश दिख रही हो।"

"तुम खुश रहते हो तो मुझे भी खुशी होती हैं।" थोड़ी चंचलता के साथ वह बोली। उसने दूध का गिलास पलंग से सटाकर रखी तिपाई पर रख दिया।

"हां तो अब बोलो।" शोभन के पास बैठती हुई मनजीत इठला कर बोली, "क्या कह रहे थे।"

शादी के बाद शोभन ने शायद ही कभी मनजीत को इतना उन्मुक्त और प्रसन्न देखा था। उन्हें अचरज हो रहा था कि ऐसी मनजीत अब तक कहां छिपी हुई थी। मनजीत के मन की उन्मुक्ता और उसके व्यवहार के खुलेपन को देखकर उन्हें सहसा अपूर्वा की याद हो आई। वह भी तो ऐसी ही उन्मुक्त और चंचल थी, लेकिन उस स्मृति-रेखा को उन्होंने वहीं पर झटक दिया। फिर भी, वे सोचते रहे कि महिलाएं जीवन को कितनी गंभीरता से लेती हैं। काश, पुरुष भी ऐसा कर पाते।

वे मनजीत की तरफ मुड़े और बोले, "हां तो मन्नू। अपनी खुशी का राज बताओगी।"

"पहले दूध पी लो।" गिलास को उठाकर उनके मुंह तक ले जाती हुई वह बोली, "पूछना-बतलाना तो होता रहेगा। उसके लिए सारी रात पड़ी है।"

शोभन ने गिलास थाम लिया। उनके गले में धीमे-धीमे जाता हुआ एक-एक घूंट दूध उनके मस्तिष्क में एक-एक सवाल पैदा कर रहा था, लेकिन अपने उन सवालों को वे सही शब्दों में नहीं बांध पा रहे थे। आज उन्होंने जाना कि शब्दों की भी सीमा होती है। अन्यथा अब तक वे अपने को शब्द और भाषा का जादूगर मानकर चलते थे।

गिलास खाली करके उन्होंने तिपाई पर रख दिया।

"हां, तो..."

वे वाक्य पूरा भी नहीं कर पाए थे कि मनजीत ने उनको पकड़कर बिस्तर पर लिटाते हुए कहा, "पहले दूध हजम कर लो मास्टरजी, फिर बतलाऊंगी।" और वह खिलखिलाकर हँस पड़ी।

अधलेटे शोभन ने मनजीत की कोख में गुदगुदी कर दी। मनजीत चिहुंक के साथ-साथ फिर खिलखिला दी। मुझे गुदगुदी बहुत लगती है।" शोभन की बगल में लेटते हुए वह बोली।

शोभन ने हरे बल्ब की रोशनी में मनजीत की आंखों में आंखें डाल दीं।

मनजीत भी शोभन को देखती रही अपलक। उससे भी कुछ बोलते नहीं बना।

उस क्षण दोनों को लगा रहा था कि समय के साथ-साथ वे भी बह रहे हैं। समय की तरह वे भी निःशब्द होकर रह गए हैं। निःशब्द और निःशंक, लेकिन दोनों का अवचेतन समान रूप से सक्रिय था। उनकी खामोशी उनके मन की बात कहने में लगी थी।

अंगड़ाई लेते हुए मनजीत ने शोभन को अपने पास खींच लिया। बोली, "सुनोगे?"

आंखें बंद किए हुए ही शोभन बोले, "सुनाओगी तो सुन लूंगा।"

"तो नहीं सुनोगे ना?"

"पहेलियां मत बुझाओ मन्नू। मुझे सोने दो।" दूसरी तरफ करवट लेने की कोशिश करते हुए शोभन बुदबुदा दिए।

''सुनोगे तो उछल पड़ोगे।''

शोभन ने कोई जवाब नहीं दिया और न ही कुछ पूछा। चुपचाप करवट बदलकर आंखें बंद किए पड़े रहे।

''नहीं सुनना है तो मत सुनो।'' कहकर मनजीत ने भी करवट बदल ली।

लेकिन कुछ देर बाद मनजीत ने शोभन की ओर करवट बदली और बोली, ''सुनते हो।''

शोभन थोड़ा-सा कुनमुनाए और बोले, ''क्या है?''

''वो बात नहीं सुनोगे।''

''नहीं सुनना मुझे कुछ भी। मुझे सोने दो।''

''मेरी बात सुन लोगे तो अच्छी नींद आएगी।''

''मुझे गुस्सा मत दिलाओ मन्नू।''

''गुस्सा करने की बात है ही नहीं। मेरी तरफ मुंह करो।'' और मनजीत ने जोर लगाकर शोभन का चेहरा अपनी तरफ कर लिया।

''क्या है?''

''बतला दूं?'' मुस्कराती-बुदबुदाती हुई मनजीत बोली।

''फिर वही।''

''अच्छा सुनो। सुनकर उछल पड़ोगे।''

''अब बतलाओ भी मेरी मां।''

''मैं मां बनने वाली हूं। हमारी गृहस्थी में एक छोटा शोभन आनेवाला है।''

''क्या? सच। सच-सच बतलाओ मन्नू। क्या तुम सच कह रही हो?''

''बिल्कुल सच। तुम्हारी कसम।''

शोभन ने मनजीत को कसकर अपनी बाहों में जकड़ लिया। कुछ देर तक शोभन उसे अपनी बाहों में जकड़े रहे। फिर जब उल्लास से सहजता पर आए तो बोले, ''और अगर लड़की हुई तो?''

''तो उसका नाम शोभा रख देंगे।''

शोभन ने मनजीत को अपनी बाहों में भर लिया लेटे-लेटे। वे उस रात्रि की नीरवता में दूर की एक कल्पना करने लगे थे, जहां एक गुड़िया थी या गुड्डा था। आंगन में किलकता हुआ। माता-पिता के अंतर में रोमांच पैदा करता हुआ। सबको अपनी तोतली वाणी के रस से सराबोर करता हुआ। वे भावी की कल्पना में इतने खो गए थे कि उन्हें मनजीत की कसमसाहट का ध्यान ही नहीं रहा।

''अब छोड़ो भी न। घुटन हो रही है।'' मनजीत फुसफुसाई।

शोभन ने अपनी बाहें ढीली कर दीं और उसके माथे को चूम लिया।

"अब तुम अपनी सेहत का ध्यान रखना शुरू कर दो मन्नू।"

"मुझे सब पता है।" मनजीत बोली।

शोभन ने उसे फिर बाहों में भर लिया, लेकिन इस बार धीमे से और बहुत-बहुत प्यार से और फिर दोनों एक-दूसरे के साथ गड्ड-मड्ड हो गए। कुछ देर बाद शोभन अपने को बहुत हल्का महसूस कर रहे थे।

अगली सुबह शांत और सुखकर थी। हवा में एक तरह का रोमांच था और बगिया की क्यारियों में फूल मुस्करा रहे थे।

मनजीत किचन में व्यस्त थी और शोभन बगिया के बीच कुर्सी डाले हुए कविता की कुछ पंक्तियों पर जोर-आजमाइश कर रहे थे। रात की सुखद सूचना ने उनके पूरे व्यक्तित्व को सराबोर कर दिया था और वे सोच रहे थे कि अब उनका मन बंध गया है। मन बंधता है यदि उसके लिए कोशिश की जाए तो। वे कागज के एक कोने में लिखने लगे—

मन को बांधो
उदात्त बनो
अब मुझे अपने से भी कोई शिकायत नहीं है
दुनिया मुश्किलों-आडंबरों से भरी है
इन सबके बीच
यदि कोई तुम्हें पहचान कर मुस्करा भी देता है
तो यह भी कम बड़ी बात नहीं है।

कुछ सोचकर उन्होंने इन पंक्तियों को काट दिया। कुछ देर सोचने के बाद उन्होंने नए कागज पर एक रूमानी कविता लिखनी शुरू कर दी। भावावेग इतना घना था कि उस पूरी कविता को शब्द देने में उन्हें पंद्रह मिनट भी नहीं लगे। उन्होंने बार-बार उस कविता की पंक्तियों को पढ़ा और कुछ संशोधन के बाद उसके स्वरूप को फाइनल भी कर दिया।

जब वे कविता की अंतिम पंक्तियां लिख रहे थे, तभी मनजीत ने आवाज लगाई, "शोभन, नाश्ता तैयार हो गया है।"

"मनजीत, बाहर आओ। आज बहुत दिनों बाद मैंने एक कविता लिखी हैं।" आवाज सुनकर मनजीत बाहर आ गई, बरामदे में।

"अच्छा तो यहां बैठे-बैठे कविताई हो रही थी। मैंने सोचा, शायद कोई गंभीर काम कर रहे हैं।"

"क्या कविता करना गंभीर काम नहीं है?"

"कविता तो बैठे-ठाले का धंधा है श्रीमानजी।" शोभन के पास आती-मुस्कराती मनजीत बोली।

"अच्छा? तुम चार पंक्तियां लिखकर तो दिखलाओ।"

"कविता करने के लिए तुम ही काफी जो हो। अच्छा सुनाओ, क्या लिखा है।"

"तुम खुद पढ़ लो।" कहते हुए शोभन ने पर्चा मनजीत के हाथों में थमा दिया। मनजीत पढ़ने लगी—

जब तुम दिख जाते हो
मेरा सूरज उग आता है।
तुम पास नहीं होते
जीवन ऊसर बन जाता है।

फूलों की क्यारी में
सोन-चिरैया गाने लगती है
हरियाली में खिलती
किरण मुस्काने लगती है
तुम स्नेहिल आंखों से आमंत्रण देते हो
मुझ पर जादू छा जाता है।

गीतों के गलियारे
हम भटके-भटके रहते
संगीत बजा करता
सुंदर सपने सजते रहते
तुम लिखते हो मुझको आंखों से
मुझको जीवन मिल जाता है।

मन बहता जाता है
बहते-बहते कहता जाता
तुम को चित्तित करते
अपना सपना पलता जाता।
तुमको सपना पलता जाता

अपना मन खुलता है
अपनी कहनी कह जाता है

तुम पास नहीं होते
जीवन ऊसर बन जाता है।

कविता पढ़ना समाप्त करके मनजीत बोली, "अच्छी है। किस पर लिखी है।

"तुम पर और किस पर।"

"अच्छा, चलो नाश्ता कर लो।"

शोभन धीरे-से उठे, लेकिन मनजीत के इस प्रश्न पर कि 'किस पर लिखी है' वे अटक गए।

क्या इस कविता को लिखते समय मनजीत ही उनके ध्यान में थी, वे सोचते रह गए।

मौसम की तरह समय भी बदल गया था।

परीक्षाएं शुरू हो गई थीं। शोभन क्लास में सुपरविजन कर रहे थे, लेकिन बड़े अन्यमनस्क भाव से। इन दिनों उनका मन कविताएं रचने में लगा हुआ था, लेकिन परीक्षा-कक्ष का यह वातावरण।

उत्तर पुस्तिकाओं पर हस्ताक्षर करो और उन्हें परीक्षार्थियों में बांटो।

साइलेंस प्लीज। टेक योर सीट्स। प्लीज कीप योर बुक्स अवे। साइलेंस प्लीज। नो टॉकिंग—ऐसा ही कुछ बोलते रहो।

पहली घंटी की प्रतीक्षा करो।

पर्चे बांटो।

उपस्थितियां चैक करो।

सुपरवाइजर्स रिपोर्ट भरो।

(एक बार फिर चैक करो)

अपने साथ के सुपरवाइजर से वैरीफाई करवाओ।

कमरे का चक्कर लगाते रहो।

थककर शोभन कुछ देर के लिए कुर्सी पर बैठ गए थे। सामने छात्र-छात्राएं थीं। उनके गुमसुम गंभीर चेहरे थे। कुछ डेस्कों पर झुके हुए। कुछ लिखते हुए हाथ। कुछ शून्य में देखते हुए। माथे पर हाथ रखे, सोचते हुए।

शोभन बैठे-बैठे इन मुद्राओं का आनंद लेते रहे। रोजमर्रा की मुद्राओं से ये मुद्राएं कितनी भिन्न हैं, वे सोचने लगे। फिर उन्होंने पिछली सीट पर बैठी राज्यश्री

के चेहरे पर अपनी आंखें टिका दीं। इस कक्ष में वही सबसे आकर्षक मुखवाली युवती थी। उसके मुख के आसपास उन्होंने नूतन की लंबी-लंबी केशराशि सजा दी। उसकी नासिका के स्थान पर स्नेहा की लंबी सीधी नाक रख दी और तभी उन्हें मनजीत की बड़ी-बड़ी आमंत्रण देती आंखें याद आ गईं। उन्होंने राज्यश्री की आंखों के स्थान पर मनजीत की आंखों को जड़ दिया। बैठे-बैठे वे सोच रहे थे कि इससे राज्यश्री के मुख की जो तस्वीर बनेगी, वह सर्वसौंदर्य संपन्न होगी। फिर एक क्षण के लिए वे आंखें बंद करके राज्यश्री के नए अवतार की कल्पना में खो गए। लेकिन समस्त सौंदर्य-साधनों के बावजूद राज्यश्री का चेहरा बड़ा अटपटा लग रहा था। वे सोचने लगे कि नारी का रूप उसके प्रकृत आकार में ही आकर्षक या विकर्षक होता है। सौंदर्य की चिपकियां लगाने से वह सुंदर नहीं हो जाता।

''सप्लीमेंट प्लीज' किसी परीक्षार्थी की आवाज ने उन्हें चौंका दिया। वे उठे और सप्लीमेंट लेकर उसकी ओर बढ़ गए। लौटकर वे फिर अपनी कुर्सी पर आकर बैठ गए। उन्होंने अपनी घड़ी की ओर देखा। घंटी बजने में अभी सत्रह मिनट शेष थे। वे अनमने से प्रतीक्षा करने लगे।

यह थोड़ा-सा समय उन्हें बड़ा अखर रहा था।

खैर, फिर घंटी बजी। शोभन ने राहत की सांस ली। कॉपियां इकट्ठा करने के लिए वे उठ खड़े हुए और एक-एक विद्यार्थी से कापियां लेने लगे।

कापियां इकट्ठा करके उन्होंने उन्हें सीरियल से लगाया। और फिर बंडल लेकर कॉमन रूम की तरफ बढ़ गए। तभी एक लड़की हँसती हुई उनके पास से निकल गई। उन्हें अच्छा नहीं लगा। उनके मन में विचार आया कि हर हँसने वाले चेहरे में आकर्षण भले ही हो, लेकिन अपनापन नहीं होता। यह लड़की भी उन्हें वैसी ही लगी।

कॉमन रूम में जाकर उन्होंने कंडक्टर को कॉपियों का बंडल थमाया और आराम करने के लिए पास पड़ी कुर्सी पर लधर गए। तभी चपरासी ने आकर उन्हें चाय प्याला थमा दिया। आज उन्हें घर जाने की जल्दी नहीं थी। वैसे महादेवी महाविद्यालय में मनजीत भी परीक्षा दे रही थी। आज उसकी अंतिम परीक्षा थी। परीक्षा के बाद वह अपने माता-पिता के पास जानेवाली थी।

शोभन कुछ देर तक विश्राम करने के बाद घर जाने के लिए उठे ही थे कि स्टाफरूम के दरवाजे पर उन्हें हांफती हुई सुमन दिखाई पड़ी। वे उठकर बाहर आ गए।

''कहो सुमन पर्चा कैसा हुआ?'' उन्होंने सुमन से पूछ लिया।

''काफी आसान था। बस परसों का पर्चा थोड़ा बिगड़ गया।''

''बाकी तो सब ठीक हुए ना।''

''जी।''

''चिंता मत करो। तुम्हारी क्लास तो आ ही जाएगी।''

''देखो, क्या होता है।''

''अब घर जा रही हो।'' शोभन से और कुछ कहते नहीं बन रहा था। सुमन को देखकर उनमें तत्काल एक मादक ऊर्जा भर आई थी।

''और कहां जाऊंगी। आप कहें तो आपके घर...''

''मेरे घर भी चल सकती हो।''

''वहां अगर आपकी बीवी ने मेरी उपेक्षा की तो?'' बीवी शब्द पर वह जोर देना नहीं भूली।''

''वह घर पर नहीं होगी। परीक्षा के बाद सीधे अपने माता-पिता से मिलने जाने की बात थी। उसकी छोटी बहन की शादी की बात चल रही है। वहीं एक-दो दिन रहेगी।'' उनके कहने के ढंग में एक संकेत था।

''कल रविवार है तो मैं कल आ जाऊं? आपसे कुछ सलाह भी लेनी है।'' आंखें मटकाकर सुमन बोली।

''ठीक है, लेकिन आज क्या मुश्किल है।''

''मुश्किल तो कुछ भी नहीं।'' अपनी काजल भरी आंखों से शोभन को सीधे देखते हुए वह बोली, मुस्कराती हुई।

उसने पहले ही दिन या कहो उससे पहले ही निश्चित कर लिया था कि वह शोभन को इतनी आसानी से नहीं छोड़ेगी। वह मन ही मन शोभन की संगिनी बन चुकी थी। उसने सोच लिया था कि वह मनजीत को अपने रास्ते से हटाने में कोई कसर नहीं छोड़ेगी। अब वह शोभन को अपनी जकड़ में लेने के किसी भी अवसर को चूकना नहीं चाहती थी।

''तो चलें।'' शोभन थोड़ा रूमानी अंदाज में बोले।

''चलिए, मैं तो...''

''तैयार हूं, है न?''

सुमन ने शरमाकर मुस्करा दिया।

दोनों ने सेवक आश्रम रोड की तरफ अपनी साइकिलें मोड़ ली।

24

गर्मी की छुट्टी हो चुकी थी।

सुमन अपनी जीजी के पास कलकत्ता आई हुई थी। अपने जीजा केशव प्रसाद से उसकी खूब पटती थी। केशव प्रसाद भी प्रौढ़ि में पांव रखने के बावजूद कम रूमानी नहीं थे। उस दिन बाजार से लौटकर जीजी रसोई में व्यस्त हो गई थी और अंदर की बैठक में सुमन की केशव के साथ चुहलबाजी चल रही थी।

सुमन की बगल में बैठे केशव कह रहे थे—सुम्मी, तुम्हारी जीजी तो बूढ़ी हो गई है।''

''तो?'' सुमन जीजाजी का आशय समझकर मुस्करा दी।

''बस, तुम्हारा मुस्कराना ही जान लेवा होता है।''

''सच?'' बड़ी-बड़ी आंखों से देखते हुए सुमन फिर मुस्करा दी। केशव प्रसाद ने उसकी पीठ को थोड़ा-सा सहलाकर छोड़ दिया।

''जीजाजी, एक बात कहूं।''

''दो बात कहो। एक से क्या होगा।''

''मैं अब शादी करना चाहती हूं।''

"तो कर लो न, मैं हू ना। वैसे भी साली आधी घर वाली होती है। अब पूरी बन जाओ।"

"मजाक छोड़ो जीजाजी। मैं सीरियसली कह रही हूं।"

"लेकिन मैं सीरियसली नहीं कह रहा।" केशव प्रसाद 'हा-हा' करके जोर से हँस दिए। फिर कुछ रुककर बोले, "कौन अभागा है वो?"

"वो अभागा क्यों होगा?"

"जिसके साथ तुम शादी करोगी, वह अभागा नहीं तो और क्या होगा?"

"मुझे ऐसा मजाक अच्छा नहीं लगता।" सुमन थोड़ा तुनक कर बोली।

"तो ठीक है। चलो, कोई अच्छी बात करें।" जीजाजी ने उसके गालों की चुटकी लेते हुए कहा।

अपने गाल को पोंछती हुई सुमन बोली, "आप बहुत शरारती हैं।"

"शरारत तो तुमने ही सिखाई है मेरी सुम्मो।" कहते हुए केशव ने सुमन की एक बड़ी सी चुम्मी ले ली।

इस बार सुमन कुछ नहीं बोली।

कुछ देर तक दोनों कुछ नहीं बोले। सुमन केशव से थोड़ा हटकर बैठ गई।

तभी उसकी जीजी ने बैठक में आकर कहा, "अरे तुम लोग यहां बैठे हो। शाम हो गई है। बत्ती तो जला लेते।" और जीजी ने स्विच ऑन कर दिया। कमरा झिलमिलाती रोशनी में दमक उठा।

"मैं सुमन को उर्वशी के बारे में बतला रहा था। उस दिन उनके बंगले पर गया था तो सुमन के बारे में पूछ रही थीं। मैंने बतलाया कि वह इम्तिहानों के बाद यहां आएगी। एक दिन सुमन को उनके बंगले पर ले जाऊंगा।"

"हां, सुम्मी को जरूर मिलवा देना उनसे। करोड़ों-अरबोंपति हैं, लेकिन कितनी सादगी से रहती हैं। वैसे भी अभिमान तो उन्हें छू तक नहीं गया, अच्छा, तुम संध्या-वंदन कर लो। खाना बन गया है।" पति से यह कहकर जीजी बाहर निकल गई।

जब सुमन को विश्वास हो गया कि जीजी वहां से चली ही गई है तो उसने पूछा, "जीजाजी, यह उर्वशी कौन है?"

"अरे बुद्धू, हमारे मालिक विश्वनाथजी की पत्नी है और कौन होती। मैंने पहले भी तुम्हें उनके बारे में बतलाया था।"

"हां, कुछ-कुछ याद आ रहा है।"

"अरे कलकत्ता की सबसे बड़ी समाज सेवी संस्था 'मानुषी' की अध्यक्षा हैं। पूरा कलकत्ता उनको जानता-पहचानता है। मैंने तुम्हें यह भी बतलाया था कि साहित्यिक क्षेत्र में उनका बड़ा नाम हैं। अब उनके 'नवचेतना प्रकाशन संस्थान' से इतनी पत्र-पत्रिकाएं निकलती हैं कि सभी लोग उन्हें जानते हैं। विश्वनाथजी ने प्रकाशन का सारा जिम्मा उन्हें सौंप रखा है। उन्हें अपने उद्योगों से ही फुरसत नहीं मिलती।"

"मैं उनसे जरूर मिलना चाहूंगी। कब मिलवाएंगे?"

"मैं फोन करके उनसे पूछ लेता हूं। अगर कलकत्ता में होंगी तो जल्दी ही मुलाकात करवा दूंगा।" सुमन के बालों को सहलाते हुए जीजाजी उठ खड़े हुए, "चलो, संध्या-वंदन का समय हो गया है। तुम्हारी जीजी कह गई है। नहीं तो यहां सौंदर्य-वंदन चलता रहेगा।"

"धत्!" मुस्कराती हुई सुमन बोली। उर्वशीजी से मिलने की कल्पना से उसका दिल बांसों उछलने लगा था।

दूसरे दिन नाश्ता-पानी करने के बाद जीजाजी ने उर्वशीजी को फोन लगाया। दूसरी तरफ से पूछा गया : आप कौन? केशवजी हैं क्या?"

"हां, मैं केशव प्रसाद बोल रहा हूं। माताजी से बात करनी थी।"

"वे अभी पूजाघर में हैं। क्या आप थोड़ी देर बाद फोन कर लेंगे?"

"ठीक है।" केशव ने चोगा नीचे रख दिया।

"मां काली पर बड़ी आस्था है उर्वशीजी की।" जीजाजी सामने बैठी सुमन से बोले।

"वे तो मारवाड़ी हैं शायद। वे भी काली मां की पूजा करती हैं?"

"बंगाल में सभी काली मां के भक्त हैं। वैसे दूसरे प्रदेशों के लोग अपने-अपने देवताओं को भी मानते हैं, लेकिन साथ में काली मां को भी पूजते हैं।"

"आप किसको पूजते हैं?"

"कहो तो तुम्हें पूजने लगूं काली मां की जगह।"

"मैं काली मां की तरह थोड़े ही हूं?"

"तुम्हें अपने गोरे-चिट्टेपन पर बड़ा घमंड है सुमन।"

"वह तो होना ही चाहिए।"

वे आपस में यों बतिया ही रहे थे कि फोन घनघना उठा। जीजाजी ने चोगा उठा लिया और धीरे-से बोले, "हलो।"

"केशवजी बोल रहे हैं ना। सेक्रेटरी बता रही थी कि आपने फोन किया था।"

"माताजी नमस्ते। जी, मैंने ही किया था। अभी कुछ देर पहले।"

"कहिए?"

"जी, वैसे तो कोई खास बात नहीं। देहरादून से मेरी साली आई है सुमन। वह आपके दर्शन करना चाह रही है।" सुमन की ओर आंख मारते हुए जीजाजी बोले।

"जी, दर्शन तो लोग काली मां के करते हैं। मैं इस लायक कहां?"

"हमारे लिए तो आप ही सब कुछ हैं।"

दूसरी तरफ से हल्के से हँसने की आवाज सुनाई पड़ी।

"आज आप बंगले पर ही हैं न?"

"हां, आज कहीं नहीं जा रही। दो दिन से जुकाम हो रहा है। मरा, पल्ला ही नहीं छोड़ता।"

"तो आज आराम कीजिए। हम फिर कभी आ जाएंगे।"

"नहीं, नहीं, ऐसा कुछ नहीं है। आप आ जाइए, आज या कल।"

"धन्यवाद। कल शाम को चार बजे आ जाएं?"

"हां, शाम को ठीक रहेगा। साथ-साथ चाय पी लेंगे।"

"अच्छा, नमस्कार।"

"नमस्कार।"

चोगा नीचे रखते केशवजी बोले, "लो तुम्हारा काम तो कर दिया हमने। कल शाम को जाना है उनके बंगले पर।"

"चलो जीजाजी, आज चौरंगी घूम आएं।" कुछ सोचकर सुमन बोली।

"अपनी जीजी से पूछ लो।"

"वे मना नहीं करेंगी। यहां घर में पड़े-पड़े मन उचट गया है।"

"जैसी तुम्हारी मर्जी। मैं जरा कपड़े बदल लूं।" कहते हुए वे उठ खड़े हुए और अपने शयन कक्ष की ओर बढ़ गए।

दूसरा दिन।

उर्वशीजी का बंगला।

केशवजी ने अपनी हाथ घड़ी की तरफ देखा। अभी चार बजने में तीन मिनट बाकी थे।

कॉल बैल पर हाथ लगाते-लगाते वे ठिठक गए।

"क्यों क्या हुआ?" सुमन ने पूछा।

"अभी चार बजने में तीन मिनट बाकी हैं। माताजी समय की बड़ी पाबंद हैं।"

सुमन ने मुंह बिचका दिया। दोनों द्वार पर ही खड़े रहे।

जब ठीक चार बज गए तो केशवजी ने कॉल बैल का स्विच दबा दिया। एक मोहक संगीत बज उठा।

"बड़ी आकर्षक आवाज है।"

"बड़े लोग हैं भई।"

तभी एक महिला ने आकर दरवाजा खोला। उसका रंग-रूप और सजधज देखकर सुमन को लगा कि कहीं ये ही तो माताजी नहीं हैं।

"नमस्ते बाबूजी, आइए।" महिला का कंठ भी मधुर था।

"कैसी हो कावेरी। माताजी हैं?"

"वे आपका ही इंतजार कर रही हैं।"

हँसते हुए केशवजी अंदर आ गए। चमचमाते संगमरमरी फर्श के गलियारे से होते हुए वे एक बड़े हॉल में दाखिल हुए। सुमन बंगले की सजावट को देखकर मन ही मन भौंचक हो रही थी।

"आओ बैठो।" सुमन की ओर इशारा करते हुए केशवजी ने सुमन को कोच पर बैठने का इशारा किया। दूसरे सोफे पर वे खुद बैठ गए।

सुमन धीरे-से बैठ गई।

बैठे-बैठे वह हॉल का जायजा लेने लगी। कलात्मक फाल्स सीलिंग। सीलिंग से लटकी हुई बल्बों की मोहक झालर। दीवारें सुंदर डिजाइन वाले वॉल पेपर्स से सज्जित। विश्वनाथ और उर्वशीजी की आदमकद फोटो, बेहतरीन फ्रेम में तरतीब से जड़ी हुई। कोने पर ताजे रजनीगंधा के फूलों से भरा हुआ फ्लॉवर पॉट। गांधीजी और नेहरू के साथ मुस्कराते हुए विश्वनाथजी। गांधीजी की सर्वविख्यात फोटो, चरखा चलाते हुए। फोटो के फ्रेम पर चंदन की लंबी माला। बढ़िया चमकदार चमड़े के सोफे। गाव तकिए और बस। वह सोच ही रही थी कि क्या आवास इतने संभ्रांत भी हो सकते हैं कि तभी खादी की झक सफेद साड़ी में भीतर से आती हुई उर्वशीजी ने केशवजी को प्रणाम करते हुए मुस्करा दिया। केशवजी उठ खड़े हुए।

"नमस्ते माताजी। आपका स्वस्थ तो ठीक है न?"

"अरे भई, स्वास्थ्य का क्या। इस उम्र में उठता-गिरता रहता है।" मुस्कराते हुए वे बोलीं। फिर कुछ रुककर उन्होंने सुमन की तरफ देखकर कहा, "तो यह है सुमन। बड़ी प्यारी बच्ची है।"

सुमन ने हाथ जोड़कर नमस्कार किया।

"जीती रहो। काली मां तुम्हारी कामना पूरी करें।"

सुनकर सुमन के पूरे शरीर में गुदगुदी हो आई।

"इसने इसी साल एम.ए. की परीक्षा दी है। बहुत बार इसने कहा कि आपसे मिलवा दूं। मैंने सोचा....।"

"कि आज मिलवा ही दें। अरे भई, हम भी आप जैसे ही हैं। हम में कोई सुर्खाब के पर तो नहीं लगे हैं।"

"यह आपका बड़प्पन है माताजी।" केशवजी के चेहरे पर कृतज्ञता का भाव उतर आया।

"किस विषय की पढ़ाई की है?" उर्वशीजी ने सुमन से पूछ लिया।

"जी, हिन्दी साहित्य लिया था एम.ए. में।"

"अच्छा, अच्छा। तो तुम साहित्य की विदुषी हो।"

फिर कुछ रुककर बोली, "हमारे कई दैनिक-साप्ताहिक पत्र निकलते हैं। कभी उन्हें पढ़ती हो।"

"जी, देहरादून में जो मिल जाते हैं, पढ़ती हूं। जीजाजी ने आपकी पत्र-पत्रिकाओं के बारे में बतलाया था।" सुमन धीरे-से बोली।

"अब एम.ए. के बाद क्या करोगी?"

"अभी कुछ सोचा नहीं है।"

"यह कहती है कि अब शादी करेगी।" केशवजी ने परिहास के स्वर में कहा।

"वो तो अच्छी बात है, बेटी। शब्द की साधना करो पहले। शादी तो सब की हो जाती है। शब्द की साधना ईश्वर की साधना होती है। शब्द ही ईश्वर है।"

सुमन उनके संभ्रांत, मुस्कराते हुए चेहरे को देखती रही। आज तक उसने किसी महिला के मुख से ऐसी बातें नहीं सुनी थीं।

तभी उनकी सेविका कावेरी एक ट्रे मेज पर रख गई। ट्रे में चाय थी। कोकोनट बिस्कुट थे। सभी तरह के ड्राई फ्रूट्स थे। कुछ खाली प्लेटें थीं।

थोड़ी देर बाद कावेरी चांदी की बॉस्केट में कुछ फल भी रख गई।

चाय पीते हुए साहित्य की बातें होती रहीं। उर्वशी और केशवजी ही ज्यादा बातें करते रहे। बातों-बातों में बात मूल्यों पर आ गई। उर्वशी बोली, ''जो व्यक्ति जीवन-मूल्यों को लेकर जीता है, वही मनुष्यता के भाव को प्रसारित करता है। वैसे जीवन-मूल्यों, साहित्यिक-मूल्यों और सामाजिक-मूल्यों में कोई अंतर नहीं होता। क्यों मैं ठीक कह रही हूं न?'' उन्होंने सुमन की ओर देखकर कहा।

''माताजी, मैंने अभी तक पाठ्य-पुस्तकें ही पढ़ी हैं। इस तरह सोचने का अवसर ही नहीं मिला।''

''तो अब सोचो, सोचना चाहिए। तुम जैसी युवतियां सोचेंगी, तभी तो बात बनेगी। क्यों?''

''जी।'' मुस्कराते हुए सुमन बोली। वास्तव में उसका ध्यान उर्वशी की बातों पर कम, उनके संभ्रांत व्यक्तित्व पर अधिक था।

बातें चलती रहीं—साहित्य की, समाज की, घर-परिवार की और उर्वशीजी की संस्था 'मानुषी' की।

तभी जैसे यकायक याद आ गया हो, उर्वशीजी बोली, ''केशवजी, आपसे एक राय लेनी थी।''

''कहिए न।''

''बंबई से हमारा 'नया युग' साप्ताहिक निकलता है न, उसके पंडितजी रिटायर हो रहे हैं अगस्त-सितम्बर में। आपके तो देश भर के साहित्यकारों-लेखकों से इतने संबंध हैं तो कोई योग्य व्यक्ति बतलाइए। आज हमारी संस्कृति पर बड़े आक्रमण हो रहे हैं, सामाजिक बिखराव हो रहा है, राजनीति में भी उठा-पटक शुरू हो गई है। सब जगह प्रश्न ही प्रश्न पैदा हो गए हैं। समाधान का अकाल है। कोई ऐसा व्यक्ति हो, जो संवेदनशील हो, जिसकी रचनात्मक दृष्टि हो और जो आज के युग को समझता हो और जो परिश्रमी हो और कार्य के प्रति गंभीर हो। आप समझ रहे हैं न।''

''जी।''

''समय ज्यादा नहीं है। एक बात और। हमें व्यवसायिक पक्ष भी देखना है। पंडितजी के समय में बीस-पच्चीस हजार प्रतियां ही निकल पाती थीं। अब देखो, इतना बड़ा देश है। इतने हिन्दी प्रदेश हैं। पचास हजार प्रतियां तो निकलनी ही चाहिए।''

"जी।"

"यह काम मैं आप पर छोड़ती हूं। आपकी निगाह में जो भी योग्य लगे।"

"मैं पूरी कोशिश करूंगा माताजी। आप निश्चिंत रहें।"

बातें लगभग समाप्त हो गई थीं। माताजी का पूजा का समय हो चला था। डूबते सूरज की लालिमा खिड़कियों के पास आकर रुक गई थी। मौसम कुछ उदास हो चला था।

माताजी को प्रणाम करते हुए केशवजी उठ खड़े हुए। साथ ही सुमन ने भी खड़े होकर उर्वशीजी को कुछ आदर और शालीनता के साथ नमस्कार किया और बाहर गलियारे की ओर बढ़ने लगी। अभी वे दोनों दो-चार कदम ही आगे गए होंगे कि उर्वशीजी ने सुमन को पुकार लिया, "सुमन।"

सुमन ने पीछे मुड़कर देखा।

"बेटी, एक मिनट ठहरो, मैं आती हूं।"

दोनों जने ठहर गए। थोड़ी ही देर में उर्वशीजी एक डिब्बा लेकर बैठक में आईं और उसे सुमन को देते हुए बोलीं, "तुम आज पहली बार आई हो हमारे यहां। तुम्हारे लिए एक साड़ी है। कलकत्ता साड़ियों के लिए प्रसिद्ध है न।"

सुमन ने सकुचाते हुए डिब्बा ले लिया। एक बार फिर प्रणाम करके दोनों दरवाजे की ओर मुड़ गए।

गेट से बाहर आकर केशवजी ने बाहर खड़ी अपनी गाड़ी का दरवाजा खोला। सुमन अपने कपड़े संभालती हुई आगे की सीट पर बैठ गई। गाड़ी के आगे से होकर केशवजी ने गाड़ी का दूसरा दरवाजा खोला और अपनी सीट पर बैठकर गाड़ी स्टार्ट कर दी। कलकत्ता की भीड़ भरी सड़क पर गाड़ी धीरे-धीरे सरकने लगी।

चुपचाप बैठी सुमन एक सपना देखने में व्यस्त थी।

"क्या सोच रही हो सुम्मो। माताजी कैसी लगीं?"

"बहुत अच्छी। वे भी और उनकी बातें भी। बड़ी विदुषी हैं।"

"वह तो हैं ही। नाम ऐसे थोड़े ही कमा लिया जाता है?"

फिर दोनों के बीच कुछ क्षणों के लिए मौन समा गया।

अब गाड़ी खुली सड़क पर आ गई थी।

कुछ सोचकर सुमन बोली, "मैं एक बात सोच रही हूं जीजाजी।"

केशवजी ने आगे से मोड़ पर गाड़ी की चाल धीमी करते हुए पूछा, "क्या सोच रही हो?"

''हमारे एक प्रोफेसर हैं डॉ. शोभनाथ। बहुत ही विद्वान है।''

''तो!''

''क्या उनके बारे में माताजी से नहीं कहा जा सकता?''

''किस बारे में।''

'' 'नया युग' के बारे में। वे जाने-माने कवि हैं, समीक्षक हैं और पी-एच. डी. तो हैं ही।

''साहित्यकारों के बीच उनका बड़ा नाम है। दो वर्ष पहले उनका एक उपन्यास प्रकाशित हुआ है। ज्ञानदीप प्रकाशन से। सारे देश में उसकी चर्चा है।''

'' 'ज्ञानदीप' तो बहुत बड़ी प्रकाशन संस्था है। वहां से छपा है?''

''जी! वे कह रहे थे कि इस साल उसका पांचवां संस्करण छपने वाला है। कॉलेज के लड़के-लड़कियों के बीच बहुत लोकप्रिय हुआ है। लोग विवाह के अवसरों पर उसे उपहार में भी देते हैं।''

''ठीक है, अभी ऐसी क्या जल्दी है?''

''जल्दी तो है। उन्हें दो-तीन महीने के भीतर ही संपादक की नियुक्ति करनी है।''

''अच्छा देखता हूं। वैसे दो-चार साहित्यकार-पत्रकार हैं मेरी नजर में। दिल्ली और इलाहाबाद के। अब तुम कह रही हो तो डॉ...., क्या नाम बताया था तुमने।''

''डॉ. शोभनाथ।''

''हां शोभनाथ। तो डॉ. शोभनाथ ही सही। तुम्हारी बात को कैसे टाल सकता हूं।''

''बस मेरा यह काम करा दीजिए जीजाजी।''

''अच्छा तो ऐसी बात है।'' केशवजी बोले।

सुमन मुस्कराकर रह गई।

केशवजी का निवास आ गया था। सुमन को गेट पर उतारकर वे गाड़ी गैरेज में रखने के लिए आगे बढ़ गए।

25

शोभनाथ की कोठी में 'पारिजात' की गोष्ठी चल रही थी। 20-25 रचनाकार ड्राइंग रूम में कविता की प्रासंगिकता पर चर्चा कर रहे थे। वैसे चर्चा समाप्त हो गई थी। अब चाय का अंतिम दौर चल रहा था।

चाय की प्याली से एक घूंट सुड़कते हुए रमाकांत ने सामने बैठे सज्जन से पूछ लिया, "और इन दिनों क्या चल रहा है प्रशांतजी? आपका महाकाव्य कहां तक बढ़ा है?"

"अब क्या बताऊं, रमाकांतजी। कुछ पंक्तियां लिखता हूं, फिर उन्हें पढ़ता हूं तो उनमें पूर्णता की आश्वस्ति नहीं होती। तो उन्हें काटकर फिर से नए सिरे से लिखने की कोशिश करता हूं। लगता है एक मुश्किल विषय उठा लिया है।"

"जीवन ही मुश्किल है भई। चाहे कवि का जीवन हो या आम आदमी का।"

"हां, यह तो है। जीवन में सब कुछ आसान, अच्छा और सुंदर ही नहीं होता। बहुत कुछ मुश्किल, बुरा और असुंदर भी होता है और इन्सान को ये दोनों पक्ष लेकर चलना होता है। इनके बीच एक संतुलन बनाना होता है।"

"और संतुलन एक दिन में नहीं बनता।" श्रीधर 'प्रेम' बोले, "उसके लिए निरंतर प्रयास और अभ्यास करना पड़ता है।"

''और यह प्रयास और अभ्यास कवि को तनाव से भर देता है।'' प्रशांत बोले।

कवि अंशुक अभी तक चुपचाप एक कोने में बैठे अपनी बीड़ी सुलगाने में लगे थे। प्रशांत के इस वाक्य ने जैसे उन्हें जगा दिया। बोले, ''कविता की क्या बात करते हैं प्रशांतजी। बिना तनाव के कुछ भी नहीं होता। सारी मानव जाति इसी तनाव की देन है।''

वहां बैठे कुछ लोग उनके मंतव्य को नहीं समझ पाए। कुछ समझे तो ठठाकर हँस दिए। प्रशांतजी की समझ में कुछ नहीं आया। वे अंशुक का मुंह ताकने लगे।

''तुम नहीं समझोगे प्रशांत भाई। जयप्रकाशवादी को तनावग्रस्तता हो ही नहीं सकती। वे गांधीजी के चेले जो हैं।'' अंशुक की इस बात पर फिर सब लोग हँस पड़े।

प्रशांतजी स्थानीय पीएसपी के कार्याध्यक्ष थे। बहुत कोशिश करके भी वे अंशुक का व्यंग्य नहीं समझ पाए थे।

गोष्ठी लगभग समाप्ति पर थी। तभी कॉलेज का चपरासी एक रजिस्ट्री लेकर शोभनाथ की कोठी में आया। शोभन को पत्र देते हुए चपरासी बोला, ''साहब, आपकी यह रजिस्ट्री आई है। आप कॉलेज से चले आए थे तो सक्सेना साहब ने ले ली थी और इसे आपके घर देने के लिए कह दिया था।''

शोभन ने पत्र लेकर उसे कोने की मेज पर रख दिया। कविगण उठने लगे थे। जब सब लोग गेट से निकल गए तो उन्होंने सबको नमस्कार करते हुए गेट बंद कर दिया और अपनी बैठक में लौट आए।

मेज पर रखे पत्र को खोलते हुए शोभन अपनी स्टडी की ओर बढ़ गए और पास पड़ी कुर्सी पर बैठकर पत्र पढ़ने लगे। पत्र कलकत्ता से आया था। किन्हीं उर्वशी विश्वनाथ, उपाध्यक्ष, नवचेतना प्रकाशन, सुभाष रोड, कलकत्ता ने लिखा था।

पत्र को पढ़ते-पढ़ते शोभन के चेहरे पर फूल खिलने लगे और उन फूलों की गंध पूरी स्टडी में समा गई। यह पत्र बंबई से प्रकाशित 'नया युग' साप्ताहिक के संपादक के रूप में पद-भार ग्रहण करने का नियुक्ति-पत्र था। वेतन कॉलेज से मिलने वाले वेतन का दस गुना था। शेष, अनेक सुविधाएं अलग से। इन सुविधाओं में कार की भी सुविधा थी।

इस एक पत्र ने शोभन की जिंदगी बदल दी थी।

मनजीत शोभन के कपड़ों पर इस्त्री करने में व्यस्त थी। इतने बड़े समाचार के बाद भी शोभन ने मनजीत को नहीं पुकारा। वे देर तक बैठे सोचते रहे कि

यह सब कैसे हो गया, लेकिन इस अतिशय उद्वेग की स्थिति में वे किसी निर्णय पर नहीं पहुंच पाए। बहुत देर तक माथापच्ची करके उन्हें याद आया कि पिछली बार जब सुमन कलकत्ता गई थी तो उनका बायोडाटा भी साथ ले गई थी और अपने लिए एक अनुशंसात्मक पत्र भी। उसने शोभन को बतलाया था कि उसे कलकत्ता के एक कॉलेज से साक्षात्कार के लिए बुलावा आया है। उसी के लिए यह पत्र चाहिए। शोभन ने सहज भाव से उसे अनुशंसात्मक पत्र के साथ अपना बायोडाटा भी दे दिया था।

लेकिन अब वे अपनी नियुक्ति को लेकर इस कोण से भी सोचने लगे थे कि कहीं सुमन ने तो यह सब नहीं किया, लेकिन इस विचार को उन्होंने जल्दी ही अपने दिमाग से निकाल दिया। वे सोचने लगे कि उसके पास ऐसे साधन कहां हैं, जो उन्हें इतना बड़ा पद दिला सके।

तभी मनजीत उनके कमरे में आई। तुम्हारे कपड़े कर दिए हैं। अब जाकर नहा-धो लो। फिर बाजार भी जाना है।''

''मन्नू, मेरे पास आओ।'' कहते हुए शोभन कुर्सी से उठे और मनजीत को कूल्हे से पकड़कर उठा लिया।

''अरे, ये क्या कर रहे हो। छोड़ो भी।''

''कैसे छोड़ दूं, यों ही।'' मनजीत को जमीन पर खड़ा करके वे उसकी नाक को चूमते रहे, चूमते रहे अनवरत।

''क्या हो गया है तुम्हें? अभी तक अच्छे-भले बैठे थे।''

''बस, मैं पगला गया हूं। तुम मेरे लिए कितना सौभाग्य लेकर आई हो।'' शोभन ने मनजीत को अपनी बाहों में कस लिया।

मनजीत इस आकस्मिक प्यार को समझ नहीं पाई। शोभन की बांहों में लिपटी हुई वह इतना ही बोल पाई, ''कुछ बतलाओगे भी या यों ही...''

''ना, यों ही नहीं...बस ऐसे, हां ऐसे।'' शोभन ने उसके अधरों को अपने होंठों के बीच भींच लिया।

मनजीत ऊपर से नीचे तक कसमसाती रह गई। उसने अपने आपको ढीला छोड़ दिया।

तभी फोन की घंटी बज उठी। मनजीत को अपने में लिपटाए हुए ही शोभन ने चोगा उठा लिया, ''हैलो...ओ।'' वे बोले। इस वक्त टेलीफोन का बजना उन्हें अखर रहा था।

दूसरी तरफ से सुमन बोल रही थी, ''सुनो, मैं कलकत्ता से बोल रही हूं, यहां महिला कॉलेज में मेरी नियुक्ति हो गई है और आपको भी नियुक्ति-पत्र मिल गया होगा।''

''अरे सुमन तुम। कलकत्ता कब चली गईं। मुझे बताया भी नहीं।''

''जीजाजी का फोन आया था तीन-चार दिन पहले। बोले थे, तत्काल चली आओ। तुम्हारे लिए अच्छी खबर है, इसीलिए...''

''अच्छा, अच्छा। नियुक्ति-पत्र मुझे भी मिल गया है।''

''मुझे धन्यवाद नहीं दोगे?''

''अरे जितना चाहे लो।'' मनजीत पर अपना कसाव ढीला करते हुए वे बोले। मनजीत पलंग पर एक तरफ बैठ गई।

''तुम वहां से कब चल रही हो।''

''अभी तो मेरा आना मुश्किल है। कॉलेज ने जल्दी ही ज्वाइन करने के लिए कहा है। वैसे यह लीव वेकैंसी ही हैं। हां, एक खास बात। माताजी आपसे मिलना चाहती हैं।''

''माताजी? कौन माताजी?''

''अरे भई, उर्वशीजी। सेठ विश्वनाथ की पत्नी। और कौन? तुम तुरंत यहां आ जाओ। अपने जीजाजी से भी मिलवा दूंगी। उन्होंने ही यह सब किया है।''

''ठीक है, मैं कल की गाड़ी से ही यहां से रवाना हो लेता हूं।''

''गाड़ी से नहीं। उसमें वक्त लगेगा। तुम वहां से फ्लाई करो। यह बहुत जरूरी है।''

''ठीक है। अगर इतना जरूरी है तो मैं दिल्ली से कल सुबह की फ्लाइट ले लूंगा।''

''मैं तुम्हें एयरपोर्ट पर मिलूंगी।''

''ठीक है।''

''अच्छा, नमस्कार।''

''नमस्कार।'' शोभन ने चोगा नीचे रख दिया।

शोभनाथ कलकत्ता से लौट आए थे। वहां केशवजी ने उनकी भेंट उर्वशीजी से करवा दी थी। बातचीत के दौरान उर्वशीजी ने कहा था, ''डॉ. शोभनाथजी, यह बड़ी जिम्मेदारी का काम है। हमने आपकी नियुक्ति का निर्णय काफी विचार-विमर्श

के बाद केशवजी की सलाह पर किया है। हम चाहते हैं कि 'नया युग' देश का सर्वोत्तम साप्ताहिक बने। हम यह भी चाहते हैं कि इसके माध्यम से भारतीय संस्कृति की प्रतिष्ठा हो। साथ ही, हमारी यह भी इच्छा है कि व्यावसायिक दृष्टि से भी यह साप्ताहिक निरंतर नई-नई ऊंचाइयों को छूता रहे। आप समझ रहे हैं न।"

"जी।" शोभनाथ ने बड़ी विनम्रता से कहा था।

चाय-पानी के बाद शोभनाथ केशवजी के साथ कोठी से बाहर निकल आए थे। रास्ते में केशवजी ने उनसे कहा था, "यह सुनहरा मौका है शोभनाथजी। इसका पूरा फायदा उठाइए। यदि एक बार आप उर्वशीजी की नजरों में चढ़ गए तो आप कहां से कहां पहुंच जाएंगे। इसके लिए आपको शुरू में कड़ी मेहनत करनी होगी। आपके पास सिर्फ एक-डेढ़ महीना बचा है। जून के अंत में पंडितजी रिटायर हो जाएंगे। उसके बाद आपको ही संभालना है। 15 अगस्त का अंक आपके संपादन में निकलेगा।"

"केशवजी, मैं अपना शत-प्रतिशत लगा दूंगा इसमें।" शोभनाथ ने उत्साह से भरकर कहा था। मैं जी-जान से कोशिश करूंगा कि आपको किसी भी प्रकार की शिकायत का मौका न मिले। मैं..."

शोभनाथ को बीच में रोककर केशवजी ने पूछ लिया था, "आप देहरादून कब लौट रहे हैं? मैं चाहता हूं कि सुमन भी आपके साथ चली जाए। इसे भी एक सप्ताह के भीतर कॉलेज ज्वाइन करना है।"

"वह तो कह रही थी कि उससे तुरंत ज्वाइन करने के लिए कहा गया है।" शोभनाथ ने केशवजी की ओर देखकर कहा।

"वह तो उसने यों ही कह दिया होगा। उसे नए सत्र में ज्वाइन करना है।"

"आप सुमनजी से पूछ लीजिए कि उन्हें कब सुविधा होगी।"

"हमने आपके ठहरने का इंतजाम गेस्ट हाउस में कर दिया है। मैं तो चाहता था कि आप हमारी कोठी में ही ठहरें, लेकिन सुमन का खयाल था कि फिलहाल आपके साथ इतनी अनौपचारिकता शायद उर्वशीजी को अच्छी न लगे। इसलिए..."

"कोई बात नहीं केशवजी। मैं गेस्ट हाउस में ही रह लूंगा। बस, एक-दो दिन की ही तो बात है।"

"मैं फिलहाल आपको गेस्ट हाउस में छोड़ देता हूं। थोड़ा आराम कर लीजिए। आज शाम का डिनर हमारे साथ घर पर करेंगे। वहीं, देहरादून लौटने के लिए सुमन से भी निश्चित कर लें। मैं शाम को गाड़ी भिजवा दूंगा।"

"जी, जैसा आप ठीक समझें।" शोभन मशीनी ढंग से बोले थे। यहां कलकत्ता में सुमन से मिलने की कल्पना से उनके तन-बदन में रोमांच हो आया था।

कुछ समय तक दोनों के बीच यों ही मौन छाया रहा।

गेस्ट हाउस आ गया था। केशवजी शोभन को वहां छोड़कर अपनी कोठी की ओर मुड़ गए थे।

शोभन फ्रेश हो चुके थे। पलंग पर लेटे-लेटे वे कभी कमरे का जायजा लेते और कभी भावी योजनाओं में खो जाते। कभी मन ही मन पत्रिका की रूप-रेखा बनाने में लग जाते। इसी दौरान कभी उनकी आंखों के सामने मनजीत आ जाती और कभी वे सुमन के विषय में सोचने लगते। इस तरह काफी देर तक यों ही पड़े-पड़े वे अपने विचारों में खोए रहे कि तभी उनके दरवाजे की घंटी बज उठी। कमर में तौलिया लपेटे उन्होंने दरवाजे की चिटकनी खोल दी। देखा कि सामने सुमन खड़ी थी, हाथ में उनकी अटैची थामे हुए।

"अरे तुम।" वे इतना ही कह पाए।

सुमन मुस्कराती हुई अंदर आ गई। शोभन ने दरवाजा बंद कर दिया। सुमन ने अटैची एक कोने में रख दी और निढाल सी पलंग पर पसर गई।

दोनों से कुछ कहते नहीं बन रहा था।

"बहुत थक गई हूं।" कुछ देर बाद सुमन बुदबुदाई।

शोभन की समझ में नहीं आ रहा था कि वह क्या कहे, क्या करे।

"इतनी भीड़ होती है सड़कों पर कि दम घुट जाता है।" सुमन ने शोभन की ओर देखकर कहा।

शोभन उस वक्त भीड़ के विषय में नहीं, उस एकांत के बारे में सोच रहे थे, जो उन्हें अनायास ही अप्रत्याशित रूप से मिल गया था। वे सुमन के बराबर में पलंग पर बैठ गए।

"तुम यहां कैसे चली आईं?" शोभन ने सुमन की हथेली पर हाथ फिराते हुए पूछ लिया।

"तुम्हारी अटैची देने और क्या। जीजी ने बतलाया कि आपके कपड़े वगैरह तो यहीं कोठी पर रह गए हैं और आपको जीजाजी गेस्ट हाउस में छोड़ आए हैं।

मैं बोली, आपकी अटैची मैं दे देती हूं। वैसे भी मुझे बाजार जाना था कुछ खरीददारी के लिए।'' शोभन की तरफ मुड़ते हुए वह बोली।

''बहाने बनाने तुम्हें खूब आते हैं।''

''इसमें बहाने बनाने की क्या बात है। क्या तुम्हें कपड़े नहीं चाहिए थे। ये तौलिया लपेटे बैठे हो।'' हँसते हुए सुमन ने शोभन का हाथ थाम लिया।

शोभन धीरे-से सरककर सुमन की बगल में लेट गए।

''देहरादून कब चलना है?''

सुमन ने शोभन की आंखों में अर्थभरी दृष्टि डाली। बोली कुछ नहीं।

''बोलो न।'' शोभन ने सुमन को समेटते हुए कहा।

''जब तुम चाहो।'' कुनमुनाते हुए सुमन बोली। ''वैसे मैं चाहती हूं कि 2-3 दिन यहां ठहर कर लौटें। फिर तुम बंबई चले जाओगे।''

''हां, मैं भी यही सोच रहा था। ऐसा एकांत न जाने फिर कब मिले।''

''मैंने ही जीजाजी से कहा कि तुम्हें गेस्ट हाउस में ठहरा दें।''

''इस एकांत की खातिर, है न।''

''तुम बहुत चालाक हो।''

''जैसे कि तुम बहुत सीधी हो।'' शोभन ने सुमन की देह को अपने से और अधिक चिपका लिया और उसकी गोलाइयों से खेलने लगे। सुमन ने अपनी आंखें बंद कर लीं और शोभन को अपने ऊपर ले लिया। बंद आंखों में सुमन को अपनी विजय साफ दिख रही थी।

देहरादून।

बेमौसम की बारिश ने शहर को खुशनुमा बना दिया था। अब बारिश रुक गई थी। शोभन और मनजीत बगिया के बीच में बैठे इलाइची वाली चाय का आनंद ले रहे थे।

चाय का एक घूंट भरते हुए मनजीत ने कहा, ''जबसे आप कलकत्ता से लौटे हैं, तब से बहुत खोए-खोए रहते हैं।''

''मनजीत, अब तुम्हें क्या बतलाऊं। कितनी बड़ी जिम्मेदारी सिर पर आ पड़ी है। सोचता रहता हूं कि इसे निभा भी पाऊंगा या नहीं।''

''मुझे आप पर पूरा विश्वास है। आप सब निभा लेंगे।''

''तुम ऐसा सोचती हो तो शायद निभा लूं, लेकिन नए काम को हाथ में लेने में थोड़ी शंका तो होती ही है। है कि नहीं?''

''हां, वह तो होती है, लेकिन आप जैसे व्यक्ति को नहीं होनी चाहिए।''

''तुम्हें मुझ पर इतना विश्वास है?''

''विश्वास न होता तो क्या मैं इतना बड़ा जोखिम ले पाती?''

''तुम कितनी अच्छी हो।''

''चापलूसी मत करो। आपके सामने मैं क्या हूं?''

''तुम सब कुछ हो। मेरी सब कुछ हो। मैंने तुम्हें अपनी जान से भी ज्यादा माना है।''

''मैं जानती हूं।'' शोभन की आंखों में देखते हुए मनजीत बोली।

चाय खत्म हो गई थी। मनजीत ने प्यालों को ट्रे में रख दिया। वह उठने लगी तो शोभन बोले, ''तुमने अपने घरवालों को बतला दिया ना?''

''वो तो पहले दिन ही बतला दिया था। क्यों?''

''बस, ऐसे ही। कुछ कह रहे थे?''

''वैसे तो कुछ खास नहीं। खुश थे तुम्हारी नियुक्ति को लेकर। लेकिन मां कह रही थी कि बिटिया इतनी दूर चली जाएगी। थोड़ी उदास थी।''

''अरे अभी कहां जा रही हो बंबई। इधर तुम्हारी डिलीवरी होनी है और मुझे वहां जाकर मकान वगैरह देखना है। ऑफिस में सैटिल होना है। इसमें कम से कम साल भर तो लग ही जाएगा।''

''साल भर? साल भर मैं आपके बिना कैसे रहूंगी?'' मनजीत उठते-उठते बैठ गई।

''वक्त बीतते देर नहीं लगती मन्नू। फिर तुम्हारे साथ तुम्हारा नन्हा-मुन्ना होगा। तुम्हारे परिवार वाले होंगे। मेरी सोचो। मैं तो नितांत अकेला होऊंगा। बस, तुम्हारी याद साथ होगी। तुम्हारी याद के सहारे जीना पड़ेगा मुझे।''

मनजीत शोभन को टुकुर-टुकुर देखती रही। उसकी आंखें पनीली हो आई थीं।

वह धीरे-से उठी और ट्रे लेकर भीतर जाने लगी। शोभन ने अपना पाइप सुलगा लिया और धुआं उड़ाते हुए किसी गहरी सोच में खो गए।

26

बंबई।

शोभन बंबई पहुंच गए थे। पिछले दिनों में उन्होंने 'नया युग' की रूप-रेखा तैयार कर ली थी। हर सप्ताह वे अपने सहकर्मियों की बैठक लेते थे। उनसे सलाह-मशविरा करते थे। अनेक सहकर्मी थे, जो सालों से 'नया युग' से जुड़े थे। शोभन ने महसूस किया कि इनमें से कुछ लोग काफी शोख हैं और उनकी बातों पर कोई खास तवज्जो नहीं देते। सो, उन्होंने सबसे पहले एक नियम बना दिया कि 'नया युग' में काम करने वाले हर व्यक्ति को ठीक दस बजे कार्यालय में उपस्थित हो जाना चाहिए और मस्टर पर साइन करके अपने आने का समय लिख देना चाहिए।

इस पर संपादकीय विभाग के कुछ लोग भड़क उठे थे। उनका तर्क था कि इस तरह के नियम-कानून 'नया युग' में कभी नहीं बने। न किसी संपादक ने ऐसे नियम बनाए। बस काम होते रहना चाहिए। पत्रिका समय पर निकलती रहनी चाहिए। कोई कब आता है, कब जाता है, इसके बारे में नियम बनाने की क्या जरूरत है। सब लोग सीनियर हैं। सब अपनी जिम्मेदारी समझते हैं। इतने सालों से पत्रिका निकाल रहे हैं।

सबसे ज्यादा कोफ्त पत्रिका के सह संपादक आनंद वशिष्ठ को हो रही थी। वह पिछले 14-15 साल से पत्रिका से जुड़े थे। उन्होंने प्रूफ रीडर के पद से अपनी नौकरी शुरू की थी। धीरे-धीरे अपनी योग्यता के आधार पर वे पहले उप-संपादक और बाद में सहसंपादक बना दिए थे। उन्हें लगता था कि पंडितजी के रिटायर होने के बाद उन्हें संपादक की कुर्सी मिल जाएगी, लेकिन ऐसा नहीं हो पाया। इससे उन्हीं बड़ी हताशा हुई। वे प्रायः ग्यारह बजे के करीब दफ्तर में आते थे। वैसे उनका काम चाक-चौबंद होता था। दस बजे दफ्तर में उपस्थित होने की बात उन्हें बहुत अखरी थी, लेकिन इस विषय को लेकर किसी ने मुंह नहीं खोला। हां, तीन-चार सहकर्मी अवश्य ही आनंद वशिष्ठ के साथ थे। वे चाहते थे कि अगर वशिष्ठजी इस मुद्दे को उठाते हैं तो वे अवश्य उनका समर्थन करेंगे।

शोभन को 'नया युग' में आए महीने भर से ऊपर हो गया था। इस बीच उन्होंने पत्रिका के पृष्ठों के बंटवारे में काफी परिवर्तन कर दिया था। उन्होंने यह भी लक्ष्य किया था कि कुछ वरिष्ठ अप्रत्यक्ष रूप से उनकी अवहेलना करते हैं। आमने-सामने होने पर कट कर निकल जाते हैं। इससें उनके अहम् को धक्का लगता था। कॉलेज में थे तो सब तरफ से उन्हें आदर ही आदर मिलता था। इस प्रकार की अवहेलना के वे अभ्यस्त नहीं थे। उनका काफी सारा वक्त यह सोचते हुए निकल जाता कि इस पुरानी व्यवस्था में अपनी नई व्यवस्था कैसे कायम की जाए। बहुत सोच-विचार के बाद उन्होंने कुछ तरीके खोज निकाले। अब वे कभी भी अपने केबिन से बाहर निकल आते और अपना पाइप पीते हुए संपादक-मंडल के हॉल में एक चक्कर लगाकर केबिन में वापस लौट जाते। इस प्रकार उन्हें पता चल जाता कि कौन-सा व्यक्ति अपनी सीट पर है और कौन-सा व्यक्ति सिर्फ गपशप में व्यस्त है। कौन काम कर रहा है और कौन आराम फरमा रहा है।

इसी तरह एक दिन हॉल का चक्कर लगाने के बाद उन्होंने आनंद वशिष्ठ को अपनी केबिन में बुला लिया।

सीने के बटन खोले हुए आनंदजी ने केबिन में प्रवेश किया। शोभन के सामने की कुर्सी पर बैठते हुए उन्होंने कहा, "जी।"

शोभन ने उन्हें कुछ इस तरह देखा कि जैसे कुर्सी पर बैठकर उन्होंने अक्षम्य अपराध कर दिया हो। फिर भी अपने को किसी तरह जब्त करते हुए उन्होंने

आनंद के सम्मुख पत्रिका के पिछले अंक के दो पृष्ठ रख दिए और बोले, ''देश-विदेश कॉलम आप ही देखते है ना?''

''जी।'' कहते हुए आनंद ने उन पृष्ठों को उठा लिया। उसमें तीन-चार जगह वर्तनियों पर निशान लगे थे और एक वाक्य को अंडरलाइन किया हुआ था।

''आप इतने सीनियर हैं और देखिए, आपके पृष्ठों पर वर्तनी और वाक्य की गलतियां रह गई हैं। क्या आपको मालूम है कि इन शब्दों की वर्तनियां किस प्रकार लिखी जाती हैं और यह वाक्य 'उसने पुराने सैनिकों के टोप और पोशाकें मेरे सामने रख दिए। यहां पर 'रख दिए' होना चाहिए या 'रख दीं।'

''विषय के कथ्य और कथन के साथ-साथ वर्तनी और भाषा पर भी ध्यान देना जरूरी होता है आनंद साहब। इतनी बड़ी और प्रतिष्ठित पत्रिका में यह सब नहीं चलेगा।''

आनंद भीतर से उबल रहे थे, लेकिन कुछ बोल नहीं पा रहे थे। तभी शोभन ने अपने पाइप को ऐश-ट्रे में रखते हुए कहा, ''आप जा सकते हैं। आइंदा इन बातों का ध्यान रखिए।''

आनंद मशीनी अंदाज में उठ गए और दरवाजे से बाहर निकलते हुए अंदर आती हुई सुगंधा से टकरा गए।

'सॉरी' कहकर वे आगे बढ़कर धम्म से अपनी सीट पर बैठ गए। वे सोच नहीं पा रहे थे कि क्या सोचें। अंदर उनका खून खौल रहा था और बाहर वे जड़वत् हो गए थे। उनका इतना और ऐसा अपमान पिछले पंद्रह वर्षों में पहली बार हुआ था।

''बहुत डिस्टर्ब दिख रहे हो बंधु।'' ओम विजय वर्गीय ने उनके पास आकर बैठते हुए कहा।

आनंद सिर पकड़ कर झुके बैठे रहे, बोले कुछ नहीं।

''चाय पिएंगे? मंगवाऊं? चाय पीकर दिमाग जाग उठता है।'' मजाक के लहजे में विजय वर्गीय बोले।

लेकिन आनंद ने इस बार भी कोई उत्तर नहीं दिया। विजय वर्गीय पास से गुजरते लड़के से दो चाय लाने के लिए कहने ही वाले थे कि तभी शोभन अपने केबिन से बाहर निकले और इधर-उधर देखते हुए उन्होंने अपनी निगाहें विजय वर्गीय पर गड़ा दी। विजय वर्गीय सकपका गए।

"विजय वर्गीयजी जरा अंदर आइए।" कहते हुए शोभन केबिन की तरफ मुड़ गए।

विजय वर्गीय डरे हुए, केबिन में जाकर एक ओर खड़े हो गए। सुगंधा कोने की सीट पर बैठी किसी अंग्रेजी पत्रिका के पन्ने पलट रही थी।

"बैठिए।"

विजय वर्गीय कोने की कुर्सी पर बैठ गए।

उपस्थिति रजिस्टर को उनके सामने रखते हुए शोभन बोले, "आज आप कितने बजे आए थे?"

"दस बजे। देख लीजिए।" बेपरवाही का नाटक करते हुए विजय वर्गीय बोले।

"आप साढ़े दस बजे के बाद आए थे।"

"मैं टॉयलेट चला गया होऊंगा।"

"पेशाब करने में आपको आधा घंटा लगता है? हम यहां ठीक पौने दस बजे आ गए थे। हमने अपने केबिन का दरवाजा खोल रखा था। यह देखने के लिए कौन कब आता है। आप झूमते हुए साढ़े दस के बाद आए थे।"

"हो सकता है। घड़ी स्लो चल रही हो या बंद पड़ गई हो।"

"अब आगे यह नहीं होना चाहिए। अपनी घड़ी ठीक रखिए विजय वर्गीयजी।" कुछ रुककर शोभन बोले, "आप जा सकते हैं।"

किसी तरह कोशिश करके विजय वर्गीय उठे और दरवाजा खोल कर हॉल में आ गए। हॉल में आकर वे अपनी सीट पर नहीं बैठे, बल्कि बीच हॉल में खड़े होकर थोड़ी तल्ख आवाज में बोले, "भाइयो, अब हम किसी पत्रिका के दफ्तर में नहीं, सरकारी दफ्तर में काम कर रहे हैं। अगर यहां टिकना है तो अपना ऊपरी ताम-झाम चुस्त-दुरुस्त रखो, वर्ना..."

अपनी सीट पर चुपचाप बैठे हुए आनंदजी सोचने लगे कि विजय वर्गीय में इतना साहस कैसे, कहां से आ गया। वे विजय वर्गीय की ओर देखते हुए थोड़ा-सा मुस्करा दिए।

विजय वर्गीय बड़बड़ाते हुए अपनी सीट पर जा बैठे। वे अपने को बहुत अपमानित कर रहे थे। शोभन ने सुगंधा पाटील के सामने उनको जो फटकार दी थी, वे उसे पचा नहीं पा रहे थे। वे मन ही मन शोभन को भद्दी-भद्दी गालियां देकर अपने को शांत करने की कोशिश में लगे थे।

तभी लंच का समय हो गया था। विजय वर्गीय उठे और बाहर निकलने के लिए लिफ्ट के पास जा खड़े हुए।

इन थोड़े से दिनों में 'नया युग' के कार्यालय का माहौल पूरी तरह बदल गया थ। पंडितजी के जमाने में यहां जो चहल-पहल और उन्मुक्तता रहती थी, वह शोभन के आने के बाद नीरस, गंभीर और दमघोटू वातावरण में बदल गई थी। संपादकीय विभाग के लगभग सभी लोग नए नियमों, थोपे गए अनुशासन और अप्रत्याशित रूप से कभी भी केबिन में बुलाए जाने से आहत थे, लेकिन सभी अपने घर-परिवार और पेट की खातिर इस नई व्यवस्था में काम करने को विवश थे। कहकहों और हँसी-मजाक का स्थान अब कानाफूसी और खामोशी ने ले लिया था। आनंद वशिष्ठ अपने को हाशिए पर डाल दिए जाने के कारण सबसे ज्यादा असंतुष्ट थे। उनका कॉलम भी बदल दिया गया था। पहले वे 'देश-विदेश' का कॉलम देखते थे, अब उन्हें 'तीज-त्यौहार' दे दिया गया था। इसे पहले सुगंधा पाटील देखती थी। सुगंधा को अब 'महिला-मंडल' के पन्ने दे दिए गए थे। संपादकीय कार्यालय में हमेशा एक प्रकार का सन्नाटा छाया रहता। कोई किसी से बोलने की हिम्मत नहीं जुटा पाता था। सब अपना सिर नीचा किए अपने काम में लगे रहने का नाटक करते। वातावरण काफी नीरस और विषाक्त हो चला था।

यह नहीं कि शोभनाथ को इस सबका अहसास नहीं था, लेकिन उन्होंने इसे अपने सम्मान का प्रश्न बना लिया था। स्टाफ के सम्मुख झुकने के लिए वे तैयार नहीं थे। उन्हें मैनेजमेंट के सामने अपने को प्रूव भी करना था। कभी-कभी वे बहुत खिन्न हो जाते और सोचते कि वे कहां आकर फंस गए। इससे तो कॉलेज की जिंदगी कितनी सुकून भरी थी। वहां विद्यार्थियों के बीच कितने आदर के पात्र थे वे और यहां? यहां अब तक उनका कोई विश्वासपात्र नहीं बन पाया था। वे एक तरह से अकेले पड़ गए थे। इसीलिए पत्रिका का सारा काम-काज उन्हें अपने हाथों में लेना पड़ा था। वे सवेरे-सवेरे कार्यालय में आ जाते। दिन भर 'अधीनस्थों' द्वारा फाइनल किए हुए पन्नों को जांचते-परखते रहते। उनमें संशोधन करते रहते और देर शाम को, जब पूरा स्टाफ निकल जाता, वे अपने गेस्ट हाउस में लौटते। आराम करने के क्षणों में भी पत्रिका उनके दिमाग में घूमती रहती। सपनों में भी

उनके सम्मुख पत्रिका ही आती। हां, कभी-कभी उसके पन्नों के बीच उन्हें सुगंधा दिखाई पड़ जाती और उनका तनाव कुछ कम हो जाता।

उन्हें सबसे ज्यादा तकलीफ आनंद वशिष्ठ से हो रही थी। आनंदजी ने संपादकीय विभाग में अपना एक गुट बना लिया था, जिसमें एक-दो वरिष्ठ 'उपों' के अतिरिक्त दो-तीन कनिष्ठ 'उप' भी थे। पहले-पहले तो आनंदजी शोभनाथ की बातों को सह लेते थे, अन्यमनस्कता के साथ। लेकिन बाद के दिनों में वे मुखर होने लगे थे। उनकी यह मुखरता शोभनाथ के अहम पर भारी पड़ने लगी थी और वे इससे निजात पाने की कोशिश में जुट गए थे। हार मानकर बैठ जाना उनके स्वभाव में नहीं था।

उस दिन।

शोभनाथ अपने केबिन में बैठे कॉफी पीते हुए ताजा अखबारों पर नजर डाल रहे थे। तभी चपरासी ने आकर उनकी मेज पर एक चिट रख दी। चपरासी के जाने के बाद शोभन ने वह चिट उठा ली। उस पर लिखा नाम पढ़कर वे चौंक उठे। उन्होंने घंटी बजाई। चपरासी अंदर आया तो वे बोले, "उन्हें अंदर भेज दो।"

ऐसा पहले कभी नहीं हुआ था। शोभन हर मिलने आने वाले को बीस-पच्चीस मिनट तक प्रतीक्षा करवाते थे, लेकिन इस बार उसे तुरंत बुलवा लिया गया था।

आगंतुक ने धीरे-से दरवाजा खोला। सामने शोभन को बैठा देखकर वह बोला, "प्रणाम गुरुजी!" और फिर उनके चरण-स्पर्श करने के लिए आगे आकर झुक गया। अपने पुराने विद्यार्थी को सामने देखकर शोभनाथ के चेहरे पर एक हल्की-सी मुस्कराहट फैल गई।

"अरे नंदलाल, तुम और यहां। यहां कैसे भई।" नंदलाल को कुर्सी पर बैठने का इशारा करते हुए वे बोले।

कुर्सी पर बैठकर नंदलाल बोला, "बस, गुरुजी। एम.ए. का रिजल्ट निकला तो पिताजी ने मुझे यहां बुला लिया। लिखा कि यहां नौकरी के अच्छे चांसेज हैं। यहां जोगेश्वरी में एक कॉलेज है—अजमेरा कॉलेज। उसके प्रिंसिपल के यहां सालों से हमारे पिताजी दूध देते हैं माहवारी पर। एक दिन बातों-बातों में पिताजी ने उनसे कहा—हमारे बेटे ने एम.ए. किया है हिंदी में, फर्स्ट क्लास। उसके लिए

कहीं कुछ हो जाए तो...। प्रिंसिपल कुलकर्णी बड़े सज्जन व्यक्ति हैं। उन्होंने कहा कि बेटे को यहां बुला लो। फिर देखेंगे। तो पिताजी ने हमें बुला लिया। बस, हम यहां आ गए।''

''कहीं नौकरी का जुगाड़ हुआ कि नहीं।'' शोभनाथ ने यों ही पूछ लिया।

''बस गुरुजी। ऊपर वाले ने दया कर दी। संयोग से कुलकर्णी साहब के कॉलेज में हिन्दी लेक्चरर की पोस्ट खाली थी। प्रिंसिपल साहब ने हमें भी एप्लाई करने के लिए कह दिया। हमने एप्लीलिकेशन भेज दी। इंटरव्यू हुआ। इंटरव्यू में कोई पंद्रह-बीस लोग आए थे। कुछ यहां के थे, कुछ बाहर के। भगवान ने हम पर दया कर दी। हमारी नियुक्ति हो गई। यह सब आपका ही आशीर्वाद है गुरु जी।''

''बधाई हो। उसमें हमने क्या किया? तुम्हारी मेहनत और ईमानदारी ने तुम्हारा साथ दिया।''

नंदलाल कुछ नहीं बोला। बस, उसके होंठों पर एक हल्की मुस्कराहट फैल गई।

''कॉलेज में सब ठीक चल रहा है न?''

''अब क्या बताऊं गुरुजी। कुछ मजा नहीं आ रहा।''

''क्यों?''

''एक तो डेढ़-डेढ़ सौ की बड़ी-बड़ी क्लासें हैं। फिर हिन्दी को अंग्रेजी में पढ़ाना पड़ता है। बहुत मुश्किल होती है। रातभर डिक्शनरी लेकर हिन्दी के अंग्रेजी शब्द नोट करता रहता हूं ताकि अगले दिन ठीक से पढ़ा सकूं।''

सुनकर शोभन मुस्करा दिए।

''तो यह बात है।'' वे कुछ सोचते हुए बोले।

बिना मंगाए चाय आ गई थी। प्याले को नंदलाल की ओर सरकाते हुए शोभन बोले, ''लो चाय लो।''

नंदलाल ने प्याला उठा लिया।

चाय की एक घूंट भरते हुए नंदलाल बोला, ''गुरुजी, पिछले हफ्ते 'नया युग' में आपका नाम पढ़ा तो मन खिल गया। सोचने लगा, गुरुजी भी बंबई आ गए है, यह मेरा सौभाग्य है।''

"शोभन ने अपना पाइप सुलगा लिया था। कुछ देर तक दोनों के बीच अनौपचारिक बातें होती रहीं। फिर जब नंदलाल जाने के लिए उठने लगा तो शोभन बोले, "कभी-कभी मिलते रहा करो। अच्छा लगता है।"

"जी, जरूर। मैं आता रहूंगा। मेरे लायक कोई काम हो तो आज्ञा देने में कोई संकोच न करें। आखिर, मैं आपका ही बनाया हुआ हूं।" कहते हुए नंदलाल उनके चरण-स्पर्श करने के लिए झुका और फिर अभिवादन करके बाहर निकल गया।

कुछ दिन बीत गए।

संपादकीय विभाग का वातावरण और अधिक विषम हो गया था। आनंद वशिष्ठ और उनके गुट ने शोभन की ज्यादतियों की अवहेलना शुरू कर दी थी। शोभनाथ के कठोर अनुशासन और नियमों से वे परेशान थे। शोभनाथ भी परेशान थे। वे कार्यालय में क्लास-रूम जैसा अनुशासन चाहते थे और यही नहीं हो पा रहा था।

एक दिन आनंद वशिष्ठ कोई बारह बजे कार्यालय में आए। वे अपनी सीट पर बैठे ही थे कि शोभनाथ का बुलावा आ गया। आनंद अंदर केबिन में गए। आनंद को देखते ही शोभनाथ भड़क उठे। अपनी घड़ी की ओर देखते हुए बोले, "क्या टाइम हुआ है?"

"घड़ी में देख लीजिए न।" आनंद ने रूखेपन से जवाब दिया।

"कार्यालय में उपस्थित होने का वक्त मालूम है न?"

"जी, मालूम है। मेरा बच्चा बीमार है। उसे अस्पताल ले गया था।"

"अगर ऐसी बात थी तो छुट्टी ले लेनी चाहिए थी।"

"ठीक है। मैं अभी छुट्टी की अर्जी लिख देता हूं।" कहकर वे बाहर जाने लगे।

"कल पूरा अंक प्रेस में जाना है। आपके पृष्ठ फाइनल हो गए?"

"मैं इसीलिए, न चाहकर भी ऑफिस में आया था। अपनी जिम्मेदारी मैं समझता हूं। इतने सालों से काम कर रहा हूं।"

"जाइए, अपने पृष्ठ फाइनल करके मुझे दिखाइए।"

"अंक को प्रेस में भेजने का काम मेरा है। मैं कर लूंगा।"

शोभनाथ कुछ बोल नहीं पाए। आनंद बाहर चले आए।

शोभन कसमसाकर रह गए थे। वे सोच नहीं पा रहे थे कि इस व्यक्ति को कैसे रास्ते पर लाया जाए। इस प्रश्न को उन्होंने अपने सम्मान का प्रश्न बना लिया था। दिन भर वे सोचते रहे, सोचते रहे। बहुत सोचने के बाद उन्होंने जनरल मैनेजर अभिमन्यु सिंह से मिलने का निश्चय कर लिया।

दूसरे दिन लंच के बाद वे सिंह के साथ ही उनके केबिन में चले आए। उनसे मंत्रणा करने के लिए। उन्होंने बतलाया कि विभाग में एक प्रकार की उच्छृंखलता फैली हुई है और इसका नेतृत्व आनंद वशिष्ठ कर रहे हैं।

''अपने स्टॉफ पर नियंत्रण रखना आपका काम है डॉक्टर शोभनाथ। कहिए, मैं आपके लिए क्या कर सकता हूं।''

''आप मुझे एक सीनियर हैंड दे दीजिए।''

''वैसे आपके यहां एक 'सब' की जगह खाली है।''

''क्या इस पोस्ट को 'असिस्टैंट' की पोस्ट में नहीं बदला जा सकता।''

''इसके लिए मैनेजमेंट से बात करनी होगी।''

कुछ और औपचारिक बातें करने के बाद शोभन अपने केबिन में जाने के लिए उठ खड़े हुए। तभी मिस्टर सिंह ने कहा, ''डॉ. शोभनाथ, पत्रकारिता में पूरे डिपार्टमेंट को अपने साथ लेकर चलना होता है। अब देखिए न, इंग्लिश 'न्यू एज' के एडीटर मिस्टर सूर्यवंशी को। हर 'सब' की टेबल पर जाकर उससे बात करते हैं, डिसकस करते हैं। उसकी राय लेते हैं और इससे हुआ यह कि उनके डिपार्टमेंट में सबसे ज्यादा हारमॅनी है।''

शोभन इस पर कोई तल्ख-सी बात कहना चाहते थे। कहना चाहते थे कि हर इन्सान का, काम करने का अपना ढंग होता है। मेरा अपना ढंग है। मुझे दफ्तर में अनुशासन चाहिए। हर कीमत पर। उच्छृंखलता को मैं सह नहीं सकता। लेकिन वे कुछ बोले नहीं। धीरे-से सिंह के केबिन से बाहर निकल आए।

उसके कोई हफ्ते भर बाद सिंह ने उन्हें अपने केबिन में बुलाकर बताया कि 'नया युग' में 'सब' के बदले एक सहायक की पोस्ट सैंक्शन कर दी गई है और उसकी नियुक्ति का अधिकार उनको दे दिया गया है।

श्री सिंह का आभार मानते हुए शोभन उनके केबिन से बाहर निकल आए। अपने केबिन में जाते हुए उनका दिमाग तेजी से चलने लगा। अपने केबिन में

बैठकर उन्होंने अपना पाइप सुलगा लिया और गंभीर चिंतन में खो गए। बहुत सोचने-विचारने के बाद भी वे कोई निर्णय नहीं कर पाए।

दो-तीन दिन यों ही गुजर गए। तभी एक दिन नंदलाल उनके दफ्तर में आया। औपचारिक अभिवादन के पश्चात शोभन ने कुछ सोचते हुए उससे पूछा, ''हां तो नंदलाल, तुम्हारा कॉलेज कैसा चल रहा है?''

''बस कुछ मत पूछिए गुरुजी। हालत खराब है। दो महीने हो गए, क्लासें ही कंट्रोल में नहीं आ रहीं। रात की नींद हवा हो गई है। सपने में भी शरारती लड़के मेरी मजाक बनाते दीखते हैं। और लड़कियां भी कुछ कम नहीं हैं। वे तो लड़कों से भी बढ़ कर हैं।''

कुछ सोचकर शोभन बोले, ''नंदलाल...'' कहते-कहते वे रुक गए।

''जी गुरुजी...'' नंदलाल उनका चेहरा देखने लगा।

''तुम 'नया युग' में आना चाहोगे?''

सुनकर नंदलाल का चेहरा चमक उठा, लेकिन गुरुजी, मुझे पत्रकारिता का कोई अनुभव नहीं है।'' वह मुस्कराते हुए बोला।

''उसकी छोड़ो। वह हम देख लेंगे, लेकिन यहां काम बहुत है और उसे बहुत मन लगाकर करना होगा।''

''मैं तो किसान किस्म का आदमी हूं गुरुजी। काम से मैं नहीं घबराता। काम तो मैं दिन-रात कर सकता हूं।''

''तो ठीक है। कल, कल क्या आज ही एक एप्लीकेशन डाल दो। जनरल मैनेजर के नाम। बाकी हम पर छोड़ दो।''

''जी।'' हुमकते हुए नंदलाल बोला और गुरुजी के चरण-स्पर्श के लिए आगे बढ़ गया।

असिस्टेंट एडीटर का पद पाकर नंदलाल की दुनिया की बदल गई। कॉलेज की तुलना में तीन-चार गुना वेतन तथा अन्य सुविधाएं और सबसे ऊपर शोभन का आशीर्वाद। नंदलाल सुबह नौ बजे कार्यालय में आ जाता और शाम को कभी सात बजे और कभी आठ बजे तक गधों की तरह काम करता रहता। इतना काम करने के बाद भी वह खुश-प्रसन्न था।

शोभनाथ ने धीरे-धीरे श्री आनंद का अधिकांश कार्य नंदलाल के जिम्मे कर दिया था। कभी-कभी तो आनंद दिन भर खाली बैठे रहते जबकि सारे लोग मुंडी नीचे किए कार्य करते रहते। उपेक्षा व्यक्ति में एक विवश बौखलाहट भर देती है। आनंद भी कुछ ऐसा ही महसूस कर रहे थे, लेकिन सोच नहीं पा रहे थे कि ऐसी स्थिति में क्या किया जाए।

कार्यालय में 'नया युग' के दीपावली विशेषांक की तैयारियां चल रही थीं। इन्हीं दिनों आनंद को टेंशन के कारण हल्का-सा हृदयाघात हुआ था। वे छुट्टी पर थे। एक दिन जब सुबह-सुबह वे बैठक में बैठे हुए अपनी दिन भर की दवाइयां बना रहे थे, उनके टेलीफोन की घंटी बज उठी। उन्होंने पास पड़ा चोगा उठाया और धीमे-से स्वर में 'हलो' कहा।

दूसरी तरफ से शोभन बोल रहे थे, "आनंदजी, ऑफिस कब आ रहे हैं। विशेषांक प्रेस में जाने को है।"

"मैं मेडिकल लीव पर हूं डॉक्टर साहब।"

"आप थोड़े समय के लिए भी नहीं आ सकते?" शोभन के स्वर में खराश थी।

"अभी तो नहीं। जब मेडिकल पूरी हो जाएंगी तो तब देखूंगा।"

"देखिए, इन दिनों विशेषांक के कारण काम बहुत बढ़ गया है। 'दीपावली' पर आपका लेख भी जाना था। वह भी अभी तक नहीं मिला। कब भेज रहे हैं?"

"इस बार मैं नहीं लिख पाऊंगा डॉ. साहब; और किसी से लिखवा लीजिए।" फिर कुछ रुककर बोले, "नंदलालजी से कहें लिखने को।"

"मुझे सलाह देने की कोई जरूरत नहीं है। मैं लिखवा लूंगा। तो आप नहीं आ रहे।"

"अभी तो नहीं। मेडिकल..."

दूसरी तरफ से टेलीफोन काट दिया गया था।

कोई पंद्रह दिन बाद जब आनंदजी दफ्तर में आए तो उन्होंने महसूस किया कि लगभग सभी सहकर्मी उनसे आंख चुरा रहे हैं। ऐसा तो ये लोग नहीं करते थे, आनंदजी ने सोचा। सोचते हुए वे अपनी जगह पर जाकर बैठ गए।

कुछ देर बाद उनका एक सहकर्मी 'उप' उनके पास आकर बैठ गया। बोला, "अब कैसे है आनंदजी।"

"ठीक हूं, अजीत भाई।" फिर इधर-उधर देखकर बोले, "आज दफ्तर में इतना सन्नाटा क्यों है।"

"पिछले हफ्ते शर्माजी की छुट्टी हो गई।"

"क्यों, क्या हुआ?"

"बस, सुगंधाजी के एक लेख को लेकर उनकी संपादक महोदय से कहा-सुनी हो गई। फिर कहा-सुनी के बाद बात गाली-गलौज तक बढ़ गई। डॉक्टर साहब ने उनकी लिखित शिकायत सिंह साहब से कर दी और शायद यह भी कह दिया कि ऐसे माहौल में, जहां सभ्यता और संस्कार जैसी कोई चीज न हो, वे काम नहीं कर सकते।"

"फिर?"

"फिर क्या? शाम होते-होते शर्माजी के हाथ में टर्मिनेशन ऑर्डर पकड़ा दिया गया।" कुछ रुककर अजीत ने यह भी कह दिया, "इस माहौल में काम करना मुश्किल होता जा रहा है आनंदजी। दम घुटता है।"

आनंदजी अजीत वर्धन की बात सुनते हुए ब्लेड से पेंसिल बना रहे थे। तभी केबिन से उनका बुलावा आ गया।

ब्लेड हाथ में लिए ही आनंदजी केबिन में जाकर खड़े हो गए। बोले कुछ नहीं। पास ही कुर्सी पर नंदलाल कोई लेख पढ़ रहे थे। इसे शाम तक प्रेस में देना था।

'दीपावली विशेषांक' की एक प्रति आनंदजी को देते हुए शोभन बोले, "इसमें वर्तनी और वाक्यों की गलतियों पर 'टिक' करके शाम तक मुझे दीजिए।"

विशेषांक को उलटते-पुलटते हुए आनंदजी बोले, "डॉक्टर साहब विशेषांक तो छप गया है अब त्रुटियों पर निशान लगाकर क्या होगा?"

"That is my concern. आप वही कीजिए जो आपसे कहा गया है।"

"मेरे हाथों यह नहीं होगा डॉक्टर साब।" आनंदजी थोड़ी उत्तेजना में बोले।

"तो आपके हाथों का और दूसरा उपयोग ही क्या है?" शोभन की आवाज भी तल्ख हो गई।

"आपके लेखे अगर इनका अन्य कोई उपयोग नहीं है तो..."

"तो क्या..."

आनंदजी ने आव देखा न ताव, दूसरे ही क्षण ब्लेड से अपेन दाएं हाथ की नस काट डाली।

नंदलाल, जो अभी तक दोनों के बीच चलने वाले संवादों का, गंभीर बना हुआ मजा ले रहा था, बुरी तरह घबरा गया।

"आनंदजी।" वह कुर्सी से उठते हुए चिल्लाकर इतना ही बोल पाया।

केबिन के भीतर से नंदलाल की चिल्लाहट सुनकर दो-तीन 'उप' लगभग झपटते हुए केबिन में दाखिल हो गए।

आनंदजी के हाथ से काफी खून बहकर कुर्सी के हत्थे से होता हुआ नीचे फर्श पर फैल गया था।

"'विशेषांक' को शोभन की ओर फेंकते हुए आनंदजी बोले, "यह दादागीरी मेरे साथ नहीं चलेगी। मैं आपका खरीदा हुआ नौकर नहीं हूं। आप भी समझ लीजिए कि आप भी इस संस्थान में वैसे ही नौकर हैं, जैसा मैं हूं।"

यह घटना इतने अप्रत्याशित रूप से हुई थी कि शोभन हक्के-बक्के होकर रह गए थे। उनसे कुछ कहते नहीं बन रहा था।

कुछ और सहकर्मी केबिन में आ गए थे। आनंदजी को लेकर वे बाहर आ गए। एक 'उप' ने उनकी बांह पर रूमाल बांध दिया था और फिर कुछ लोग उनको सहारा देकर नीचे की मंजिल पर डिस्पेंसरी में ले गए थे।

उस दिन की घटना से सहकर्मियों में आनंदजी के प्रति सहानुभूति उत्पन्न हो गई थी। वैसे तो अधिकांश 'उप' शोभन के निरंकुश व्यवहार से पहले से ही कसमसा रहे थे, लेकिन अब उनमें हिम्मत आ गई थी और वे आनंदजी के पक्ष में आ गए थे। बस, नंदलाल ही इस सब से निरपेक्ष बना हुआ था।

जी.एम. को भी इस हादसे की खबर मिल चुकी थी। उन्होंने शोभन और आनंद दोनों से अपना-अपना स्पष्टीकरण लिखित रूप में देने के लिए कहा। दोनों के स्पष्टीकरण पढ़कर उन्होंने शोभन को अपने केबिन में बुला भेजा और उन्हें जतला दिया कि पत्रकारिता के कार्यालय में हाथ में घड़ी लेकर काम नहीं कराया जा सकता; कि वे अपने व्यवहार और रणनीति में बदलाव लाएं।"

शोभन को जी.एम. की बात थोड़ी अपमानजनक लगी, लेकिन वे खून की-सी घूंट पीकर रह गए। उधर आनंदजी को फिल्मी पत्रिका 'चित्रपट' में स्थानांतरित

कर दिया गया, लेकिन आनंदजी इससे संतुष्ट नहीं थे। स्थानांतर के प्रति अपनी असहमति जताकर उन्होंने इस्तीफा दे दिया, यह संकल्प लेकर कि अब वे अपनी पत्रिका शुरू करेंगे।

शोभन आनंदजी के इस्तीफे से एक प्रकार की शांति का अनुभव कर रहे थे, लेकिन अब स्थितियां बदल चुकी थीं। सभी 'उप' शोभन की निरंकुशता के विरुद्ध एकजुट हो गए थे।

कार्यालय के कार्य-कलाप पुराने ढर्रे पर आ गए थे। शोभन को अपना रवैया बदलना पड़ा था। केबिन से 'उपों' को बुलावा आना बंद हो गया था। सिर्फ नंदलाल और कभी-कभी सुगंधा ही उनके केबिन में आते-जाते दीखते थे।

27

चर्चगेट। टी-सेंटर।

शोभन और सुगंधा एक कोच पर आमने-सामने बैठे थे। इन तीन-चार महीनों में उनके बीच काफी निकटता आ गई थी। पहले दिन सुगंधा को देखकर वे एक बारगी चौंक उठे थे। उसे देखकर उन्हें सहसा ही अपनी चचेरी बहन माया याद आ गई थी। उन दिनों वे बी.ए. में पढ़ रहे थे। उस साल गर्मियों में वे अपनी बुआ के साथ गांव गए थे। माया की शादी हो रही थी। जब तक वे गांव में थे, संबंधी होने के नाते वे माया से मिलते-जुलते रहते थे। दोनों में अच्छी दोस्ती थी। गांव पहुंचकर वे माया से मिले। यौवन की दहलीज चढ़ती हुई माया इस बार उन्हें बहुत आकर्षक लगी। एक दिन एकांत में वे उसके भावी दूल्हे के बारे में पूछने लगे।

'काला कलूटा है। मुझे बिल्कुल पसंद नहीं है।' माया ने उत्तर दिया।

'तो फिर उससे शादी क्यों कर रही हो?'

'मैं क्या कर सकती हूं।'

'वह करता क्या है?'

'जमींदार है। जमींदार लोग क्या करते हैं। वह भी वही करता होगा।'

एक क्षण चुप रहकर माया फिर कहने लगी, 'मां-बाप ने उसकी बड़ी हवेली देखी, पैसा देखा, जमींदारी देखी और कर दिया मेरे ब्याह का फैसला।'

'तुमने कोई विरोध नहीं किया?'

'किसके बूते पर विरोध करती। विरोध करके कहां जाती?'

'कहीं भी। कहीं भी भाग जाती।'

'अकेले? बिना किसी सहारे के?'

इस प्रश्न से शोभन सोच में पड़ गए, लेकिन चुप रह जाना उनके स्वभाव में नहीं था।

'मेरे साथ भागोगी?' वे जोश में कह गए थे।

'है तुममे इतनी हिम्मत, मुझे भगा ले जाने की।'

शोभन ने एक नजर में माया की देह-यष्टि को देखते हुए कह दिया, ''हां है, हिम्मत भी, ताकत भी और तरकीब भी।''

'सच कह रहे हो?'

कंठ का स्पर्श करते हुए शोभनाथ बोले, 'सच। बिल्कुल सच। मैं झूठ नहीं बोलता।'

'फिर यहां से भागने के बाद?'

'पहले कहीं भी चले जाएंगे। फिर शादी कर लेंगे।'

सुनकर माया गुदगुदा गई। वह अपने पति के रूप में ऐसे ही किसी गबरू नौजवान की कल्पना करती थी।

दोनों में युवा खून उबल रहा था। आयु का यह बिंदु ऐसा होता है जब सामान्यतः क्षण भर में निर्णय ले लिए जाते हैं; बाद में परिणाम चाहे जो भी हो। नैतिकता-अनैतिकता, घर-परिवार, ऊंच-नीच और संगत-असंगत के विचार अर्थहीन हो जाते हैं। ये दोनों भी इसी बिंदु पर खड़े थे।

'तो पक्का रहा।' किशोरी माया ने शोभनाथ के चेहरे की ओर सवालिया नजर से देखते हुए कहा।

'बिल्कुल पक्का।' शोभनाथ पूरे आत्मविश्वास से बोले थे।

और उसी रात दोनों घर से भाग लिए। बुआ ने शोभनाथ को रास्ते के खर्च के लिए कुछ रुपये दे रखे थे। माया अपनी शादी के लिए बने सोने के गहने उठा लाई थी। गांव की बटिया पर जल्दी-जल्दी चलते हुए वे किसी तरह स्टेशन पहुंच गए। अभी भोर होने में देर थी।

थोड़ी देर में गाड़ी आ गई। गाड़ी से गांव के दो जने उतरे। उनमें से एक ने माया को पहचान लिया। उसके रंग-ढंग देखकर उसे दाल में कुछ काला दिखा। उसने माया के पास जाकर कुछ सवाल किए। उसे उनका जो जवाब मिला, उससे उसका शक पक्का हो गया। वह दोनों को हांकता हुआ गांव ले आया। अब तक

शोभन को भी होश आ गया था। फिर माया के घर में जो फसाद मचा, शोभन की जो हालत की गई, किस प्रकार शादी होने तक माया पर पहरा बिठाया गया, यह लंबी कहानी है।

सुगंधा ने शोभन को माया की याद दिला दी थी।

कपों में चाय उंडेलते हुए सुगंधा बोली, "क्या सोच रहे हैं सर।"

"कुछ नहीं। तुम्हें देखकर मुझे अपनी बहन याद आ गई थी।"

मुस्कराते हुए सुगंधा बोली, "तो यहां बंबई में मुझे ही अपनी बहन मान लीजिए। मेरा कोई भाई नहीं है। रक्षा-बंधन को मैं आपको राखी बांध दूंगी।"

शोभन की चाय कड़वी हो गई थी। उनका दिमाग घूम गया। राखी तो सुमन भी बांधा करती थी। उनका ध्यान माया और सुगंधा से हटकर सुमन पर आकर टिक गया। वे सुगंधा से कोई ज्यादा बात नहीं कर पाए। उनका मूड ही बिगड़ गया था। चाय पीने के बाद वे 'टी सेंटर' से बाहर निकल आए। अपनी गाड़ी से सुगंधा को वी.टी. स्टेशन छोड़कर उन्होंने गाड़ी अपने गेस्ट हाउस की तरफ मोड़ ली।

शोभन घर पहुंचकर फ्रेश हुए ही थे कि टेलीफोन की घंटी बज उठी। तौलिए को पलंग पर डालकर उन्होंने चोगा उठा लिया, "हलो।"

"मैं सुमन बोल रही हूं देहरादून से।"

शोभन एक क्षण के लिए कुछ बोल नहीं पाए।

"हलो, मैं सुमन बोल रही हूं। आवाज आती है क्या?"

"हां सुमन, बोलो। तुम्हारी उमर बहुत लंबी है। मैं तुम्हें ही याद कर रहा था।"

"अरे सुनो! मनजीत की तबीयत खराब हो गई है। उसे हॉस्पिटल में दाखिल करा दिया है। तुम पहली फ्लाइट से आ जाओ। उसकी डिलीवरी भी होनी है 2-3 दिन में।"

"मैं आता हूं।"

"फौरन चले आओ। तुम्हें देखे कितने साल हो गए।"

"पगली! साल कहां से हो गए। अभी तो कुछ महीने ही हुए हैं।"

"तुम बुद्धू हो। अच्छा, मैं फोन रखती हूं।" दूसरी तरफ से फोन रख दिया गया था।

दूसरे दिन सुबह की फ्लाइट पकड़कर शाम होते-होते शोभन देहरादून पहुंच गए थे। अपने बंगले पर कुछ देर रुककर वे अस्पताल के लिए तैयार होने लगे।

मनजीत का दाखिला जनरल वार्ड में किया गया था। अस्पताल पहुंचकर उन्होंने देखा मनजीत की खाट के पास बैठी उसकी मां परमजीत मौसमी के जूस का गिलास लिए बैठी थी। सुमन का कोई अता-पता नहीं था। मनजीत आंखें बंद किए लेटी थी। परमजीत ने शोभन को देखा तो वह स्टूल से उठने लगी।

''आप बैठी रहिए अम्मा।'' औपचारिक अभिवादन के बाद शोभन बोले।

''क्या हुआ मनजीत को?'' उन्होंने पूछा।

स्टूल पर बैठने के बाद परमजीत बोली, ''अब क्या बताऊं बेटे। तीन दिन पहले इसके पेट में दर्द उठा। बहुत जोरों का दर्द। हम अपने फैमिली डॉक्टर के पास ले गए; वहीं गुरुद्वारे के सामने वाले डॉक्टर के पास। वो जांच करके बोला, ''इसे अभी बड़े अस्पताल में ले जाओ। देरी करने से केस बिगड़ जाएगा। सो, हम इसे यहां ले आए।''

अब शोभन ने मनजीत को गौर से देखा। उसका चेहरा पीला पड़ गया था। आधा हाथ खाट से नीचे लटका हुआ था। 'मनजीत इतनी बेचारी तो नहीं थी।' उन्होंने सोचा।

तभी कसमसाती हुई मनजीत ने 'ओह' कहते हुए आंखें खोलीं। उसे शोभन का धुंधला-सा चेहरा दिखाई दिया।

''आप?'' वह उठने की कोशिश करने लगी।

''लेटी रहो।'' कहते हुए शोभन उसकी खाट की पाटी पर बैठ गए। यह क्या कर लिया तुमने अपना?'' वे बोले।

मनजीत कुछ नहीं बोली।

''जनरल वार्ड में किसने रख दिया तुम्हें। मैं अभी स्पेशल वार्ड का इंतजाम करता हूं।'' कहते हुए वे उठ खड़े हुए।

''यहां ठीक है?''

''क्या खाक ठीक है यहां। मालूम है, मुझे कितनी मुश्किल पड़ी। वो तो अच्छा हो डॉक्टर भटनागर का जो मुझे तुम्हारे पास आने की परमिशन मिल गई।''

''बेटे, ये जूस पिला दे मनजीत को।'' जूस का गिलास शोभन को पकड़ाती हुई परमजीत बोली।

शोभन ने गिलास हाथ में ले लिया। मनजीत को धीरे-से उठाया और धीरे-धीरे घूंट-घूंट उसे जूस पिलाने लगे।

फिर उन्होंने पूछा, ''तुम्हें कौन डॉक्टर अटैंड कर रहा है?''

''कोई डॉक्टर सुषमा है।''

"ठीक है, मैं उससे मिलकर आता हूं। तुम लेट जाओ।" कहते हुए उन्होंने मनजीत को लिटा दिया और खुद बाहर निकल आए।

पैसेज में ही उन्हें डॉ. सुषमा मिल गईं। उन्होंने बतलाया कि बच्चा बच्चेदानी में तिरछा हो गया है। हमारी कोशिश जारी है। नहीं तो फिर सिजेरियन ही अकेला ऑप्शन है।"

"उसमें कोई खतरा तो नहीं है?" शोभन ने पूछ लिया।

"खतरा तो रोड क्रॉस करने में भी होता है। वैसे चिंता की कोई बात नहीं है। डॉ. सोनी बहुत अनुभवी हैं।"

अब मनजीत को स्पेशल वार्ड में शिफ्ट कर दिया गया था। सारी व्यवस्था करके वे बाहर निकलने वाले ही थे कि एक 'वार्ड ब्वाय' ने शोभन से ही पूछ लिया, "सोभन शाप (साहब) कौन हैं? उनका फोन आया है।"

शोभन उसके साथ बाहर निकल आए। रिसेप्शन पर जाकर उन्होंने फोन लिया। फोन सुमन का था।

"तुमने आने की खबर भी नहीं दी।" सुमन शिकायती लहजे में बोली।

"मैं जल्दी में कुछ सोच नहीं पाया सुमन! तुम कहां से बोल रही हो।"

"तुम्हारे बंगले से।"

"मैंने मनजीत को स्पेशल वार्ड में दाखिल करवा दिया है।"

"हुं...तुम घर कब आ रहे हो?" इस बार सुमन के स्वर में कोमलता थी।

"पहले यहां का देख लूं, तुम घर पर ही हो न?"

"तुम वक्त पर आ जाना। रात का खाना इकट्ठा खाएंगे।"

"तुम अपने घर नहीं जा रहीं।"

"मैंने बाबूजी से कह दिया है कि रात को अस्पताल में रहूंगी।"

"ठीक है।" मुस्कराते हुए शोभन ने फोन रख दिया।

कोई नौ बजे के करीब शोभन अपने बंगले पर लौटे। गेट का फाटक खुलने की आवाज सुनकर सुमन बाहर बरामदे में आ गई। अंदर आते हुए शोभन ने सुमन को देखा, उनका दिल धड़कने लगा। पास जाकर उन्होंने पूछा, "गुलाब सिंह घर पर नहीं है क्या?"

"मैंने कल ही उसे गांव भेज दिया। उसकी मां बीमार है।" तीन-चार दिन में आ जाएगा।"

"यह अच्छा किया तुमने।"

"मैं सब कुछ अच्छा ही करती हूं। मुस्कराते हुए वह बोली, "अच्छा, अब फ्रेश हो जाओ। मैं खाना लगाती हूं।" कहती हुए सुमन रसोई की ओर मुड़ गई। शोभन ने अंदर आकर देखा, उनकी किताबें-फाइल वगैरह सब करीने से लगी हैं। बैडरूम में नया गाढ़े रंग का बैड कवर बिछा है और कमरे में भीनी-भीनी खुशबू भरी हुई है।

भोजन के बाद शोभन पलंग पर आकर लेट गए। अस्पताल, अम्मा और मनजीत को वे जैसे भूल चुके थे। इस समय सुमन का नशा उन पर छाता जा रहा था। वे बैडरूम में सुमन के आने की प्रतीक्षा करते हुए दरवाजे की तरफ टकटकी लगाकर देखते रहे।

कुछ देर बाद सुमन कमरे में दाखिल हुई। उसने पारदर्शी नाइटी पहन रखी थी। शोभन उन्मत्त हो उठे। उन्होंने उठकर उसे बाहों में जकड़ लिया।

"उई!...छोड़ो भी। लगता है, बंबई जाकर तुम में बहुत ताकत आ गई है।" अपने को शोभन की बांहों से छुड़ाने का नाटक-सा करती हुई वह बोली।

शोभन कुछ नहीं बोले। प्यार के आवेश में उनसे कुछ बोला ही नहीं गया। गद्देदार पलंग पर सुमन को पटककर वे उसकी बगल में लेट गए। बाएं हाथ से सुमन की पीठ को सहलाते हुए अपने दाहिने हाथ से वे उसकी गोलाइयों को सहलाने लगे।

उस रात, रात भर प्यार का कहो या वासना का यह खेल चलता रहा। रात के पहर बीतते रहे और उन्माद का निर्झर रुक-रुक कर बहता रहा।

सुबह हुई और सुमन ने उठने की कोशिश की तो उससे उठा नहीं गया। उसके तन का पोर-पोर दुख रहा था। किसी तरह उसने उठकर पलंग के नीचे गिरी हुई नाइटी उठाकर पहनी और अलस आंखों को मलती हुई बरामदे में आकर खड़ी हो गई।

सामने बगिया में ताजगी भरी थी। फूल खिले थे। कलियां जैसे प्रस्फुटित होने को थीं। बाउंडरी वॉल के पास अमरूद की डाली पर एक कोयल आकर कूकने लगी थी, उसकी तेज कूक के अलावा सर्वत्र शांति थी। सुमन के भीतर छाई शांति जैसी। अब उसे अपना शरीर हल्का लगने लगा था।

तभी उसने देखा, दूधवाला गेट खोलकर अंदर आ रहा था।

28

शोभन को देहरादून आए चालीस घंटों से ज्यादा हो गए थे। मनजीत के लिए ये घंटे वर्ष बन गए थे। बार-बार उठते हुए दर्द को सहना उसके लिए मुश्किल होता जा रहा था। उसे लगता था कि जैसे उसके प्राणों को किसी ने सोख लिया है। तड़पते, कराहते उसका वक्त करवटें बदलने और सीत्कार करने में बीत रहा था। मां परमजीत उसके पलंग के पास बैठी उसे दिलासा देती और हिम्मत से काम लेने को कहती, लेकिन मनजीत थी कि मां की कोई बात उसे बहला नहीं पाती और समय-समय पर उसकी चींख पूरे वार्ड को हिला देती। चीख के बाद उसका कराहना शुरू हो जाता था। उसे लगता कि जैसे दर्द ने उसके शरीर में फैलकर समय को स्थिर कर दिया है।

शोभन दिन में दो बार उसे देखने आते। एक तो सुबह-सुबह नाश्ता लेकर और फिर शाम को मरीजों से मिलने के समय पर। वे सोचते, प्रसव तो सामान्य और सहज सी बात है तो उन्हें ज्यादा चिंता करने का कोई कारण नहीं दीखता।

लेकिन अगले दिन जब सवेरे शोभन अस्पताल गए तो उन्होंने देखा, ''डॉ. सुषमा कपूर और उनके सहायक मनजीत के बैड के पास गंभीर मुद्रा में खड़े

थे। इस बीच मनजीत के चेहरे की आभा पर पीलेपन की छाया चिपक चुकी थी। मां और बहन रुआंसे से डॉक्टरों के साथ खड़े थे। शोभन कुछ शंकित होकर मनजीत के बिस्तर के पास आकर रुक गए। उन्होंने डॉ. सुषमा की ओर पूछती निगाहों से देखा।

''शी इज सीरियस। हम आपका ही इंतजार कर रहे थे।''

''आप क्या कहते हैं?''

''इन्हें सीजेरियन के लिए ले जाना पड़ेगा।''

''जैसा भी आप ठीक समझें।''

''डॉ. सोनी आते होंगे। हम और थोड़ा 'डिस्कशन' कर लेते हैं।''

शोभन ने मनजीत की ओर देखते हुए सहमति में अपना सिर हिला दिया।

सारी औपचारिकताएं पूरी करने के बाद मनजीत को ऑपरेशन थियेटर में ले जाने की तैयारी की जाने लगी। अब तक सुमन भी वहां पहुंच चुकी थी। वहां का वातावरण देखकर वह कुछ ज्यादा बोल नहीं पाई। कोई सवा दस बजे मनजीत को ऑपरेशन थियेटर के भीतर ले जाया गया। शोभन ने एक क्षण आंखें बंद करके मनजीत के लिए शुभकामना की और फिर आंखें खोलकर सुमन की ओर देखा। सुमन गुमसुम गंभीर खड़ी थी। पास ही मनजीत की बहन सुरजीत और मां बेंच पर बैठी कभी शोभन की ओर देखतीं और कभी ऑपरेशन थियेटर के बंद दरवाजों पर आंखें गड़ा देतीं। मां परमजीत बार-बार दुपट्टे से अपनी आंखें पोंछ रही थीं और मन ही मन मनजीत की राजी-खुशी के लिए दुआएं मांग रही थीं।

दो सवा दो घंटे यों ही भय और आशंकाओं के बीच बीत गए। तभी ऑपरेशन थियेटर का दरवाजा खुला और डॉ. सोनी अपने एक सहायक के साथ बाहर आए। उनके गंभीर चेहरे को देखकर शोभन के दिल की धड़कन बढ़ गई।

शोभन आगे बढ़कर डॉ. सोनी के सामने आकर खड़े हो गए।

''डॉ. साहब...'' वे इतना ही बोल पाए।

''बेबी गर्ल है। डोंट वरी। हम पेशेंट को बचाने की पूरी कोशिश कर रहे हैं। उन्हें ब्लड और ग्लूकोज चढ़ाया जा रहा है। वह अभी अनकांसस है। आगे के ट्रीटमेंट के लिए तीन-चार घंटे रुकना पड़ेगा।''

''जी।''

''डोंट वरी। हम हैं न।'' डॉ. सोनी थोड़े विश्वास से बोले तो शोभन की जान में जान आई।

"थियेटर में डॉक्टर मॉनीटर कर रहे हैं। आप लोग बाद में आ जाइए।" कहते हुए डॉ. सोनी आगे बढ़ गए। उनके साथ उनका सहायक भी।

शोभन को डॉक्टर सोनी से बात करके थोड़ी आश्वस्ति अवश्य हुई थी, फिर भी उनके चेहरे पर चिंता की रेखाएं साफ झलक रही थीं।

शोभन को थोड़ा आगे ले जाते हुए सुमन धीरे-से बोली, "इतना महसूस मत करो शोभन। जो कुछ भी होगा, अच्छा ही होगा।"

शोभन कुछ बोल नहीं पाए।

"सुबह तक बहादुर भी आ गया होगा।"

शोभन अब भी चुप ही रहे।

कुछ रुककर सुमन ने शोभन की ओर देखा और उन्हें जांचते हुए बोली, "तो मैं चलूं, पापा की तबियत भी ठीक नहीं है। पिछली दो रातों से घर नहीं गई। देख आती हूं, कैसे हैं।"

"ठीक है।" शोभन अपने में खोए हुए बुदबुदाए।

"रात को अपने बंगले पर आ जाओगे न?"

"नहीं सुमन। आज रहने दो। मैं यहीं कहीं इंतजाम कर लूंगा।"

सुमन आगे कुछ नहीं बोल पाई। थोड़ा रुककर बोली, "अच्छा, तो मैं चलूं?"

शोभन ने सिर हिला दिया।

"अपना ख्याल रखना। कोई खास बात हो तो मुझे फोन कर देना।"

"हां, कर दूंगा..." शोभन ने फिर सिर हिलाकर कह दिया।

सुमन आगे बढ़ गई। शोभन ऑपरेशन थियेटर की ओर चल पड़े।

तीसरे दिन की दोपहर।

मनजीत को आईसीयू से स्पेशल वार्ड में शिफ्ट कर दिया गया था। डॉ. सोनी ने बतलाया कि अब वह खतरे से बाहर है। सुनकर शोभन ने संतोष की सांस ली। मनजीत के बिस्तर के पास बैठते हुए शोभन ने उसका हाथ थाम लिया और बोले, "कैसी हो?"

मनजीत पर अब भी दवाइयों का असर था। वह थोड़ा-सा कुनमुनाई और आंखें खोलकर शोभन की ओर देखने लगी। शोभन को महसूस हुआ कि मनजीत बहुत कमजोर हो गई है। चेहरे पर पीलेपन की परत चढ़ गई है। उन्होंने फिर पूछा, "कैसा महसूस कर रही हो मन्नू।"

मनजीत ने आंखें बंद कर लीं। शोभन धीरे-धीरे उसके बालों को सहलाने लगे। परमजीत पास ही स्टूल पर बैठी हुई अपनी बेटी को देखे जा रही थी। मनजीत के पलंग के बराबर में रखे क्रेडल में बच्ची आंखें बंद किए पड़ी थी। तभी सुरजीत घर से सूप का जार लेकर आ गई।

"अब कैसी है दीदी?" उसने मां से पूछा।

"ठीक ही दिखती है। दवाइयों का असर है अभी।"

"वह भी ठीक हो जाएगा शाम तक।" शोभन ने धीरे-से कहा।

उनकी बात का किसी ने कोई जवाब नहीं दिया। शोभन थोड़े अन्यमनस्क हो उठे। वे उठे और वहीं पास में कुछ सोचते हुए चहल-कदमी करने लगे। वे परमजीत से कुछ कहना चाहते थे, लेकिन कहने के लिए उन्हें शब्द नहीं मिल रहे थे। अपने को बहलाने के लिए वे शिशु के क्रेडल के पास आ खड़े हुए और धीरे-से उसके गालों को छूकर बोले, "बिल्कुल मनजीत पर गई है।"

सुनकर परमजीत की आंखें भी शिशु पर केंद्रित हो गईं। अपनी आंखों को दुपट्टे से पोंछती हुई उन्होंने जैसे बड़ी ममता के साथ शोभन की ओर देखा। शोभन को महसूस हुआ कि जैसे परमजीत के होंठों पर अपनापन मुस्करा उठा है। दूसरी ओर सुरजीत, मनजीत के पलंग के पैताने पर बैठी उसके तलवों को धीरे-धीरे सहला रही थी।

वार्ड लगभग खाली था। मनजीत के बराबर वाला पलंग भी खाली था। तभी 2-3 नर्सें व्हील चेयर पर एक गर्भवती महिला को लेकर आ गईं। वार्ड ब्वाय की सहायता से उन्होंने उसे बिस्तर पर लिटा दिया। महिला कुछ समय कराहती रही, फिर अपने आप शांत हो गई। उसके साथ एक अधेड़ महिला भी आई हुई थी।

यहां बैठे-बैठे शोभन को बड़ी कसमसाहट हो रही थी। एक चाय की प्याली के अलावा उन्होंने सुबह से कुछ खाया भी नहीं था। दवाइयों और फिनाइल की गंध पूरे वार्ड को रोगी बना रही थी। शोभन इतनी ही देर में काफी उकता गए थे। वार्ड का यह उदास और बीमार वातावरण उनकी रूमानी भावनाओं के अनुकूल नहीं था।

"बेटे, तुमने सुबह से कुछ खाया नहीं है।" परमजीत ने शोभन की ओर देखते हुए कहा।

"कोई बात नहीं माताजी मैं खा लूंगा।" कुछ सोचकर वे फिर बोले, "आज रात कौन रहेगा यहां, मनजीत के पास?"

"हम दोनों रह लेंगी।" सुरजीत ने पहली बार जबान खोली।

"मैं सोचता हूं, जरा अपने बंगले पर चला जाऊं। थोड़ा नहा-धो लूं। बहादुर ने कुछ तो बनाकर रखा होगा। खा लूंगा।"

"वो तो ठीक है, लेकिन इस बीच अगर डॉक्टर आ गए तो? मैं तो कुछ समझ ही नहीं पाऊंगी।"

"मैं समझ लूंगी।" सुरजीत तपाक से बोली। जीजाजी आप चले जाएं। हम संभाल लेंगी।"

शोभन को लगा, सुरजीत का स्वर और शब्द स्पष्ट थे।

सो, थोड़ी देर और ठहरकर शोभन अपने बंगले की ओर रवाना हो गए।

रात आधी से ज्यादा बीत चुकी थी।

शोभन अपनी उद्विग्नता में कभी बिस्तर से उठकर कमरे में टहलने लगते। कभी बरामदे में आकर खड़े हो जाते। सामने बगीचे पर पूरे चांद की रोशनी बिखरी हुई थी, लेकिन उन्हें वह सब उजाड़-सा प्रतीत होता था। हवा खामोश थी। किनारे पर लगे गुलाब के पौधे झुके खड़े थे। कई दिनों से उन्हें पानी नहीं दिया गया था। कुछ देर रुककर वे फिर कमरे में लौट आते और निढाल होकर बिस्तर पर लेट जाते। कुछ सोचने की कोशिश करते, लेकिन कुछ भी साफ-साफ नहीं सोचा जाता। इस क्रम में कभी अस्पताल के बिस्तर पर पढ़ी निढाल मनजीत उनकी आंखों के सामने आ जाती। कभी वे सुमन के रूमानी अंदाज में खो जाते। कभी उन्हें पत्रिका की बिक्री बढ़ाने की चिंता सताने लगती; कभी उन्हें ऑफिस का अहसयोगी वातावरण कचोटने लगता और कभी उन्हें कॉलेज के दिन याद आने लगते। कितना सम्मान करते थे विद्यार्थी उनका। कितनी कद्र थी उनकी। शहर के भी भद्र लोगों से उनका परिचय था। शहर की प्रकृति उन्हें मोहती थी। उन्हें यूकेलिप्टस रोड पर टहलना याद आ जाता—कितना रोमांच था यहां के जीवन में। फिर वे सोचने लगते कि कहीं बंबई जाकर उन्होंने गलत निर्णय तो नहीं ले लिया। फिर से अपने सिर को झटककर वे जैसे इस खयाल को दिमाग से निकालने और अपने को आश्वस्त करने की कोशिश करते—एक स्थान पर रहकर व्यक्ति बासी हो जाता है। व्यक्ति है और उसके पैर हैं तो उसे आगे बढ़ना ही चाहिए और उन्होंने वही किया है। वैसे शोभन का यह स्वभाव ही था कि वे अपने किए को किसी भी प्रकार 'जस्टीफाई' कर लेते थे।

इसी तरह विचारों में सोते-जागते सुबह हो गई। कमरे में शीतलता भर गई थी। धीरे-धीरे उनकी आंखें लग गई। वे गहरी नींद में खो गए।

फोन की घंटी बजने पर उनकी आंखें खुली। उन्होंने घड़ी की ओर देखा। घड़ी की छोटी सुई बारह पर रुकी हुई थी। वे उचककर बैठे। फिर पूरी तरह जागकर उन्होंने फोन उठाया, "हैलो।" वे धीमी आवाज में बोले।

"मैंने कितनी बार फोन किया तुम्हें। कहां थे?"

"अरे सुमन, तुम। थोड़ी नींद लग गई थी।"

"अस्पताल से कब आए?"

"दोपहर को ही आ गया था।"

"भाभी कैसी है?"

"ठीक ही है। अब जाऊंगा तो देखूंगा। रात में सुरजीत और उसकी मां वहीं ठहर गई थीं।"

"तुम मुझे फोन नहीं कर सकते थे?"

"मैंने सोचा..."

"बहाने मत बनाओ।"

शोभन ने कोई उत्तर नहीं दिया।

"मैं अस्पताल जा रही हूं, तुम भी जल्दी चले आओ...नाश्ता किया?"

"बाजार में कहीं कर लूंगा।"

"मैं भाभी के लिए कुछ लिक्विड डाइट बनाकर ले जा रही हूं। तुम्हारे लिए भी कुछ ले आऊं?"

"नहीं, उसकी जरूरत नहीं है, अपना मैं कर लूंगा।"

"जल्दी आ जाना। तुम्हारे बिना मुझसे वहां ज्यादा रुका नहीं जाएगा।"

"मैं बस थोड़ा तैयार होकर यहां से चल दूंगा।"

"ठीक है। मैं फोन रखती हूं।"

फोन कट गया था। शोभन ने चोगा नीचे रख दिया।

अस्पताल में आकर शोभन ने देखा, सुमन मनजीत को चम्मच-चम्मच दलिया खिला रही है। पास ही परमजीत उसके शिशु का बिछावन बदलने में लगी है।

"अब कैसी हो मनजीत?" अपने स्वर को बहुत मुलायम करते हुए शोभन ने पूछ लिया।

"ठीक हूं।" बहुत धीरे-से उसने उत्तर दिया और पास पड़े नेपकिन से मुंह पोंछ लिया।

"सब ठीक हो जाएगा। चिंता मत करो।" शोभन बोले।

"आपकी मुन्नी तो बहुत प्यारी है।" चहकती हुई सुमन बोली, "क्या नाम रखेंगे इसका?"

"तुम बतलाओ।"

"श्रुति अच्छा नाम है। श्रुति श्रीवास्तव। लय भी मिलती है।"

"ठीक है। तुम कहती हो तो श्रुति ही रख लेंगे। तुम क्या कहती हो मनजीत?"

"नाम में क्या है? जो भी रख लें।" मनजीत का स्वर उदास-सा था।

"अरे, नाम में बहुत कुछ होता है।" सुमन बोली।

"आपने कब तक की छुट्टियां ले रखी हैं।" मनजीत ने विषयांतर कर पूछ लिया।

"अभी तो कुछ कहकर नहीं आया हूं, लेकिन जल्दी ही जाना पड़ेगा। होली विशेषांक निकालना है, ज्यादा से ज्यादा दो दिन और ठहर सकता हूं। नयी नौकरी है।"

सुनकर मनजीत खामोश हो गई।

"क्या मुन्नी के नामकरण तक नहीं रुक सकते?" इस बार परमजीत बोली।

"माजी नामकरण तो कर दिया सुमन ने।" शोभन मुस्कराकर बोले, "मेरे होने न होने से क्या फर्क पड़ेगा।" फिर मनजीत की ओर देखते हुए बोले, "तुम किसी की फिक्र मत करना। वैसे भी अभी दो दिन में यहां हूं।"

मनजीत कुछ नहीं बोली। दलिया खत्म हो चुका था। नेपकिन से मुंह पोंछकर उसने शोभन की तरफ करवट बदल ली। करवट बदलते हुए उसने सिसकारी भरी और फिर शांत होकर आंखें बंद कर लीं।

"अब भाभी को थोड़ा आराम करने दो। थक गई होगी।" स्टूल से उठते हुए सुमन ने दलिये की कटोरी एक तरफ रख दी।

शोभन मनजीत के और पास सरक आए और उसके बालों को सहलाने लगे। कुछ देर बाद वे उठे और यह कहते हुए बाहर निकल गए, "मैं जरा डॉक्टर सोनी से मिल लूं। अस्पताल में पेमेंट भी करना है।"

आध-पौने घंटे बाद जब वे लौटे तो वे काफी शांत और आश्वस्त लगे। परमजीत को उन्होंने बतलाया कि अब कोई खतरे वाली बात नहीं है। जैसे ही टांके निकालेंगे, मनजीत को छुट्टी मिल जाएगी; कि डॉ. सोनी ने एक अनुभवी नर्स से मनजीत और बच्ची की देख-रेख करने के लिए कह दिया है। वे यह बताना भी नहीं भूले कि उन्होंने अस्पताल में एक हजार रुपया जमा कर दिया है। वैसे इससे थोड़े में ही पूरा पेमेंट हो जाएगा।

मनजीत आंखें बंद करके सब सुनती रही। बोली कुछ नहीं। अब कोई नहीं बोल रहा था। सबके बीच एक सन्नाटा-सा छा गया था। जैसे किसी के पास बोलने के लिए कुछ नहीं रह गया हो।

थोड़ी देर बाद शोभन सुमन के साथ बाहर निकल आए।

अस्पताल के गेट से बाहर निकलते हुए सुमन बोली, "अब?"

"अब क्या?" शरारतभरी आंखों से सुमन को देखते हुए शोभन बोले।

अपनी बेटी के नामकरण को सेलिब्रेट नहीं करोगे?"

"जरूर करेंगे। कैसे करना चाहोगी?"

"चलो, पहले किसी रेस्तरां में जाकर कुछ खा-पी लेते हैं।"

"ठीक है। मुझे भूख भी लगी है।" कहते हुए शोभन पल्टन बाजार की ओर मुड़ गए।

पल्टन बाजार में 'आशिक' साहब की दुकान पड़ती थी। उसके सामने से होते हुए उन्होंने आंख की एक कोर से दुकान की तरफ देखा, 'आशिक़' साहब किसी ग्राहक के साथ उलझे हुए थे। शोभन उनकी नजरें बचा चार आगे निकल गए। साथ ही सुमन भी।

" आशिक साहब से नहीं मिले? इतने दिनों बाद आए हो?" सुमन ने यों ही पूछ लिया।

"वहां, उनके पास जाएंगे तो घंटा भर और लग जाएगा।"

"वो तो है।" सुमन ने सहमति जाहिर की।

कुछ दूर आगे घंटाघर के पास 'कराची स्वीट्स' की दुकान थी। उसके पास से गुजरते हुए सुमन बोली, "मैं सोच रही हूं कि 'कराची' से छोले-भटूरे ले चलें। बंगले पर जाकर खा लेंगे। बहुत दिनों से नहीं खाए।"

‘‘यह भी ठीक है।’’ कहते हुए शोभन ‘कराची स्वीट्स’ पर रुक गए। कुछ छोले-भटूरे और कुछ रबड़ी-जलेबी पैक करने के लिए कहकर वे अपना बटुआ टटोलने लगे।

‘‘आज मेरी तरफ से।’’ कहते हुए सुमन ने अपने पर्स से पचास का एक नोट निकाला और काउंटर पर रख दिया।

दुकान वाले ने बाकी पैसे शोभन को लौटा दिए।

पैकेट को लेकर शोभन ने इधर-उधर नजर दौड़ाई। कचहरी रोड की तरफ से एक खाली तांगा आ रहा था। पास आने पर शोभन ने उसे रोक लिया। दोनों उस पर बैठ गए। तांगेवाले से उन्होंने सेवक आश्रम रोड की तरफ चलने के लिए कहा। तांगा उन्हें लेकर चल पड़ा।

बंगले पर आकर शोभन ने देखा कि गेट खुला पड़ा है और बहादुर बरामदे में बैठा ऊंघ रहा है।

‘‘तुम आ गए बहादुर?’’ शोभन ने सुमन की ओर देखते हुए कहा।

बहादुर अचकचाकर उठ खड़ा हुआ।

‘‘नमस्ते बाबूजी, नमस्ते जी।’’ वह दोनों को अभिवादन करते हुए आगे बढ आया।

‘‘तुम्हारी अम्मा अब कैसी है?’’ शोभन ने पूछा।

‘‘पहले से ठीक है शाप (साहब)।’’ वह दांत दिखाते हुए बोला, ‘‘बीवीजी कहां हैं?’’

‘‘बीवीजी अस्पताल में हैं। उनको बेबी हुई है।’’ यह सुमन की आवाज थी।

‘‘अच्छा, अच्छा। भौत खुशी की बात है।’’ वह झूमकर बोला, ‘‘दोनों जने ठीक हैं न?’’

‘‘हां अब ठीक हैं।’’ शोभन ने उसे हाथ का पैकेट देते हुए कहा, ‘‘इसे गर्म करके मेज पर लगा लो और देख लो, फ्रिज में सब्जी-फल वगैरह हैं या नहीं।’’

‘‘अभी देखता हूं शाप।’’

सुमन ने कमरे खोल दिए थे। बहादुर रसोई में चला आया। फ्रिज को टटोला। खाली था।

पैकेट को रसोई में रखकर बहादुर कमरे में आया, बोला, ‘‘शाप, फ्रिज तो खाली पड़ा है। कुच भी नहीं है।’’

सुमन धीरे-से बोली, ‘‘देखो न इसे।’’ ‘कुछ’ को ‘कुच’ बोलता है।’’

शोभन मुस्करा दिए। बहादुर से बोले, "बहादुर पहले हमारा खाना गरम करके मेज पर लगा दो। तब तक घर की थोड़ी साफ-सफाई कर लो। बाद में मार्केट चले जाना।"

"जी शाप।" और बहादुर काम में जुट गया।

शाम घिरने लगी थी।

बहादुर झोला लेकर साग-सब्जी लेने बाहर जाने को तैयार हो ही रहा था कि बंगले का गेट खुलने की चरमराहट हुई। उसने देखा, कोई अंदर आ रहा है। वह रुक गया।

"डॉ. साहब हैं क्या?" उसने अंदर आते हुए बहादुर से पूछा।

"जी शाप, शाप अंदर हैं।"

आगंतुक को बैठक में बिठाकर बहादुर शोभन की बैठक में आकर बोला, "शाप, कोई आया है।"

"कौन है?" पलंग से उठते हुए शोभन बोले।

बहादुर चुप रहा।

सुमन कपड़े बदलने के लिए बाथ-रूम में गई हुई थी।

बाहर आकर शोभन ने देखा, कवि उद्भ्रांत हैं।

उद्भ्रांत ने खड़े होकर शोभन का अभिवादन किया।

"अरे, बैठो, बैठो।" कहते हुए शोभन सामने के सोफे पर बैठ गए।

" 'आशिकजी' ने बतलाया, आप आए हुए हैं।"

"अच्छा, अच्छा। 'आशिकजी' कैसे हैं? उनसे मिल ही नहीं पाया।"

"वे मजे में हैं। वैसे भी वे हमेशा मजे में रहते हैं।"

"पत्नी की डिलीवरी हुई है। इसीलिए आना पड़ गया।"

"अच्छा! बधाई हो। तो आप पिता भी बन गए। सुनकर अच्छा लगा।"

शोभन थोड़ा-सा मुस्करा दिए। मन ही मन वे उसे गरिया रहे थे। कमबख्त कैसे समय पर आया।

"भाभीजी ठीक हैं न?" उद्भ्रांत ने पूछ लिया।

"हां, दोनों ठीक हैं। मां भी, बच्ची भी।"

"बड़ी खुशी की बात है।"

"चाय तो पिएंगे न उद्भ्रांतजी।"

“आप पिएंगे तो हम भी पी लेंगे। अब आप की चाय कहां मिलती है।” कहते हुए उद्भ्रांत ‘हो-हो’ कर हँस दिए।

बहादुर बरामदे में खड़ा था। उसे बुलाकर उन्होंने चाय बनाने के लिए कह दिया।

“बीबीजी के लिए भी बना दूं।” बहादुर ने मासूमियत से पूछा।

एक क्षण के लिए शोभनाथ सकपका गए। फिर दूसरे ही क्षण संभल कर बोले, “हां, अगर उठ गई है तो उनसे पूछ लो।”

“जी।” बहादुर भीतर की तरफ बढ़ गया।

उद्भ्रांत को कुछ पूछने का अवसर दिए बिना शोभन बोले, “सुमन आई हुई हैं। पिछले चार दिनों से वही मनजीत की सेवा में लगी है। मनजीत का सिजेरियन हुआ है न। इसीलिए...”

“ओह...”

शोभन सोच रहे थे कि यह कमबख्त आया भी तो किस मौके पर। अब यह पूरे शहर में बात फैला देगा।

“बंबई तो महानगर है। आपका मन लग गया वहां?”

“मन लगाना पड़ता है उद्भ्रांतजी।”

“आपका कार्यालय भी बहुत बड़ा होगा। कई पत्रिकाएं निकलती हैं वहां से।”

“हां, कार्यालय भी बड़ा है और पांच-छह पत्रिकाएं भी निकलती हैं।”

उद्भ्रांत कुछ सोचने लगे। तभी बहादुर ट्रे में चाय के दो कप और कुछ बिस्कुट लेकर आ गया।

“लीजिए।” एक कप उद्भ्रांत की ओर बढ़ाकर शोभन बोले।

“जी।” उद्भ्रांत ने ट्रे से एक कप उठा लिया।

चाय पीते हुए शोभन ने बहादुर को आवाज दी, “बहादुर मेरी हरी वाली कमीज पर इस्त्री कर दो। बैडरूम में टंगी है।”

उनका दिमाग बड़ी तेजी से चल रहा था। वे उद्भ्रांत को जल्दी से जल्दी निपटाना चाहते थे।

“......”

“आप कब तक हैं यहां?” उद्भ्रांत ने चाय का खाली कप मेज पर रखते हुए कहा।

“अभी हूं एक-दो दिन।”

"मैं सोचता था कि कुछ ज्यादा दिन ठहरे होते तो आपके सम्मान में एक छोटी-सी गोष्ठी रख लेते।"

"अरे गोष्ठी कहां उद्भ्रांतजी। यहां बीसियों काम निपटाने हैं। अभी अस्पताल जाना है। उससे पहले हिमालय स्टोर से कुछ दवाइयां खरीदनी हैं और डॉ. सोनी से मिलना है। फिर कल का दिन भी बिजी ही रहेगा।"

"आप कहें तो मैं भी आपके साथ चलूं? भाभीजी को देख आता।"

"आप क्या करेंगे? सीधे अस्पताल जाता होता तो आपको भी साथ ले चलता।"

उद्भ्रांतजी चुप हो रहे। फिर कुछ इधर-उधर की बातें करके वे बोले, "अच्छा डॉ. साहब', तो मैं चलता हूं। वैसे मुझे भी एक ट्यूशन में जाना है।"

शोभन की जान में जान आई।

"तुम्हारा बहुत-बहुत धन्यवाद उद्भ्रांतजी, जो मिलने चले आए।"

"भाई साहब यह तो मेरा कर्तव्य है। धन्यवाद की क्या बात है?" उठते हुए उद्भ्रांत बोले।

बरामदे से नीचे उतरते हुए उद्भ्रांत ने उन्हें प्रणाम किया। शोभन ने भी हाथ जोड़ दिए।

उद्भ्रांत अपने कंधे पर लटके झोले को संभालते हुए गेट की तरफ बढ़ गए।

शोभन बहादुर को कुछ निर्देश देकर बैडरूम में आ गए। सुमन उनकी प्रतीक्षा कर रही थी। बहादुर मार्केट जाने के लिए बाहर निकल गया था।

जब तक शोभन अस्पताल पहुंचे, रात काफी हो गई थी।

मनजीत कुछ स्वस्थ लग रही थी। शोभन को थोड़ी आश्वस्ति हुई। पास ही स्टूल पर सुरजीत बैठी थी। वह शोभन को देखकर थोड़ा मुस्करा दी और स्टूल पर से उठ गई।

"बैठो, बैठो। मैं वहां बैठ जाऊंगा।" मनजीत के बिस्तर पर बैठते हुए शोभन बोले।

"अब तो मनजीत अच्छी लग रही है।"

"हां, कल से तो अच्छी है। कल आपके जाने के बाद तबीयत बहुत खराब हो गई थीं।"

"कुछ खाया-पिया या नहीं।"

"आज तो अच्छा खाया है।"

मनजीत थोड़ा कुनमुनाई और आंखें खोलकर शोभन की ओर देखते हुए बोली, "बंगले पर सब ठीक है न।"

"क्या खाक ठीक है। जब घर में कोई नहीं होता तो बहादुर भी मस्ती मारता है। बगिया मुरझा गई है। मैं घंटे भर तक पौधों को निराता रहा।"

कुछ देर की चुप्पी के बाद मनजीत ने पूछा, "कितने दिन की छुट्टी लेकर आए हो?"

"छुट्टी तो आज तक की ही है। कल रविवार है। सोचता हूं, कल सवेरे दिल्ली के लिए निकल जाऊं। वहां से कोई फ्लाइट पकड़ लूंगा। सोमवार को ऑफिस ज्वाइन कर सकता हूं...तुम तो ठीक हो न?"

"आप दीदी की चिंता मत करो। हम देख लेंगे।" सुरजीत बोली।

"हां, अब तुम्हें ही तो देखना है।" शोभन ने मुस्कराकर सुरजीत की ओर देखा।

"आज अम्मा नहीं आएंगी क्या?" उन्होंने पूछा।

"तीन दिनों से वे सोई नहीं है। मैंने उन्हें आने से मना कर दिया।" सुरजीत ने बतलाया, "आज की रात मैं दीदी के पास रहूंगी।"

"तुम अपना खयाल रखना मन्नू। खर्चे की कोई चिंता मत करना। घर जाकर चिट्ठी लिखना। मैं तुम्हें रोज लिखता रहूंगा।"

मनजीत ने स्नेह से शोभन की ओर देखा और क्रेडल में लेटी बच्ची के सिर पर हाथ फेरने लगी।

कुछ क्षण खामोशी में बीत गए।

"मैं कल सवेरे शायद न आ सकूं। जाने की तैयारी करनी है।"

मनजीत कुछ नहीं बोली।

"दीदी आपके बिना बहुत उदास हो जाती है। उसे लिखते रहिए।" सुरजीत बोली।

"यह भी कोई कहने की बात है। जाते समय अम्मा से मिलना नहीं हो पाएगा।" वे बोले।

"कोई बात नहीं। मैं अम्मा को कह दूंगी कि आपको याद कर रहे थे।"

तभी वार्ड ब्वाय ने आकर बतलाया कि शोभन साहब के लिए फोन आया है।

शोभन उठ खड़े हुए।

रिसेप्शन के पास जाकर उन्होंने फोन उठाया, "हलो सुमन।"

"आपने कैसे जान लिया कि मैंने फोन किया है।" चहकती हुई आवाज में सुमन बोली।

"मुझे और कौन फोन करता?"

"भाभी कैसी है?"

"ठीक है। काफी ठीक है।"

"तो कल जा रहे हो, मुझे अकेला छोड़कर?"

"तुम अकेली कहां हो, तुम हमेशा मेरे साथ हो।"

"और रहोगी। तुम पूरा वाक्य क्यों नहीं बोलते? शर्म आती है या संकोच होता है।"

"शर्म तो तुमने उतार दी है और संकोच! अब काहे का संकोच।

दूसरी ओर से खिलखिलाने की आवाज आई।

"तो कल कब की बस है।"

"नौ बजे की। मैं साढ़े आठ बजे तक बस अड्डे पर पहुंच जाऊंगा।"

"मैं भी तब तक आ जाऊंगी। अच्छा, गुड नाइट।"

"गुड नाइट।" शोभन ने चोगा रख दिया।

शोभन लौटकर आए तो मनजीत ने पूछ लिया, "किसका फोन था?"

"सुमन का था।" उन्होंने बेपरवाही से कहा। कह रही थी कि रात को सोने के लिए भाभी के पास आ जाऊं क्या? मैंने मना कर दिया। कह दिया कि यहां सुरजीत उन्हें देख लेगी। अब मन्नू ठीक है।"

मनजीत कुछ नहीं बोली।

कुछ देर रुककर शोभन बोले, "तो मैं चलूं। मन्नू, अपना ध्यान रखना। मुझे वहां चिंता बनी रहेगी।"

मनजीत ने कोई उत्तर नहीं दिया। वह उनके चेहरे को एकटक पढ़ती रही।

कुछ देर बाद शोभन उठे और क्रेडल के पास जाकर बच्ची के माथे को चूम लिया। फिर मन्नू के सिर पर हाथ रखकर बोले, "अब जल्दी ठीक हो जाओ। फिर तुम्हें बंबई भी आना है, जल्दी से जल्दी। तब तक फ्लैट भी मिल जाएगा। अभी तो गेस्ट हाउस में ही पड़ा हूं।"

"एक बात कहूं?" मनजीत ने शोभन की ओर देखकर धीरे-से कहा।

“बोलो ना।”

“क्या हम अपनी गुड्डी का नाम शोभा नहीं रख सकते। शोभा शोभन श्रीवास्तव।”

सुनकर शोभन कुछ देर के लिए सोच में पड़ गए। फिर संभलकर बोले, “मन्नू, नाम में क्या रखा है। सुमन ने बड़े प्यार से उसका नाम श्रुति रखा है। उसके सेंटिमेंट्स की बात है। वह बुरा मान जाएगी, उसका मन रख लो, बस।”

सुरजीत ने कहना चाहा, ‘और दीदी का मन।’ लेकिन वह कुछ बोल नहीं पाई।

मनजीत का चेहरा उतर गया था, लेकिन वह चुप रही।

“अच्छा, अब चलूं?”

“अपना ध्यान रखना जीजाजी। बंबई बड़ा शहर है।”

शोभन ने सुरजीत की तरफ देखकर मुस्करा दिया, “लगता है, तुम बहुत होशियार हो गई हो सुरजीत।” कहते हुए शोभन धीरे-धीरे वार्ड से बाहर निकल आए।

29

शोभन को बंबई लौटे छह महीने से ज्यादा हो गए थे। उन्हें कंपनी का फ्लैट भी एलॉट कर दिया गया था। वे खुश थे। मनजीत को वे हर तीसरे-चौथे दिन पत्र लिखते रहते थे। हालांकि सुमन को पत्र लिखना वे किसी भी दिन नहीं भूलते थे। कभी-कभी तो दिन में दो पत्र हो जाते थे। मनजीत भी अपने हर पत्र में नन्हीं श्रुति के विषय में लिखती रहती थी कि अब वह उसे पहचानने लगी है कि अब वह अपने आप करवट ले लेती है कि गुदगुदाने पर वह हँसती है कि भूख लगने पर रोने लगती है कि अब बैठने की कोशिश करती है कि अब अच्छी तरह बैठ जाती है। मनजीत अपने बारे में ज्यादा कुछ नहीं लिखती थी। बस, किसी-किसी पत्र में शिकायत कर लेती थी कि शोभन के पत्र बड़े औपचारिक होते हैं। तब शोभन कोई रूमानी कविता लिख भेजते थे और अंत में लिख देते थे—'अपनी प्यारी मन्नू को समर्पित'। मनजीत कविता पढ़कर निहाल हो जाती थी।

सितंबर का महीना शुरू हो चुका था, लेकिन अब भी वर्षा की झड़ी लगी हुई थी। शाम का वक्त था। अपने कार्यालय की खिड़की से रिमझिम बरसात को देखकर शोभन रोमांचित हो उठे। वे सोचने लगे काश, इस वक्त सुमन उनके साथ

होती या चलो मनजीत ही होती तो कितना मजा आता। वे महीनों से अपने आपको इस तरह की खुशहाली से वंचित हुआ-सा महसूस कर रहे थे।

तभी उनके केबिन के दरवाजे पर टक-टक की आवाज हुई। शोभन ने अपनी कुर्सी दरवाजे की ओर घुमाकर कहा, "हां, आ जाओ।" वे जानते थे कि इस तरह टक-टक कौन करता है।

सुगंधा ने अंदर आते हुए कहा, "आज यहीं बैठे रहने का इरादा है क्या? सात बजने वाले है।"

शोभन अपनी घड़ी देखते हुए बोले, "अरे, मुझे तो पता ही नहीं चला, इतना टाइम हो गया है। बैठो।"

"जी।" बैठते हुए सुगंधा ने कहा, "आज मौसम बढ़िया हो गया है। है न।" वे बोले, "तो क्या इरादा है?"

"सर, आज पकौड़ियां खाने को मन कर रहा है।"

"तो कहां चलोगी। इस हफ्ते वैसे भी हम कहीं नहीं जा पाए।"

"पास ही में जहांगीर आर्ट गैलरी में 'समोवर रेस्तरां' है। वहां कैसा रहेगा? हम वहां कभी गए भी नहीं।"

'समोवर' का नाम तो मैंने भी सुना है। सुना है वहां बुद्धिजीवी और आर्टिस्ट किस्म के लोग ही अधिक बैठते हैं। हो सकता है हमारे स्टॉफ का भी कोई बुद्धिजीवी वहां मिल जाए।" 'बुद्धिजीवी' पर जोर देकर वे बोले।

"अब कौन मिलेगा सर। सात बज रहे हैं। वहां गए भी होंगे तो अब तक वहां से चल दिए होंगे।"

"चलो, ठीक है। तुम्हारे लिए यह रिस्क भी लिए लेते हैं। मैं फ्रेश हो आऊं।" कहकर शोभन एक लंबा कश लगाते हुए उठ खड़े हुए।

जिस समय शोभन सुगंधा के साथ 'समोवर' पहुंचे, वहां कुछ ही अपरिचित लोग बैठे थे। म्यूजियम की ओर की एक खाली टेबल पर दोनों बैठ गए, निश्चिंत होकर।

बेयरा उनके सामने आकर खड़ा हो गया।

शोभन ने 'मिक्स्ड' पकौड़ियों और चाय का आर्डर दे दिया।

कुछ देर तक दोनों खामोश बैठे रहे।

"बंबई की बरसात भी अजीब है। अनजाने ही बरसने लगती है।" शोभन बोले।

"और अनजाने ही रुक भी जाती है। वैसे बंबई वालों को इसके बरसने और रुकने का अच्छा अंदाज हो जाता है।"

शोभन एक खास अंदाज से सुगंधा को देखते रहे।

चाय हो गई थी। शोभन ने बिल चुकाया और उठ खड़े हुए।

शोभन और सुगंधा रेस्तरां से बाहर निकल आए। बरसात रुक गई थी।

फ्लैट पर आकर शोभन ने देखा, दरवाजे के पास एक पत्र पड़ा है। वहीं खड़े-खड़े उन्होंने पत्र खोला। पत्र सुमन का था। और कुछ बातों के अलावा लिखा था कि उसने कॉलेज की नौकरी छोड़ने का निश्चय कर लिया है। वैसे भी वह टैंपरेरी ही है; कि वह बंबई आ रही है; अब उससे उनके बिना अकेले नहीं रहा जाता। बंबई आकर वह कोई नौकरी ढूंढ़ लेगी।

पत्र पढ़कर शोभन चिंतित हो उठे। सुगंधा के सामीप्य से उन्हें जो रोमांच हुआ था, उसका अहसास विगलित हो गया, लेकिन मन के किसी कोने में एक दूसरा रोमांच भी जाग उठा—सुमन उन्हें रोमांच और रोमांस का हमेशा अहसास कराती थी।

पत्र पढ़ने के बाद शोभन का दिमाग तेजी से काम करने लगा था। वे सोचने लगे, सुमन को फ्लैट में अपने साथ रखना उचित नहीं होगा। उसके लिए अलग से कोई व्यवस्था करनी होगी। तभी उन्हें नंदलाल का खयाल हो आया। उन्होंने नंदलाल को तुरंत फोन किया।

"हलो।" दूसरी तरफ से फोन उठाने पर वे बोले।

"हलो सर, नमस्कार।"

"नंदलाल, तुम्हें एक कष्ट देना है।" वे झिझकते हुए बोले।

"आप आज्ञा दीजिए सर।"

"देखो, तुम्हें सुमन शर्मा की याद होगी। तुम्हारी क्लासफैलो थी।"

"जी सर, अच्छी तरह याद है। वही भाभीजी की सहेली न?"

"हां वही, वह बंबई आ रही है। तुम उसके लिए किराए पर कोई छोटा-सा फ्लैट देख लो।"

"चाल में चलेगा सर?" मेरे चाचा की 3-4 चालें हैं।"

"अरे नहीं भाई। कोई फ्लैट देखो। कल रविवार की छुट्टी है। थोड़ी दौड़-धूप कर लो।"

"कर लूंगा सर। आप निश्चिंत रहें। सुमनजी कब तक आ रही हैं?"

"अभी कुछ ठीक पता नहीं है। वैसे कभी भी आ सकती है।"

"मैं जल्दी ही कोई बंदोबस्त करके आपको बतलाता हूं। सोमवार को ऑफिस आ रहे हैं न?"

"हां, क्यों?"

"हो सकता है कि मैं कल ही कोई ठीक-सी जगह खोज निकालूं।"

"हां, जरा कर लो इसे।"

"जी सर, और कोई काम?"

"अभी तो बस इतना ही है और यह बहुत जरूरी है।"

"मैं समझता हूं सर।"

"ठीक है। अच्छा, फोन रखता हूं।"

"जी सर! नमस्कार।"

"नमस्कार।" कहते हुए शोभन ने फोन रख दिया।

अब एक ओर उन्हें सुमन का बंबई आना रोमांचित कर रहा था, दूसरी ओर वे अपने ऊपर पड़ने वाले दायित्व से चिंतित हो उठे थे। सुमन को वे अपने फ्लैट में रख नहीं सकते थे; और उसकी अन्य कहीं व्यवस्था करने का मतलब था—और अधिक खर्च। वे कुछ समय के लिए क्षुब्ध हो उठे। सुगंधा के साथ जो बरसाती शाम उन्हें रोमांचित कर गई थी, वह रोमांस इस नई चिंता के ताप में जैसे गल गया था। वे उसी सोच में देर तक कमरे में टहलते रहे। बाहर बारिश बंद हो गई थी।

रात को वे ठीक से सो नहीं पाए। थोड़ी देर के लिए आंख लगती और फिर वे चौंक कर जाग जाते। पूरी रात यही क्रम चलता रहा। सुबह को जब वे उठे तो उन्हें अपना शरीर कुछ भारी-भारी सा लगा।

जीवन सिंह चाय ले आया था। चाय के साथ ही उन्होंने एस्प्रीन की एक गोली निगल ली और चादर तानकर फिर पलंग पर लेट गए। उस दिन रविवार था। ऑफिस की छुट्टी थी।

देर दोपहर को जब वे उठे तो उन्होंने अपने को थोड़ा सामान्य पाया। वे उठे और बाथरूम की ओर बढ़ गए। नौकर ने डाइनिंग टेबल पर प्लेटें लगा दी

थीं। शोभनाथ ने बाहर आकर कपड़े बदले और सुबह के अखबार लेकर डाइनिंग टेबल पर आकर बैठ गए। सरसरी निगाहों से उन्होंने हैड लाइंस को देखा और फिर सभी अखबारों को उठाकर एक तरफ रख दिया।

वे भोजन करके उठे ही थे कि दरवाजे की घंटी बज उठी। नौकर ने दरवाजा खोला तो देखा, कुछ अजनबी किस्म के लोग खड़े हैं।

''डॉक्टर साहब हैं क्या?'' उनमें से एक ने पूछा।

''जी, हैं।''

''हमें उनसे मिलना है।'' दूसरे व्यक्ति ने आगे बढ़ते हुए कहा।

''जी, जरा ठहरिये।'' दरवाजा बंद करके जीवन सिंह शोभन के कमरे की ओर बढ़ गया।

''कौन आया है?'' जीवन सिंह कुछ बोले, इससे पहले ही शोभन ने पूछ लिया।

''कुछ लोग आए हैं। आपसे मिलने को कहते हैं।'' वह बोला।

''उन्हें ड्राइंगरूम में बिठा दो। हम आते हैं।''

''जी!'' कहता हुआ जीवन सिंह दरवाजे की ओर चला आया।

दस-पंद्रह मिनटों के बाद शोभनाथ ड्राइंग रूम में आए। वहां बैठे हुए लोगों ने उठकर उनका अभिवादन किया।

''आप लोग बैठिए न।''

वे लोग बैठ गए।

''कहिए, मैं आपके लिए क्या कर सकता हूं।''

एक प्रौढ़ व्यक्ति ने शोभन से सभी का परिचय करा दिया।

''डॉक्टर साहब, अगले शनिवार की शाम को उत्तर भारतीयों का वार्षिक सम्मेलन हो रहा है। हम चाहते हैं कि आप उसकी अध्यक्षता स्वीकार करके हमें कृतार्थ करें। हम लोग बड़ी उम्मीद लेकर आपके पास आए हैं।'' एक अधेड़ व्यक्ति ने बड़ी विनम्रता से कहा।

''यह बड़ी अच्छी बात है। आप लोग बंबई आकर भी अपने प्रदेश को नहीं भूले हैं। अच्छी बात है।'' कहकर शोभन खामोश हो गए।

''तो हम आपकी स्वीकृति मान ले।'' एक युवा स्वर।

''भई ऐसा है कि मैं सभा-सम्मेलनों में नहीं जाता। मैं इसे अपने वक्त की बरबादी मानता हूं। आप लोग मुझे क्षमा करेंगे। हां, मैं 'नवभारत' दैनिक के

संपादक शक्तिवीर सिंह से निवेदन कर सकता हूं कि वे आपके सम्मेलन की अध्यक्षता कर लें।''

''डॉक्टर साहब, वे तो विशेष अतिथि के रूप में आ ही रहे हैं। एक प्रकार से उन्होंने ही हमें आपका नाम सुझाया है। पिछले वर्ष वही अध्यक्ष थे।''

''तो इस वर्ष भी उन्हीं से अध्यक्षता करवा लीजिए न।'' शोभन के स्वर में एक प्रकार की तटस्थता थी।

चाय आ गई थी। ट्रे को आगंतुकों की ओर सरका कर शोभन बोले, ''लीजिए।''

एक प्रौढ़ सज्जन ने धीरे-से एक प्याले को उठाते हुए कहा, ''डॉक्टर साहब, हम बड़ी उम्मीद लेकर आपके पास आए थे।''

''वह तो ठीक है।'' शोभन ने चाय की घूंट भरते हुए कहा, लेकिन मेरी अपनी कुछ सीमाएं हैं। मैंने साहित्य पढ़ा है, पढ़ाया है। आपकी संस्था का किसी न किसी राजनीतिक पार्टी से जुड़ाव होगा और राजनीति मुझे रास नहीं आती। मैं मंच पर बैठ भी जाऊंगा तो क्या बोलूंगा?''

''आप जो भी संदेश देंगे, वह हमारे लिए महत्त्वपूर्ण होगा।'' एक दूसरे आकर्षक से दिखने वाले व्यक्ति ने कहा।

''नहीं भई, पहले भी कई संस्थाओं के लोग मेरे पास आए। साहित्यिक संस्थाओं के भी। मैंने सबको अपनी असमर्थता जता दी।'' शोभन ने अनमने से होकर कहा।

बात साफ हो चुकी थी। थोड़ी देर बाद वे लोग निराश होकर बाहर निकल आए।

अपने कमरे में लौटते हुए शोभन सोचने लगे कि यह देहरादून जैसी साहित्य की नगरी तो है नहीं, व्यावसायिक लोगों की महानगरी है। उन्हें साल भर होने को आया, किसी भी पाये के साहित्यकार से उनका परिचय नहीं हुआ। कोई भी ऐसा व्यक्ति उन्हें नहीं मिला, जिससे गंभीर विचार-विमर्श किया जा सकता। सब जगह पैसा ही प्रभु है। व्यवसाय में लगे लोग टुटपुंजिया रचनकारों को लेकर साहित्यिक सम्मेलन करते हैं। बहुत हुआ तो बाहर से एकाध नामचीन व्यक्ति को बुला लेते हैं और मंच पर काबिज हो जाते हैं। उनके सामने सभी रचनाकार दांत निपोरते

नजर आते हैं। उत्तर भारतीयों के सम्मेलन में भी यही सब होगा। अच्छा किया कि उन्होंने मना कर दिया। इस प्रकार सोचते हुए वे अपने को आश्वस्त करने की कोशिश करते रहे।

कल दफ्तर से निकलते हुए वे अपने लिए कुछ काम ले आए थे। स्टडी में बैठकर वे रचनाकारों की फाइलों को उलटने-पलटने लगे। अभी पंद्रह मिनट भी नहीं हुए थे कि उनका फोन बज उठा। वे छोटी मेज की ओर झुके और चोगा उठाकर बोले, "हलो।"

"हलो जी।" क्या कर रहे हैं। हमारी याद नहीं आती क्या?"

"अरे सुमन तुम...तुम्हारी याद तो आती ही है, तुम्हारे साथ की याद ज्यादा आती है।"

"मुझे भी; मैं आपको बहुत 'मिस' करती हूं।"

"मैं भी।"

"मैं कल आपकी बेगम से मिली थी। पल्टन बाजार में। अपनी मां के साथ आई थी कुछ खरीददारी करने।"

"अच्छा! तो तुम देहरादून में हो। मैंने इस बीच कलकत्ते के पते से तुम्हें दो पत्र भेजे थे।"

"वे रिडाइरेक्ट होकर यहां आ गए हैं।"

"मनजीत अब कैसी है? वैसे मैं उसे पत्र लिखता रहता हूं।"

"अच्छी है। थोड़ी और भर गई है।"

"कोई खास बात?"

"नहीं, कुछ खास बात नहीं। मैंने कलकत्ता छोड़ दिया है। रिजाइन करके आ गई हूं। पापा से कह दिया है कि मैं बंबई जाऊंगी। अब वहीं नौकरी करूंगी।"

"मनजीत को इसके बारे में कुछ बताया था क्या?"

"मैं पागल हूं क्या, जो उसे बतलाती?"

"और..."

"और कुछ खास नहीं। बस उड़कर जल्दी-से-जल्दी आपकें पास आ जाना चाहती हूं।"

"मैं तुम्हारे आने की राह देखूंगा।"

“जैसे ही मेरी टिकट हो जाएगी, मैं आपको इन्फॉर्म कर दूंगी।”

“ठीक है।”

शोभन ने फोन नीचे रख दिया और फिर से फाइलें देखने में लग गए।

शाम हो चुकी थी। बहुत से पक्षी सामने पीपल के पेड़ पर आकर बैठने लगे थे। आकाश बदराया हुआ था। बाल्कनी में खड़े शोभन ने देखा, पास के मैदान में बच्चे क्रिकेट खेल रहे थे। बड़ी देर तक वे उनके खेल में खोए रहे। उन्हें अपना बचपन याद आ गया। जब गांव की गलियों में वे गिल्ली-डंडा खेला करते थे, तभी एक जोड़ा अठखेलियां करता हुआ नजदीक की सड़क से गुजर गया। कसी हुई जींस में युवती की पृष्ठभूमि को देखते हुए वे रोमांचित हो उठे। उन्हें सहसा सुमन की याद आ गई। वे जींस पहने सुमन की कल्पना करने लगे। वे सोचने लगे कि अगर सुमन इसी तरह की जीन पहने उनके साथ मचलती हुई चले तो इस युवती से ज्यादा आकर्षक लगेगी। वैसे यह भी कम आकर्षक और सेक्सी नहीं लग रही है।

एकांत को बिताना कभी-कभी बहुत मुश्किल हो जाता है। अपने एकांत या कह लो अकेलेपन में शोभन भी बहुत अनमना महसूस कर रहे थे। फिर सहसा ही वे कमरे में लौटे। कपड़े बदले और गाड़ी की चाभी लेकर फ्लैट से नीचे उतर आए।

गाड़ी चलाते हुए वे मुख्य सड़क पर आ गए। उन्होंने अभी तक निश्चय नहीं किया था कि वे कहां जाए। सड़क पर आकर उन्होंने कुछ सैकंडों के लिए गाड़ी रोकी और फिर जुहू की ओर मोड़ दी। इस शांत शाम में सागर के किनारे बैठकर डूबते सूरज को देखने का अपना सुख होगा, उन्होंने सोचा।

जुहू काफी दूर था। एक-सवा घंटे की ड्राइव करके वे ‘सी-व्यू’ में पहुंच गए। इस लंबी ड्राइव से उनका मन कुछ हल्का हो आया। सी-व्यू में वे कई बार आ चुके थे, लेकिन अकेले यहां आने का शायद यह पहला या दूसरा मौका था।

रेस्तरां में कुछ ज्यादा लोग नहीं थे। वे पीछे की तरफ खाली पड़ी एक मेज के सामने जाकर बैठ गए। बेयरा पानी का गिलास और मीनू रख गया।

सामने का सागर शांत था। शोभन को यह शांत कम, उदास ज्यादा लगा। वे कुछ देर दूर तक फैले हुए समुद्र को देखते रहे। बेयरा उनका आर्डर लेने के लिए फिर आ खड़ा हुआ। वे अभी तक निर्णय नहीं कर पाए थे कि वे चाय का आर्डर दें या बीयर का। उनके असमंजस को देखकर बेयरा बोला, “क्या लाऊं साब।”

सोचते हुए शोभन बोले, ''एक बीयर ले आओ।''

''कौन-सी?''

''कोई भी; या किंगफिशर ले आओ।''

बेयरा जाने लगा तो उन्होंने उसे रोककर कहा, ''देखो, एक प्लेट चिप्स भी।''

''जी।'' कहकर बेयरा आगे बढ़ गया।

क्षितिज पर सूरज डूब रहा था। उसकी लालिमा आसपास के आसमान पर छाई हुई थी। हवा रुक गई थी। शोभन एकटक डूबते हुए सूरज में खो गए। कुछ ही क्षणों में सूरज पूरी तरह डूब गया। शोभन कुछ क्षणों तक उस बिंदु को निहारते रहे, जहां दिन का प्रकाश-पुंज लुप्त हुआ था। फिर वे वहां से नजर हटाकर प्रकृतिस्थ हो गए।

बीयर को घूंट-घूंट पीते हुए वे अपने आप में मुस्करा उठे। मादकता इतनी कड़वी तो नहीं होती, उन्होंने सोचा। फिर उनका ध्यान नीचे सैर करते लोगों की ओर मुड़ गया। तरह-तरह से जोड़े। तरह-तरह के वस्त्र। तरह-तरह के हाव-भाव। रस-रंग। नारियल पानी। पानी-पूरी। गुब्बारे। आइसक्रीम। ऊंटों की पीठ पर सवारी करते इठलाते बच्चे। विदेशी जोड़े। फोटो सेशन। किनारे पर नहाते, एक-दूसरे पर पानी उछालते सामान्य वर्गीय बच्चे। शोभन काफी देर तक उस दृश्यावली में खोए रहे, लेकिन इस सबके बावजूद उनके भीतर कुछ चल रहा था, कुछ चुभ-सा रहा था। वे इस चुभन को कोई शब्द नहीं दे पा रहे थे। एक अजीब-सी बेचैनी और खालीपन महसूस करते हुए वे थोड़ी देर तक वहां जैसे निरुद्देश्य-से बैठे रहे।

बेयरा बिल दे गया था। सागर को अंधेरे की चादर ने ढक लिया था। भीड़ भी अब छंटने लगी थी। बिल चुकाकर शोभन उठ खड़े हुए और पार्किंग लॉट की तरफ चलने लगे।

30

बरसात का मौसम बीत चुका था। बंबई की 'अक्टूबर हीट' शुरू हो चुकी थी। स्थिर हवा और उमस। सुबह से ही गर्मी महसूस होने लगती। शोभन इसके आदी नहीं थे। देहरादून में तो अक्टूबर-नवंबर के महीने बड़े मादक होते हैं। मन उमंगों में मचलता जाता है। गुलाबी धूप में हँसती-मुस्कराती बगीचे की हरियाली। एक कप गरम चाय और अखबार। शोभन ने वर्षों इस मौसम का सुख भोगा था, लेकिन अब यह बंबई। यहां सुबह ही शाम की उदासी लेकर आ जाती है।

जीवन तिपाई पर चाय की ट्रे रख गया था। शोभन अंगड़ाई लेकर उठे। चाय की प्याली लेकर वे बॉल्कनी में आ गए। नीचे बगीचे में कोई आया प्रैम में बैठे शिशु को घुमा रही थी। शिशु कोई छह-सात महीने का रहा होगा। उसे देखकर शोभन को सहसा ही अपनी श्रुति की याद हो आई। वह भी इतनी बड़ी हो गई होगी। वे सोचने लगे। श्रुति के साथ ही मनजीत का चेहरा भी उनकी आंखों के सामने तैर गया। उनके शरीर में एक कंपन हुआ और जैसे मन में दोनों के प्रति ममता उमड़ आई।

घूंट-घूंट चाय सुड़कते हुए वे कभी नीचे शिशु को निहार लेते, कभी श्रुति की कल्पना करने लगते और कभी मनजीत का ममतामय चेहरा उनकी आंखों में

समा जाता। तभी उन्हें याद आया कि इस हफ्ते उन्होंने मनजीत को कोई पत्र नहीं लिखा है। मनजीत के तीन पत्र आ चुके थे। उनके भीतर एक हल्का-सा अपराध-बोध उभरा और वे भीतर कमरे में आ गए। उन्होंने सोचा, ऑफिस जाने से पहले मनजीत को एक पत्र लिख लें, फिर उसे रास्ते में कहीं पोस्ट कर देंगे।

यह सोचकर वे टेबल के सामने बैठ गए और पेंड निकालकर लिखने लगेः

मेरी मन्नू,

इस बार ऑफिस में इतना व्यस्त रहा कि तुम्हें लिखने का वक्त ही नहीं निकाल सका। तुमने जरूर इसका बुरा माना होगा, लेकिन बुरा मत मानना। तुम तो मेरे मन-प्राणों में बसी हुई हो। मुझे किसी भी क्षण यह नहीं लगता कि मैं अकेला हूं। हर सांस में तुम मेरे पास रहती हो। तुम्हारी सांसों की गंध मेरे भीतर तक प्रवेश कर जाती रहती है।

तुमने अपने किसी पत्र में लिखा था कि हमारी श्रुति अब बैठने लगी है। तुम्हारे यहां आने तक वह दौड़ने भी लगेगी। तुम श्रुति का ध्यान रखना और उससे ज्यादा अपना। मेरे लिए तो तुम ही मेरी सब कुछ हो। तुम्हीं ने तो मुझे पिता बनने का सौभाग्य दिया है, इसीलिए।''

तभी शोभन ने महसूस किया कि सुमन का व्यंग्य से मुस्कराता चेहरा पैड के पन्नों पर आ बैठा है। उनकी एकाग्रता भंग हो गई। वे कुछ देर यों ही बैठे, सोचते रहे। फिर एकाएक उन्होंने मनजीत को लिखे पत्र को फाड़ डाला और नए पन्ने पर लिखने लगे :

मेरे प्राणों की प्राण सुमी...

......

पत्र पूरा करके उन्होंने एक बार उसे पढ़ा। एक-दो शब्द जोड़े-घटाए और फिर उसे लिफाफे में बंद करके मेज पर रख दिया। पत्र लिखते हुए कभी-कभी उनके ध्यान में मनजीत भी आ जाती थी, लेकिन वे सिर झटककर आगे लिखने लगते। उन्हें उस समय कोई व्यवधान नहीं चाहिए था। अपने ही मन में उपजा हुआ व्यवधान भी नहीं। कुछ देर वे यों ही बैठे रहे, फिर उन्होंने अंगड़ाई ली और दीवार घड़ी की ओर देखा। घड़ी सवा आठ बजा रही थी। घड़ी देखते हुए वे उठ खड़े हुए और ऑफिस जाने की तैयारी में जुट गए।

दफ्तर में आते ही वे व्यस्त हो गए। फाइनल प्रूफ वे खुद देखते थे। दूसरे दिन पूरे अंक का मैटर प्रेस में देना था। अपनी व्यस्तता में वे सुमन को लिखा

पत्र भी भेजना भूल गए थे। और जब उन्हें इसका ध्यान आया तो लंच हो चुका था। उन्होंने फोल्डर से पत्र निकाला और केबिन से बाहर निकल आए। बाहर संपादकीय कक्ष लगभग खाली था। बस, सिर्फ नंदलाल ही प्रूफ की गैली पर झुका हुआ बड़ी एकाग्रता से प्रूफ पढ़ने में लगा हुआ था।

"अरे नंदलाल, तुम लंच के लिए नहीं गए?" उन्होंने पूछ लिया।

नंदलाल अचकचाकर उठ खड़ा हुआ, "नहीं सर! मैं लंच के लिए बाहर नहीं जाता। घर में चाची डिब्बा बना देती है।"

"अच्छा, अच्छा।" शोभन आगे बढ़ने लगे। तभी उन्हें दफ्तर का चपरासी पवार आता दिखाई दिया।

"पवार, जरा सुनना।"

पवार पास आ गया।

उसको चिट्ठी पकड़ाते हुए वे बोले, "पवार, इसे जरा मेल में डाल देना।"

"हां, साब।" पवार ने चिट्ठी ले ली।

शोभन फिर केबिन में लौट आए। नंदलाल अपनी सीट पर बैठकर प्रूफ पढ़ने में लग गया।

शाम को जब शोभन घर लौटे तो अपने को बहुत हल्का महसूस कर रहे थे। दीपावली अंक का काम पूरा हो चुका था। उनके पिछले पंद्रह दिन बड़ी व्यस्तता में बीते थे। अब वे कुछ समय के लिए निश्चिंत थे। नव-वर्ष का विशेषांक निकलने में अभी समय था। वैसे लेखकों को पत्र भेजे जा चुके थे। कुछ सामग्री आ भी चुकी थी। नंदलाल को उसका जिम्मा सौंप दिया गया था। अपनी बढ़ती हुई जिम्मेदारी से नंदलाल भी खुश था। विभाग में उसका महत्त्व बढ़ रहा था।

फ्रेश होकर वे ड्राइंगरूम में आए ही थे कि फोन बज उठा। उन्होंने घड़ी की तरफ देखते हुए चोगा उठा लिया, "हलो।" उन्होंने धीरे-से कहा।

"आप कहां रहते हैं इतनी देर तक?" मैं सात बजे से फोन कर रही हूं।" यह सुमन की आवाज थी।

"अरे सुमन तुम! मैं अभी-अभी दफ्तर से लौटा हूं। कपड़े तक नहीं बदले।"

"कपड़े बदल नहीं सकते तो पहनते ही क्यों हो?" सुमन सामान्य हो आई थी।

“तुम यहां नहीं हो न। इसीलिए पहनने पड़ते हैं।” उन्होंने खिलखिलाते हुए कहा।

“तुम हँसते अच्छा हो। अच्छा सुनो, मेरा फ्रंटियर मेल से कल का रिजर्वेशन हो गया है। मैं आज शाम दिल्ली चली जाऊंगी। कल सुबह वहीं से गाड़ी लूंगी।”

“वैलकम, वैलकम। मैं स्टेशन पहुंच जाऊंगा।”

“एस-3, सीट नं. 6, नोट कर लो।”

“कर लूंगा। डोंट वरी सुमन।”

“अच्छा, फोन रखती हूं।”

फोन कट गया था। शोभन ने भी चोगा नीचे रख दिया और आराम की सांस लेकर सोफे पर फैल गए।

सुमन बंबई पहुंच गई थी।

शोभन ने दफ्तर से तीन दिन का अवकाश ले लिया था ताकि वे उसे महानगर में घुमा-फिरा सकें। हालांकि शोभन ने सुमन के लिए जोगेश्वरी में एक छोटे से फ्लैट का इंतजाम पहले ही कर लिया था, लेकिन अभी वह शोभन के फ्लैट में ही ठहरी थी।

जीवन सिंह ने टेबल पर नाश्ता लगा दिया था। नाश्ता करते हुए शोभन बोले, “तो अब?”

“अब क्या? क्या मतलब? बंबई आ गई हूं। अब यहीं रहूंगी और क्या?”

“वह तो ठीक है, लेकिन यहां इस फ्लैट में? वैसे मैंने तुम्हारे लिए अलग से एक फ्लैट का इंतजाम कर लिया है।”

“मैं आपसे अलग रहने के लिए यहां थोड़े ना आई हूं। मैं भी यहीं रहूंगी। आप के साथ। बिल्कुल आपके पास। आपकी सांसों में जुड़कर, हां।”

“मैं तो हमेशा तुम्हारे साथ ही हूं, लेकिन यह कंपनी का फ्लैट है। अगर कल मनजीत यहां आ गई तो मुश्किल हो सकती है।”

“जब आएगी तो मैं देख लूंगी। आप उसकी फिक्र न करें।”

“फिक्र तो करनी ही पड़ेगी सुमी।”

“तो करते रहो। मैं तो यहां से जाने से रही।” अपनी मैक्सी के ऊपरी बटन खोलते हुए वह बोली।

"तुम समझती क्यों नहीं?"

"आप क्यों नहीं समझते? मैं देहरादून से इसलिए थोड़े ना आई हूं कि आपसे अलग रहूं।"

शोभनाथ उसकी इस बात का कोई उत्तर नहीं दे पाए। चुपचाप सिर झुकाकर नाश्ता करते रहे और सोचते रहे।

"ओह, मैं मर गई।" सहसा सुमन चिहुंक उठी।

शोभन ने चौंककर उसकी ओर देखा। बोले, "क्या हुआ?"

"आमलेट में कितनी मिर्च डाल रखी है।"

शोभन हँसने लगे।

"आपको हँसी सूझ रही है। मेरी जान निकल गई।"

"जान तो मेरी निकल रही है। तुम्हारे यहां आने से।" शोभन ने कहना चाहा, लेकिन कह नहीं पाए। प्रत्यक्ष में उन्होंने इतना ही कहा, "पानी पी लो। ठीक हो जाओगी।"

सुमन ने पानी का गिलास उठा लिया, लेकिन काफी देर तक वह 'सी-सी' करती रही। जब कुछ सहज हुई तो बोली, "आज का क्या प्रोग्राम है?"

"तुम क्या चाहती हो?"

"जरा शहर घुमा दो न। इतना बड़ा शहर है। बहुत-सी चीजें होंगी देखने लायक।"

"ठीक है। आज शहर घूम लेते हैं। तुम नहा-धो कर तैयार हो जाओ।"

"लंच भी बाहर ही लेंगे न?"

"अब तुम यह सब मुझ पर छोड़ दो।"

"अच्छा बाबा, अच्छा।" कहती हुई सुमन उठी और जीवन सिंह से तौलिया गुसलखाने में रखने के लिए कहकर अंदर बैडरूम में चली गई, अटैची से अपने कपड़े निकालने के लिए।

कोई घंटे भर बाद दोनों तैयार होकर निकले। गेट के बाहर उनकी गाड़ी निकली ही थी कि शोभन को फिर वही जींस पहनी हुई लड़की दिखाई दी। उन्होंने मुस्कराकर सुमन की ओर देखा। बोले कुछ नहीं।

"यहां बंबई में लड़कियां कैसे-कैसे कपड़े पहनती हैं।" सुमन उस लड़की को देखते हुए बोली।

"मैं सोचता हूं, तुम्हारे लिए भी एक जींस ले लूं, तुम और भी खूबसूरत लगोगी।"

"धत्।" कहने को तो वह कह गई, लेकिन जींस पहनने की कल्पना से उसका मन गुदगुदा उठा।

कुछ आगे बढ़कर शोभन ने पेट्रोल पंप से टंकी फुल करवा ली और फिर गाड़ी स्टार्ट करते हुए बोले, "चलो, पहले तुम्हें शहर की ओर ले चलें।" बगल में बैठी हुई सुमन ने उन्हें प्यार से बांहों में भर लिया। शोभन भी रूमानी हो उठे। देहरादून जैसे छोटे शहर में इतनी खुली चुहल करने की आजादी कहां थी।

खुशी और विस्मय से अपनी सीट पर बच्चों की तरह फुदकती हुई सुमन महानगर को देखे जा रही थी—बसें, टैक्सियां, भवन, सड़कें, स्टेच्यूज और, और भी बहुत कुछ। सैंट जेवियर कॉलेज, नई शैली के पहनावे, टाइट जींस और शर्ट में अपने शरीर को आकार देती लड़कियों की टोली—अपने उन्नत वक्ष से हवा को चीरती हुई, सहपाठी लड़कों से खुलकर हँसी-मजाक करती हुई। सुमन को यह सब बड़ा रोमांचक लग रहा था। यहां कितनी उन्मुक्तता है, वह सोच रही थी। अपने कॉलेज में यदि कोई लड़की किसी लड़के से बात भी करती तो डेढ़ हाथ के फासले से...और यहां ये लड़कियां लड़कों की पीठ पर धौल जमाती हुई, उन्मुक्त रूप से हँसती हुई। अच्छा नगर है यह। कहीं कोई निषेध नहीं है, कहीं कोई औपचारिकता नहीं है। कहीं कोई...

गाड़ी आगे बढ़ गई थी।

"यहीं पिछली तरफ हमारा ऑफिस है।" काफी देर चुप रहने के बाद शोभन बोले और गाड़ी फाउंटेन की ओर मोड़ दी।

फ्लोरा फाउंटेन, फ्लोरा की श्वेत प्रतिमा। सुमन उत्सुकता से उस मूर्ति को देखने लगी।

शोभन ने गाड़ी धीमी कर दी थी। पास ही 'कार पार्क' में गाड़ी खड़ी करके वे पैदल ही चलने लगे। सुमन देख रही थी। सामान से लदबद दुकानें। कलात्मक ढंग से सजी हुईं। सर्वत्र एक खुशनुमा वातावरण। समुद्र की ओर से आती हुई ठंडी बयार। सुमन रोमांचित हो उठी। उसने शोभन की बांह को दोनों हाथों से थाम लिया और...

अपनी बांह को छुड़ाते हुए शोभन बोले, "जरा ठीक तरह चलो सुमन। कोई जानने वाला मिल गया तो...।"

"तो मिलने दो। मैं क्या डरती हूं किसी से।" वह ठठाकर हँसने लगी।

जहांगीर आर्ट गैलरी। म्यूजियम। रीगल सिनेमा, ताजमहल, गेट वे ऑफ इंडिया। खूब तेजी से बहती हुई शीतल बयार। गेट वे के आसपास लोगों की भीड़। बाहर से आये पर्यटक। अपनी मौज में बहते हुए। शहरी और ग्रामीण जोड़े। आइसक्रीम। चने-सींगदाने। फोटो खींचने वाले। सामने दूर-दूर तक फैला सागर। किनारे पर छोटी-छोटी नावों का मेला। नावों पर बैठे हुए लोग। बच्चे-किलकते हुए।

शोभन सुमन की कमर में हाथ डाले सागर की मुंडेर पर बैठ गए और देर तक उसके फैलाव को देखते रहे।

सूर्य का ताप बढ़ता जा रहा था। शोभन ने अपनी घड़ी की ओर देखा। एक बज रहा था।

"तुम्हें अभी भूख नहीं लगी सुमन।" धीरे-से वे बोले।

"भोजन तो पास में ही बैठा है।" सुमन खिलखिलाकर हँस दी। जब भूख लगेगी, खा लूंगी।"

शोभन भी मुस्करा दिए।

कुछ देर बाद वे उठे और जहांगीर आर्ट गैलरी की ओर चलने लगे। गैलरी के भीतर समोवर रेस्तरां में आकर दोनों बैठ गए।

शोभन को सहसा सुगंधा याद आ गई। उसके साथ कितनी ही बार वे यहां आकर बैठे थे।

सुगंधा और सुमन। वे मन ही मन दोनों की तुलना करने लगे, लेकिन जल्दी ही उन्होंने अपने मन को झटक दिया। बोले, "बोलो, क्या लोगी?"

"अब मुझे यहां का क्या पता?"

"यहां अमरूद का जूस अच्छा होता है। गुवावा जूस।"

"क्या? अमरूद का जूस? यह भी कोई पीने की चीज है।"

"पियोगी तो पता चलेगा।"

"तुम क्या लोगे?"

"मैं अपने लिए बीयर मंगवा लूंगा।"

"मैं भी बीयर ले लूंगी।"

शोभन ने एक नजर से सुमन की ओर देखा। फिर बोले, "आज मेरे कहने पर गुवावा जूस ले लो। अच्छा नहीं लगा तो मैं पी लूंगा। तुम जरा देखो तो सही।"

"ठीक है। जैसा आप कहें।"

शोभन ने एक बीयर और एक गुवावा जूस का आर्डर दे दिया।

"यह रेस्तरां कितना साधारण है। फिर भी कितना आकर्षक है, है न।" सुमन ने इधर-उधर देखते हुए कहा।

"हां, यही तो इसकी विशेषता है। साधारण होते हुए भी विशेष। यहां शहर के बुद्धिजीवी आकर बैठते हैं। लेखक, पत्रकार, रंगकर्मी और फिल्मों के स्ट्रगलर।"

"अच्छा।" सुमन ने पानी की घूंट भरते हुए कहा।

बेयरा उनके सामने बीयर और गुवावा जूस लाकर रख गया था।

कोई घंटे भर बाद भोजन करके वे वहां से निकले। आर्ट गैलरी में कुछ समय घूमे। नए-पुराने कलाकारों की पेंटिंग देखते रहे और फिर फ्लोरा फाउंटेन की ओर चल पड़े। शोभन ने अपना पाइप सुलगा लिया था।

"अब आज इतना ही, अब घर चलेंगे। क्यों?" सुमन खांसते हुए बोली। पाइप का धुंआ उसे परेशान कर रहा था।

"जैसा तुम कहो।" शोभन कार पार्क की ओर बढ़ते हुए बोले।

घर लौट कर शोभन वैसे ही पलंग पर लेट गए।

पास आती हुई सुमन की ओर देखकर वे बोले, "बहुत थक गया हूं। थोड़ा रिलेक्स कर लूं।" 'रिलेक्स' शब्द पर जोर देते हुए वे थोड़ा मुस्कराए थे।

हाथ नचाती हुई सुमन बोली, "मिस्टर, रिलेक्स' करोगे तो और थक जाओगे।" फिर बाहर की ओर जाती हुई बोली, "मैं देखती हूं, जीवन सिंह ने शाम के लिए क्या तैयारी की है।"

"देख लो।" कहते हुए शोभन ने करवट बदल ली। थोड़ी ही देर में उन्हें गहरी नींद आ गई।

31

28 अक्तूबर 1965।

आज सुबह से ही सरदार निहाल सिंह के परिवार में उत्सव का उत्साह था। वे सुबह ही गुरुद्वारे में प्रसाद चढ़ा आए थे। आज श्रुति का पहला जन्मदिन था। पास-पड़ोस के लोगों को तो बुलाया ही गया था। सुरजीत और मनजीत ने अपनी कुछ सहेलियों को भी बुला लिया था। आंगन में भट्टी जल रही थी। पकवान तैयार हो रहे थे। दो हलवाई बुला लिए गए थे। वे तत्परता से काम में लगे थे।

दोपहर होते-होते भोजन तैयार हो चुका था। पहली पंगत में लोग बैठने लगे थे। तभी सुरजीत की सहेली एक और महिला के साथ घर में दाखिल हुई। सुरजीत ने उसको देख लिया। वह खुशी से चिल्लाकर बोली, ''अरी इंदु, अब आ रही है। मैं सुबह से तेरा इंतजार कर रही थी।''

''अब क्या बताऊं सुरजीत। घर के कितने काम-धाम होते हैं। उन्हें ही निपटाने में इतनी देर हो गई। अब आ गई हूं न। ये मेरी बड़ी कजिन हैं बिंदु। बंबई में रहती है। अपने पिताजी की बरसी पर आई है।'' साथ की महिला की ओर इशारा करके उसने कहा।

सुरजीत ने बिंदु की ओर हाथ जोड़ दिए। बिंदु ने भी मुस्कराकर हाथ जोड़ दिए, आधे अधूरे।

"मनजीत कहां है?" बिंदु ने पूछ लिया।

"अभी बुलाती हूं दीदी को। तुम लोग उधर बैठ जाओ बरामदे में।"

थोड़ी ही देर में सजी-धजी मनजीत श्रुति को गोद में लिए बिंदु के पास आ गई।

बिंदु मुस्कराती हुई खड़ी हो गई। "पहचाना मुझे?" वह बोली।

मनजीत संकोच के साथ उसे पहचानने की कोशिश करती रही, लेकिन पहचान नहीं पाई।

"ना जी। कुछ ध्यान नहीं आ रहा।" मनजीत कुछ विस्मित-सी होकर बोली।

"जड़ेवाला याद है न। खालसा पब्लिक स्कूल। बिंदु सचदेवा। तू मुझे बिंदी-चिंदी कहकर चिढ़ाती थी। याद आया कुछ। मनजीत मनचली..."

"अरे बिंदी-चिंदी।" मनजीत श्रुति को सुरजीत की गोदी में देकर बिंदु से लिपट गई। उसकी आंखों में खुशी के आंसू भर आए।

बहुत देर तक मनजीत खड़ी-खड़ी बिंदु से लिपटी रही और सिसकती रही और जब कुछ सहज हुई तो बोली, "चल, छत पर जाकर बातें करते हैं। यहां तो इतनी भीड़-भाड़ और हल्ला-गुल्ला है।"

छत की सीढ़ियों पर चढ़ते-चढ़ते मनजीत के सम्मुख जड़ेवाला का सारा अतीत सामने आ गया। दोनों के परिवार एक ही हवेली के अलग-अलग हिस्सों में रहते थे। दोनों दो देह एक जान थे, लेकिन दोनों के स्वभाव में बड़ा फर्क था। एक मनजीत थी—अंतर्मुखी, संकोची और शर्मीली और एक बिंदु सचदेवा थी—फक्कड़, सबके साथ खुली हुई और लगातार हँसती रहने वाली। खेल-कूद में सबसे आगे। बिंदु को देखकर मनजीत को लगा कि कोई उसे बिल्कुल अपना मिल गया है। उसका मन हुलस रहा था।

छत की मुंडेर पर बैठते हुए बिंदु बोली, "और सुना, आज कितने-कितने सालों बाद मिलना हुआ और वह भी इस तरह और अचानक। जब इंदु ने बतलाया कि वह सुरजीत के यहां जानेवाली है कि उसकी बहन की लड़की की सालगिरह है तो मैं पूछ बैठी, "अरे वहीं जड़ेवाली सुरजीत, जिसकी नाक बहती रहती थी। तब सुरजीत बहुत रोतड़ी होती थी न, तो मुझे तेरा ध्यान आ गया। मैंने कहा, चल मैं भी चलूंगी और मैं आ गई।"

मनजीत की आंखों में अब भी आंसू थे, लेकिन वह भी बिंदु के साथ हँस रही थी।

''अब तो कितना कद निकाल लिया सुरजीत ने।''

''हां, काफी लंबी हो गई है।''

और फिर दोनों सहेलियां अपने अतीत और अपने वर्तमान को लेकर बतियाती रही। बचपन में की गई शरारतों और ढेले मार-मार कर इमलियां और जामुन तोड़ने से लेकर बंटवारे के दिनों और फिर अपनी शादियों और बच्चों तक की बातें। तभी मनजीत ने पूछ लिया, ''तेरे मियां क्या करते हैं?''

''हिसाब-किताब करते हैं और क्या। पंजाब नेशनल बैंक में सीनियर मैनेजर हैं। पूना में।''

''पूना में? और तू बंबई में।'' मनजीत थोड़ा विस्मय जताती हुई बोली।

''पहले बंबई में ही थे। फिर पूना ट्रांसफर हो गया, लेकिन इससे क्या फर्क पड़ता है।''

''तू क्या करती है?''

''कॉलेज में पढ़ाती हूं। सिंधिया कॉलेज में।''

''तुझे वहां अकेले रहने में बुरा नहीं लगता क्या?'

''बुरा क्यों लगेगा यार। हर इन्सान को अपनी स्पेस बनाकर रखी चाहिए। पिता हो या पति, उसके साथ भी। उसमें किसी को आड़े नहीं आना चाहिए। अगर वाइफ-हस्बैंड के बीच में अंडरस्टैंडिंग है और एक-दूसरे पर विश्वास है तो फिर कोई कहीं भी रहे, उससे क्या फर्क पड़ता है। वैसे वे शनिवार की रात को बंबई आ जाते हैं और सोमवार की सुबह वापस चले जाते हैं और यार, इस उम्र में हफ्ते भर में दो-तीन रातों का साथ भी काफी होता है।'' कहकर बिंदु ठठाकर हँस पड़ी।

''तू अब भी वैसी ही है।'' कहकर मनजीत भी मुस्करा दी।

''और तेरे मियां?'' बिंदु ने उसके चेहरे को देखते हुए पूछ लिया।

''वो भी बंबई में हैं। एक पत्रिका के संपादक हैं।''

तभी नीचे से सुरजीत ने पुकार लिया, ''अरी सहेलियो, नीचे आ जाओ। खाना खा लो। ठंडा हो रहा है।''

दोनों सहेलियां उठीं और सीढ़ियां उतरने लगीं।

शाम ढलने लगी थी।

चाय पीने के बाद जब बिंदु जाने लगी तो उसने अपने पर्स से अपना विजीटिंग कार्ड मनजीत को देते हुए कहा, ''जब बंबई आएगी तो मुझे फोन कर देना। मुझे भी अपना नंबर दे दे। पता नहीं तू कब याद आने लगे।'' मनजीत ने एक कागज के टुकड़े पर अपना फोन नं. लिख दिया। फिर कुछ रुककर बिंदु बोली, ''कब आ रही है बंबई।''

''देखो कब आ पाती हूं। बिटिया और थोड़ी बड़ी हो जाए तो चली आऊंगी। वैसे मां भी बीमार रहने लगी है। उसको दाईं तरफ लकवा मार गया है।''

''देख ले। वैसे मर्द को ज्यादा देर तक छुट्टा नहीं छोड़ना चाहिए। औरत विश्वामित्र का आसन भी डुला सकती है।'' हँसते हुए वह बोली और इंदु के साथ बाहर निकलने लगी। मनजीत उसे तांगा स्टैंड तक छोड़ आई।

रात को मनजीत को बहुत देर तक नींद नहीं आई। वह बिंदु के बारे में सोचे जा रही थी। सोचे जा रही थी कि वह आज भी वैसी ही है, जैसी बचपन में थी। एकदम फक्कड़ और बेबाक। तभी तो मुझसे कह गई कि 'मर्द को ज्यादा देर तक छुट्टा नहीं छोड़ना चाहिए।' सचमुच, हौसले वाली है। काश, मैं भी ऐसी होती। ऐसी होती तो सुमन को पहले दिन से ही घर में नहीं घुसने देती।''

आज बहुत-बहुत दिनों बाद या यों कहों कि पांच-छह महीने बाद उसे सुमन की याद आई थी। उसी ने उसकी बिटिया का नामकरण कर दिया था—श्रुति। वह मन ही मन बोली—शोभन भी कुछ नहीं बोले। उन्होंने उसका कहा मान लिया। बिटिया की पैदाइश के बाद वह बस एक बार पल्टन बाजार में मिली थी। कहते हैं, उसने कलकत्ता के किसी कॉलेज में नौकरी कर ली है। चलो, अच्छा हुआ। उससे छुटकारा तो मिला। नहीं तो वह शोभन से जोंक की तरह चिपटी रहती, भाई साहब, भाई साहब कहके। सोचते-सोचते वह फिर बिंदु पर लौट आई। बचपन के वे उल्लास भरे दिन...कितना अपनापा था उनमें। अगर बिंदु दिन का खाना उसके घर खाती तो रात का खाना उसके घर होता। दोनों अपने कपड़ों की अदला-बदली भी करती रहती। स्कूल के नोट्स वह बनाती और बिंदु उसके नोट्स अपनी कॉपी में उतार लेती। लोगों को गलतफहमी होती कि कहीं ये दोनों बहनें तो नहीं है। अच्छा हुआ बिंदु से फिर मिलना हो गया। नहीं तो बंटवारे की त्रासदी में अपने ही नहीं मिल पाते। जिंदगी में कब कौन कैसे मिल जाता है, कहा नहीं जा सकता। शायद इसी को संयोग कहते हैं।

सोचते-सोचते मनजीत को न जाने कब नींद आ गई। सुबह देर से जब वह उठकर बाहर आई तो देखा श्रुति सुरजीत के साथ खेल रही है। उसे श्रुति के प्रति बहुत-बहुत प्यार उमड़ आया।

दिन और सप्ताह बीतते गए और महीने भी। इस बीच बिंदु की कोई खबर नहीं मिली और न ही मनजीत उसको लिख पाई।

उस दिन शाम को जब मनजीत बाजार से साग-सब्जी लेकर लौटी तो सुरजीत ने बतलाया कि बिंदु का फोन आया था, कह रही थी कि मनजीत से फोन करने को कहना। कुछ जरूरी बात करनी है।

सुनकर मनजीत का दिल किसी आशंका से धड़कने लगा। सब्जियों का थैला किचन में रखकर वह ड्राइंगरूम में आकर बिंदु को फोन करने लगी। चार-पांच कोशिशों के बाद उसे लाइन पर बिंदु मिल गई।

''बिंदु, मैं मनजीत बोल रही हूं।'' अपनी चूनर को संभालते हुए वह बोली, ''तुमने फोन किया था?''

''मनजीत बोल रही है न?'' बिंदु ने पूछा।

''हां भई, मैं ही बोल रही हूं। क्यों क्या बात है?''

''तेरे हब्बी का नाम क्या है उस दिन तुझसे पूछना ही भूल गई।''

''मेरे हब्बी का नाम! उनका नाम शोभन श्रीवास्तव है।''

''ओह, माई गॉड।''

''क्यों क्या हुआ?''

''जो नहीं होना था मनजीत, वही हो गया। वही हो रहा है।''

''साफ़-साफ़ बता। क्या बात है।'' मनजीत का दिल धड़कने लगा था।

''तेरे आसपास तो कोई नहीं है?''

''नहीं, कोई नहीं है। तू बोल।''

''यार, मेरे कॉलेज में एक सेमिनार होने वाला था कविता पर। मेरी हैड ने मुझसे कहा कि मैं, 'नया युग' के संपादक डॉ. शोभन श्रीवास्तव को सेमिनार की अध्यक्षता करने के लिए निमंत्रण-पत्र दे आऊं।''

''फिर?'' मनजीत का स्वर कांप रहा था।

''मैं 'नया युग' के दफ्तर में गई तो कोई आध-घंटे तक मुझे बाहर बैठना पड़ा। फिर कहीं जाकर उनसे मिलना हुआ।''

“फिर?”

“फिर मैंने अपना परिचय देते हुए उनसे सेमिनार की अध्यक्षता करने का निवेदन किया तो वे बड़े रूखे स्वर में बोले, “मैडम, मैं सेमिनारों, गोष्ठियों में नहीं जाया करता। मैं बहुत बिजी रहता हूं।”

“फिर तुमने क्या कहा?”

“मैं थोड़ी देर के लिए तो खामोश होकर रह गई। कुछ रुककर मैं बोली, “सर, आप इतने बड़े साहित्यकार हैं, पत्रकार हैं। अगर आप ही हमें प्रोत्साहित नहीं करेंगे तो और कौन करेगा?”

“फिर क्या हुआ।” मनजीत सब कुछ एक साथ जानने के लिए बेचैन हो रही थी।

“इस पर उन्होंने मेरी ओर देखा और कहा, ‘बैठिए।’ मैं अभी तक खड़ी-खड़ी ही उनसे बात कर रही थी।”

“फिर वे मेरे बारे में, मेरे पति के बारे में पूछने लगे। मेरे लिए चाय भी मंगवाई और...”

“......”

“और अंत में कुछ सोचकर सेमिनार में आने के लिए राजी हो गए। मैं उन्हें धन्यवाद देकर लौट आई।”

“उन्होंने तुम्हारे साथ कोई...”

“नहीं यार, दफ्तर में क्या करते? वैसे मुझे वे बड़े गंभीर लगे। फिर जब वे सेमिनार में आए तो उनके साथ एक महिला भी थी। प्रिंसिपल से परिचय कराते हुए वे बोले, “ये सुमन हैं।”

“क्या बोली? सुमन? सुमन शर्मा...”

शर्मा थी या और कुछ, वह मैं नहीं जानती, लेकिन थोड़ी चुलबुली थी।” सुनकर मनजीत का दिल धड़कने लगा।

“फिर...” वह किसी तरह बोल पाई।

“फिर जब मैं उन्हें छोड़ने उनके फ्लैट पर गई तो सुमन ने ही चाभी निकालकर फ्लैट का दरवाजा खोला। उसका व्यवहार बड़ा अजीब-सा था। पहनावा भी। स्लीवलैस कुर्ती के साथ जींस पहन रखी थी। अब साहित्यिक कार्यक्रमों में ऐसी ड्रैस तो नहीं चलती न?”

“और कुछ बता।”

''सेमिनार के बाद जब हम सभी लोग चाय पीने बैठे तो शोभन साहब ने प्रिंसिपल चौधरी से कहा, 'सुमनजी ने भी हिंदी में एम.ए. किया है, फर्स्ट क्लास में। इनके लिए कहीं ठीक-सी जगह हो तो मुझे सूचित कर दें। मुझे अच्छा लगेगा।' ''

मनजीत आगे कुछ सुन नहीं पाई। उसके शरीर में थरथराहट होने लगी। अब उसे कोई शक नहीं रह गया था कि वह और कोई नहीं, सुमन शर्मा ही थी। चोगा उसके हाथ से छूट गया था। लाइन कट गई थी।

मनजीत की जिंदगी में वह रात जैसी कालरात्रि बनकर आ गई थी। वह कभी अपने भाग्य को कोसती, जिसने उसे इस मकड़जाल में फांस लिया था। कभी वह शोभन के दोहरे व्यक्तित्व की कल्पना करके तड़प उठती और कभी वह सुमन के छिछोरेपन से अपने को आहत और अपमानित हुआ महसूस करती। फिर वह यह भी सोच जाती कि बिना शोभन की मर्जी और उनकी पहल के सुमन इतना साहस कर ही नहीं सकती थी। तो क्या शोभन ही इस सबके लिए जिम्मेदार हैं। उसने तो शोभन को अपना देवता माना था, अपना सर्वस्व, जिसकी छाया में वह शांति के साथ अपना जीवन बिताने का सपना देखती थी, लेकिन अभी जिंदगी ठीक से शुरू भी नहीं हुई थी कि एक अंधड़ ने उसके सपनों को तिनकों की तरह बिखेर दिया। तो अब वह क्या करे? परिस्थिति से समझौता कर ले या अपनी जान दे दे या फिर जिंदगी को पटरी पर बिठाने की कोशिश करे। सुमन ने उसके साथ जो विश्वासघात किया है, उसके लिए वह उसे कभी माफ नहीं कर सकती। माफ तो वह शोभन को भी नहीं कर सकती। तो आखिर वह क्या करे?

फिर उसके ध्यान में आया कि पिछले कुछ महीनों से शोभन के पत्र आने भी कम से कमतर होते जा रहे हैं और आते भी हैं तो बहुत ही संक्षिप्त और औपचारिक। उनमें उसके लिए कुछ ज्यादा नहीं होता, हां श्रुति के बारे में जरूर दो-चार वाक्य लिखे होते हैं। बस...।

रात बीतती जा रही थी। श्रुति दोनों बहनों के बीच में निश्चिंत सोई पड़ी थी। सुरजीत ने भी दूसरी तरफ करवट ले रखी थी। मनजीत इन दोनों के साथ लेटी थी अवश्य, लेकिन अपनी सोच में वह अकेली एक खंडहर बनी दुनिया में जी रही थी। सोचते-सोचते और भावी की आशंका से तड़पते हुए जब कुछ देर के लिए उसकी आंखें लगती तो बंद आंखों से वह देखती कि वह एक अंधड़ भरे बियाबान में निपट अकेली चली जा रही है। जंगली जानवर उसको घेरे हुए उसकी

ओर आंखें तरेर कर देख रहे हैं। वह भयभीत होकर सहायता के लिए इधर-उधर देख रही है, लेकिन वहां उसके अलावा कोई नहीं है। अपनी असहायता में वह एक पेड़ की जड़ पर बैठी रोने लगती है, तभी एक रोशनी कौंधती हुई उसके पास से गुजर जाती है।

वह अचकचा कर आंखें खोलती है। उसकी नींद उड़ जाती है। वह अंदाज लगाती है कि वह कहां है। थोड़ा सहज होकर वह देखती है कि वह अपने बैडरूम में है। नाइट लैंप का हरा प्रकाश कमरे में कहीं-कहीं पर फैला है। पास ही श्रुति अपने हाथ-पैर फैलाए अलमस्त सो रही है। मनजीत उसके चेहरे से घुंघराले बालों को हटाकर उसका माथा चूम लेती है और अपने से लिपटा लेती है।

रात बीतती है। सुरजीत अंगड़ाई लेकर उठती है। देखती है कि मनजीत और उससे लिपटी पड़ी श्रुति निश्चिंत सोए पड़े हैं। उसे दोनों पर बड़ा प्यार हो आता है।

मनजीत दिन भर उदास और खोई-खोई सी रही। कई बार उसके मन में आया कि वह सुरजीत को सब कुछ बतला दे, लेकिन उसे हिम्मत नहीं हो रही थी। वैसे भी सुरजीत घर के कामों में व्यस्त थी। मनजीत चाहती थी कि वह भी सुरजीत की मदद कर दे। बेचारी सुबह से अकेली ही लगी है, लेकिन उसके मन में भावी आशंकाओं का बोझ इतना बढ़ गया था कि वह चाहकर भी सुरजीत की कोई मदद नहीं कर पाई। बस, श्रुति के साथ ही लगी रही।

दिन ढल चुका था। मनजीत श्रुति को लेकर ऊपर छत पर चली आई। छत के ऊपर आकाश फैला था। आकाश में तारों का प्रवेश होने लगा था। तारों में प्रकाश था, जो धीरे-धीरे बढ़ने लगा था। उस उगते उजियारे में सहसा ही मनजीत को रुलाई आ गई। उसने बहुत चाहा कि अपने पर संयम रखे, लेकिन संयम रखना मुश्किल हो रहा था।

तभी उसे सीढ़ियों पर किसी के ऊपर आने की आवाज सुनाई पड़ी। उसने दुपट्टे से अपनी आंखें पोंछ लीं। धुंधली आंखों से उसने देखा कि सुरजीत ऊपर आ गई है।

"यहां अंधेरे में बैठी हो जीजी। क्या सोच रही हो? अपने मियां के बारे में न?" कहते हुए सुरजीत उसकी बगल में आकर बैठ गई।

अब मनजीत से नहीं रहा गया। वह फफक-फफककर रोने लगी।

''क्या हुआ मनजीत। कुछ तो बता।'' सुरजीत उसे झकझोरती हुई बोली।

मनजीत कुछ देर तक सिसकती रही और फिर उसके बोल फूट पड़े। उसने सुरजीत को वह सब बतला दिया, जो बिंदु ने उसे फोन पर बतलाया था।

सब सुनकर सुरजीत बोली, ''बड़ी कमीनी निकली तुम्हारी सहेली, जीजी। ऐसा तो कोई दुश्मन भी नहीं करता।'' फिर रुककर कहने लगी, ''दोष तो जीजाजी का है, वो हैं ही ऐसे। उस दिन पहली बार जब हम तेरे बंगले पर आए थे, तब दीदे फाड़-फाड़कर मुझे देख रहे थे बेशर्मी के साथ, सबके सामने। अब तूने क्या सोचा है?''

मनजीत ने सुरजीत की ओर देखा, ''तू बता, क्या सोचूं?''

''देख जीजी, तेरी और मेरी सोच में बड़ा फर्क है। तू पहले बंबई जाकर अपनी आंखों से वहां के हालात देख। देख, जीजाजी क्या कहते हैं और फिर कुछ फैसला कर, लेकिन अपने सम्मान और इज्जत की कीमत पर कुछ भी नहीं। समझी।''

सुरजीत ने स्वीकृति में सिर हिला दिया। फिर कुछ सोचकर बोली, ''तो उन्हें लिख दूं कि मैं आ रही हूं।''

''ना, बस यों ही अकस्मात् पहुंच जा। तेरे जाने का इंतजाम मैं किए देती हूं।''

''क्या मतलब?''

''मैं पा जी से कह देती हूं कि बंबई से जीजाजी का फोन आया था, जीजी को तुरंत बुलाया है।''

मनजीत सुरजीत की ओर देखने लगी।

''उनके घर का पता तो तुझे मालूम ही है। फिर तेरी सहेली बिंदु भी वहां है। वहां वह तेरी मदद कर देगी।''

''हां।'' एक लंबी सांस लेते हुए मनजीत बोली, ''कुछ समझ नहीं आता। इस नन्हीं सी बच्ची को लेकर कैसे जाऊंगी अकेले।''

''तू चाहे तो श्रुति को यहीं छोड़ जा। हम देख लेंगे।''

''ना बाबा ना। मैं श्रुति के बिना नहीं रह सकती।''

''तो ठीक है। मैं दिल्ली तक तुझे छोड़ आऊंगी। तुझे गाड़ी में कोई मुश्किल नहीं होगी। तू बिंदु को फोन कर ले। देख, वो क्या कहती है।''

''हां, यह ठीक रहेगा। मैं आज रात ही उसे फोन कर लूंगी।''

इसी तरह कुछ और बातें करती हुई दोनों बहनें नीचे आ गईं।

देखा, मां उनका खाने पर इंतजार कर रही थी।

दो दिन के भीतर ही सारी तैयारी हो गई। इस बीच मनजीत ने अपना मन पक्का कर लिया था। उसने कई बार सोचा, वह इतनी कमजोर क्यों है। यह कमजोरी ही उसके दुःखों का कारण है। बिंदु को देखो; बिंदु ही क्यों, सुरजीत को देखो, इनका दिमाग इतना साफ है। क्या मैं इन जैसी नहीं बन सकती। अब मुझे मोह का पल्ला पकड़कर नहीं बैठे रहना चाहिए। फिर जो भी हो, जो हो रहा है, उससे बुरा और क्या होगा?

बिंदु को फोन कर दिया गया था। बिंदु ने उससे कहा था कि वह दादर स्टेशन पर उतर जाए। देहरादून एक्सप्रेस साढ़े पांच-छह बजे तक वहां पहुंच जाती है। वह उसे लेने प्लेटफार्म पर पहुंच जाएगी।

दादर स्टेशन।

जब तक मनजीत ने बिंदु को देख नहीं लिया, तब तक उसका दिल धड़कता रहा था। वह सोच रही थी कि बिटिया और सामान के साथ वह कैसे उतर पाएगी। दादर पर गाड़ी को रुके दो-तीन मिनट हो चुके थे। मुसाफिर उतर रहे थे। वह खिड़की से इधर-उधर देखने में लगी थी। तभी उसे बिंदु अगले डिब्बे में झांकती हुई दीखी। वह चिल्ला पड़ी, "बिंदु..." और हाथ बाहर निकालकर हिलाने लगी।

बिंदु ने भी उसे देख लिया था। वह डिब्बे में भीतर आ गई थी। उसने श्रुति को गोद में उठा लिया। मनजीत सामान उतारने में लग गई।

प्लेटफार्म पर उतरकर बिंदु ने एक कुली किया और बाहर खड़ी एक टैक्सी पर सामान रखवा लिया।

"देख, तुझे परेशान करने मैं आ गई।" मनजीत उदासी से बोली।

"चुप कर। इसमें परेशानी की क्या बात है। तू अच्छे दिन आई है। कल रात मेरे हब्बी भी आ गए हैं पूना से। तीन-चार दिन यहीं रहेंगे। कंपनी के काम से। उनसे भी सलाह मशविरा कर लेंगे।"

मनजीत कुछ नहीं बोली।

"अंधेरी। यारी रोड।" बिंदु ने टैक्सी वाले से कहा और श्रुति को अपनी गोद में ले लिया। टैक्सी चल पड़ी।

सुबह खुल रही थी।

सड़कें अभी शांत थीं। फुटपाथों पर परिवार के परिवार सोए पड़े थे।

''हाय, ये यहां कैसे रहते होंगे?'' मनजीत उनको देखते हुए बोली। उसे आश्चर्य हो रहा था कि जिंदगी का यह भी एक पहलू है। इससे उसका कोई परिचय नहीं था।

''बंबई में आधे लोग इसी तरह फुटपाथों, झुग्गियों और झोपड़ियों में जीते हैं मन्नू। पेट की आग जो भी कराए, कम है।''

मनजीत सोच रही थी, देहरादून में रहकर बंबई की जो कल्पना उसने की थी, उसमें यह सब तो नहीं था।

बिंदु का घर आ गया था। टैक्सी से सामान उठवा कर वे दोनों 'परिचय' बिल्डिंग की सीढ़ियां चढ़ने लगीं। तीन माले की इस बिल्डिंग में कोई लिफ्ट नहीं थी। संयोग से बिंदु का फ्लैट पहली मंजिल पर ही था। श्रुति बिंदु की गोद में कसमसाने लगी तो बिंदु ने उसे मनजीत को पकड़ाकर दोनों अटैचियां उठा लीं। अपने फ्लैट के दरवाजे पर जाकर उसने कॉल बेल बजाई।

''दरवाजा खुला है।'' भीतर से आवाज आई।

बिंदु ने हल्के से दरवाजे को पुश किया। दरवाजा खुल गया।

''ये है अपना गरीबखाना।'' हँसते हुए बिंदु बोली।

मनजीत थोड़ा-सा मुस्करा दी। बोली कुछ नहीं।

''अरे देवेन, देखो—मन्नू आई है।'' बिंदु ने बैडरूम की ओर देखते हुए आवाज लगाई।

''आता हूं।'' कहकर देवेन ड्राइंगरूम में आ गए।

बिंदु ने दोनों का परिचय कराया, ''ये है मेरी सहेली। जड़ावाला की सहेली मनजीत। कितने सालों बाद मिलना हुआ इससे। और ये हैं मेरे हब्बी देवेन सकलानी। पहाड़ी हैं, गढ़वाल के।

दोनों ने परस्पर औपचारिक अभिवादन किया, मुस्कराते हुए।

''चाय का पानी कर लिया न।'' बिंदु ने पति की ओर देखकर पूछ लिया।

''अरे, वही तो कर रहा था।'' देवेन बोले। वे रसोई की ओर बढ़ने लगे।

''रुको, रुको। मैं चाय बनाकर लाती हूं। तब तक मनजीत, तू हाथ-मुंह धो ले। बाथरूम बतलाती हुई बिंदु खुद रसोई की ओर चली गई।

"तुम बैठो। मैं आता हूं।" कहकर देवेन भी भीतर चले गए।

अब दिन उजला हो आया था।

चाय की मेज पर बैठी मनजीत ने देवेन को संक्षेप में अपनी व्यथा-कथा सुना दी।

सुनकर देवेन ने एक लबी सांस छोड़ते हुए कहा, "तो यह बात है। मनजीतजी, बात काफी उलझी हुई है। फिर भी समस्या को सुलझाने की कोशिश तो की ही जा सकती है।"

"देखो मन्नू, पहले तुम अपना मन पक्का कर लो। सारी ऊंच-नीच के बारे में खूब सोच-समझ लो। फिर देखते हैं कि क्या किया जा सकता है।" बिंदु ने उसे समझाते हुए कहा।

"मैं क्या सोचूं-समझूं बिंदु। मेरी तो कुछ समझ में नहीं आता।" मनजीत ने चाय की प्याली पर अंगुली घुमाते हुए कहा। उसकी आंखें भर आई थीं।

"रोने-धोने से कुछ नहीं होगा मन्नू। तुम्हें मजबूत बनकर कोई निर्णय लेना होगा।" बिंदु बोली, "यह पुरुष जात ही ऐसी होती है।"

"क्या मतलब? क्या सभी पुरुष ऐसे होते हैं?" इस बार बिंदु को देखते हुए देवेन बोले।

"अब तुम चुप रहो। नहीं तो मैं तुम्हारा भंडा फोड़ दूंगी?" व्यंग्य से हँसते हुए बिंदु बोली।

देवेन सकपकाकर चुप हो गए।

फिर काफी देर तक चर्चा और सहमति-असहमति का दौर चलता रहा।

अंत में यही निर्णय लिया गया कि मनजीत श्रुति और कुछ कपड़ों के साथ शोभन के फ्लैट पर जाए। शोभन से बात करे। देखे कि वे क्या कहते हैं। उसके बाद ही आगे की बात तय की जाए। वैसे भी आज रविवार है। शोभन घर पर ही होंगे। यह भी तय किया गया कि देवेन मनजीत के साथ जाएं और उसे शोभन की बिल्डिंग के पास छोड़कर लौट आएं।

नाश्ते के बाद जब मनजीत देवेन के साथ जाने लगी तो उसके पैर कांपने लगे। दिल की धड़कन बढ़ गई। मन में शंकाओं का बवंडर उमड़ने लगा। वह अपने को बहुत थका हुआ और कमजोर महसूस करने लगी। जैसे-तैसे वह नीचे उतरी। देवेन ने टैक्सी स्टैंड से एक टैक्सी ली और मनजीत और श्रुति को पिछली सीट

पर बिठाकर खुद अगली सीट पर बैठकर टैक्सी वाले से बोले, ''पैडर रोड ले लो।''

टैक्सी वाले ने मीटर गिराया और टैक्सी सामने मेन रोड की ओर बढ़ा दी।

पैडर रोड। विक्टोरिया मेंशन।

मेंशन के गेट पर आकर मनजीत रुक गई। श्रुति उसकी गोद में कसमसाने लगी थी। मनजीत ने हैंडबेग से डायरी निकाल कर एक बार शोभन के फ्लैट का नंबर देख लिया। 305-सी विंग। हां, यहीं नंबर था। डायरी बंद करके उसने उसे बैग में डाल लिया।

देवेन को विदा करके मनजीत आगे बढ़ गई।

''तुमकू कहां जाना है बाई।'' गेट पर खड़े गुरखे ने उससे पूछ लिया।

'बाई? यह कैसी भाषा है।' मनजीत ने मन ही मन कहा और गुरखे को सवालिया आंखों से देखने लगी, लेकिन उसके चेहरे पर कोई भाव नहीं था।

''ये 'सी-305' कहां है।'' मनजीत ने पूछ लिया।

गुरखे ने देखा, महिला के एक हाथ में अटैची है और दूसरे हाथ में वह बच्ची को पकड़े है।

''चलो, अपुन बतलाता, ये अटैची...''

उसका वाक्य पूरा भी नहीं हो पाया था कि मनजीत ने अटैची उसको थमा दी और उसके पीछे-पीछे चलने लगी।

सी विंग पर पहुंच कर गुरखे ने लिफ्ट का दरवाजा खोला और बोला, ''अंदर आ जाओ।''

मनजीत एक क्षण के लिए डर गई, लेकिन गुरखे के चेहरे की सहजता को महसूस करके वह लिफ्ट के अंदर आ गई।

लिफ्ट 3-4 सेकेंड के भीतर तीसरी मंजिल पर आकर रुक गई।

गुरखा मनजीत को शोभन के फ्लैट के बाहर छोड़ कर नीचे उतर गया।

मनजीत ने दरवाजे पर नामपट्ट पढ़ा—शोभनाथ श्रीवास्तव।

उसने कांपते हाथों से घंटी बजाई। काफी देर तक दरवाजा नहीं खुला।

कुछ देर और प्रतीक्षा करने के बाद उसने फिर घंटी को दबा दिया।

कुछ देर बाद भीतर से किसी के आने की धीमी-सी आहट सुनाई पड़ी। और फिर घंटियां बजने के साथ दरवाजा खुल गया।

मनजीत ने देखा—सामने सुमन खड़ी थी।

32

कई बार ऐसा होता है कि मन के भीतर तूफान चलता रहता है, लेकिन वाणी के द्वारा बाहर नहीं निकल पाता। अंदर ही अंदर घुटता रहता है। बहुत त्रासद स्थिति होती है यह। मनजीत और शोभन इसी स्थिति को झेल रहे थे। शोभन अनुभव कर रहे थे कि वे मनजीत के सम्मुख निर्वस्त्र हो गए हैं, उनकी आत्मा निर्वस्त्र हो गई है। अब मनजीत को बहलाने, फुसलाने का भी कोई मतलब नहीं रह गया था। दो महिलाओं के चक्रव्यूह में फंसने के बाद वे बहुत कोशिश करके भी कोई रास्ता नहीं निकाल पा रहे थे। उनकी सारी विद्वत्ता, उनके सारे तर्क-वितर्क भीतर ही भीतर कुंठित होकर रह गए थे।

पहले दिन उन्होंने मनजीत से इतना भर कहा था—'मनजीत मुझे गलत मत समझना। मैं तो परिस्थितियों के...'

मनजीत ने वाक्य पूरा होने से पहले ही उन्हें रोक दिया था। ''शोभन कुछ मत कहो। मुझे आपसे कोई शिकायत नहीं है। सुमन से भी कोई शिकायत नहीं है। बस, अपने से...।''

इस बार शोभन ने उसके मुंह पर हाथ रख दिया था। मनजीत का वाक्य अधूरा रह गया था।

उस रात शोभन अपनी स्टडीा के सोफे पर ही पड़े रहे। सुमन ने एक-दो बार आकर उनके पास बैठने की कोशिश की, उनको गुदगुदाने की, उनसे बात करने की, मनजीत के बारे में पूछने की, लेकिन शोभन न हिले, न डुले और न सुमन से कोई बात ही की। वे बस, इतना ही बोले, ''सुमन, तुम जाकर सो जाओ, मुझे अकेला छोड़ दो प्लीज।''

सुमन से फिर वहां बैठा नहीं गया। वह उठकर अपने बैडरूम में आ गई, लेकिन अकेले उसका मन नहीं लगा। भावी की आशंका उसके भीतर भी पैठ गई थी। वह कुछ देर बाद उठी और मनजीत के बैडरूम में आ गई। मनजीत सोती हुई श्रुति की बगल में लेटी थी। बंद आंखों से जैसे वह अपना भविष्य देखने की कोशिश में लगी हो।

''मनजीत...'' पलंग के पास आकर धीमे-से सुमन ने पुकारा।

मनजीत ने आंखें खोल दीं। बोली कुछ नहीं।

''श्रुति सो गई क्या?'' सुमन ने श्रुति के बालों पर हाथ फेरते हुए कहा।

मनजीत कुछ नहीं बोली।

''तुम बोलती क्यों नहीं...।'' सुमन फुसफुसाई।

मनजीत ने सुमन की ओर देखा। एकटक। इस बार भी वह चुप ही रही।

''ऐसे कैसे चलेगा?'' सुमन ने धीरे-से कहा।

''अब चलने को रह ही क्या गया है सुमन। खूब सहेलीपन निभाया तुमने। मेरे पति को ही छीन लिया।''

''मैंने किसी का कुछ नहीं छीना है।'' इस बार सुमन की आवाज ज्यादा खुली हुई थीं। ''मैं तो बी.ए. के दिनों से ही...''

''उनको चाहती थी। है न।'' मनजीत उठकर बैठ गई थी।

''तुम ठीक कह रही हो।''

''तो फिर उन्हें संभालकर क्यों नहीं रखा। तब वे क्यों मुझसे जुड़े? मैंने तो उनका कोई सपना नहीं देखा था।'' मनजीत को रोना आ गया।

सुमन तत्काल कुछ बोल नहीं पाई।

''तुम यहां कब तक हो?'' कुछ देर बाद सुमन बोली।

''क्या? यह सवाल तो मुझे तुमसे पूछना चाहिए था।'' मनजीत का स्वर तेज हो आया था।

''मैं जाने के लिए नहीं आई हूं। मैं यहां शोभन की मर्जी से आई हूं। पूछ लो जाकर।'' सुमन का स्वर भी तेज हो गया था।

मनजीत फफक-फफककर रोने लगी। सुमन वहां से उठी और अपने बैडरूम की ओर बढ़ती हुई बोली, ''जाना तो तुम्हें ही होगा मनजीत। शादी के बंधन से मन का बंधन ज्यादा मजबूत होता है।''

''देखती हूं, तुम्हारे मन के बंधन को।'' कहने को तो मनजीत कह गई, लेकिन भीतर ही भीतर वह महसूस कर रही थी कि उसकी आवाज में जान नहीं रह गई है। जब अपना ही सिक्का खोटा हो तो दूसरे पर इल्जाम लगाने से क्या होगा।

उस पहली रात को मनजीत को रात भर नींद नहीं आई। उसे यह लगता रहा कि उसकी पीठ दीवार से सट गई है और वह हारी हुई बाजी जीतने की बेकार कोशिश में लगी है। कितना भरोसा था उसे शोभन पर, लेकिन क्या हुआ। उसने कौन-सी ऐसी गलती कर दी, जिससे शोभन उससे छिटक गए। वह बहुत सोचकर भी कुछ नहीं सोच पाई। रात बीतती रही और मनजीत भरी-भरी आंखों से अपना धुंधला-धुंधला भविष्य देखती रही।

सुबह हुई तो सब कुछ सामान्य-सा लगा। शोभन ने श्रुति को अपनी गोद में उठा लिया था और उसके घुंघराले बालों से खेलते रहे थे, लेकिन मनजीत को देखने की, उससे कुछ कहने की हिम्मत नहीं बटोर पा रहे थे।

जीवन सिंह ने टेबल पर नाश्ता लगा दिया था। तीनों जने बारी-बारी से कुर्सियों पर बैठ गए।

''तुम कह रहे थे कि आज ऑफिस नहीं जाना है।'' आमलेट को छुरी से काटते हुए सुमन ने शोभन की ओर देखा।

''हां, जाना तो नहीं है। आज श्रुति जो आई है।'' मनजीत की तरफ देखकर किसी तरह शोभन बोल पाए।

मनजीत ने क्षण भर के लिए शोभन की ओर देखा और फिर चाय की प्याली को मुंह से लगा लिया। वह भीतर ही भीतर धधक रही थी, लेकिन चाह कर भी कुछ बोल नहीं पा रही थी।

''तो कुछ अच्छा-सा प्रोग्राम बनाइए ना। मनजीत को भी बंबई दिखला देंगे।''

सुमन की इस निर्लज्जता पर मनजीत कुढ़कर रह गई, लेकिन बोली कुछ नहीं।

''तुम कुछ तो बोलो मनजीत।'' शोभन ने उसकी ओर देखकर पूछ लिया।

''मैं भाग्य पर विश्वास करता हूं। तुम नहीं करतीं क्या? अब, जब तुम्हें सब पता चल ही गया है तो...''

मनजीत सुबकते हुए उठी और पास में खेलती हुई श्रुति को उठाकर भीतर कमरे में चली गई।

वातावरण भारी हो चला था। सुमन और शोभन एक-दूसरे को देख रहे थे। कोई बोल नहीं पा रहा था। वे दोनों काफी देर तक इसी तरह गुमसुम बैठे रहे।

कमरे में बैठी हुई मनजीत के भीतर द्वंद्वों का बवंडर उमड़ रहा था। सारी स्थिति उसके सम्मुख स्पष्ट थी। इन सबसे उलझकर वह क्या करे, क्या निर्णय ले, वह समझ नहीं पा रही थी। अब वह सुहागिन नहीं, परित्यक्ता सुहागिन थी। क्या वह इस स्थिति को जी पाएगी या क्या वह अतीत के सारे संबंधों को तोड़कर अपने लिए नई राह खोज पाएगी। है उसमें इतनी हिम्मत? उसने कभी कहीं पढ़ा था—सुख का एक द्वार बंद हो जाए तो दूसरा खुल जाता है, लेकिन हम बंद द्वार को इतनी देर तक ताकते रहते हैं कि नए खुले द्वार को देख ही नहीं पाते। क्या उसके साथ भी ऐसा ही कुछ हो रहा है। सुख का नया द्वार—कहां है उसकी जिंदगी में? छल-कपट के अगाध अंधकार में उसे कहीं कुछ नहीं सूझ रहा। वह क्या करे? कहां जाए वह? उसे महसूस हो रहा था कि उसके चारों ओर कांटों का जंगल है और उसके भीतर वह डरी हुई चल रही है। उसके समर्पण, उसकी निष्ठा और उसके धैर्य का अब कोई अर्थ नहीं रह गया है। संबंधों के जिन झंझावातों से वह उलझ कर रह गई है, उससे वह कभी मुक्त हो पाएगी क्या? मुक्ति की राह इतनी आसान नहीं होती। वह शून्य की ओर ताकती रही और शाम की परछाइयों की तरह उसकी चिंताएं बढ़ती रहीं।

श्रुति खेलते-खेलते सो गई थी। मनजीत पहले तो उसे अपलक देखती रही, फिर उसके गालों और घुंघराले बालों पर हाथ फेरकर उठ खड़ी हुई। श्रुति को देखकर उसकी रुलाई फूटने को हुई तो वह सीधे बाथरूम में चली गई और दरवाजा बंद करके फफक-फफककर रोने लगी। बहुत देर तक वह बाथटब के किनारे पर बैठकर रोती-सिसकती रही। वह सोचती रही कि कवि तो संवेदनशील होता है। शोभन के मन में अपनी बच्ची को देखकर भी कोई दया नहीं उमड़ी। चलो, मेरा विकल्प तो उन्हें मिल गया है, लेकिन श्रुति का। वह आगे कुछ नहीं सोच पाई और देर तक बाथरूम के एकांत में बैठकर अपने भविष्य की रेखाओं का गणित लगाती रही। अंत में हाथ-मुंह धोकर जब वह बाहर निकलने लगी तो देखा, शोभन और सुमन के बीच तांडव मचा हुआ है।

सुमन कह रही थी—अगर वह तुम्हें इतनी ही प्यारी थी तो तुम मुझसे क्यों जुड़े? बाहर बड़े आदर्शवादी बनते हो, लेकिन असल में तुम क्या हो, मैं अच्छी तरह जानती हूं। मैंने तुम्हें, तुम्हारे चाहने पर अपना पोर-पोर समर्पित किया है; मेरे कारण, सिर्फ मेरी वजह से तुम्हें यह सुविधा की जिंदगी मिली है अन्यथा तुम थे क्या?''

''अपनी बकवास बंद करो सुमन...'' शोभन चिल्लाकर बोले थे। पहली बार मनजीत ने शोभन को इस तरह चिल्लाते सुना था। उसका पूरा शरीर कंपकंपा उठा। तभी शोभन ने बाथरूम से निकलती मनजीत को देख लिया था और दूसरे ही क्षण वे एकदम खामोश होकर रह गए थे। हांफती हुई सुमन आंखें बंद किए वहीं कोच पर पसर गई थी।

मनजीत धीरे-से अपने कमरे की ओर जाने लगी तो सुमन ने उसे रोक लिया। ''सुनो मनजीत...''

मनजीत रुक गई।

''एक बात अच्छी तरह समझ लो। मैं तुम्हें शोभन को नहीं दे सकती। बस, मैंने कह दिया, तुम अपने विषय में निर्णय ले लो।''

''मैं क्या निर्णय लूं, निर्णय लेने का मेरा अधिकार ही कहां रह गया है?'' मनजीत रुक-रुककर बोल गई। उसकी आंखें भर आई थीं। उसे इस बात पर आश्चर्य हो रहा था कि शोभन ने इस विषय पर चुप्पी क्यों साध रखी है, फिर वह यह भी सोचती कि आखिर वे बोलें भी तो क्या बोलें।

''मनजीत, तुम्हें शोभन की जिंदगी से निकलना ही होगा। अच्छा होगा कि तुम बिना कोई तमाशा किए चुपचाप लौट जाओ। नहीं तो मैं ऐसा तूफान खड़ा कर दूंगी कि शोभन सड़क पर आ जाएंगे। कहती हुई सुमन अपने बैडरूम की ओर बढ़ गई। उसके पीछे-पीछे शोभन भी हो लिए।

शाम हो गई थी।

मनजीत बाल्कनी में बैठी सामने उड़ते हुए बादलों को एकटक देख रही थी। बादलों की किनारी को सूरज की किरणों का थका हुआ प्रकाश सुनहला बना रहा था। मनजीत को लगा कि जैसे उसके मन की करुणा आकाश में बिखर गई है। इस करुणा के बीच उसे अपना वजूद और भी करुणामय लगने लगा। तभी उसके मन-प्राणों में कहीं पढ़ा हुआ एक वाक्य बिजली की तरह कौंध गया। उसने पढ़ा

था कि 'व्यक्ति इतना सुंदर कभी नहीं होता, जितना तब होता है जब वह किसी को क्षमा कर रहा होता है।' लेकिन तभी वह यह भी सोच गई कि क्षमा करने वाले व्यक्ति पर ही आपत्तियों का पहाड़ टूटता है। तो क्या वह शोभन और सुमन को क्षमा कर दे, लेकिन ऐसा करने से तो सुमन और भी दुस्साहसी बन जाएगी। वह सोचती रही, लेकिन कुछ भी निर्णय नहीं कर पाई।

तभी शोभन श्रुति को गोद में उठाए बाल्कनी में आ गए।

''आज हम अपनी श्रुति को घुमाने ले जाएंगे।'' मनजीत को सुनाते हुए वे बोले।

मनजीत ने उठकर अपने को व्यवस्थित किया और भीतर कमरे में जाने लगी तो शोभन ने उसकी बांह पकड़ ली।

''मन्नू, तुम जल्दी से तैयार हो जाओ। बाहर चलेंगे।''

मनजीत ने सिर उठाकर शोभन की ओर देखा।

''प्लीज, मेरे लिए।''

मनजीत कुछ नहीं कह पाई। वह धीरे-धीरे कमरे की ओर बढ़ गई। तभी सुमन जींस और शर्ट पहने ड्राइंगरूम में आई और मनजीत को देखती हुई शोभन की तरफ बढ़ गई।

थोड़ी देर बाद वे सभी नीचे उतर आए। शोभन ने गैरेज से गाड़ी निकाली और मनजीत से बोले, ''मन्नू, तुम श्रुति के साथ पीछे बैठ जाओ।''

जब तक मनजीत दरवाजा खोलकर पीछे बैठती, सुमन इठलाती हुई शोभन की बगल में आकर बैठ गई थी। शोभन ने गाड़ी स्टार्ट कर दी।

अभी दस मिनट भी नहीं हुए होंगे, गाड़ी महालक्ष्मी मंदिर के पास आकर रुक गई।

''क्या हुआ?'' सुमन ने पूछा।

''कुछ नहीं। पहले महालक्ष्मी के दर्शन कर लें। फिर गेट वे चलेंगे।'' शोभन बोले और दरवाजा खोलकर नीचे उतर आए। मनजीत भी श्रुति को लेकर उतर गई।

मंदिर के आसपास कई छोटी-मोटी दुकानें थीं। पूजा की सामग्री। खिलौने, मिष्ठान, नारियल आदि-आदि।

शोभन ने पूजा की एक थाली ले ली। नारियल, मिष्ठान्न और सिंदूर की पुड़िया।

सभी ने मंदिर की परिक्रमा की। महालक्ष्मी के दर्शन किए। मनजीत देवी के सम्मुख आंखें बंद किए देर तक खड़ी रही। उसे अहसास हो रहा था कि देवी की बड़ी-बड़ी आंखों में निश्चय का भाव है। जब मनजीत को लगा कि देवी मां ने उसके सिर पर हाथ रख दिया है तो उसने आंखें खोलीं और थोड़ी आश्वस्त होकर बाहर निकल आई।

शोभन उसकी प्रतीक्षा कर रहे थे।

जब मनजीत बिल्कुल पास आ गई तो शोभन ने उससे सुमन की बगल में खड़ा होने का इशारा किया। मनजीत थोड़ा हटकर सुमन के बराबर में खड़ी हो गई।

शोभन ने पुड़िया में से सिंदूर की एक चुटकी ली और उससे मनजीत की मांग भर दी। मनजीत को यह सब अजीब-सा लगा। तभी शोभन ने एक और चुटकी भरकर सुमन के माथे पर एक बड़ा-सा टीका लगा दिया।

यह देखकर मनजीत के चेहरे पर कातरता उभर आई। स्थिति ऐसी थी कि वह कुछ बोल नहीं पाई, लेकिन उसके भीतर एक ठंडा बवंडर उठ खड़ा हुआ। वह निश्चय नहीं कर पाई कि इस उफनते हुए बवंडर को वह कैसे अभिव्यक्ति दे।

उसने शोभन की ओर देखा; उनके चेहरे पर हास्य झलक रहा था।

''शोभन, मुझे घर छोड़ देंगे क्या?'' किसी तरह मनजीत कह पाई।

''क्यों क्या हुआ? तबीयत तो ठीक है न?''

''नहीं, मैं यहां बहुत बदबू महसूस कर रही हूं। मेरा दिल घबरा रहा है।''

सुनकर शोभन एक क्षण के लिए सन्न रह गए। उन्हें संभलने, कुछ कहने का मौका ही नहीं मिला कि मनजीत अपनी चाल बढ़ाकर जल्दी-जल्दी मंदिर की सीढ़ियां उतरने लगी।

शोभन ने सुमन की ओर देखा, वह मंदिर के पीछे अपार सागर की लहरों के चट्टानों से टकराने का दृश्य देखने में व्यस्त थी। शोभन और मनजीत के बीच हुए संवाद को वह सुन नहीं पाई थी।

''कितना सुंदर है यह सब। तुम मुझे पहले यहां लेकर क्यों नहीं आए।'' सुमन पास आते हुए बोली।

''सुमन, मनजीत घर लौट चलने को कह रही है।'' किसी तरह शोभन कह पाए। मनजीत श्रुति को लिए काफी आगे चली गई थी।

मेन रोड पर आकर वह रुक गई थी। उसके भीतर द्वंद्व चल रहा था। उसके सम्मुख सब कुछ स्पष्ट हो गया था। शोभन से उसे अब कोई अपेक्षा नहीं रह गई

थी। अपेक्षा ही दुख की जननी है, उसका अंतर्मन कह रहा था। वह उस द्वंद्व के बीच यह सोचे बिना नहीं रह पाई कि कुछ लोग सिर्फ हारने के लिए ही पैदा होते हैं और वह अपने को पूरी तरह पराजित हुआ महसूस कर रही थी।

शोभन कुछ सोचते हुए मंदिर से नीचे उतरने लगे। वे कुछ निर्णय नहीं कर पा रहे थे। जब तक वे मनजीत के पास पहुंच पाते, मनजीत टैक्सी में बैठ चुकी थी।

टैक्सी को विक्टोरिया मेंशन के पास ठहरा कर मनजीत ऊपर चढ़ी और शोभन के फ्लैट की घंटी बजा दी।

जीवन सिंह दरवाजा खोलकर एक ओर खड़ा हो गया।

मनजीत ने जल्दी-जल्दी बैडरूम में जाकर अपने कपड़े संभाले और फिर अटैची और श्रुति को लेकर उसी तरह नीचे उतर आई जैसे पहले दिन ऊपर आई थी।

टैक्सी में बैठकर वह बोली, ''अंधेरी चलो, यारी रोड।''

टैक्सी वाले ने गाड़ी को रिवर्स में लेकर उसकी गति तेज कर दी। मनजीत ने एक लंबी सांस छोड़ी और कुछ देर के लिए अपनी आंखें बंद कर ली। उसे कुछ सूझ नहीं रहा था। वह बस यह महसूस करती रही कि वह एक तिनका मात्र है, जो बरसाती नदी की तेज धार में बह रहा है। वह आगत से अपरिचित थी। कुछ भी न कर सकने की पीड़ा उसे भीतर ही भीतर साल रही थी। इस प्यारी-सी बच्ची को लेकर वह कहां जाए, क्या करे, उसे कुछ समझ नहीं आ रहा था। रास्ते भर उसे महसूस होता रहा कि वह अपने ही बनाए क्रॉस पर टंगी रह गई है। लगभग एक घंटे का समय इतनी जल्दी कैसे बीत गया, वह समझ नहीं पाई।

'परिचय' बिल्डिंग के नीचे आकर टैक्सी रुक गई थी। बिंदु का घर आ गया था। टैक्सी वाले को पैसे पकड़ाकर वह धड़कते दिल से ऊपर चढ़ने लगी।

शनिवार। देवेन बंबई आ चुके थे।

रात हो चुकी थी। खाना हो चुका था, लेकिन अब भी तीनों जने डाइनिंग टेबल पर बैठे बातों में उलझे थे।

''मेरी तो कुछ समझ में नहीं आ रहा भाईजी।'' मनजीत देवेन की ओर देखकर रुआंसे स्वर में कह रही थी।

“ऐसा होता है मनजीत। कभी-कभी इन्सान की समझ में कुछ नहीं आता, लेकिन कुछ होता तो है।” देवेन ने उसकी ओर समझाने के ढंग से देखकर कहा।

“मनजीत, कभी-कभी हालात ऐसे बन जाते हैं कि इन्सान को निर्णय लेना ही होता है। फिर अंजाम चाहे कुछ भी क्यों न हो।” बिंदु बोली। कुछ देर ठहरकर फिर उसने कहा, “क्या तुम्हें लगता है कि आगे की कोई उम्मीद नहीं है।”

“उम्मीद? मुझे तो नहीं लगता। वो शोभन पर इस कदर हावी है कि शोभन चाह कर भी उससे अलग नहीं हो सकते और मैं अपने आदमी का अपनी आंखों के सामने बांटा जाना नहीं देख सकती। वह तो रोज का मरण हो जाएगा। अब तुम्हीं बतलाओ कोई इस तरह जी सकता है क्या?” मनजीत ने पूछ लिया।

“तो फिर क्या मुश्किल है। संबंधों को जबर्दस्ती तो नहीं ढोया जा सकता।”

“तो फिर मैं क्या करूं?”

“दर्द तो तुम्हें होगा मनजीत, लेकिन ऐसे घुट-घुटकर जीने से अच्छा है, एक झटके में अपनी तरफ से संबंधों को तोड़ दो...”

“फिर?”

“फिर क्या? अपनी नई जिंदगी शुरू करो। कोई गंवार तो हो नहीं। पढ़ी-लिखी हो। नौकरी करके अपने को और अपनी बेटी को पाल सकती हो।” देवेन ने जरा जोर देकर कहा।

“यह सब इतना आसान है क्या?”

“जब तक हम किसी काम को हाथ में नहीं लेते, वह मुश्किल ही लगता है, लेकिन जब हम सोच लेते हैं कि इसे करना ही है तो वह आसान लगने लगता है।” देवेन ने उठकर बाथरूम की ओर जाते हुए कहा। अब तुम आराम करो। मुझे भी कल सुबह कई जगह जाना है।”

बिंदु भी उठ खड़ी हुई थी और उसके साथ ही मनजीत भी। बिंदु ने हॉल ही में मनजीत के सोने की व्यवस्था कर दी थी। हॉल की लाइट ऑफ करके बिंदु अंदर कमरे में चली गई थी। अपने बिस्तर पर लेटी मनजीत श्रुति को अपनी छाती से चिपकाए सोने की कोशिश करती रही, लेकिन उसकी आंखों की नींद उड़ गई थीं। बहुत कोशिश करके भी वह उस रात सो नहीं पाई। उसे बार-बार लगता रहा कि अपने अस्तित्व की डोर उसके हाथ से फिसलती जा रही है।

33

पंद्रह साल बाद।

शोभन अपने अपराध-बोध और आत्मग्लानि के भाव से उबर चुके थे। उनकी रूमानियत का सैलाब भी अब धीमा पड़ चुका था। मनजीत की छाया कभी-कभी एकांत में उन्हें आ घेरती, लेकिन अगले ही क्षण वे उसकी स्मृति को झटककर सहज हो जाते और अपनी दिनचर्या में व्यस्त हो जाने की कोशिश करते। अब उनका ज्यादा समय कार्यालय में ही बीतता। वैसे सहकर्मियों और सामाजिक कार्यक्रमों से वे अपनी दूरी, पहले की तरह बनाए रखते। एक तरह से उनकी दुनिया सुमन और उसके दिए हुए दो बच्चों में सीमित हो गई थी। दोनों बच्चों के बाद उन्होंने सुमन की जिद पर अपना विवाह रजिस्टर करवा लिया था।

दूसरी ओर बंबई के परिवेश में सुमन और भी बहिर्मुखी बन गई थी। उसकी महत्त्वाकांक्षा उड़ानें भरने लगी थी। नए साथी-संगियों के बीच उसका अहम् तृप्त होता था। वह अनेक संस्थाओं से जुड़ गई थी। शोभन अपनी पत्रिका में उसके नाम से हर सप्ताह एक कॉलम लिखने लगे थे। अतः साहित्यिक क्षेत्र में भी वह

एक जाना-पहचाना नाम बन गई थी। वैसे उसकी रुचि फिल्मी कलाकारों और निर्देशकों से मिलने में अधिक थी। उनका परिवेश उसे आह्लादक, आकर्षक और रोमांचक लगता था। वह उनसे साक्षात्कार लेती, जो महानगर की कई पत्रिकाओं में प्रकाशित होते रहते। शोभन को उसने पूरा का पूरा पा लिया था; इसीलिए अब उसके लिए शोभन इतने महत्त्वपूर्ण नहीं रह गए थे। कभी जब शोभन किसी छुट्टी के दिन घर में ही रहते, उस दिन भी वह अपने बाहर के कार्यक्रमों में व्यस्त रहती। उसकी व्यस्तता बढ़ती जा रही थी और शोभन ने इसे स्वीकार कर लिया था। वह उनकी ही कृति जो थी।

उधर मनजीत को कुछ समय तक अपने अंतर्द्वंद्वों से बड़ा संघर्ष करना पड़ा, लेकिन बिंदु और देवेन के प्रयासों से उसने भी सारी स्थिति को अपना भाग्य मान लिया और श्रुति के लिए जीने का संकल्प ले लिया। श्रुति अब बड़ी हो गई थी और स्कूल जाने लगी थी। स्कूल में क्षमा के नाम से जानी जाती थी। मनजीत ने वहां उसका यही नाम लिखवाया था। वह सुमन से जुड़ी हुई हर चीज को काट फेंकना चाहती थी। उसने शोभन को क्षमा कर दिया था।

देवेन के प्रयासों से मनजीत को पुणे के एक स्कूल में नौकरी मिल गई थी। स्वतंत्र रूप से उसके आवास की व्यवस्था भी हो गई थी। देवेन ने उसे एक गैर सरकारी संस्था भी ज्वाइन करवा दी थी जो मानसिक रोगियों के बीच कार्य करती थी। उसकी जिंदगी में अब धीरे-धीरे स्थिरता आ रही थी। इस स्थिरता ने उसमें आश्वस्ति का भाव भर दिया था।

उधर, कुछ समय से शोभन अब थके-थके से रहने लगे थे। पिछले सालों का उन्माद और उत्साह शिथिल हो चला था। उन्हें लगता था कि जीवन का सब कुछ तिरोहित होता जा रहा है। उन्हें किसी भी बात में कोई रुचि नहीं रह गई थी। सुमन के साथ उन्होंने बहुत आनंद मना लिया था, लेकिन अब वे महसूस कर रहे थे कि निष्क्रिय आनंद की अधिकता उबा देने वाली होती है। सो, वे सुमन की ओर से भी तटस्थ होते चले गए थे। बच्चों से भी उन्हें कोई विशेष लगाव नहीं रह गया था। सुमन के प्रति प्रतिबद्ध होकर वे अब अपने को बद्धता से जकड़ा हुआ महसूस करने लगे थे। मन से उन्हें यह बद्धता स्वीकार्य नहीं थी, लेकिन बदली हुई परिस्थितियों में वे ज्यादा कुछ नहीं कर सकते थे। वे अपने को बहलाने के लिए यह सोचते थे कि धूप का टुकड़ा उन्होंने देखा-भोगा है तो

अंधकार को कौन भोगेगा? उन्होंने कुछ विशिष्ट बनने की संभावनाओं से युक्त होकर भी टुच्चेपन की स्थिति को स्वीकार किया था, जो अब उन्हें सालने लगा था। वे अपने अकेले क्षणों में जब अपना आकलन करने बैठते तो उन्हें यह लगता कि जानबूझ कर और सहर्ष टुच्चेपन का स्वीकार टुच्चा होने से भी बड़ा टुच्चापन है; कि जिन परिस्थितियों को वे जी रहे हैं, वे स्वयं उनकी बनाई हुई हैं। वे यों ही स्वयं नहीं बन गईं। उन सबके बनने का कारण वे स्वयं हैं, लेकिन फिर वे सोचने लगते कि जिंदगी कोई गणित नहीं है, जिसमें कदम-दर-कदम चला जाए। फिर भी उन्हें अब कभी-कभी अपनी परछाई से भी डर लगने लगता था। वे अक्सर अपने से यह प्रश्न करते कि उन्होंने कहीं कोई भूल तो नहीं कर दी। इस प्रश्न का 'नकार' वे अब बहुत दृढ़ता से नहीं कर पाते थे। दरअसल, उनके मन-प्राणों में एक कुंठा कुंडली मार कर बैठ गई थी, जिससे लाख चाहने के बावजूद वे मुक्त नहीं हो पा रहे थे। अब जब भी उन्हें मनजीत का खयाल आता, वे एक प्रकार के अपराध-बोध को अपने में उगता हुआ महसूस करने लगते थे। उनके दिन इस प्रकार की उहापोह, अंतर्द्वंद्व और उदासी में बीतने लगे थे।

सुमन इन वर्षों में और अधिक स्वच्छंद हो गई थी या यों कहें कि उच्छृंखल हो गई थी। परिचितों का दायरा बढ़ गया था। फिल्मी हस्तियां, नाट्य कर्मियों, लेखकों और पत्रकारों के बीच वह डोलती रहती। पास-पड़ोस की संपन्न, आधुनिक और महत्त्वाकांक्षी महिलाओं का संग-साथ भी उसे भाने लगा था। उनके साथ घंटों ताश खेले जाते और हा-हू किया जाता। बच्चे आयाओं पर छोड़ दिए गए थे। शोभन से उसके व्यवहार का ढंग भी बदल गया था। महानगरीय जीवन की चकाचौंध में वह भूल गई थी कि घर-परिवार का दायित्व भी कोई चीज होती है। उसमें यह परिवर्तन इतनी तेजी से हुआ था कि शोभन भी आश्चर्यचकित थे। लेकिन वे विवश थे और इस विवशता में उन्होंने अपने पूरे वजूद को उसे समर्पित कर दिया था।

सुमन घर-बाहर के सारे निर्णय अपनी सुविधा के हिसाब से करती थी। उसकी यह सुविधा अधिकांश अवसरों पर शोभन के लिए असुविधा, द्वंद्व और कसमसाहट का कारण बन जाती थी, लेकिन सुमन के सम्मुख बोलने की हिम्मत उन्हें नहीं होती थी। उन्हें सुमन ने कभी अपनी तरफ से झोली भर-भर प्यार दिया था, लेकिन अब? अब शोभन सोचते कि क्या वह सचमुच प्यार

था या एक उफनती हुई वासना थी, जिसे वह शोभन के माध्यम से तृप्त कर लेना चाहती थी। उसने यह किया भी और बड़ी बेशर्मी से किया और जब वह पूरी तरह तृप्त हो गई तो...

शोभन अपने भावुक क्षणों में उसी प्यार, उसी समर्पण और उसी मादक बंधन की याद करके और दुखी हो उठते। कभी-कभी तो उनके मन में आता कि वे सुमन के सामने हाथ बांधकर पिछले दिनों को लौटाने की याचना करें, लेकिन दूसरे ही क्षण वे सोचने लगते कि प्यार मांगा नहीं जाता और मांगी हुई चीज पर न कोई गर्व होता है और न कोई खुशी ही। वे अपने को बुरी तरह उलझा और फंसा हुआ महसूस करने लगे थे और उनका वजूद तिल-तिल गलता जा रहा था।

समय तो बहता जाता है। वह किसी की प्रतीक्षा नहीं करता। इसी तरह दो लंबे दशक और बीत गए।

संध्या छाया घिरने लगी थी। आकाश में भी और शोभन के जीवन में भी। शोभन अब बहुत बुझे-बुझे रहने लगे थे। उनकी रुचि न लिखने-पढ़ने में रह गई थी और न घर-परिवार में। उनका अवकाश-ग्रहण करने का समय आ गया था। उन्होंने मैनेजमेंट से निवेदन किया भी था कि उन्हें कुछ सालों का एक्सटैंशन दे दिया जाए, लेकिन कंपनी के नियमों के तहत उनका निवेदन स्वीकार नहीं किया जा सका था और एक दिन शाम को एक छोटे से विदाई समारोह के बाद उनकी छुट्टी कर दी गई थी।

अब तक शोभन ने जुहू की एक नई बिल्डिंग 'संवाद' में अपना फ्लैट खरीद लिया था। बच्चे बड़े हो गए थे। बेटी विदेश के एक विश्वविद्यालय में पत्रकारिता का कोर्स कर रही थी और बेटा तमिलनाडु में जाकर बस गया था। शोभन और सुमन बंबई (अब मुंबई) में अकेले रह गए थे, लेकिन उनके बीच संवाद का कोई समान विषय नहीं रह गया था। शोभन का स्वास्थ्य भी अब उनका साथ नहीं दे पा रहा था। बहुत पहले उन्हें कार्यालय में ही एक हल्का-सा हार्ट-अटैक हुआ था। तब से उन्होंने पाइप पीना बंद कर दिया था और अपने खान-पान पर भी वे थोड़ा नियंत्रण रखने लगे थे। लेकिन जब इस नियंत्रण से ऊब जाते तो 'सी व्यू' में जाकर सिगरेट पीते रहते और कॉफी के प्याले को सामने रखकर अपने अतीत के दृश्यों की कल्पना में खो जाते। आगत के बारे

में सोचते हुए उन्हें डर लगता था। दरअसल, अवकाश प्राप्ति के बाद वे बहुत अकेले पड़ गए थे। वे सोचते थे कि अब उनमें जिजीविषा को बनाए रखने की क्षमता नहीं रह गई है और उनके भीतर रेंगती हुई मौत पास आती जा रही है। वे उन अनेक अप्रत्याशित मोड़ों, उपलब्धियों, निराशाओं, आश्चर्यों और द्वंद्वों के बारे में सोचते रहते जिन्हें वे पीछे छोड़ आए थे। अब उन्हें उन सबके छूटे हुए निशान ही दिखाई पड़ते थे, वे यह भी सोचते कि उनके भीतर जो अद्वितीय और मूल्यवान है, वह अब पूरा का पूरा नहीं, केवल झलकियों में प्रकट होता है और वे झलकियां पकड़ में नहीं आतीं, उनको कण-कण महसूस ही किया जा सकता है और वह भी क्षण भर के लिए। अपनी प्रौढ़ावस्था में वे सचमुच निरीह, अकेले और अंतर्मुखी होकर रह गए थे।

34

फिर उस दिन—

सुबह हो गई थी, लेकिन धुंध ने धूप को छिपा रखा था। शोभन अपनी बाल्कनी में बैठे नीचे बैडमिंटन खेल रहे अधेड़ों को देख रहे थे। तीन-चार लोग किनारे पर खड़े अपनी पारी की प्रतीक्षा में थे। तभी जीवन सिंह तिपाई पर चाय की ट्रे रख कर कमरे में वापस लौट गया।

शोभन केतली उठाकर चाय बनाने लगे। सहसा उनके अंदर-बाहर को अवसाद ने घेर लिया। अपने एकाकीपन पर उन्हें दया हो आई। ऐसा अब बार-बार होने लगा था। जिस शोभन से मिलने के लिए लोग घंटों उनके केबिन के बाहर प्रतीक्षा करते थे, अब वही शोभन निपट अकेले पड़ गए थे। इतने सालों बाद भी उनका कोई निजी, आत्मीय मित्र नहीं बन पाया था या यों कहें कि अपनी व्यस्तता और इतनी बड़ी पत्रिका के संपादकत्व के दर्प में उन्होंने किसी को अपने ज्यादा निकट नहीं आने दिया था। मित्र बनाना तो दूर की बात थी। बस, एक नंदलाल था, जो कभी-कभी उनसे मिलने आ जाता था। वे बाल्कनी या सड़क की ओर खुलने वाली खिड़की से देर तक बाहर देखते रहते कि शायद कोई परिचित

उनकी तरफ आ रहा हो, लेकिन देर-देर तक प्रतीक्षा करने के बाद भी उन्हें निराशा ही हाथ लगती। तब वे लौटकर अपने ड्राइंगरूम में लौट आते। लगभग रोज ही यह क्रम चलता।

चाय पीकर वे उठे और अपनी स्टडी में आकर बैठ गए। सुमन जिम में गई हुई थी। उसके लौटने का वक्त हो चला था। तभी फोन की घंटी बज उठी। आज कई दिनों बाद उनके टेलीफोन की घंटी बजी थी। उन्होंने चोगा उठाया और धीरे-से बोले, "हलो!" फोन शक्तिवीर सिंह का था। वे नव भारत दैनिक के संपादक थे और रिटायर होने के बाद एक पाक्षिक का संपादन कर रहे थे।

"हलो, डॉक्टर शोभनाथ! कैसे हैं?"

"हां, ठीक ही हूं।"

"स्वस्थ हैं न?"

"अब इस उम्र में स्वास्थ्य कहां साथ देता है सिंह साहब?"

"अरे भाई, अगर जवानी में गलतियां न की हों तो स्वास्थ्य काफी देर तक चलता रहता है।"

"भई, सबके साथ यह नियम लागू नहीं होता।"

"सबके साथ न सही, आपके साथ तो होता ही है।" शक्तिवीरजी के स्वर में हल्का-सा व्यंग्य था।

"आज कैसे याद कर लिया?"

"ऐसा है शोभन भाई, हम अपनी पत्रिका में सर्वमान्य लेखकों के संस्मरणों का एक नया कॉलम शुरू कर रहे हैं। हमने सोचा, आपसे ही शुरू करें। बस, इतनी सी बात है।"

"मेरे संस्मरण...?"

"बस, आप लिखना शुरू कर दीजिए। लेख को दो-ढाई हजार शब्दों तक सीमित रखें।"

"भाई, ऐसा है कि इन दिनों मैं..."

"कोई बहाना नहीं चलेगा शोभन भाई। मैंने यह फोन तुम से निवेदन करने के लिए नहीं, बल्कि तुम्हें सूचित करने के लिए किया है। इतना अधिकार तो देंगे?" शक्तिजी बोले।

"ठीक है। मैं कोशिश करूंगा।" शोभन को कहना पड़ा।

"तुम्हें इसके लिए धन्यवाद दूं क्या?"

''आप भी बस...'' हँसते हुए शोभन बोले।

कुछ और बतकही के बाद शक्तिजी ने फोन रख दिया।

सुमन जिम से वापस आ चुकी थी। इन दिनों उसने सामने की बिल्डिंग के चतुर्वेदी से दोस्ती गांठ ली थी। चतुर्वेदी एक नाट्य संस्था चलाता था—हमजोली। 'हमजोली' के तीन नाटकों का मंचन हो चुका था। आज उसके चौथे नाटक का मंचन होने वाला था 'पृथ्वी थियेटर में'। सुमन कुछ दिनों से उसी के साथ जिम जाने लगी थी। एक तरह से उसकी चतुर्वेदी से अच्छी-खासी दोस्ती हो गई थी।

''आपने चाय पी ली क्या?'' सुमन ने स्टडी में आकर शोभन से पूछ लिया।

''हां, जीवन सिंह ले आया था।''

''अब आपसे मेरा इंतजार भी नहीं किया जाता?''

शोभन ने नजर उठाकर सुमन की ओर देखा। सुमन के लहजे में न कोई शिकायत थी और न किसी प्रकार का अपनापन। निरपेक्ष रूप से उसने बस कहने के लिए कह दिया था। सुमन मुड़कर बैडरूम की ओर बढ़ गई। कुछ देर बाद जीवन सिंह वहीं उसकी चाय की ट्रे रख आया था।

दिन चढ़ने लगा था। शोभन अभी तक अपनी स्टडी में बैठे अपनी डायरियों के पन्ने पलटने में लगे थे। बंबई आकर उन्होंने डायरी लिखनी शुरू कर दी थी। उनके बुक रैक्स का एक अच्छा-खासा हिस्सा डायरियों से सजा था।

एक पन्ने पर लिखा हुआ वे पढ़ने लगे :

''वर्तमान किसी चट्टान-सा कठोर होता है। उससे निपटने के लिए स्वयं भी कठोर बनना पड़ेगा। अगर तुममें हिम्मत है तो उसके सीने पर हस्ताक्षर कर दो। उसको देखते और सहते रहने से कोई मकसद हासिल नहीं हो सकता। तुम्हें कठोर होकर अपने विगत को—अपूर्वा को भूलना होगा और उफनती नदी सुमन को अपनी बाहों में भरकर उसे शांत करना होगा।

फिर उन्होंने एक दूसरी डायरी उठा ली और उसके पन्ने उलटने लगे। एक पन्ने पर उनकी नजर टिक गई। लिखा था :

'सुख का इतना विशाल कोष। इतना उछाल, इतनी मादकता, संभोग के क्षणों में इतनी सक्रियता। तुम मुझे और पहले ही क्यों नहीं मिल गईं सुमन।

अगले पन्ने पर सिर्फ चार पंक्तियां अंकित थीं :

ग्रीष्म, वर्षा, शरद की आवृत्तियां
तुम पास आती रहीं,
प्रकृति सुनाती रहीं
उन्माद की उन्मत्त कहानियां

तभी फोन की घंटी बज उठी। इससे पहले कि शोभन फोन उठाते, दूसरे कमरे में फोन उठा लिया गया था। फिर भी उन्होंने फोन उठा लिया। फोन पर उनका बेटा निशांत बोल रहा था, "मम्मा, एक खुशखबरी है। मैंने कल रजिस्टर्ड मैरिज कर ली है।"

किससे कर ली शादी। क्या उसी विपाशा से, जिसे लेकर पिछले साल मुंबई आया था।" सुमन पूछ रही थी।

"अरे नहीं मम्मा। विपाशा से तो महीनों पहले कट हो गया था। इस लड़की का नमा जूलियट है। मलयाली है और बहुत सेक्सी है। मेरे ऑफिस में ही काम करती है।"

"कब लाएगा उसे दिखलाने।" सुमन, क्या कहे कुछ समझ नहीं पा रही थी।

"मैंने उसकी फोटो ई-मेल कर दी है। देख लेना। अभी फिलहाल मुंबई आना तो नहीं हो पाएगा।"

"और तू कैसा है?"

"मैं एकदम फिट हूं। And how is that old man."

"वो भी ठीक हैं। जब से रिटायर हुए हैं, गुमसुम ही रहते हैं।"

"उन्हें भी इन्फॉर्म कर देना।"

"हां, कर दूंगी। न भी करूं, उन्हें क्या फर्क पड़ता है।"

शोभन ने कांपते हाथों से चोगा नीचे रख दिया। उनमें और ज्यादा सुनने की हिम्मत नहीं रह गई थी। वे लड़खड़ाते हुए उठे और ड्राइंगरूम की बाल्कनी में जाकर बैठ गए।

थोड़ी देर बाद सुमन भी तैयार होकर बाहर ड्राइंगरूम में आ गई। उसने देखा, शोभन बाहर बाल्कनी में सिर झुकाए बैठे हैं। पास आकर वह बोली, "शोभन, मैं बाहर जा रही हूं। आज दोपहर को चतुर्वेदी के नाटक की ग्रैंड रिहर्सल है। मैं उसमें बिजी रहूंगी। शाम को आठ बजे शो है। घर लौटने में देर हो सकती है।"

शोभन ने सिर उठाकर सुमन की ओर कुछ इस तरह देखा जैसे कुछ सुना ही न हो।

"और हां।" सुमन ने साड़ी को कंधों पर संभालते हुए कहा, "निशांत का फोन आया था। आपको 'नमस्कार' कह रहा था।"

उत्तर की प्रतीक्षा किए बिना ही सुमन बाहर जाने के लिए दरवाजे की ओर निकल गई।

तभी जीवन सिंह ने पूछ लिया, "बीबीजी, लंच के लिए क्या बनाऊं?"

"अपने बाबूजी से पूछ लो। मैं आज दिन भर बाहर हूं। रात का डिनर भी बाहर ही है।" कहती हुई सुमन दरवाजे से बाहर निकल गई।

अब शाम हो गई थी।

शोभन दिन भर अपने अकेलेपन और उपेक्षा के बोझ को ढोते रहे थे। वे सोच रहे थे कि वे अपनी ही उगाई हुई झाड़ियों के बीच फंस गए हैं। उन्होंने तो अपने लिए एक बगिया की कल्पना की थी। फूलों, कलियों और लतरों से भरी-पूरी बगिया की, लेकिन यह क्या हो गया। सब कुछ उलट-पुलट गया। सारी सुविधाओं के बावजूद उनके मन-प्राणों में रिक्तता भरती जा रही थी। अपने ही घर में अपनों ही के द्वारा किए गए इस अपमान को वे समझ नहीं पा रहे थे। वे क्या करें। दीवारों पर सिर टकराकर क्या अपनी जान दे दें? यह जीवन तो विडंबना बनकर रह गया है। कभी-कभी उनके मन में यह बात भी आती कि कहीं अपूर्वा और मनजीत की हाय तो उन्हें नहीं लग गई है, लेकिन दूसरे ही क्षण वे इस विचार को झटक देते और अपने पक्ष में तर्क गढ़ने की कोशिश करने लगते, किंतु बहुत कोशिश करने के बाद भी उन्हें अपने तर्क बहुत भोथरे लगते और वे दूसरा कुछ और ही सोचने लगते। बीच-बीच में उन्हें अपने सीने में दर्द की एक गहरी रेखा भी खिंचती हुई महसूस होती, लेकिन विचारों के बवंडर में वे इसको टाल जाते। फिर भी अपने भीतर गहरे में वे अपराध-भाव की एक चुभन महसूस करते रहते।

आज उन्हें शाम की यह उदासी कुछ ज्यादा ही खल रही थी। उन्हें लग रहा था कि इतनी भीड़-भरी दुनिया में वे निपट अकेले हैं। अकेले पड़ गए हैं। न कोई उनके पास आता है, न कोई उन्हें फोन करता है। सब व्यस्त हैं। किसी के पास उनके लिए कोई समय नहीं है। दो-तीन दिन पहले जब वे अपने

अकेलेपन से बहुत उकता गए थे, उन्होंने नंदलाल को फोन किया था और घर आने के लिए कहा था। नंदलाल ने व्यस्तता का बहाना बनाकर अपनी असमर्थता जाहिर कर दी थी। इससे उन्होंने अपने को बहुत अपमानित महसूस किया था। फिर वे यह सोचकर आश्वस्त होने की कोशिश करने लगे कि अपनी व्यस्तता के दिनों में उनके पास भी तो किसी के लिए समय नहीं होता था। तब वे फोन पर भी बस काम की बात ही करते थे। काम के अलावा भी जीवन में और कई चीजें होती हैं, जिनसे इन्सान का होना व्यक्त होता है। उन्होंने ऐसा कुछ कभी नहीं सोचा था।

तभी जीवन सिंह उनके पास आकर बोला, "रात के लिए क्या खाना बनाऊं साब'।" उसका स्वर कोमल था।

शोभन की सोच का क्रम टूट गया। उन्होंने जीवन सिंह की ओर देखा, "40-42 साल की उम्र के बाद भी उसके चेहरे पर बच्चों-सा भोलापन चिपका हुआ था। उसकी आंखें बड़ी-बड़ी और नाक नोकदार थी। शोभन को लगा कि जैसे आज पहली बार वे उसे ठीक से देख रहे हैं।

"आओ, बैठो।" वे बोले।

जीवन सिंह सोफे के पास नीचे जमीन पर बैठ गया।

"तुम कहां के हो जीवन सिंह?"

"जी, पहाड़ का हूं।"

"पहाड़ में कहां?"

"हाट का साब।"

"हाट कहां है?"

"द्वाराहाट के पास बाबूजी। जिला अल्मोड़ा में।"

"खेती है?"

"हां जी, खेती है। धान और मडुवा होता है।"

"मडुवा? मडुवा क्या होता है?"

"साब', एक अनाज है। उसकी रोटी बनाते हैं, जैसे गेहूं की। बस, वह काले रंग का होता है।"

"तुम अपने घर पैसा भेजते हो?"

"जी, भेजता हूं। आप से जो भी मिलता है, सब भेज देता हूं। बस, अपने खर्चे के लिए कुछ रुपये बचा लेता हूं।"

"बचाए हुए रुपयों का क्या करते हो?"

जीवन सिंह को बतलाते हुए संकोच हो आया। वह कैसे कहे कि बीड़ी-तंबाकू के लिए वह दस-बीस रुपये बचा लेता है।

उसको खामोश देखकर शोभन ने पूछ लिया, "तुम इतने सालों से हमारे घर में काम करते हो। तुम्हारा मन नहीं होता कि तुम्हारा अपना भी घर हो?"

"मन तो करता है साब'। बचपन में ही शादी हो गई थी। औरत बार-बार कहती है कि उसे भी बंबई देखनी है। अब बतलाओ साहब, मैं उसे यहां कैसे ला सकता हूं?"

"मां-बाप क्या कहते हैं?"

"वे क्या कहेंगे। औरत वहां रहेगी तो खेतों में काम करेगी।"

"बाल-बच्चे हैं?"

"हैं बाबूजी। दो लड़कियां हैं, एक लड़का है। लड़का चौथी में पढ़ता है।"

"और लड़कियां?"

"लड़कियों का क्या है बाबूजी। शादी हो जाएगी तो अपने-अपने घरों के काम-धंधों में लग जाएंगी।" जीवनसिंह के स्वर में आश्वस्ति थी।

"तुम यहां खुश हो।"

"बहुत खुश हूं बाबूजी। आप जैसा मालिक मिल जाए तो खुशी ही खुशी है।"

"और तुम्हारे घर वाले?"

"वे भी खुश हैं। खेती है, बाल-बच्चे हैं। चाय, गुड़, नमक वगैरह के लिए मैं यहां से पैसे भेज देता हूं और क्या चाहिए बाबूजी?"

"हां, वो तो है और क्या चाहिए?"

"बाबूजी, रात के लिए खाना..."

"नहीं जीवन सिंह। आज हम बाहर जाकर खा लेंगे। तुम अपने लिए बना लो।"

"अपने लिए क्या बनाना बाबूजी। रात की दाल-सब्जी पड़ी है। दो रोटी सेक लूंगा। बस हो गया।"

"ठीक है।" कहकर शोभन उठ गए। वे सोच रहे थे कि अपने छोटे-छोटे सुखों में जीवन सिंह कितना सुखी है और इतने ताम-झाम के होते हुए भी वे..."

तभी उनकी छाती में दर्द की एक रेखा खिंच गई। छाती पर हाथ रखते हुए वे बोले, ''जीवन सिंह, मेरे बैडरूम में दवाइयों का डिब्बा रखा है। जरा ले आना।''

''जी बाबूजी।'' कहते हुए जीवन सिंह उठा और अंदर से डिब्बा उठा लिया।

शोभन ने एक डिबिया से 'सॉर्बिट्रेट' की एक गोली निकाली और जीभ के नीचे रख ली। कुछ देर बाद वे सहज हो गए।

जीवन सिंह किचन में चला गया था।

थोड़ी देर बाद जब शोभन धीरे-से उठने लगे तो उन्हें फिर छाती में कुछ रेंगता हुआ महसूस हुआ। वे थोड़ा चिंतित हो उठे। फिर भी वे उठे और बैडरूम में जाकर लेट गए। आंखें मूंदकर वे अतीत के चल-चित्रों में खो गए :

देहरादून। ई.सी. रोड। रोड के साथ-साथ बहती हुई नहर। कॉलेज। कॉलेज का आत्मीय वातावरण। राजपुर रोड। घंटाघर। 'आशिक' साहब का 'मानसरोवर' प्रकाशन। बरसात के दिनों में उफनकर बहती हुई रिस्पना। बुआ। किचन में सजाए हुए उसके देवी-देवता। डॉ. सक्सेना और...और अपूर्वा।

अपूर्वा की याद आते ही शोभन अन्यमनस्क हो उठे। मुझे क्षमा कर देना अपूर्वा। वे मन ही मन बुदबुदाए, मनजीत...मनजीत तुम भी। मन में उमड़ता हुआ आत्म-प्रताड़ना का भाव।

तभी नन्हीं-सी श्रुति उनके सामने आ गई। खिलखिलाती हुई। उन्होंने उसे गोद में उठा कर चूम लिया।

'मैं तुम्हें कुछ नहीं दे पाया बेटे। तुम्हारे सामने मैं कितना छोटा हो गया हूं। तुम भी मुझे, हो सके तो माफ कर देना।'

फिर बंबई। बंबई के सहकर्मी। सहकर्मियों का मौन विरोध। सुगंधा... सुगंधा, तुम कुछ दिनों के मेरे एकाकीपन का सहारा बनीं। आभारी हूं तुम्हारा।

और सुमन, वासना और उच्छृंखलता का उफनता हुआ समुद्र। आरंभ में कितना सुख माना था मैंने तुम्हारे सहवास में, लेकिन अंततः मुझे क्या मिला? उपेक्षा, क्रूरता और आत्मग्लानि। तुम मुझसे बहुत आगे बढ़ गई हो सुमन। तुम्हें सहेजना अब मेरे वश में नहीं रहा।

और तुम्हारे दिए हुए बच्चे, मैं उनके लिए पिता नहीं 'ओल्ड मैन' होकर रह गया हूं। तुम धन्य हो सुमन। तुम ऐसी तो नहीं थीं। मैंने ऐसी सुमन को तो नहीं चाहा था। खैर, तुम खुश रहो। ईश्वर तुम्हें सद्‌बुद्धि दे।

सोचते-सोचते न जाने कब शोभन को नींद आ गई, लेकिन नींद में भी वे काफी देर तक बड़बड़ाते रहे थे।

रात का एक बजा होगा, जब सुमन लौटी। जीवन सिंह अब भी जगा हुआ था। बैग को डाइनिंग टेबल पर रखकर वह बैडरूम में चली आई। चलते हुए उससे संतुलन नहीं हो पा रहा था। वह सिर में भारीपन भी महसूस कर रही थी। बैडरूम की बत्ती जली हुई थी। उसके प्रकाश में उसने देखा, शोभन उसकी ओर करवट लिए गहरे-से-सोए पड़े हैं।

वह लौटी। बाथरूम में जाकर कपड़े बदले, फिर बाहर आकर बैडरूम की बत्ती बंद की, नाइट बल्ब जलाया। घड़ी में अलार्म भरा और पलंग के दूसरी ओर करवट लेकर लेट गई। दिनभर की थकान ने जल्दी ही उसकी आंखों में नींद भर दी।

सुबह हो गई थी।

पास की मस्जिद से अजान के स्वर सुनाई पड़ने लगे थे। कौवों की कांव-कांव, चिड़ियों की चहचहाहट और उनके बीच शिव मंदिर की घंटियों का नाद।

एक बड़ी-सी अंगड़ाई लेकर सुमन बैठी हो गई। उसने देखा, शोभन अभी भी सोए पड़े हैं। वह उठी और ड्राइंगरूम की बाल्कनी में आकर खड़ी हो गई। उसने देखा, बाहर शांति थी। सुबह-सुबह की उदास शांति। बस, दो-तीन प्रौढ़ सैर के लिए गेट से बाहर निकल रहे थे। उसने वहीं खड़े-खड़े जीवन सिंह को आवाज दी और चाय बनाने के लिए कह दिया।

कुछ देर बाद वह बैडरूम में लौटी। उसका सिर अब भी भारी था।

''अरे कितना सोओगे शोभन, अब उठ जाओ। चाय बन गई है।''

शोभन अब भी हिले-डुले नहीं। न ही कुछ बोले।

सुमन ने पास आकर उनको हिलाया और बोली, ''शोभन।''

शोभन का चेहरा सीधा हो गया। सुमन ने देखा, उनकी आंखें मुंदी हुई थीं और मुंह खुला हुआ था।

एक छोटी-सी चीख कमरे में गूंज गई।

पुनश्च :

कहानी जहां समाप्त हो जाती है या जहां समाप्त कर दी जाती है, वह, दरअसल वहीं समाप्त नहीं हो जाती। उसके अनेक रेशे और धागे इधर-उधर बिखरे हुए, अधबुने रह जाते हैं। यह कहानी भी पूरी होने के बावजूद पूरी नहीं हुई है। इसके अनेक पात्र या यों कहें शोभन के अतिरिक्त सभी पात्र अधकहे ही रह गए हैं। उनको एक साथ जोड़कर या अलग-अलग शब्दबद्ध करके एक और कहानी या अनेक कहानियां लिखी जा सकती हैं और मुझे विश्वास है कि वह कहानी या वे कहानियां भी कम दिलचस्प नहीं होंगी। यह कहानी तो उन कहानियों की भूमिका मात्र है। उनके विषय में विस्तार से फिर कभी।

• • •